Newton Compton Editores

Título original: *It Always Snows on Mistletoe Square*

© 2023, Ali McNamara. Publicado por primera vez en Gran Bretaña por Sphere.
© 2024, de la traducción por Marta Rivilla Moguel
© 2024, de esta edición por Antonio Vallardi Editore S.u.r.l., Milán

Primera edición: octubre de 2024

Newton Compton Editores es un sello de Antonio Vallardi Editore S.u.r.l.
Pl. Urquinaona, 11, 3.º 1.ª izq. Barcelona, 08010 (España)
www.newtoncomptoneditores.com

Gruppo editoriale Mauri Spagnol S.p.A.
www.maurispagnol.it

ISBN: 978-84-10080-73-7
Código IBIC: FA
DL: B 8.176-2024

Composición:
Grafime S. L.

Diseño de interiores:
David Pablo

Impreso en octubre de 2024 en Puntoweb s.r.l., Ariccia (Roma), en Italia.

Ali McNamara

La increíble historia de la abuelita que salvó la Navidad

Traducción de Marta Rivilla

Newton Compton Editores
Barcelona, 2024

Para construir una casa se necesitan paredes y vigas;
para construir un hogar, amor y sueños.

Ralph Waldo Emerson

Prólogo

Londres
18 de diciembre de 2023

—Venga, vamos a darle un fuerte aplauso a Elle —dijo la profesora Fitzpatrick, que empezó a aplaudir para animar a la clase, y acto seguido la marea de caritas que estaban sentadas en el suelo con las piernas cruzadas delante de mí levantaron los brazos y se unieron a ella.

—Me parece que su charla os ha gustado mucho a todos, ¿verdad?

«Ha sido todo un placer, como siempre», pensé mientras les devolvía el gesto con una sonrisa.

Las visitas escolares que solía hacer no siempre salían tan rodadas como la de hoy. A veces costaba un poco que los niños se enganchasen, pero normalmente al final acababan animándose y pasándoselo bien. Sin embargo, la mayor parte de esta clase de cuarto de primaria se había quedado fascinada desde el minuto uno.

—Como Elle es tan amable, también nos ha dicho que va a firmaros algunos libros suyos para que os los llevéis a casa —anunció la profesora Fitzpatrick—. Poneos al lado del árbol de Navidad y formad una fila siguiendo el orden de lista. Hay libros para todos, no os preocupéis.

Fitzpatrick me miró con una sonrisa de agradecimiento mientras los niños se levantaban; sabía perfectamente lo que me quería decir con ese gesto. Antes de ir a las escuelas, siempre preguntaba cuántos niños no podrían comprarse un libro, y luego hablaba con mis editores para que me diesen copias adicionales para que todos se pudieran llevar uno a casa. Con esta pequeña preparación intentaba que nadie se sintiera diferente o fuera del grupo; así me aseguraba de que todos recibían el mismo trato, al margen de su situación económica. Me parecía muy importante, y no aceptaba ir a ninguna escuela a menos que cumpliesen estas condiciones.

Sentada en la mesa de la profesora, empecé a firmar con alegría cada libro que me daban los niños a medida que iban pasando por la mesa. Había algunos que parecían tímidos y estaban deseando que se lo devolviera para volver escopeteados a su sitio, otros me hacían preguntas divertidas y muy curiosas, como por ejemplo de qué color era el boli con el que escribía, cuál era mi palabra favorita o qué me gustaba comer mientras escribía.

—Hola. ¿Y tú cómo te llamas? —le pregunté al pequeñín de pelo oscuro que tenía delante.

—Ben —me contestó con seguridad—. Viene de Benjamin.

—¿Y cómo prefieres que te firme el libro, a nombre de Ben o Benjamin? —quise saber.

—Pues Ben, claro. Benjamin es muy largo. No me gusta.

—Tengo un amigo que se llama Ben —le dije mientras escribía su nombre y le añadía mi dedicatoria clásica antes de firmar con el mío—. A él tampoco le gusta cuando le llaman por su nombre completo.

—Ya —me contestó el niño encogiéndose de hombros—. No es bonito. Oye, ¿te puedo hacer una pregunta?

—Pues claro, adelante —le dije mientras cerraba la tapa del libro y se lo devolvía—. ¿Qué quieres saber?

En mi cabeza esperaba que me hiciera otra de las preguntas típicas: cómo se me ocurrían las historias o cuánto tardaba en escribir un libro, pero Ben tenía en mente algo distinto.

—¿Cómo consigues que todo parezca real? —me preguntó mirándome intensamente con sus ojos marrón oscuro.

–Mmm… –murmuré para ganar tiempo. Lo cierto es que no me esperaba una pregunta así–. Pues la verdad es que no lo sé. Creo que se me da bien imaginar cómo hubiese sido vivir en esa época del pasado.

–A mi madre también le gustan tus libros –continuó el niño–. Dice que eres muy buena y que tienes un estilo muy depresivo.

En ese momento fui yo quien se lo quedó mirando extrañada.

–¿No querrás decir «descriptivo»? –le intentó corregir su profesora, que aún estaba detrás de mí.

Ben se volvió a encoger de hombros.

–Estoy bastante convencida de que ha querido decir «descriptivo» –me reafirmó su profesora, asintiendo con la cabeza–. Y la verdad es que coincido con su opinión, Elle. Escribes de una manera que parece que nos transportas al pasado. Hay un nivel de precisión y de detalle increíble.

–Gracias –le contesté, pero la verdad es que me incomodó un poco el comentario–. Te lo agradezco mucho.

–¿Puedo llevarme el libro ya? –me preguntó de nuevo Ben con impaciencia.

–Claro que sí. Espero que lo disfrutéis mucho tú y tu madre.

Mientras acababa de firmar los últimos ejemplares, sonó la campana que anunciaba el final de las clases.

–Los que ya tengáis vuestro libro firmado, podéis iros –alzó la voz Fitzpatrick entre el jaleo de sillas que se había armado–. ¿Qué quieres, Lucy? ¿Cómo que Dina ha cogido tu abrigo? Discúlpame un momento, Elle –me pidió–. Ahora mismo vuelvo.

Comprobé la pila de libros que tenía al lado y vi que solo me quedaba uno.

–¿Eres la última? –le pregunté a la niña menuda de ojos brillantes que me observaba con curiosidad.

Ella asintió con la cabeza y se acercó a la mesa.

–¿Cómo te llamas? –le volví a preguntar mientras abría el libro y cogía el boli.

—Alvie —me dijo en un tono alegre.

—Alvie. Qué nombre tan original, no se suele oír mucho —comenté intentando ser prudente y la miré de reojo mientras le firmaba el libro.

—¿Sabes lo que significa?

—Pues mira tú por dónde, sí que lo sé.

Cuando volví a levantar la mirada para verla bien, me di cuenta de que los ojos de la niña no solo estaban llenos de fulgor y curiosidad, sino que resplandecían en su rostro como dos pequeñas esmeraldas.

—Hoy es tu cumpleaños, ¿verdad? —me dijo la pequeñina con inocencia, pero a mí su pregunta me puso en alerta automáticamente—. Ya hace cinco años de aquel día que te sentaste en ese banco a la orilla del Támesis.

—¿Cómo sabes…? —empecé a decir, pero ya sabía que no tenía sentido preguntarle porque no obtendría ninguna respuesta.

Al menos no una que tuviera sentido.

—Solo quieren que sepas que lo estás haciendo muy bien —siguió diciendo Alvie sin apartar sus ojos verdes y alegres de los míos—. Todo el mundo está muy orgulloso de ti y de lo que has hecho con todo lo que se te dejó.

Asentí parsimoniosamente. Tenía tantas preguntas…, pero sabía que no serviría de nada hacerlas. Alvie solo era la mensajera.

La niña echó la vista atrás para mirar a la profesora Fitzpatrick, que se acercaba de nuevo desde el fondo de la clase.

—Antes de irme tengo que decirte una cosa más —se apresuró a añadir—. Es un poco raro, pero me han pedido que te recuerde que en la punta del árbol de Navidad siempre va la estrella y no el ángel. ¿Lo entiendes?

La miré sonriendo mientras sentía que una agradable calidez me recorría entera.

—Sí, perfectamente. Diles que no se preocupen y que nunca las voy a olvidar. A ninguna de las dos.

Uno

Embankment, Londres
Hace cinco años, 18 de diciembre de 2018

«¿Qué haces aquí, Elle? –me pregunté a mí misma mientras dejaba la mirada perdida en el río Támesis–. Si al final no vas a hacer nada, ¿verdad?».

Sentada en uno de los bancos de madera que recorría esta zona del barrio de Embankment, a mi derecha veía la aguja de Cleopatra y el London Eye. Detrás, no muy lejos de allí, estaba Covent Garden y Trafalgar Square, y, a mi izquierda, el Waterloo Bridge.

«Cuánta historia… –pensé mientras miraba a mi alrededor–. Cuánta gente ha tenido que estar aquí, de pie o sentada, en todos estos años o incluso siglos, mirando el río como lo estoy haciendo yo ahora. Puede que entre toda esa gente hubiera alguien que se sintiera incluso peor que yo en este momento».

Me giré para volver a mirar el Waterloo Bridge. Había muchísimos otros puentes que recorrían el Támesis, pero siempre elegía sentarme cerca de aquel en concreto porque una vez leí que la gente solía saltar desde allí cuando estaba desesperada y no era capaz de encontrar una solución a sus problemas. También leí otros artículos que hablaban de los amables y valientes transeúntes que se paraban e intentaban convencer a esas almas perdidas para que no lo hicieran.

«Déjate de tonterías, Elle. Tú no tienes el valor de ser como las personas de esas historias, ni las que saltaban ni las que las salvaban. Si lo tuvieses, no estarías aquí sentada lamentándote una vez más de lo triste y vacía que te parece tu vida».

11

En realidad, mis problemas no eran tan graves como para tener que plantearme saltar de un puente y dejarme caer a las heladas aguas del Támesis. «Lo que pasa es que estás teniendo una racha de mala suerte, ya está». Solo tienes que encontrar la manera de salir de este pozo negro sin fondo en el que pareces estar metida ahora mismo. Y cuanto antes mejor».

El problema era que en aquellos momentos no había nadie para lanzarme una cuerda, pasarme una escalera o algo que me sirviera para salir del lugar oscuro y amargo en el que me encontraba.

–¿Me puedo sentar?

Cuando levanté la mirada, me encontré con un elegante caballero que me señalaba el banco en el que estaba sentada con su paraguas negro. Llevaba puesto un traje de primerísima calidad que parecía hecho a medida en Savile Row, y, algo inusual hoy en día, un bombín, que levantó en un gesto cortés mientras esperaba a que le contestase.

–Eh… Sí, por supuesto, adelante –le contesté sorprendida, lo que a su vez me distrajo de la pena en la que andaba perdida–. ¿Por qué no?

Aun así, mientras me sonreía, se sentaba a mi lado y dejaba el bombín en el banco, se me ocurrieron bastantes razones por las que no era una buena idea.

Para empezar, que había un sinfín de bancos vacíos entre los que elegir en vez de acercarse al mío y molestarme. Después, la verdad es que el hombre parecía bastante rarito… Además del traje de tres piezas y su bombín, llevaba un maletín rojo de cuero, el cual procedió a abrir con toda la composición esperable de un personaje así para sacar su ejemplar del *The Times*, que dobló con sumo cuidado en una página concreta. Y la tercera razón era que sinceramente quería estar sola y punto, pero, para variar, no tenía las agallas para decirlo en voz alta.

–Menudas vistas –comentó el hombre, quien lamentablemente no se animó a limitarse a leer su periódico en silencio, como me habría gustado–. El Támesis nunca decepciona.

—Pues no –respondí escueta, deseando que así entendiera que no estaba por la labor de ponerme a charlar.

–¿Vive por esta zona de Londres? –me preguntó–. No parece una turista.

En mi interior, solté un resuello, pero ¿qué iba a hacer? ¿Mandarlo a paseo y decirle que me dejara en paz? No podía ser tan maleducada, por muchas ganas que tuviera de hacerlo.

–Más o menos –le contesté, volviendo a intentar usar pocas palabras–. No nací aquí, pero sí vivo en la ciudad.

«No por mucho más tiempo si no encuentras una solución».

–¿Trabaja en la ciudad?

Entonces me giré hacia él, esperando que al ver mi gesto torcido y escuchar una respuesta seca entendiese de una vez que no tenía ganas de entablar conversación con él. Quizá así conseguía que me dejase tranquila de una vez.

–Antes sí, pero acabo de perder mi trabajo y mi piso, y por eso estoy aquí, intentando ver qué puedo hacer, así que, si no le importa, preferiría quedarme aquí sentada en silencio.

Para mi desgracia, el hombre no cedió ante mi demanda.

–Vaya, menuda situación. Debe de ser muy duro perder las dos cosas a la vez. Qué mala suerte…

–Pues si añadimos a mi pareja y a mi mejor amigo ya acabamos de rematar la jugada –le dije, arrepintiéndome de haberlo hecho al segundo, y girándome para volver a centrar mi mirada en el río.

–¿Su casa, su trabajo, su mejor amigo y su pareja? Y algo me dice que todo está conectado, ¿no es así?

Esta vez el suspiro que se me escapó fue en voz alta.

–Esto no le incumbe en absoluto, pero, si se lo digo, ¿se irá y me dejará sola de una vez?

El hombre dobló el periódico por la mitad, lo dejó en el banco entre el espacio que nos separaba y repuso:

–Por supuesto, si es lo que desea.

–Perfecto, pues intentaré ser rápida. Me he visto obligada a dejar a mi pareja, con la que iba a casarme, después de descubrir que me estaba engañando con el que pensaba que era mi mejor amigo.

–Son cosas que pasan –me dijo el hombre, asintiendo con empatía–. Ha hecho lo correcto.

Me lo quedé mirando unos segundos. No tenía ni idea de por qué se lo estaba explicando todo, pero, aunque no lo acabase de entender, me estaba sentando genial contarle la historia a un completo desconocido. Alguien que no tenía un interés real en cómo acabaría la historia o en lo que yo sentía. El par de amigos con los que había podido compartir esta desagradable historia habían intentado consolarme con buenas palabras, pero, como también eran amigos de mi ex, nada de lo que me habían dicho ni los consejos que me habían dado me parecieron del todo sinceros.

–Sí, parece la historia de cuernos de toda la vida, pero esta edición tiene algo especial y es que yo no sabía que a mi exprometido le gustaran los hombres.

Esperé a ver si le cambiaba la cara, pero, para mi sorpresa, no se inmutó mucho más.

–Ya se lo he dicho, estas cosas pasan.

–Ya, pero es que la historia no acaba aquí –seguí diciendo, y, aunque no me gustase admitirlo, estaba un tanto molesta por no haber conseguido la reacción que esperaba por su parte–. Mi supuesto mejor amigo era hasta hace muy poco el editor de la revista para la que trabajo y eso, técnicamente, lo convertía en mi jefe. Así que ahora mismo no solo voy a perder mi casa por haber tenido que romper con mi prometido, sino que también me he quedado sin trabajo. Y mire usted por dónde, se ve que ya no necesitan mis servicios en la revista. Pero tampoco me ha hecho falta preguntar por qué.

–¿Es autónoma? –me preguntó el hombre, que a pesar de todo seguía sin perder la calma.

Asentí con la cabeza, aún indignada y sin poderme creer que no se lo estuvieran llevando los demonios.

–Desgraciadamente, sí, así que, aunque estuviera trabajando para ellos prácticamente a jornada completa, no tengo derecho a ningún tipo de indemnización.

–Claro, entonces no me extraña que estuviese pensando en saltar. Le han hecho mucho daño, tiene que estar muy enfadada, son muchos cambios y todos a la vez.

–Sí... –le contesté, mientras volvía a echarle un vistazo al puente–. Es... ¿Cómo? Un momento, ¿cómo sabía usted que estaba pensando en tirarme? Bueno, a ver, que nunca lo haría, pero no puedo negar que no se me haya pasado por la cabeza.

–Llevo un par de siglos más que usted en este mundo.

–Querrá decir décadas. Y por lo que veo, yo no diría que son tantas.

–Es usted muy amable, pero, durante todos estos... años, he visto a unas cuantas personas lanzarse al vacío. En realidad muy pocas quieren acabar con sus vidas, pero lo que les pasa a la mayoría es que no son capaces de encontrar la solución a sus problemas. Lo que no entienden es el efecto dominó que tienen sus acciones sobre los demás, tanto positivo como negativo. Les pasa un poco como a nuestro amigo, el Támesis –me explicó señalando con la cabeza hacia el río–. Su flujo está regido por las mareas, por lo que suele haber pequeñas olas en la superficie, ondas que empiezan con poco alcance y luego se esparcen por la amplia extensión de kilómetros que recorre. El Támesis es la única constante que hay en Londres, siempre está ahí, serpenteando por la ciudad. A veces la gente se fija en él y otras no, pero no por ello deja de estar ahí, presente, con su flujo constante y apacible, igual que la ciudad a cada orilla. Por lo general, en la superficie suele parecer en calma, de vez en cuando puede pasar por alguna mala racha; sin embargo, si confía en el río y deja que la guíe, nunca estará realmente perdida.

Me quedé mirando a aquel hombre fijamente unos instantes.

–Eso que acaba de decir es muy profundo.

Se encogió de hombros y me dijo:

—Esa era la intención. ¿Ve los barcos que hay allí? —me preguntó mientras señalaba el río y seguí su brazo con la mirada hasta topar con unos cuantos ferris y gabarras que había en el agua—. Ellos confían cada día en el río para que los lleve sanos y salvos a su destino. Si reúne el valor suficiente para confiar y seguir su camino, Elle, en lugar de rechazarlo y luchar contra él, sabrá que nunca estará perdida en esta vida.

Me quedé mirando aquellas embarcaciones durante unos segundos mientras absorbía cada una de las palabras que me acababa de decir aquel desconocido.

—Espere un momento, ¿cómo sabe cómo me... —empecé a decir y me giré hacia él, pero, para mi sorpresa, había desaparecido—llamo...? —dije por fin al asiento vacío.

Me giré y lo busqué por todas partes, pero no había ni rastro de él y eso que su indumentaria era fácil de detectar. Allí solo había unos cuantos turistas sacando fotos y un ruidoso grupo de oficinistas que parecía haber salido de la fiesta de Navidad de la empresa.

«Qué raro —pensé para mis adentros y me volví a girar para encararme hacia el río—. ¿Dónde se habrá metido?».

Mientras contemplaba el Támesis extendiéndose ante mí y pensaba en lo que acababa de suceder, vi a unos cuantos barcos que pasaban por allí. Entre las lanchas y los ferris llenos de gente, pasó una goleta antigua, con las velas hinchadas por el viento helado de diciembre.

Pintado en una tipografía antigua en uno de los lados del casco se leía EL ESPÍRITU DE LA NAVIDAD.

«Navidad...», pensé para mí con un resuello. A mí el espíritu navideño me había hecho *ghosting*. ¿Qué Navidades iba a pasar aquel año, sola, sin trabajo y, lo más importante, sin un techo bajo el que vivir y dormir?

Miré otra vez el lugar del banco donde mi curioso nuevo amigo había estado sentado hacía apenas unos segundos, y me di cuenta de que se había llevado el bombín pero había dejado allí el periódico.

«Pues resulta que, a pesar de llevar ropa cara y saber hablar muy bien, no te importa ir dejando mierda por ahí, ¿eh?», pensé y se me dibujó una sonrisa en los labios mientras cogía el periódico para tirarlo en la próxima basura que encontrase. Sin embargo, mis ojos vieron algo que les llamó la atención en la página por la que estaba plegado. Marcado con un círculo verde había un gran anuncio con una tipografía elegante que decía lo siguiente:

SE BUSCA
Escritor con experiencia

Necesitamos un escritor que ya haya sido publicado y que tenga experiencia para escribir la historia de una casa y de la familia que vivió allí.

Si encaja en el perfil deberá vivir con la familia.
El hospedaje y las comidas no tendrán cargo ninguno.

La persona que elijamos para el trabajo deberá estar disponible entre el 1755 y el 1984 a diario, y otro de los requisitos es que
DEBEN GUSTARLE LAS NAVIDADES.

Incorporación inmediata.

Si desea presentar su solicitud, acuda a Casa Christmas, Mistletoe Square, n.º 5, Bloomsbury, Londres, WC1 y pregunte por Estelle.

Fecha límite: 18 de diciembre

Me volví a leer el anuncio un par de veces más para intentar encontrarle alguna pega, pero, exceptuando las fechas que indicaban y que di por hecho que eran una errata, parecía una oportunidad increíble: la respuesta a todos mis problemas.

«No te emociones, Elle –me avisé a mí misma con la mirada clavada en el anuncio–. Suena demasiado bien para que sea cierto… Estelle seguro que resulta ser un tío raro que colecciona latas de judías vacías y calcetines sucios. Seguramente ese hombre no sale de casa y lo más probable es que me plante allí y tenga que salir corriendo».

Tiré el periódico al banco y me quedé mirando el río otra vez.

«Además, ¿quién pediría como requisito que le guste la Navidad en un anuncio? No entiendo nada… Es muy raro. Sé que no es muy normal que no me guste la Navidad y tengo mis motivos, pero en general es una época que a todo el mundo le gusta, así que ¿por qué ha creído necesario recalcarlo?».

«Si reúne el valor, para confiar y seguir su camino…». Muy a mi pesar, las palabras de aquel desconocido aún resonaban con fuerza dentro de mi cabeza mientras me esforzaba por olvidarme de ese anuncio tan extraño.

Mi camino me quería llevar a una casa en Bloomsbury, ¿no? ¿A una casa en la que no me haría falta pagar nada y donde conseguiría un trabajo a jornada completa como escritora en una de esas mansiones de ricachones que viven en WC1…? No pude hacer más que enarcar las cejas. «Sí, claro…». Los milagros así nunca ocurrían, ni siquiera en Navidades.

Otro barco pasó por debajo del puente y continuó su travesía tranquilamente por el Támesis, pero esta vez las palabras que se leían en el casco me hicieron contener el aliento…

EL VALOR DE SAN NICOLÁS.

18

Dos

San Nicolás… Ese era el patrón de la Navidad, ¿no? Intenté buscar en mi mente para encontrar la respuesta. ¿O se suponía que San Nicolás en realidad era Santa Claus?

Sacudí la cabeza.

En realidad eso daba igual, era mucha casualidad que justo ese barco pasara por delante en ese preciso momento, sobre todo teniendo en cuenta lo que me acababa de decir aquel hombre y lo que ponía en el anuncio del periódico.

Me quedé dándole vueltas un rato más allí plantada.

–¡Venga ya, Elle! –le chillé al aire, lo que espantó a un par de palomas que estaban entretenidas y felices picoteando los restos de una tartaleta que había por allí–. ¿Qué más da si es una señal del destino o si es pura casualidad? Si el anuncio es real, es un trabajo que puedes hacer con los ojos cerrados, y lo más importante es que te ofrece un techo y una cama caliente donde dormir hasta que encuentres algo mejor. Coge el toro por los cuernos por una vez en tu vida. ¡Tú puedes!

Después de animarme yo sola y darme el empujón que necesitaba, miré la fecha del periódico y, para mi alegría, vi que era el de hoy.

«Ay, pero es también la fecha límite para presentarse al puesto, ¿no?».

Volví a mirarlo en el anuncio y busqué a ver si daban un número de teléfono al que llamar, pero comprobé que solo facilitaban la dirección.

Saqué el pequeño espejo que llevaba en el bolso para cerciorarme de que todo estaba medio en orden, aunque no era una tarea

19

sencilla, teniendo en cuenta la visibilidad reducida que me ofrecía el accesorio. No era mi mejor momento, estaba claro. Debajo del abrigo largo de invierno, llevaba un jersey de lana bastante ancho y unos vaqueros negros ajustados. Se me veían unas buenas ojeras, logradas a fuerza de pasar demasiadas noches sin dormir, estaba muy pálida y se me leía la preocupación en la cara. Bueno, pues eso era lo que había… Con un poco de maquillaje seguro que la cosa mejoraba y, con suerte, el abrigo me taparía la ropa. No me iba a dar tiempo a pasar por casa para cambiarme y ponerme algo un poco más formal.

«Mi casa…». Pronto ya no lo sería.

No podía seguir viviendo allí, me era imposible, aunque Owen me lo había propuesto. Sacudí la cabeza, indignada. Qué cara más dura… ¿Cómo me podía decir eso después de lo que había hecho? ¡Incluso intentó darle la vuelta al asunto y decirme que era mi culpa! Tenía que salir de esa relación tóxica de una vez y no podía esperar más. Solo podía cruzar los dedos para que no hubiesen encontrado a nadie todavía; ya debían de haber entrevistado a muchos candidatos si hoy era el último día para presentarse.

Mientras las palomas me miraban de reojo, desconfiadas, me peiné un poco la melena oscura con los dedos y me hice una coleta. Para rematar la jugada, me puse rímel, un toque de brillo en los labios y un poco en las mejillas para ganar algo de color.

—Pues ya está, así está bien —me dije, mirándome al espejo de nuevo.

Sin embargo, en cuanto lo cerré, me vino algo a la cabeza. ¿Cuándo había empezado a dejarme de gustar? Y en ese momento me di cuenta de que había sido poco después de empezar a salir con Owen. Madre mía, cuánto daño me había hecho ese hombre…

Después de pasar un buen rato intentando en vano parar un taxi, casi tiré la toalla. «Quizá es que no tiene que ser», pensé y por poco me dejé llevar de nuevo por esa corriente que me arrastraba y me era tan familiar.

«¡No, no vas a rendirte ni a coger la opción fácil, Elle! ¡Esta vez no! Sé valiente. –Los consejos de aquel hombre elegante y extraño volvieron a resonar en mi cabeza–. Vas a encontrar la Mistletoe Square y vas a conseguir que te den el trabajo!».

Decidí ir en metro, pero, cuando llegué a la estación, mientras esperaba a que llegara el tren, me di cuenta de que probablemente iba a tardar lo mismo si iba andando. Además, así no gastaba dinero. Si no lograba el puesto, no sabía hasta cuándo estaría sin trabajo, así que tenía que empezar a ahorrar de donde fuera.

Salí en dirección a Bloomsbury a paso ligero y refrené las ganas que sentía de echar a correr para llegar antes porque no quería presentarme en la casa empapada de sudor y con la cara roja, sabiendo que llevaba un buen abrigo y las botas de pelo. A medida que me abría paso por la calles abarrotadas de la ciudad, muchas de ellas decoradas acorde a la época con lucecitas y con árboles de Navidad, iba dejando atrás los rótulos de los teatros de West End que anunciaban las últimas obras, las cafeterías con su nueva carta de bebidas especiales para la temporada navideña y un sinfín de escaparates, de tiendas grandes y pequeñas, llenos de adornos y luces de mil colores y los regalos ideales para amigos y familiares.

Había muchísimo tráfico, como siempre, y me di cuenta de que a menudo avanzaba con más rapidez que muchos de los autobuses rojos, los taxis negros, las furgonetas de reparto y las motos que esperaban sin remedio atrapadas en intersecciones y semáforos.

«A ver, ¿dónde está esa plaza?», miré de nuevo el móvil y la ruta que me marcaba Google Maps. La verdad era que no me sonaba de nada; nunca había oído hablar de Mistletoe Square.

Y me pregunté si el anuncio sería falso, aunque, siendo sincera, no era la primera vez que lo hacía desde que había salido disparada del Waterloo Bridge. Toda la interacción con el hombre del bombín había sido muy extraña, de principio a fin. «Quizá tendría que habérmelo pensado más…».

En ese momento me sonó el móvil y, como lo tenía en la mano, enseguida vi que era Kate, una de mis excompañeras de la revista.

21

—¡Elle! —exclamó con alegría—. No tengo mucho tiempo para hablar, lo siento, tengo una entrega urgente y voy fatal, pero es que acabo de ver un anuncio en el *Telegraph* y parece que está hecho para ti.

Acto seguido me leyó el mismo anuncio que había arrancado del *The Times* que el hombre había dejado en el banco.

—¿Qué te parece? —me preguntó, ansiosa—. Es verdad que suena un poco raro, pero quizá está bien, ¿no?

—Justo me pillas de camino —admití—. Yo misma lo he visto hace nada.

—¿Ah, sí? ¡Anda, qué bien! Cuéntame luego cómo va. Y, oye…, lo que te ha pasado es horrible. Todo el mundo en la oficina está en *shock* con lo de Liam y Owen.

—Sí, bueno…

—Aunque, si te digo la verdad, ya era hora de que vieras a tu ex como es. Siempre hemos creído que tenías que plantarle cara a Owen y dejarle las cosas claras. Así que ole tú, ¿me oyes? Las mujeres podemos con todo, o eso dicen, ¿no?

—Gracias.

—Y Liam… Bueno, esa no me la vi venir, pero ha estado bastante calladito desde que te fuiste, se nota. ¡Creo que no se atreve a dar la cara!

—Ya imagino.

—Bueno, me tengo que ir. Y mucho ánimo, guapa. Espero que vaya genial con la oferta de trabajo. Hablamos pronto, ¿vale?

—Sí —le dije y, al instante, Kate colgó.

En ese momento me permití unos segundos para pensar en la oficina. No quería ni imaginarme el culebrón y el cotilleo que se estaría armando; mi drama era lo más interesante que pasaba desde hacía siglos, pero por primera vez me dije que daba absolutamente igual. Que dijeran lo que quisieran. Total, no iba a volver. Aun así, me alegraba de que Kate me hubiese llamado; siempre había sido la compañera en la que más confiaba y ahora que sabía que ella también había visto el anuncio me tranquilicé un poco.

Cuando estaba a punto de volver a guardar el móvil en el bolso, me llegaron dos notificaciones de correo electrónico y un mensaje. Todos eran para decirme lo mismo, que habían visto un anuncio que parecía «hecho para mí».

—¡Que sí, que sí! ¡Que ya lo he pillado! —exclamé en mitad de la calle, lo que hizo que una señora mayor que pasaba por allí con su carrito de la compra con tela de cuadros me mirara con muy mala cara.

«¿Y ahora por dónde?», me pregunté, pero esta vez solo para mis adentros, mientras volvía a mirar el mapa.

Seguí la ruta que me marcaba el móvil hasta que llegué al final de la calle y, al doblar la esquina, la avenida se abría y daba a una plaza, la plaza de estilo georgiano más bonita que había visto.

—Madre mía —se me escapó en voz alta mientras miraba a mi alrededor—. Qué preciosidad.

La plaza se parecía a muchas otras que había visto por aquella zona de Londres: había una pequeña zona con césped y árboles, como una especie de parque, rodeada de una verja negra de hierro forjado. Además, por si eso fuera poco, la plaza estaba flanqueada por sus cuatro costados por las terrazas de las elegantes casas georgianas que allí se erguían.

Estas maravillosas placitas normalmente eran como un soplo de aire fresco entre los edificios modernos, grises e impersonales que se habían apoderado de la mayor parte del centro de la capital. Aun así, esta en particular me pareció que tenía incluso más encanto.

«Ahora entiendo por qué te han puesto ese nombre», pensé al alzar la vista y ver los árboles del parque salpicados de pequeñas motas rojas, aunque a estas alturas del invierno había muchos desnudos. Cada uno de ellos tenía al menos una rama de muérdago colgando de la rama más alta.

De acuerdo, ahora solo tenía que encontrar el número cinco.

Eché a andar por el arcén, siguiendo las inconfundibles lámparas de gas victorianas que bordeaban la plaza mientras intentaba no distraerme demasiado con aquella preciosidad de casas, todas con sus deslumbrantes puertas negras precedidas por escalones color *beige*. En algunas de ellas había colgados maceteros con plantas invernales repletas de bayas o pensamientos, y el brillo de las barandillas negras y el blanco de las celosías de las ventanas me dejaba claro que acababan de pintarlas.

–El tres… el cuatro… Ah, aquí está, el número cinco.

La placa metálica que había al lado de la puerta no solo tenía grabado un número cinco en negro, sino también las palabras CASA CHRISTMAS. Me separé un poco de la casa para ver si se diferenciaba en algo de las demás, pero no me lo pareció, con la excepción de la puerta, ya que la de esta era roja en vez de negra. La casa tenía cinco pisos, un sótano, tres pisos con ventanales y, para acabar, lo que asumí que era un pequeño altillo en el último piso. Tenía la misma verja negra que las demás y la puerta también estaba coronada con un bonito montante de abanico, con la única diferencia de que en el centro se leían la palabras SAN NICOLÁS.

«¿Realmente la historia de una casa puede ser tan interesante?», me pregunté mientras observaba con curiosidad el edificio que tenía frente a mí. Sí, seguro que había tenido muchos propietarios diferentes a lo largo de los años, pero no todos tendrían una historia que contar, ¿no? No acababa de entender muy bien cómo pretendían que con eso tuviera suficiente para escribir durante tanto tiempo… De todas maneras, no estaba yo para ponerme a buscarle tres pies al gato; necesitaba el trabajo o no me iba a quedar otra opción que volver con Owen.

Además, no estaría nada mal vivir en una casa tan grande en un barrio céntrico y concurrido de Londres durante un tiempo, en vez de en la caja de cerillas donde vivía mi ex en el norte de Londres.

–Pues vamos allá –dije en voz alta preparándome para la decepción que estaba segura de que me llevaría al llamar al portón–. Veamos lo que hay detrás de la puerta roja.

Di unos pasos adelante, subí los cuatro escalones para plantarme delante de la casa y, al alargar el brazo para agarrar el picaporte, vi que la puerta se abría ante mí, lo que me hizo perder el equilibrio y caerme un poco hacia delante.

–Ay, perdón –dijo un hombre de pelo castaño y muy bien vestido, quien tuvo que protegerse con las manos para evitar que me cayera encima de él–. No te había visto.

–Ho-hola –es lo que conseguí decir cuando mis pies volvieron a sentir el suelo con firmeza y me enderecé–. Venía por el trabajo de escritora.

El hombre me miró un tanto sorprendido.

–Lo siento, la verdad es que no vivo aquí –se excusó un tanto incómodo–. Solo les estaba ayudando a colocar el árbol. Por lo visto, Estelle siempre insiste en conseguir un árbol de Navidad natural, y el de este año es un verdadero monstruo. –Y acto seguido me señaló hacia la ventana de la derecha, donde confirmé que las ramas verdes y hermosas de un árbol de Navidad sin decorar lo ocupaban todo–. Yo vivo en la casa de al lado –me aclaró, y esta vez me señaló en la otra dirección–. Ese soy yo, el que sale en la placa –me dijo con orgullo, apuntando al rótulo metálico que había en la puerta de al lado–. Ben Harris. Soy abogado. Tengo la oficina aquí al lado, en Casa Holly, y vivo en el piso de arriba. Me acabo de mudar.

–Ah, mira qué bien –contesté sin saber muy bien qué decir–. Yo puede que también me mude aquí, vengo porque he visto que tienen una oferta de trabajo y espero llegar a tiempo. ¿Sabes si ha venido mucha gente?

Ben se encogió de hombros.

–Lo siento, es que, como te comentaba, solo llevo aquí un par de días. Y, si te digo la verdad, todo ha sido un poco raro… De repente pusieron en alquiler la oficina y la casa, y vi el anuncio. Se ve que buscaban a un inquilino que pudiera entrar lo antes posible, así que lo conseguí todo a un precio muy razonable. Bueno, la verdad es que superbién, teniendo en cuenta la zona —me confesó con una sonrisa de oreja a oreja y unos ojos oscuros y brillantes que me miraban con una felicidad contagiosa.

No pude evitar que se me escapara una sonrisa tonta al verlo así. Aunque no lo conocía de nada, podía afirmar que a Ben le sobraba atractivo, seguridad y, si se podía permitir pagar un alquiler en esta plaza, también dinero; una combinación altamente peligrosa en mi experiencia y que esta vez preferiría ahorrarme.

—Angela, ¿hay alguien en la puerta? —preguntó con autoridad una voz de mujer desde el interior de la casa—. ¡El jovenzuelo ese del peluquín parece que está hablando con alguien en la entrada!

Ben volvió a regalarme una de sus amplias sonrisas.

—Para su información, Estelle —le dijo girando la cara un poco por detrás del hombro para que lo escuchara bien—, desde que he vuelto a Reino Unido, soy abogado de los de traje y corbata, no de los de toga y peluca blanca. Y no se preocupe, que ya me voy.

Una mujer mayor con mucha energía y desparpajo apareció detrás de Ben. Tenía la melena pelirroja rizada recogida con horquillas y llevaba un delantal con dibujos de colores encima de un peto vaquero azul. Vi que la mujer se secó las manos en el delantal con una expresión un tanto azorada.

—Ay, siento haberte hecho esperar —me dijo mientras Ben se apartaba a un lado—. Estaba en la cocina. ¿No habrás venido por lo del trabajo, por casualidad? —me preguntó, y me pareció detectar un matiz de esperanza en su voz.

—¡Ya nos veremos! —exclamó Ben, que levantó la mano en señal de despedida y bajó los escalones hacia la calle—. Buena suerte con el trabajo. ¡Adiós, Angela!

Angela también se despidió con prisas y volvió a centrar su atención en mí.

—Sí, justo venía por la oferta de trabajo —le confirmé—. Siento haberme presentado sin avisar, pero en el anuncio solo aparecía la dirección. ¿Llego demasiado tarde?

—No, querida, eso es imposible —me tranquilizó Angela y me sonrió amable—. Pasa, pasa.

Seguí a la mujer hasta llegar al pasillo de la casa.

—Espera aquí un momento, voy a ver si Estelle está lista para recibirte.

Mientras esperaba allí, nerviosa, aproveché para echar un vistazo a mi alrededor. Como pasaba con el exterior, el pasillo estaba decorado totalmente respetando la época y el estilo del edificio. Bajo mis pies tenía un suelo de baldosas a cuadros blancas y negras, las paredes estaban cubiertas con un papel clásico pero elegante de detalles florales, y del techo colgaba una araña de vidrio un tanto polvorienta. Al lado derecho del pasillo había unas escaleras con un pasamanos de madera de caoba que daba al piso de arriba, y un poco más adelante había un par de puertas con molduras que asumí que llevaban a otras habitaciones. Al fijarme con más atención, me percaté de que la decoración estaba un tanto desgastada en según qué zonas; la pintura de los rodapiés estaba desconchada en la parte más baja, donde se rozaba con los zapatos y con los muebles. E incluso había trozos del papel de las paredes que se estaban empezando a desprender.

—Estelle ya puede atenderte —me avisó Angela, y abrió la primera puerta que había en el pasillo a mano izquierda—. Y tú tranquila —me dijo cuando pasé a su lado y entré en lo que imaginé que en otro momento fue el salón principal—, ladra mucho pero no muerde.

Ahora fui yo quien sonrió y, al mirarla de nuevo, me di cuenta de que, además del peto vaquero, Angela llevaba una botas Dr. Martens granates, un calzado curioso para una ama de llaves que parecía haber cumplido los sesenta hacía tiempo.

Allí me encontré con una mujer aún más mayor. Llevaba el pelo canoso recogido elegantemente en un moño bajo y estaba sentada en un robusto sillón que parecía muy cómodo junto a una chimenea blanca con motivos florales. El fuego estaba encendido y bailaba animoso detrás de la rejilla, y, en el regazo, tenía un pequeño perro lanudo que me miró con verdadera atención y curiosidad en cuanto entré por la puerta.

–Buenas tardes –me saludó la mujer que entendí que era Estelle, con los ojos clavados en mí–. Angela me ha dicho que has venido por la oferta de trabajo.

–Sí, así es –le confirmé–. Siento haber aparecido sin avisar, sé que es el último día, pero en cuanto vi el anunció supe que estaba hecho para mí.

Estelle me observó detenidamente por encima de sus gafas doradas de medialuna y dudé unos segundos de si me había excedido al hacer tal afirmación, pero entonces la mujer asintió con la cabeza.

–Adelante, siéntate.

Miré brevemente a mi alrededor y me acerqué al sillón que me indicaba. Sin duda, la habitación presentaba una mezcla ecléctica y curiosa de estilos y épocas; había muebles oscuros, caoba y brillantes, una mesa enorme con sus correspondientes sillas, una estantería grande y pesada y un aparador con puertas de cristal donde guardaban la vajilla, junto a muebles y detalles más modernos: una televisión plana, un reproductor de DVD y una radio digital pero de estilo *vintage* en color azul claro. A pesar de esa original combinación, los ojos se me fueron directos al árbol descomunal que había frente a la ventana; era tan alto que casi tocaba el techo.

–¿Qué le voy a hacer? Siempre me gusta tener un árbol de Navidad natural –me comentó al ver que me había quedado sorprendida con él–. Angela luego lo decorará como me gusta, ¿verdad que sí?

Angela dejó escapar un resuello.

–Si no queda otro remedio… ¡Pero tendrá que ser después de que prepare el pastel para cenar y las otras mil cosas que tengo pendientes para hoy!

–Pues lo mejor será que te pongas manos a la obra si quieres acabar a tiempo, ¿no? –le sugirió Estelle–. Yo me quedaré aquí con nuestra invitada.

Angela sacudió la cabeza, como si ya estuviera muy acostumbrada a sus imposibles y numerosas demandas.

–Ay, eso sí, sería maravilloso que intentases buscar un hueco en tu apretada agenda y nos trajeses un poco de té –le pidió–. Si no es demasiada molestia, claro –añadió buscando mi mirada.

Volví a sonreír, pero la verdad es que me sentí un poco incómoda al estar en medio de aquella improvisada guerra fría y dudé de si sentarme o no en el sillón que me había señalado.

–¡Pues claro que sí, mujer! –exclamó Angela mientras salía de la habitación–. Para eso soy la criada, ¿no? –se la oyó refunfuñar mientras se alejaba por el pasillo.

–No le hagas ni caso –me dijo ahora Estelle, y volvió a invitarme a que me sentara en el sillón que tenía colocado justo enfrente–. Ladra mucho pero en realidad no muerde. Venga, no te quedes ahí parada, siéntate.

Con una sonrisa me coloqué bien en el asiento junto al fuego. Vaya pareja más curiosa formaban aquellas dos mujeres.

Mientras Estelle se recolocaba la chaqueta fina azul palo que le cubría los estrechos hombros, el perro que descansaba en su falda de cuadros verdes me miraba contento moviendo la cola de lado a lado.

–Esto es muy buena señal –afirmó Estelle con aprobación, mientras acariciaba al peludo–. Alvie sabe muy bien de quién fiarse y de quién no. ¿Te gustan los perros?

–Sí, mucho –contesté con entusiasmo–. Me encantan –insistí mientras sonreía a Alvie.

Al mirarlo, me encontré con unos ojos verdes y brillantes que parecían entenderme y conocerme perfectamente, hasta tal punto que di un respingo en mi asiento.

–Por cierto, soy Estelle –me confirmó por último la mujer, que no había perdido detalle–, pero supongo que ya te lo habías imaginado, ¿verdad?

Por fin aparté la mirada de Alvie para poder concentrar mi atención en mi anfitriona. Había visto muchos perros en mi vida, pero hasta ese momento ninguno me había mirado así.

–Sí, sí –le contesté rápidamente, recomponiéndome aún de mi desconcierto–. Lo ponía en el anuncio. Me llamo Elle, Elle McKenzie. Es un placer conocerla, Estelle.

Estelle volvió a asentir con la cabeza.

–Elle, qué nombre tan bonito. ¿Cuál es el nombre completo?

–Elle, es así sin más.

Estelle se quedó mirándome unos segundos por encima de las gafas.

–Algo me da que no es así.

¿Cómo podía saber eso?

–De acuerdo, me ha pillado –admití sin hacerme de rogar más–. La verdad es que no me gusta mi nombre completo, por eso siempre me presento directamente como Elle.

–No me creo que sea tan horrible.

–Sí que lo es, sí…

Estelle se quedó en silencio, expectante, y entendí que la entrevista no iba a seguir adelante a menos que se lo dijera.

–Está bien, me llamo Noelle.

–¿Naciste en Navidad? –me preguntó mi entrevistadora, sin darle más importancia a ese nombre que tanto me avergonzaba.

–Sí, mi cumpleaños es en Nochebuena.

–Qué maravilla, solo quedan unos días. ¿Ya tienes algo planeado?

–Pues la verdad es que no. He estado un poco… ocupada. No he tenido tiempo de organizar nada.

–Ah, vaya –me contestó, pero asintió y tuvo la educación de no seguir indagando, lo cual agradecí enormemente–. Bueno, quizá ahora será mejor que pasemos a la entrevista, ¿no?

–Sí, por mí estupendo –dije, resuelta.

Alvie bajó al suelo de un brinco y se dirigió con paso lento hacia el árbol de Navidad.

—Alvie, pórtate bien, ¿eh? No empieces a jugar con el árbol, que lo pones todo perdido y luego Angela se enfadará con nosotros.

—¿Por qué me voy a enfadar? —preguntó el ama de llaves al entrar de nuevo en la sala con una bandeja de plata cargada con una tetera y dos tazas de porcelana fina. Cuando llegó a nuestro lado, la dejó en una mesita de madera que había justo detrás de Estelle—. Alvie, escúchame bien: ¡ni te acerques al árbol! —lo avisó con voz severa—. ¡Hoy no tengo tiempo para andar detrás de ti!

Alvie, sin embargo, se limitó a mover la cola como haciéndose el sueco y siguió olisqueando a su víctima.

—¿Cómo te gusta el té? —me preguntó ahora Angela.

—Con un poco de leche y una cucharadita de azúcar, gracias.

Mientras Estelle empezó a darme más detalles sobre el puesto, los ojos se me fueron de nuevo hacia Angela; estaba fascinada por la dedicación y esfuerzo que invertía en la preparación del té. Para mí, el té lo único que necesita es un poco de agua caliente en una taza y una bolsita de té; sin embargo, ahora veía como Angela vertía lentamente el agua hirviendo de la tetera de porcelana con un pequeño colador antes de acercarse a la preciosa taza con su plato de porcelana correspondiente.

—Esta casa —continuó diciéndome Estelle— ha pertenecido a mi familia durante muchas generaciones, pero yo soy la última en una larga línea de propietarios. Desgraciadamente, no he podido tener descendencia y no tengo familia directa a quien poder cederle la casa como herencia.

—Vaya, lo lamento —repuse justo cuando Angela me ofrecía la taza que me había preparado con tanto mimo—. Gracias —le dije y, al ver que alargaba un bol lleno de terrones de azúcar en mi dirección, cogí uno con las pincitas plateadas que había al lado—. Entonces, ¿cuántos años lleva su familia en esta casa, Estelle? ¿Le parece bien que la llame Estelle?

—Por supuesto, y también puedes tutearme —me dijo—. Pues mira, mi familia lleva aquí desde que se construyó en 1750.

—Madre mía, eso es muchísimo tiempo —exclamé. Su respuesta me había pillado totalmente por sorpresa—. Eso son más de doscientos cincuenta años.

—Sí, es mucho tiempo para que una sola familia lo haya pasado en la misma casa —me contestó y ella también cogió su taza de té—. Gracias, Angela. ¿Quieres tomarte uno con nosotras?

—Pues sí, gracias —accedió la mujer como si fuera lo más normal del mundo, y en ese momento entendí que la relación entre ellas era más profunda de lo que se esperaría entre una empleada y su jefa.

—Al menos una casa así de grande —siguió explicándome Estelle—. Tampoco es que se pueda decir que sea una casa señorial.

—Seguro que aquí se han vivido muchas historias más interesantes que en esas otras casas más grandes.

Estelle me contestó con una sonrisa, complacida.

—Así es, y para eso necesito tu ayuda.

Me gustó su perspectiva, la idea de que yo la ayudaba a ella, como si le estuviese haciendo un favor y no al revés.

Angela aprovechó la pausa para servirse una taza, cogió una silla y la acercó para sentarse entre Estelle y yo, pero encarada hacia el fuego. Para mis adentros me pregunté si normalmente se sentaba donde estaba yo ahora y allí conversaba tranquilamente con Estelle sobre su día.

—Quiero que todas las historias que conozco queden escritas en un mismo sitio —me explicó la propietaria—. Además, tengo un amigo que trabaja en una editorial y me ha prometido que publicará el libro cuando esté listo. No será un superventas, eso lo tengo claro, pero la tranquilidad que me da saber que la historia de mi familia y de esta casa no desaparecerá cuando yo me muera ya me vale.

De repente, me embargó un sentimiento de tristeza al pensar que esta señora mayor tuviese que pagarle a alguien, a una desconocida, para que la escuchara y pudiera contar su historia, en vez de tener hijos, nietos e incluso bisnietos a los que contársela.

–Y ahí es donde apareces tú –siguió diciéndome Estelle–. Necesito a alguien que se siente conmigo, que escuche todas estas historias y que las escriba, y a poder ser que lo haga con gracia para que las próximas generaciones las quieran leer y las disfruten. En resumen, no quiero que la historia de mi familia desaparezca conmigo.

–Podría hacerlo sin problemas –le contesté amablemente.

–Lo sé –me dijo–. Por eso estás aquí.

–Lo que quiere decir Estelle –intervino Angela– es que por eso estamos buscando a la persona perfecta para este puesto, para que narre estas historias que son tan importantes para ella.

–Lo entiendo –le aseguré con convicción–. Os garantizo que tengo mucha experiencia escribiendo. Me licencié con matrícula en lengua e historia en Cambridge y, cuando acabé la universidad, trabajé en diferentes publicaciones, al principio sobre todo en periódicos, hasta que conseguí un trabajo fijo en el mensual *Criadores de cerdos* –hice una pausa para mirarlas y comprobar si les sonaba de algo, pero ninguna de las dos pareció reaccionar ante el nombre, cosa que no me extrañaba, la verdad sea dicha–. Más tarde empecé a trabajar como autónoma y cogía todo tipo de proyectos, la mayoría de los cuales seguían siendo para periódicos londinenses como el *Evening Standard* y el *Metro*, y hasta hace muy poco he trabajado como columnista en la revista *Tu casa, tu historia*.

–Esto último sí que me gusta –comentó Estelle, más satisfecha con la respuesta–. El médico al que iba siempre tenía una de esas en la sala de espera, y no he conocido a ningún hombre tan selectivo y exigente. Entonces entiendo que tienes algo de experiencia a la hora de escribir sobre la historia de algunos edificios, ¿verdad?

–Sí, un poco –le contesté, y preferí omitir que lo que solía escribir en la revista se centraba sobre todo en renovaciones de casas con un toque antiguo–. Y tengo el presentimiento de que esta casa va a tener una historia increíble. Me parece muy lógico que quieras dejar constancia de ella para la posteridad.

Estelle asintió con la cabeza, dándome la razón.

—¿Tienes disponibilidad inmediata? —me preguntó entonces—. Entiendo que no tienes otros proyectos pendientes con nadie más, ¿no?

La verdad es que me sorprendió que lo diera por hecho, pero aun así le confirmé:

—Pues no, no tengo nada más.

—Perfecto —dijo la mujer—. No es algo tan habitual para alguien de tu edad, ¿verdad? ¿Qué tendrás…, treinta y cuatro años?

—Madre mía, pues sí, has acertado de nuevo. Y estoy libre, libre como el mar, te lo aseguro.

—¿Y te parece bien vivir aquí?

—Por supuesto —le dije echando un vistazo a mi alrededor—. Tienes una casa preciosa. Entiendo que tendría mi propia habitación, ¿verdad?

—Te puedes quedar con el primer piso entero, si quieres. Yo ya no puedo subir las escaleras, así que ahora mi habitación está al lado de esta sala. Angela vive en el último piso y le encanta, ¿verdad que sí?

—Sí, como todas las otras amas de llaves que vinieron antes, vivo en el altillo. Qué remedio… —refunfuñó la mujer.

—Anda, anda. No le hagas ni caso. De verdad que está la mar de contenta allí arriba.

—No puedo negar que tiene buenas vistas —acabó diciendo Angela a regañadientes.

—¿Y qué hay en el segundo piso? —pregunté.

—Pues la verdad es que nada, solo mis trastos y cosas viejas —me aclaró Estelle rápidamente—. Libros, vajillas finas de porcelana que ya no usamos… Ese tipo de cosas.

Asentí.

—Mi vida social ya no es lo que era, claro —dijo con pesar—. Me irá bien tener una cara nueva en casa. Puedes traer a tus amistades, no hay problema, o a pretendientes, claro –insinuó–. Seré vieja, pero no tengo ni un pelo de tonta.

Respondí con una sonrisa a su generosidad y flexibilidad.

–Pues de momento creo que no va a venir nadie. Por ahora no quiero saber nada ni de hombres ni de amigos –añadí, teniendo muy en mente tanto a Owen como a mi exmejor amigo y exjefe, Liam.

Estelle y Angela intercambiaron una mirada que me pareció transmitir algo de preocupación, lo cual me extrañó y me infundió curiosidad a la vez.

–Tengo una pregunta más para ti –me dijo Estelle mirándome fijamente con sus ojos verdes y brillantes–. Y, si te digo la verdad, es una de las más importantes.

–Por supuesto, dime.

Esta entrevista había sido tan diferente de todas las que había hecho hasta la fecha que tenía bastante claro que la mujer me podía preguntar cualquier cosa.

–¿Te gusta la Navidad, Elle?

Durante unos instantes se hace el silencio en la sala mientras mis neuronas y yo confirmamos una vez más que he escuchado bien la pregunta que me ha hecho.

–Mmm… sí, supongo –mentí por primera vez desde que había entrado en la casa.

Estelle me miró aún con más intensidad.

–¿Supones?

–Quiero decir… ¿A quién no le gusta? –intenté justificarme–. A todo el mundo le gusta la Navidad, ¿no?

Estelle se giró para mirar a Angela, que se limitó a encogerse de hombros.

–Quiero decir… –empecé de nuevo, dándome cuenta de que si no hacía algo rápido quizá perdía mi oportunidad–. Solo hay que ver el árbol que tenéis ahí, es el mismísimo espíritu de la Navidad.

–Así es –afirmó Estelle mientras miraba el árbol con orgullo–. Es lo que más me gusta del año, el momento en el que por fin tenemos el árbol en casa decorado y con las luces encendidas. Me trae muchos recuerdos cuando lo veo así de bonito y brillante. Me llena de felicidad y alegría.

–Y es lo que te he prometido que haría después, ¿no? –Angela le dijo con la ceja arqueada–. Pero es que es enorme… –comentó mientras se giraba para mirarme–. Cada año me paso una eternidad para decorarlo.

–Si quieres, puedo ayudarte –me ofrecí, cruzando los dedos para que mi gesto fuese lo que faltaba para cerrar el trato–. Si al final decidís darme el trabajo, por supuesto –le dije, esta vez desviando la mirada hacia Estelle.

Quizá este fuese el trabajo más extraño al que me había presentado en mi vida, y sin embargo, sin saber muy bien por qué, es el que más ganas tenía de conseguir. La plaza, la casa y las personas que vivían en ella tenían algo especial y no podía negar que quería quedarme más para poder conocerlas mejor.

–Pues ya estaría. No creo que haya nada más que hablar –sentenció Estelle de repente, y me asusté al pensar que quizá había forzado la máquina más de la cuenta–. Si te parece bien, puedes empezar mañana, y lo primero que harás, Elle, si aún estás dispuesta, será ayudarnos a decorar el árbol de Navidad.

Tres

Cuando Owen por fin se fue al trabajo, salí de la habitación de invitados y empecé a recoger mis cosas del piso que había considerado mi hogar durante los últimos dos años. Owen tenía el apartamento desde antes de que yo me mudara con él, así que la mayoría de los muebles eran suyos. La verdad es que me dio pena comprobar lo poco que había puesto de mi parte para hacer un poco más mío ese sitio durante el tiempo que había vivido allí. En realidad, era una buena metáfora de nuestra relación, en la que lo importante eran él y su vida. «¿Cómo había acabado en una situación así?».

Si no fuese por Estelle, ahora mismo estaría en la calle, sin trabajo y sin nadie a quien pedir ayuda. Casi todo lo que tenía en la vida, incluyendo a mis amistades, habían sido primero de Owen, así que, ahora que por fin ya no estábamos juntos, podía ver con total claridad el desequilibrio que había y lo tóxica que había sido nuestra relación.

En el momento en el que le dejé la llave en el buzón, me prometí que nunca más me vería en una situación así. A partir de entonces me iba a esforzar por priorizarme a mí y no preocuparme tanto por los demás, por lo menos hasta que me hubiese recuperado y me sintiera con fuerzas.

Aunque salí del piso con muy pocas cosas, esta vez me vi obligada a coger un taxi para llegar hasta Mistletoe Square; iba cargada con demasiadas bolsas y maletas para ni siquiera plantearme ir

37

en metro. De todas maneras, ahora que sabía que iba a empezar a volver a ganar dinero, ya no me preocupaba tanto hacer ese gasto. La noche anterior, después de aceptar el trabajo, Estelle y yo hablamos sobre los detalles del contrato, entre ellos mi sueldo. No era el mejor que había tenido, pero sabiendo que incluía la estancia y las comidas estaba más que satisfecha con las condiciones que me ofrecía.

El taxista, que llevaba un gorro de Papá Noel, no pareció encantado con la idea de todo lo que iba a tener que cargar cuando se paró en la calle para que subiera. Eso sí, conseguí animarle un poco cuando llegamos a nuestro destino, sacó todas mis cosas del maletero y le di una buena propina y le deseé unas felices fiestas mientras salía de la plaza.

Con la ayuda de Angela, logré subir las escaleras de entrada a la casa para dejar todas mis cajas y bártulos, y luego las que llevaban al primer piso, donde me habían anunciado que me alojaría.

–¿Te va bien así? –me preguntó el ama de llaves mientras dejábamos en una de las habitaciones las últimas cosas.

–Es increíble –le confesé, sin acabar de creerme la suerte que había tenido.

Me dieron dos habitaciones del primer piso, una habitación con algunos muebles antiguos enormes, entre los que se incluía una gran cama de matrimonio, una cómoda, un armario y un tocador, y un salón con chimenea, donde había un sofá tapizado con un estampado floral y, junto a la ventana que daba a la plaza, un hermoso escritorio de roble. Además, junto al rellano, había un baño que también estaba decorado con detalles antiguos.

–Me alegro de que te guste. El lavabo es solo para ti. Yo tengo todo lo que necesito arriba y Estelle se queda en el piso de abajo ahora que le cuesta subir las escaleras.

–¿Hace mucho que trabajas aquí? –le pregunté, ansiosa por saber más sobre las mujeres con las que iba a vivir.

Ese día Angela iba vestida con ropa que me transportaba a los años cincuenta. Llevaba el pelo caoba recogido en una coleta alta con un lazo blanco, una falda larga con un estampado de caniches rojos y blancos, y un jersey de cuello alto rojo. Y para rematar el *look*, como la última vez, llevaba un llamativo delantal.

—Mucho tiempo, sí —me dijo con un tono un poco tajante—. Estelle y yo nos conocemos desde hace mucho.

—¿Ah, sí?

—Seguro que te lo explicaremos todo a su debido tiempo. Bueno, te dejo para que puedas arreglar tus cosas y preparar tu habitación. La comida estará lista a la una en punto: habrá caldo de pollo casero y pan recién hecho, ¿te va bien? —me preguntó mirándome de arriba abajo—. No me digas que eres una vegana de esas.

—No, como casi de todo.

—Perfecto —asintió el ama de llaves, satisfecha—. Así me pones las cosas más fáciles. A ver, que si lo fueras, me hubiese adaptado y punto. Sé cocinar de todo y, aunque no quede muy bien decirlo, la verdad es que lo hago de maravilla.

—No lo dudo en absoluto —le contesté con una sonrisa—. Pero, bueno, no suelo dar problemas con la comida.

—Perfecto —repuso Angela—. Pues nos vemos luego.

Dicho esto, bajó a toda prisa por las escaleras para meterse en la cocina y me dejó allí para que empezara a deshacer las maletas. Es lo último que me apetecía hacer después de haberlo metido todo en bolsas a toda prisa, así que, en vez de ponerme a ordenar, decidí sentarme en mi nuevo escritorio y contemplar las vistas que me ofrecía mi ventana mientras le daba vueltas a lo mucho que había cambiado mi vida y lo rápido que había pasado todo.

¿Cómo era posible que tan solo el día anterior hubiese estado sentada a la orilla del Támesis, desesperada y sin saber qué hacer, y hoy me encontrase en mi nuevo hogar en un edificio georgiano en Bloomsbury? En mi cabeza volvió a aparecer aquel hombre que se sentó conmigo en el banco.

—Me dijiste que siguiera un nuevo camino —dije con apenas un susurro mientras observaba las idas y venidas de la gente en la plaza–. Y, de momento, el que he tomado me encanta.

Mientras hablaba conmigo misma en voz alta, reconocí a alguien entre el gentío, un hombre que cruzaba la calle enfrente de la casa. Era Ben, el vecino de la casa de al lado. Hoy llevaba una chaqueta larga y oscura de lana encima del traje y caminaba deprisa y con el cuello del abrigo subido para protegerse del frío. De repente, levantó la cabeza y me pilló mirándolo, se paró un segundo y me dedicó una sonrisa. «Hola», leí que me decían sus labios, y yo le respondí con otro susurro y moviendo la mano.

Él también levantó la suya un instante, y después desapareció al subir las escaleras de la entrada principal de su casa.

Para mi desgracia, he de admitir que el corazón se me aceleró más de la cuenta con esta pequeña interacción.

«¡Ni se te ocurra, eh! –me dije con firmeza–. Acabas de salir de una relación horrible y tóxica, y ahora quieres meterte de cabeza en otra igual. Hemos quedado en que vamos a darnos un buen respiro en lo que se refiere a hombres, ¡aunque sean guapísimos como tu vecino!».

Para dejar de pensar en Ben, saqué un par de cosas de las maletas y bajé al salón un poco antes de que el reloj marcara la una. Antes de entrar en la sala de estar, oí las voces de Estelle y Angela, que hablaban entre ellas. Como no quise interrumpirlas, esperé un poco en la puerta.

–¿Tan pronto? –escuché que decía el ama de llaves–. ¿Estás segura? Pero si acaba de llegar… ¿No es demasiado rápido?

–No, tenemos muchas cosas que hacer –le aseguró Estelle con rotundidad–. Cuanto antes empecemos, mejor.

Di por sentado que hablaban de cuándo Estelle querría comenzar a compartir conmigo las historias de la casa y de su familia, y como no quería molestar, pensé que podría aprovechar la ocasión para hacer un pequeño *tour* por mi nueva casa.

Me adentré un poco más en el pasillo y me detuve unos instantes para observar el cuadro y las fotos que había colgadas en la pared. En el cuadro, que parecía bastante antiguo, se veía a un hombre afable con una chaqueta larga y negra, un chaleco bordado y unas calzas de la época que le quedaban justo por debajo de las rodillas. El hombre estaba de pie junto a una mujer de rostro pálido y delicado; ella estaba sentada y llevaba un vestido bordado color crema, con una falda con vuelo y mangas abullonadas. La placa que había debajo decía: JOSEPH Y CELESTE CHRISTMAS, 1750. ¿Fueron ellos quienes dieron el nombre a la casa? Y me quedé unos segundos sopesándolo mientras observaba bien aquel retrato.

Justo al lado, había una fotografía en color sepia de una pareja victoriana en una posición parecida. En esta, el hombre de nuevo transmitía una expresión amable aunque no sonreía –era lo normal en aquella época– y la mujer tenía un aire europeo. Junto a esa fotografía, había un par en blanco y negro: una de un hombre con un uniforme que podría muy bien ser de la Primera Guerra Mundial, y la otra de una mujer hermosa pero de aspecto frágil con un vestido muy bonito que debía de ser de finales de los años veinte o principios de los treinta. Seguidamente había unas cuantas fotos en color que podrían haberse hecho en los años sesenta o setenta por la ropa que llevaba el grupo de jóvenes que aparecía en ellas, entre los cuales había un chico con toga en lo que parecía ser su graduación.

Después de haber examinado cada foto con detalle, pasé al lado de la puerta cerrada que Estelle me dijo que era su habitación, pasé el lavabo y me dirigí hacia la cocina, que ya se veía al final del pasillo, detrás de una puerta entreabierta.

Me detuve un momento en la puerta para verla bien. Era una cocina muy amplia, las baldosas blancas y negras del suelo estaban inmaculadas, y, en dos de las paredes blancas encaladas, había unos armarios clásicos de roble natural. En la tercera pared había una cocina de gas, en la que se estaba acabando de cocinar el caldo, y en la cuarta me encontré con un gran frigorífico combi moderno, que claramente no acababa de encajar con el resto de sus compañeros. Los utensilios de cocina estaban guardados en los potes de cerámica decorados a rayas que había en la encimera, junto a los afilados cuchillos que descansaban en el bloque de madera. Un poco más arriba, colgadas de unos ganchos, había una serie de sartenes y ollas. Mi mirada se posó en la mesa que había en medio de la cocina, donde vi unas rebanadas de pan recién cortadas en una tabla de madera y unos cuencos de sopa caliente que alguien había colocado en una bandeja para llevarlos cómodamente a la mesa. Al parecer, Angela lo tenía todo a punto para la comida.

Ahí plantada en la puerta, no me era difícil imaginar cómo había sido aquella cocina en el pasado, cuando la casa se acababa de construir. No me cabía ninguna duda de que, en un sitio así de grande, la cocina habría estado llena de sirvientes corriendo de un lado a otro, asegurándose de que la comida se preparaba a tiempo para la familia.

–¿Necesitas algo? –escuché que me decía la voz de Angela a mis espaldas, y me hizo dar un respingo.

–Solo estaba echando un vistazo a la casa –le dije, pero, para mi sorpresa, cuando me giré me di cuenta de que Angela parecía bastante molesta–. Vaya, lo siento. No he tocado nada.

–No te preocupes, el gesto torcido no es por ti –me aclaró para mi tranquilidad–. Es que he hablado con Estelle y, no sé cómo lo hace, pero consigue sacarme de mis casillas hasta cuando me pide la cosa más tonta.

–Sí, cuando he ido a la sala os he escuchado hablando –le comenté con cuidado–. No os he querido interrumpir.

Angela se sorprendió con mis palabras y, de repente, se le arquearon las cejas.

–¿Y qué has escuchado?

–La verdad es que no mucho. Me ha parecido escuchar que Estelle te estaba diciendo cuándo quería empezar a contarme las historias.

Angela se quedó pensando unos segundos al escucharme.

–Claro, era eso, sí.

–¿Prefieres que me vaya para el comedor ya? –le pregunté, sin entender muy bien por qué estaba reaccionando así–. Al salón, quiero decir.

–Sí, mejor que sí. Ahora mismo serviré la comida.

–¿Quieres que te eche una mano?

Angela se sorprendió de nuevo ante mi sugerencia, pero esta vez pareció alegrarse.

–Eres muy amable, cariño –me aseguró–, pero no hace falta. Ve al comedor con Estelle, te está esperando.

Mientras daba media vuelta y recorría el pasillo de nuevo en dirección contraria, no pude evitar preguntarme por qué Angela se había alarmado tanto al saber que las había escuchado. Al llegar a la puerta del salón, dudé unos instantes si lo mejor sería que llamase antes de entrar.

–Anda, pasa, Elle –escuché a Estelle decirme desde el otro lado–. No te quedes ahí plantada, mujer.

–Hola –la saludé, aunque debía admitir que me sentí un poco incómoda después de abrir la puerta–. Angela me ha dicho que la comida ya estaba a punto y que viniera para aquí.

Me alegré al comprobar que la mesa al final de la sala estaba puesta para tres. Aún me costaba un poco entender la relación que había entre aquellas dos mujeres, a veces el trato parecía el normal entre trabajadora y jefa, pero muchas otras se trataban como si fuesen viejas amigas, lo cual me gustaba muchísimo más.

–Angela también comerá con nosotras –me confirmó Estelle, que ahora estaba sentada junto a la chimenea y se había dado cuenta de que estaba mirando los platos en la mesa puesta–. Espero que te parezca bien.

–Por supuesto. Entiendo que sois viejas amigas, ¿no? –le pregunté mientras me acercaba al sillón donde hicimos la entrevista el día anterior, y Estelle asintió con la cabeza como dándome su aprobación para que me sentase.

43

—Nos conocemos desde hace mucho tiempo —me respondió educadamente mientras acariciaba a Alvie, que de nuevo estaba sentado en su regazo—. Ahora me ayuda en casa, ya que ya no puedo hacer mucho por mí misma. —Estelle bajó la voz para decirme lo siguiente—: No es algo que me guste admitir, pero no sé qué haría sin ella. No se lo digas, ¿eh? Que quede entre nosotras —me pidió y, seguidamente, me guiñó el ojo.

—¡Y esperemos que no lo tengas que descubrir, porque si no…! —empezó a decir Angela, que justamente entraba al comedor con la bandeja y nuestra comida—. Una pieza indispensable, eso es lo que soy en esta casa. —Cuando llegó a la mesa, dejó encima la bandeja y recolocó la sopera y las rebanadas de pan con mantequilla en un plato—. Siéntate a la mesa, Elle, anda —me dijo mientras ella ayudaba a Estelle a levantarse del sillón.

—¿Dónde voy yo? —les pregunté, suponiendo que cada una ya tendría su sitio habitual.

—Ahí a la izquierda si no te importa —me señaló Estelle con el bastón. Le hice caso y me senté, mientras Angela acompañaba a la propietaria a su sitio. Una vez en su silla, Angela se dispuso a servirnos la sopa y cada una cogió su rebanada de pan.

—Había pensado que luego podríamos empezar a hablar de la historia de la casa —anunció Estelle, cuando las tres ya teníamos la barriga llena con aquella sopa de pollo tan deliciosa que nos había preparado Angela y el pan más esponjoso y rico que había probado jamás—. Después de decorar el árbol, claro.

—Me parece bien —le dije y le di un sorbo al vaso de agua. Incluso el agua sabía mejor aquí, y me hice una nota mental para preguntarle a Angela qué marca compraban. Tenía muy claro que no era del grifo, porque la de Londres sabía a rayos—. Tengo muchísimas ganas de empezar con el proyecto.

—Qué bien, me alegro —celebró Estelle—. Después de comer, ¿podrás traer las cajas con los adornos, Angela?

Ella asintió.

–Por supuesto. Es verdad que me quejo, pero luego siempre nos lo pasamos bien decorando el árbol de Navidad.

Me fijé en que hablaba de las dos, «nos lo pasamos bien».

–Sí, siempre marca el principio de algo bueno que está por venir –añadió Estelle–. Y esta vez es más importante que nunca que lo hagamos bien.

Angela le dio la razón y, una vez más, volví a quedarme un poco confundida y sin tener demasiado claro de qué hablaban exactamente, lo que, al parecer, empezaba a ser lo normal en esa casa.

Cuando por fin nos levantamos de la mesa, insistí para ayudar a Angela a recoger los platos y poner el lavavajillas. Para mi sorpresa, en la antigua cocina había una especie de lavadero con una lavadora, una secadora y un lavavajillas de última generación. Estaba convencida de que, en su época, esta zona era lo que se llamaba la trascocina, creía recordar gracias al limitado conocimiento sobre casas antiguas que había adquirido durante mi experiencia en la revista. Sin embargo, ahora que estaba llena de electrodomésticos modernos, la palabra más adecuada sin duda era «lavadero».

Cuando volví al comedor, vi que Angela había traído una caja de madera con adornos navideños del altillo y ahora estaba sentada con Estelle a la mesa desenvolviendo con mucho cuidado los adornos y figuritas, que por lo visto eran muy antiguos y delicados. Mientras tanto, Alvie descansaba bien metidito en su cesta junto al fuego.

–Son preciosos –les dije mientras me acercaba–. ¿Son todos antigüedades?

–La gran mayoría, sí –me respondió la propietaria de la casa–. Cada uno representa a una persona o una época de la historia de la casa. Han ido pasando de generación en generación y cada propietario ha ido añadiendo el suyo a la colección.

–¡Madre mía! –exclamé al ver los que ya habían sacado–. Qué maravilla. ¿Y cuál es el más antiguo?

–Hay algunos de la época victoriana, cuando trajeron el primer árbol de Navidad a la casa –me explicó Estelle–. ¿Sabías que hasta entonces en Inglaterra la gente no solía poner árboles en Navidad? Las familias decoraban las casas, pero lo que se usaba por aquella época eran las plantas y bayas que encontraban fuera.

–¿No fue la reina Victoria la que empezó la tradición de los árboles? –le dije, intentando compartir lo poco que sabía del tema.

–Casi. Fue su marido Alberto quien llevó el primero al palacio de Buckingham y allí empezó todo. Victoria y Alberto también fueron los que iniciaron la tradición de enviar postales navideñas.

–Entonces, ¿me estás diciendo que algunos de estos adornos pueden tener más de ciento cincuenta años? –le pregunté, bastante impresionada. Aquellas decoraciones eran realmente elaboradas, hermosas y parecían extremadamente delicadas.

–Y por eso a mí no me emociona tanto la idea de decorar el árbol como a Estelle –añadió Angela, con sorna–. Me gusta el ritual, pero siempre sufro pensando que se me va a caer alguno y lo voy a romper…

–Pero si nunca te ha pasado, mujer –le replicó la propietaria.

–¡Y más me vale! –exclamó Angela–. ¡No sé qué me harías!

–Mientras nosotras seguimos desenvolviendo los adornos, ¿quieres ir colgándolos en el árbol, Elle? –me propuso Estelle–. Eres un poco más alta que Angela, así que no necesitarás la escalera tanto como ella.

Cuando me giré para mirar el árbol, me di cuenta de que había una pequeña escalera de madera al lado.

–Esa es otra… –dijo Angela, volviendo a la carga–. Un año de estos seguro que me caigo y me parto la cabeza con ese trasto. No acabo de entender la necesidad que hay de que el árbol sea tan grande, llámame loca…

Estelle dejó escapar un resuello, lo que me hizo pensar que no era la primera vez que escuchaba ese comentario.

–Es la tradición –dijo con toda la paciencia que pudo, creo que no solo para mí, sino también para Angela–. En el número cinco de Mistletoe Square siempre ha habido un árbol de Navidad natural y yo no voy a ser quien rompa la tradición. Durante la siguiente hora, Angela y yo, bajo la mirada atenta de Estelle y sus infinitas indicaciones, decoramos con mucho cuidado el árbol. Debo admitir que no las tenía todas conmigo al ver las luces, que parecían más viejas que Matusalén, pero las enrollamos desde abajo hacia la copa y Estelle me aseguró que funcionaban divinamente, que las usaban cada año, como todo lo que había en la caja.

Después pasamos a colocar todos los adornos y figuritas que habían sacado de su envoltorio protector. Entre todas las piezas que colgamos había querubines de porcelana, un bebé en un pesebre, un copo de nieve y los tres Reyes Magos.

Aunque intentaba con todas mis fuerzas escondérselo a Estelle, decorar el árbol nunca había estado en mi lista de cosas preferidas, al igual que la mayoría de tradiciones típicas de estas fechas. Mis padres no habían sido mucho de celebrar la Navidad, así que nunca había vivido esa ilusión que suelen tener los niños por decorar el árbol con la familia. Sin embargo, esta vez estaba siendo diferente. A medida que íbamos adornando las enormes ramas verdes con las bolitas y los recuerdos de otras fiestas, la mezcla de olor a pino y el brillo en los ojos de Estelle y su cara de felicidad conseguían hacerme disfrutar del momento mucho más que otras veces que había intentado unirme a este tipo de actividades.

Mientras hacíamos una pausa para que Estelle fuese al baño, Angela y yo nos retiramos un poco del árbol para contemplar mejor nuestra obra.

—Solo nos falta el ángel o la estrella —comentó Angela, que salió corriendo hacia la mesa para coger la figurita de un ángel con cara de felicidad y alas rosadas, un vestido blanco y una aureola dorada en la cabeza.

Se quedó mirando unos segundos la estrella brillante de cristal con bordes dorados que había allí encima, pero al final no la tocó.

–¿Llegas bien? –le pregunté al verla subirse a la escalera de madera.

–Sí, justito, pero llego –me contestó, pero la vi temblar un poco al intentar estirar el brazo para llegar a la copa.

–¿Quieres que lo haga yo, mujer? –me ofrecí. Estaba sufriendo al verla allí haciendo malabarismos y cogiendo el ángel solo con dos dedos para conseguir su objetivo–. Soy un poco más alta, quizá esa diferencia me ayuda.

–Pues creo que va a ser lo mejor, sí –accedió finalmente, resoplando con frustración, y bajó de la escalerilla–. Pero hazlo rápido –me pidió y miró a la puerta para comprobar si Estelle había vuelto.

No entendía muy bien por qué parecía tan preocupada de repente, pero en cuanto cogí el ángel y subí las escaleras lo descubrí.

–¡Angela! –exclamó Estelle, que se quedó muy quieta en la entrada con el bastón–. Conoces bien la regla: la estrella siempre va en la copa del árbol, no el ángel.

Me paré sin saber qué hacer en el último escalón de la escalera.

–Ah, así que el ángel nunca se puede poner, ¿no? –refunfuñó el ama de llaves mientras volvía a la mesa para coger la estrella y traérmela–. Siempre tiene que ser la puñetera estrella porque según tu parecer es lo que queda mejor. Pues ahí la tienes –me dijo mientras hacíamos el intercambio–. Mejor que le hagamos caso.

En el tiempo que Estelle iba abriéndose camino hacia su sillón poco a poco, yo coroné el árbol con la famosa estrella sin problemas. Después, Angela me pasó el ángel e intenté buscarle un sitio lo más cerca posible de la copa.

–Mira qué bien –comentó nuestra jefa, que ahora observaba el árbol orgullosa desde su asiento–. Ya casi lo tenemos, solo falta encender las luces. ¿Quieres hacer los honores tú este año, Elle?

–¿Yo? –se me escapó de la sorpresa mientras bajaba de la escalera–. ¿No quieres hacerlo tú, Estelle? Es tu árbol.

–Este año es de todas –me corrigió con una sonrisa–. Además, tal como estoy ya no puedo agacharme para encenderlas –añadió y apuntó con el bastón al botón que había en la parte baja de la pared donde habíamos enchufado las luces–. Y a Angela ahora mismo no la veo muy dispuesta, con estos morros.

–No estoy de morros –repuso ella malhumorada–. Es que no entiendo por qué no podemos poner el ángel arriba de vez en cuando, la verdad. Adelante, Elle, enciéndelas tú, no me importa.

–Pues lo que decía yo, que está de morros –dijo Estelle chasqueando la lengua y sacudiendo la cabeza–. Venga, Elle, enciéndelas. Ahora ya empieza a anochecer y se verán bien.

Miré por la ventana y así era, el cielo empezaba a oscurecerse, las lámparas antiguas de gas que había visto el día anterior rodeando la plaza estaban encendidas, lo que ya le daba un toque alegre y festivo al lugar.

–Vale, pues vamos allá –accedí. Entonces me dirigí al interruptor y me arrodillé justo al lado del botón–. ¿Estáis preparadas? –les pregunté a Estelle y Angela, y ambas asintieron con la cabeza.

–Perfecto. Tres, dos…, ¡uno! –anuncié antes de darle a aquel antiguo botón negro.

Para mi sorpresa, las lucecillas alegres que esperaba ver no aparecieron por ninguna parte.

–Un momento, voy a volver a intentarlo –les dije y empecé a mover la palanca del conector de un lado a otro.

–No –escuché que me pedía Estelle mientras me peleaba con el aparato–. ¡No hagas eso, Elle!

En ese momento, en lugar de ver miles de colorcillos en el árbol de Navidad, vi que un rayo blanco salió despedido del enchufe justo cuando noté un dolor punzante que me empezó por el brazo y me recorrió el cuerpo entero. El estallido fue tan fuerte que salí despedida de la pared y acabé tumbada en el suelo.

Lo último que vi antes de que todo se sumiera en la más absoluta oscuridad fueron las caras conmocionadas de Estelle y Angela, a quienes se les habían puesto los pelos de punta. «Qué irónico todo –pensé antes de perder el conocimiento–, porque claramente la que se ha electrocutado soy yo».

Cuatro

Cuando abrí los ojos vi la cara de Angela, que me miraba sin duda muy preocupada.

–¡Está viva! –gritó llena de alegría mientras Alvie me lamía la mejilla.

–Pues claro que sí, mujer –escuché la voz de la racionalidad de Estelle, detrás del ama de llaves–. Solo ha sido un pequeño susto con las luces. Tendremos que arreglar el interruptor.

–¿Qué ha pasado? –les pregunté mientras me incorporaba, todavía un tanto mareada–. Ha tenido que ser una buena descarga para que haya salido despedida hasta aquí.

–Eso es lo malo que tienen estos edificios antiguos… –confesó la propietaria, quien cogió a Alvie y se lo colocó en el regazo mientras Angela me ayudaba a ponerme en pie y a sentarme en el sillón junto a la chimenea–. La corriente suele tener este tipo de subidas.

–Sí, es lo que pasa cuando no quieres pagar a un electricista para que venga a arreglar las cosas –masculló Angela.

–Los electricistas son muy caros –se defendió la mujer mientras su amiga me servía un vaso de agua–. El último que vino me dijo que tenía que cambiar la instalación de toda la casa, y para lo poco que me queda en el convento… ¡No voy a gastarme el dinero en eso! Bueno, pero vamos a lo importante, ¿estás bien, Elle? –me preguntó finalmente, parecía preocupada de verdad–. ¿Te has hecho daño?

–Diría que no –le contesté mientras estiraba un poco la cabeza y los brazos–. Creo que estoy bien, como siempre.

Estelle y Angela intercambiaron una rápida mirada.

—Bien, perfecto —comentó Estelle—. Pues de momento vamos a dejar las luces como están. Quizá le podemos pedir al vecino de la casa de al lado, al pelucas, que venga a echarle un ojo. Parecía amable, ¿no?

Angela soltó un resuello y le dijo:

—Ben ya te dijo que es abogado y que no lleva peluca, así que ¿por qué iba a saber él nada de electricidad?

—Pues algo me dice que tienen que cobrar más o menos lo mismo. De repente alguien llamó a la puerta con el picaporte.

—Ya voy yo. Voy a abrir, ¿no? —preguntó Angela al ver que ni Estelle ni yo nos movíamos.

—Forma parte de tus obligaciones —le recordó Estelle.

—Obligaciones... —escuché murmurar a Angela mientras se alejaba en dirección a la entrada—. Estoy bastante convencida de que esto no fue lo que hablamos...

Estelle miró primero al cielo y después a mí buscando un poco de complicidad mientras sacudía la cabeza.

—¡Hombre, hola! ¡Pasa, pasa! —escuchamos que exclamaba Angela con voz entusiasta—. Sí, están en el salón. —De repente, el ama de llaves volvió a aparecer delante de nosotras y anunció—: Es Ben... Ay, quiero decir, el señor Harris, de la casa de al lado.

—Tranquila, me puedes llamar Ben, sí —le dijo con voz calmada mientras entraba en la sala—. Espero no molestar, pero es que justo cuando iba a salir me ha parecido ver un estallido de luz bastante grande en esta habitación y he pensado que había sido un cortocircuito. La ventana de la entrada se ha iluminado entera. ¿Estáis todas bien?

Entonces me miró y se le dibujó una media sonrisa en los labios.

—Qué gesto tan amable venir a ver si estamos bien —le agradeció Estelle, y sus ojos verdes, que ya solían brillar cuando hablaba, parecían hacerlo con más intensidad al mirar a Ben—. Por suerte podemos decir que no ha pasado nada. Es que Elle estaba ultimando los detalles del árbol; como ya habrás visto, ya lo hemos decorado —le explicó y se lo señaló para que lo viera bien.

—Madre mía, qué pasada. Os ha quedado precioso —nos felicitó Ben—. Cuando ayer os ayudé a entrarlo en casa no acababa de entender por qué necesitabais uno tan grande, pero ahora, al verlo así, ya lo entiendo: es una verdadera obra de arte con todos esos adornos antiguos tan delicados. Entonces, por lo que veo, solo faltan las luces, ¿no?

Estelle asintió con la cabeza.

—Y ahí está el problema, me temo. Parece que las luces y el interruptor están estropeados. Son los culpables del destello que has visto antes y lo que ha pillado bastante desprevenida a la pobre Elle.

—Vaya… ¿Estás bien? —me preguntó nuestro vecino, y realmente parecía preocupado—. Te has tenido que llevar una buena descarga…

—Estoy bien, de verdad —le aseguré—. Lo peor ha sido el susto, me ha dejado un poco en *shock*… Ay, bueno, eso… Que estoy bien.

No pude evitar sonrojarme al ver que era incapaz de expresarme con normalidad.

—Ya veo —me contestó él, y esta vez me regaló una de sus amplias sonrisas, y, aunque me repatease admitirlo, el estómago me dio un vuelco al sostenerle la mirada—. Te entiendo perfectamente. ¿Queréis que le eche un ojo? No soy electricista, pero mi padre sí lo era y algo sí que se me pegó.

—Ay, se lo agradecería inmensamente, la verdad —le confesó Estelle, y supe que con lo aguda que era ya se había percatado de que no solo salían chispas del interruptor estropeado.

Ben se acercó a la pared donde estaba el enchufe.

—¿No tendréis un destornillador eléctrico y unos guantes de plástico? —le preguntó esta vez a Angela—. Por si aún quiere darnos otro susto.

—Diría que sí —repuso—. El eléctrico es el que tiene el mango transparente, ¿verdad?

—Exactamente —le confirmó—. El mango transparente y una cabeza pequeña.

Angela desapareció para buscarlo en la cocina y volvió con un destornillador y un par de guantes amarillos de la limpieza, que Ben se enfundó con rapidez y maña.

—Veamos qué tenemos aquí —dijo y retiró el enchufe con cuidado— y si tiene solución.

Ben desmontó el enchufe y luego la toma de corriente, y lo examinó todo con detalle.

—La verdad es que no veo que haya ningún problema con ninguna de las dos cosas. Creo que voy a probarlo otra vez.

Estaba a punto de preguntarle si creía que era lo mejor después de ver lo que me había pasado a mí, pero, antes de que pudiera cuestionar su criterio, Estelle y Angela lo animaron.

—Vale, genial —dijo Ben, que en ese momento se quitó los guantes y metió el enchufe en la toma de corriente de nuevo—. Pues vamos allá: tres, dos..., ¡uno!

En cuanto le dio al interruptor, vi que le pasaba exactamente lo mismo que había vivido yo hacía escasos minutos: hubo un destello enorme de luz que inundó toda la habitación y su cuerpo salió despedido unos metros un poco más allá gracias al suelo encerado de madera.

—¡Madre! —exclamó Ben mientras pestañeaba y se incorporaba de nuevo, y yo salía corriendo en su busca—. Pues me da que va a tener que venir alguien a miraros eso, sí. Oye, pero parece que al final mis esfuerzos no han sido en vano: mirad.

Al acompañar su mirada, me di cuenta de que, a diferencia de cuando lo había intentado yo, ahora las luces sí se habían encendido. El árbol, que ya estaba impresionante antes, ahora estaba directamente para enmarcar. Las lucecillas de colores iluminaban los diferentes adornos que pendían de las frondosas ramas del árbol, y los hacían brillar como si fuesen gemas preciosas.

—¡Feliz Navidad! —cantó nuestro vecino mientras miraba a Estelle y Angela, quienes contemplaban ensimismadas el árbol–. Espero que esta época de generosidad os traiga todo lo que deseáis. –De repente, se giró para mirarme, ya que seguía sentada en el suelo a su lado, y me dijo–: Parece que, para nosotros, estas fiestas han empezado con un pequeño contratiempo, Elle.

–No lo sabes tú bien… –le dije.

–Ahora sí que empiezan las Navidades –anunció Estelle sentada en su sillón–. Y algo me dice que este año va a ser mágico para todos nosotros.

Tras la cena, y después de que Estelle intentara que Ben nos acompañara, aunque él rechazó la propuesta, con mucha educación, porque al parecer ya tenía planes, busqué un lugar cómodo en el comedor para escuchar con atención la primera historia que Estelle iba a compartir conmigo en lo que había insistido que a partir de ahora llamaríamos la «hora de los cuentos de Navidad».

No era mi título favorito, la verdad, pero al fin y al cabo para eso me pagaban, así que, si a Estelle le gustaba, la podía llamar como le viniese en gana, ¿quién era yo para contrariarla?

El fuego crepitaba alegre en la chimenea y envolvía el salón con un manto de calidez que nos acogía a todas. Para mi sorpresa, las luces del árbol seguían encendidas, lo que le daba a la habitación un toque muy festivo, y Alvie, que estaba hecho un ovillo envuelto en su manta roja de cuadros en su camita al lado del fuego, parecía encajar a la perfección para acabar de decorar aquella estampa que podría usarse como una postal de Navidad antigua, llena de magia y encanto.

Otra cosa que me sorprendía era que no sentía ningún tipo de efecto secundario después del chispazo y de la descarga que me había llevado. Antes de que Ben se fuera, los dos nos quedamos hablando un rato para comentar la experiencia, pero, viendo que los dos nos encontrábamos bien *a priori*, decidimos olvidarnos de lo ocurrido y guardarlo en nuestros recuerdos como esas cosas raras que a veces pasan.

Así pues, en el momento en el que nos disponíamos a escuchar la primera historia de Estelle, la paz reinaba en el número cinco de Mistletoe Square.

–¿Qué es eso? –quiso saber la mujer al ver que colocaba el móvil encima de la mesa para grabar nuestra conversación.

–Mi móvil. La idea es usarlo como dictáfono para grabar todo lo que me cuentes. Así me será más fácil luego pasar mis notas a limpio.

–¿Y qué tiene de malo hacerlo con papel y bolígrafo como toda la vida?

Le sonreí y le contesté:

–Nada, pero es que esto me lo pone bastante más fácil.

–Mmm… –farfulló la anciana mientras miraba el móvil sin acabar de fiarse del artefacto–. Nunca me han gustado. En mi experiencia, no funcionan bien.

–Seguro que el mío no nos da problemas, ya verás –la intenté tranquilizar–. Deja que yo me encargue de buscar la mejor manera de grabar tus historias y tú céntrate en contármelas bien.

Hasta el momento, todo lo que había acontecido en la casa parecía que había seguido las órdenes o el deseo de su propietaria. Sin embargo, ahora que por fin nos adentrábamos en la parte en que yo también jugaba un papel en el proyecto, de repente sentí que tenía más poder de decisión.

Una de las razones por las que decidí estudiar periodismo era lo mucho que me gustaba escuchar a la gente contarme sus historias. Ni siquiera tenían que ser historias trepidantes de aventura, para mí lo importante era que significaran algo para la persona que me las relataba.

Por todo lo que me había ido contando en lo poco que llevaba allí, tenía bastante claro que las historias que la mujer iba a compartir conmigo significaban mucho para ella, así que iba a hacer todo lo posible para no perderme ni el más mínimo detalle.

Angela volvió al salón con una tetera llena para las tres e insistió en preparárnoslo otra vez en aquellas tazas de porcelana fina, aunque esta vez las que sacó estaban decoradas con detalles navideños, unas hojas de hiedra y acebo. Una vez que acabó el ritual, por fin se sentó en un sillón cerca de Estelle, de mí y del fuego para que pudiésemos comenzar.

—De acuerdo, ¿por dónde quieres empezar? —le pregunté y encendí la grabadora de voz del móvil.

Mientras esperaba su respuesta, aproveché para darle un pequeño sorbo al té.

—A mí siempre me gusta empezar por el principio —anunció Estelle—. Pero antes, Angela, hazme el favor de asegurarme que el primer adorno está en el lugar exacto.

Angela entonces se incorporó del asiento para acercarse al árbol y cogió una figurita con la forma de un recién nacido tumbado en una cuna azul clarito y lo trasladó a un lado del árbol.

—Ahora tenemos que esperar un poco —me explicó Estelle y aprovechó esa pausa dramática para alzar su taza de la mesita que había al lado del sillón y dejarme con el suspense.

Vi que Estelle miraba con atención el reloj que había encima de la repisa de la chimenea mientras disfrutaba de su té, y en ese momento me fijé en que la luna asomaba por la ventana; estaba empezando a salir de entre las nubes que la escondían. Entonces, justo cuando el reloj marcó las ocho de la noche, un rayo de luz de luna atravesó el cristal y recayó con una puntería certera sobre el adorno del bebé en la cuna.

—Ahora sí —anunció Estelle—. Para la primera historia que voy a contarte nos remontaremos al Londres de la época georgiana. —La mujer entonces dejó la taza en la mesa y se reacomodó en su asiento para recordar con alegría la primera historia, pero justo en ese momento sucedió algo muy extraño—. No sé si lo sabes, Elle —me dijo mientras los muebles del salón empezaban a desaparecer poco a poco—, pero esta casa, como todas las que ves en Mistletoe Square, la construyó en 1750 un arquitecto muy famoso de la época llamado Joseph Christmas. En realidad diseñó muchos otros edificios en Londres, pero, para él, Mistletoe Square era la joya de la corona.

Me giré para mirar a Angela y comprobar si las palabras de Estelle estaban teniendo el mismo efecto en ella que en mí y si estaba viendo lo que yo veía. Sin embargo, para mi desconcierto, el ama de llaves la escuchaba con calma a su lado; al parecer no se había dado cuenta de que, a medida que Estelle nos narraba la historia, la habitación iba cambiando a nuestro alrededor.

—Joseph —continuó Estelle, mientras la mesa donde habíamos cenado empezaba a desplazarse por un amplio marco de dos puertas hasta llegar a la que se suponía que era la habitación de nuestra narradora— no solo volcó e invirtió su tiempo y energía en esta plaza, sino todo su corazón. Construyó la casa del número cinco para vivir allí con su mujer, Celeste, y su única hija, Nora.

Las sillas de la mesa que antes había allí se recolocaron en una posición diferente y acabaron con el respaldo pegado contra la pared, el tapizado, que antes era de flores y azul claro, dio paso a un espeso terciopelo; ahora quedaban entre un par de mesillas.

—Joseph no solo tenía éxito por su trabajo —siguió explicando Estelle con calma, al parecer también ciega a los cambios que estaban teniendo lugar en su propia casa—, también era un filántropo y apoyó muchas causas y obras benéficas importantes del momento.

A estas alturas, la mayoría de los muebles del salón habían desaparecido, y solo quedaban un par de piezas oscuras de caoba. Ahora la sala estaba llena de otros muebles en su lugar, que también eran de madera oscura y brillante; el estilo era muy antiguo sin duda, pero no sabía muy bien cómo todo parecía recién estrenado.

—Aun así, desgraciadamente, Joseph murió repentinamente en 1753, y al año siguiente Celeste volvió a casarse con un hombre que resultó no tener el gran corazón de su difunto marido. Ahora viviremos con ellos la Nochebuena de 1755...

La habitación se enfrió de repente, aunque las llamas seguían bailando con fuerza en la chimenea. El árbol de Navidad que Angela y yo nos habíamos pasado la tarde decorando también se desvaneció por completo y, en su lugar, aparecieron unas hermosas guirnaldas hechas con plantas, bayas y ramas de abeto que alguien había colocado en el enorme aparador y la cajonera que había allí. Los detalles de plantas naturales estaban salpicados por toda la sala, en los marcos de los cuadros y en las pinturas hechas con acuarela que ocupaban toda la superficie de aquellas intensas paredes granates.

De repente un escalofrío me recorrió entera, pestañeé un par de veces e incluso me froté los ojos, pero nada cambió. Bueno, el problema era justo el contrario, que todo había cambiado.

—Estate atenta —me pidió Estelle justo cuando abría la boca para preguntarle qué estaba pasando—. Aquí es donde empieza nuestra historia…

Cinco

Mistletoe Square, Londres
24 de diciembre de 1755

A Child is Born…

–¡Ay, qué situación más horrible! –exclamó una mujer corpulenta y con la cara roja, que entró en el salón a toda prisa y bastante azorada. Detrás de ella, apareció una chica más joven y delgada. Ambas llevaban un vestido negro y largo, delantal y cofias blancos–. Esa pobre criatura está ahí arriba muriéndose de dolor y ¿para qué? ¿Quieres que te lo diga? –le preguntó la mujer mayor a la más joven, que seguía sin decir nada–. Pues para dárselo a otro en cuanto llegue al mundo –sentenció, y acto seguido miró al cielo y se santiguó–. Que Dios se apiade de nosotras.

La mujer más joven se limitó a asentir para darle la razón.

–Beth, asegúrate de que el fuego no se apaga –le pidió la mujer mayor–. Ya sabes que al señor le gusta sentarse frente a un buen fuego después de cenar.

La joven se acercó donde estábamos sentadas, pasó justo entre nuestros sillones y se puso manos a la obra para avivar las llamas.

Estelle y Angela ni se inmutaron, sino que se la quedaron mirando.

Vale, esto ya estaba pasando de castaño oscuro, no entendía absolutamente nada.

Cogí fuerzas para preguntarles y averiguar de qué se trataba cuando de repente otra mujer entró en el salón. Iba vestida con ropa notablemente más elegante que las otras dos, un vestido largo, pero hecho con una tela que parecía mucho más cara, de seda, a rayas verdes y azules. La falda era de vuelo y con la cintura ajustada, la parte de arriba era un corpiño muy ceñido con mangas tres cuartos. La mujer llevaba el pelo recogido con mucho estilo en un moño alto y grande que recordaba a los que se llevaban en los sesenta. En ese momento la reconocí, era la mujer del cuadro que había visto aquella misma mañana.

–Es Celeste –afirmó Estelle, como si todo aquello fuera lo más normal del mundo.

–¿Ya habéis acabado aquí, Edith? –preguntó Celeste.

–Aún no, señora –le contestó la señora mayor, que ahora sabíamos que se llamaba Edith, e inclinó levemente la cabeza–. Estábamos preparando el fuego para al señor. Ya sabemos lo mucho que le gusta colocar el tronco de Navidad.

–Gracias –le dijo la señora, y dejó escapar un suspiro–. Perdonadme, de veras. Sin duda ha sido un día muy duro para todos. –Celeste se acercó a la ventana y contempló unos instantes la plaza–. Está empezando a nevar. Normalmente eso me haría inmensamente feliz, sobre todo en esta época del año.

–Sí, señora –coincidió Edith en un susurro–. ¿Ya has acabado, Beth? –le preguntó entonces con impaciencia a su compañera.

–Casi –masculló ella.

Edith se quedó allí parada, se notaba que estaba incómoda, con las manos entrelazadas delante del pecho mientras esperaba a que Beth dejara todo a punto en la chimenea.

–Edith, te quiero dar las gracias por ayudar antes a Nora –le dijo Celeste y le dio la espalda a la ventana para mirarla a la cara.

Edith asintió.

–Es lo mínimo que podía hacer sabiendo que la señorita estaba sufriendo tantísimo y no había ninguna comadrona ni doctor para asistirla en esos momentos. –Pero Edith pareció arrepentirse de inmediato de haber dicho esa última parte–. Quiero decir… Sé que tiene sus razones, señora. Puedo entender que no quieran que haya muérdago en la casa, pero ¿no llamar ni a un médico?

–Sabes muy bien por qué a Jasper no le gusta que haya muérdago en esta casa en esta época del año –replicó Celeste, eludiendo así la pregunta que le había hecho su sirvienta.

–Le recuerda a su difunto marido, que en paz descanse. –Ante estas palabras, Edith cerró los ojos durante unos segundos y volvió a santiguarse–. Porque fue él quien construyó Mistletoe Square. Sí, lo sé bien. Pero qué iba a pasar por llamar a un médico, y viendo las dificultades que estaba habiendo en el parto... –continuó diciendo Edith, que ahora ya miraba a su señora con ojos un tanto acusadores.

–Nora lo ha hecho de maravilla teniendo en cuenta las circunstancias. Estoy muy orgullosa de ella –repuso Celeste con un hilo de voz; volvió a perder la vista en el horizonte de la plaza.

–¿A qué hora llegarán? –preguntó entonces Edith–. Para llevarse al bebé.

Celeste giró la cabeza con tanta rapidez que pareció que tuviese un resorte.

–¿Lo sabes?

–Lo sabemos todos, señora –se atrevió a contestarle la sirvienta con un tono recriminatorio.

Celeste desvió la mirada para encontrarse con la de Beth, pero, aunque la joven debía de estar escuchándolas perfectamente, no hizo ningún comentario y se concentró en su misión particular con el fuego.

–Y me imagino que todos creéis que estamos cometiendo un terrible error, ¿no es así? –preguntó la propietaria de la casa.

–No es de nuestra incumbencia pensar nada sobre el tema, señora –repuso Edith, sin duda mordiéndose la lengua, aunque se moría por decirle algo más.

Celeste dejó escapar otro suspiro.

–Dime lo que piensas de verdad, Edith. No lo usaré en tu contra después, te lo prometo. Nos conocemos desde hace demasiado tiempo para andarnos con remilgos.

Una vez que el fuego estuvo listo, Beth se levantó de nuevo, se arregló el delantal y se acercó a Edith para colocarse a su lado.

—Tiene toda la razón, señora —coincidió la sirvienta—. Mucho antes de que usted y el señor se conocieran, su difunto marido, por supuesto, y antes de que se mudaran a esta casa. —Entonces Edith hizo una pausa y asintió lentamente, como si se estuviera dando a sí misma el permiso de hablar con libertad—. Es solo que… Mañana es Navidad, señora. No puede permitir que su hija entregue a su bebé en Navidad. No está bien.

—¿Y qué importancia tiene el día que sea? —le preguntó Celeste con ojos desesperados y una piel pálida como la nieve—. Va a suceder igualmente, así que ¿por qué no hacerlo en Navidad?

—Su difunto marido no hubiese dejado que esto pasara —dijo Edith entre murmullos—. Sin importar qué época del año fuese.

Celeste clavó los ojos en su confidente con dureza, pero en su rostro se veía una mezcla de dolor y pena.

—Tienes toda la razón, Edith, él no lo hubiese permitido, pero las cosas ya no son como antes. Joseph ya no está aquí con nosotras. Ahora Jasper es el señor de la casa y debemos cumplir con sus requisitos.

—Pero Nora es su hija, señora —insistió un poco más Edith, a la desesperada—, y la criaturita que está allí arriba es su nieto. No puede dejar que el señor se deshaga así de él.

—¿Deshacerse de quién? —Otra voz mucho más fuerte y atronadora se unió a la conversación de las mujeres, y entonces un hombre alto de gesto contrariado y pelo oscuro entró en el salón. Llevaba unos pantalones abombados, una levita larga con un chaleco a juego y unas botas negras enfundadas hasta las rodillas—. ¿De qué estamos hablando, Celeste?

Las dos criadas agacharon la cabeza al instante.

—Nada de lo que debas preocuparte, querido. Estábamos comentando un pequeño problema que tenemos con las ratas, y Edith y Beth me lo estaban explicando. Gracias, Edith. Eso es todo por ahora. Podéis retiraros –le dijo con un asentimiento de cabeza a la mujer mayor.

–Sí, señora –repuso ella, reclinando la cabeza antes de coger a Beth de la mano y salir por la puerta.

Me quedé mirándolas mientras se marchaban del salón, casi olvidándome por unos instantes de lo inverosímil de todo aquello; sin embargo, en este punto estaba tan sumergida e implicada en aquella historia que lo único que mi mente podía pensar era: «¿Qué va a pasar ahora?».

–¡Rápido, levántate! –escuché que decía Angela de repente, y cuando me giré vi que Estelle se levantaba de su sillón con agilidad.

–¿Qué? ¿Por qué?

–Hazlo y punto –me ordenó.

Me puse en pie lo más rápido que pude y me acerqué hasta el lugar donde se habían ido las dos, al lado opuesto del salón, donde antes había estado la mesa.

–Jasper va a sentarse en el sillón y no quieres que se te siente encima –me susurró el ama de llaves, mientras veíamos como el hombre avanzaba en dirección a la chimenea–. Te aseguro que no es una sensación agradable.

Cuando abrí la boca para preguntarle a qué se refería exactamente, Jasper se me adelantó:

–¿Por qué te gusta tanto acercarte a ese ventanal, Celeste? –le preguntó a su mujer y, seguidamente, se sentó en el sillón en el que siempre encontraba a Estelle. Aunque, ahora que me fijaba bien, los sillones en los que habíamos estado hacía apenas unos segundos también habían cambiado y no se parecían en nada a los estampados con flores que yo conocía. Estos tenían las orejas mucho más altas y rectas, y además eran de un cuero verde oscuro–. Vas a coger un resfriado de mil demonios, y más ahora que está nevando. Anda, ven a sentarte junto al fuego con tu marido.

Celeste se giró para mirarlo, y en sus ojos se veía claramente que preferiría estar en cualquier otro lugar antes que allí, junto a su esposo. Aun así, hizo de tripas corazón y fue a sentarse en el sillón que había justo al lado como le había pedido.

—Y ahora dime, ¿qué es lo que te entristece tanto en esta Nochebuena, querida mía? —quiso saber Jasper, acercando las manos al fuego para calentarlas—. Estos son días para celebrar, querida, no para dejarnos llevar por la melancolía.

—No es nada, querido —le contestó Celeste, erguida en su silla con una postura muy digna y las manos descansando sobre su regazo.

—Sé que hay algo que preocupa a mi esposa. Dímelo, por favor.

Celeste tragó saliva, aunque más bien parecía arena, por el esfuerzo que le llevó, y a continuación respiró hondo como para coger fuerzas.

—Mi hija ahora mismo está descansando en la planta superior después de haber dado a luz a mi primer nieto —empezó a decir con una voz muy suave y la mirada clavada en su falda—. Me gustaría conocerlo. No quiero que se lo lleven unos desconocidos.

Jasper no abrió la boca y siguió calentándose las manos. Sin embargo, su silencio pareció bajar la temperatura de la habitación incluso unos grados más.

—Puede que la criatura que está arriba, como dices, sea tu nieto, pero también es un bastardo —le dijo por fin sin alterarse pero con una voz dura y fría, y la mirada fija en las llamas—. Tu hija no está casada y dudo que consiga encontrar marido ahora que ha perdido su virtud. Cuando me contaste que estaba encinta, creo que demostré una gran generosidad al permitir que siguiera viviendo bajo mi mismo techo, ¿o me equivoco?

No me lo podía creer, pero Celeste asintió y le dijo:

—No, querido, fuiste muy generoso.

—¿Y no acordamos entonces que, el día que naciera, estaría todo preparado para que se lo llevasen de casa inmediatamente?

—Así fue, pero…

—¡Pero nada! —exclamó entonces el marido—. Tengo que proteger mi reputación, Celeste —añadió, volviendo a bajar un poco la voz, aunque su tono seguía siendo igual de amenazante—. No consentiré que ese bastardo se quede en mi casa. —Acto seguido, sacó un pequeño reloj del bolsillo del chaleco—. Vendrán a y cuarto, y no volveremos a hablar de esto nunca más. ¿Me has oído bien?

Celeste asintió nerviosamente y se puso en pie.

—¿Dónde vas ahora? —inquirió Jasper entonces.

—Tengo que atender otros asuntos —repuso Celeste, a duras penas logrando contener las lágrimas.

—¿Qué asuntos son esos?

—Para la entrega del pequeño.

Jasper cedió por fin y asintió.

—Está bien, adelante —le dijo, y Celeste se marchó del salón.

Volví a olvidarme por unos instantes de la rocambolesca situación en la que me encontraba y me giré para mirar a Estelle y Angela:

—¿Y qué va a pasar ahora? —les pregunté.

—Nos quedamos aquí y vemos cómo se desarrolla la historia —me explicó Estelle con voz pausada—. Pronto entenderás todo. Venga, ahora veremos qué pasó un poco más adelante.

Estelle cruzó el salón a paso ligero como nunca antes la había visto hacer y nos condujo al pasillo.

—¡Son las mismas baldosas! —exclamé al ver el patrón blanco y negro del suelo que reconocía de la casa a la que entré por primera vez buscando trabajo—. Las que tenéis deben de ser las originales.

Sin embargo, cuando alcé la vista, me di cuenta de que Angela y Estelle tenían los ojos fijos en la puerta principal. Segundos más tarde, alguien llamaba y Edith salió corriendo para ir a abrir.

—Entiendo que usted viene del hospital —masculló entre dientes, intentando sin demasiado éxito esconder su enfado ante la situación—. Será mejor que pase.

Un hombre vestido con un abrigo largo de lana gris, unos guantes y un sombrero de copa entró al pasillo. Eso sí, antes se sacudió la nieve de la chaqueta y la poca que le había caído en el sombrero.

–Espere aquí –le pidió Edith y se giró para encaminarse rápidamente hacia las escaleras–. Avisaré a la señora de que ha llegado.

–No hará falta, Edith. –Celeste estaba bajando y llevaba apretado contra su pecho un bulto bien envuelto entre mantas.

–Usted debe de ser el señor Jenkins –le dijo al llegar a la planta baja.

El hombre la saludó con una pequeña reverencia.

–Así es, señora.

–Por lo que tengo entendido, mi marido ya ha dispuesto todo lo necesario, ¿no es así? –continuó la propietaria con un tono formal.

–Así es –repuso el hombre asintiendo con la cabeza–. Le estamos muy agradecidos. Su marido ha sido muy generoso con la donación que ha hecho.

–No me cabe ninguna duda. Cuidará de él, ¿verdad? –le preguntó, alargando el duro momento un poco más.

–Señora, le aseguro que cuidamos estupendamente de todos los niños.

Celeste asintió una vez más, pero no podía dejar de mirar al bebé que descansaba entre sus brazos; parecía realmente que tenía el corazón en un puño.

En ese momento, el hombre alargó los brazos en su dirección para recibir a la criatura, pero Celeste no parecía preparada para soltarla aún.

–Entiendo perfectamente que es un momento difícil –la quiso consolar el hombre con una voz amable–, pero es lo mejor.

–¿Ah, sí? –le espetó entonces la mujer, lo que hizo que las mejillas se le enrojecieran de pronto–. ¿Lo mejor para quién? Sin duda no es lo mejor ni para mí ni para mi hija, a la que he dejado arriba llorando desconsoladamente. Ni tampoco lo es para esta criaturita, que acaba de llegar a este mundo, tan inocente y rodeada de tanto amor.

Celeste empezó a temblar, lo que acabó haciendo que el bebé se despertara y sacara una diminuta manita de entre las mantas.

–Señora, se lo ruego –insistió el hombre, volviendo a acercar los brazos hacia el recién nacido.

–Señora, ¿y el emblema? –le sugirió entonces Edith, para conseguir que su señora pudiese pasar unos pocos segundos más con su nieto–. ¿Por qué no se lo da?

–Sí, el emblema –Celeste dijo agradecida. Con la otra mano rebuscó algo en el bolsillo que había en la parte delantera del vestido–. Le ruego que acepte este detalle como símbolo de nuestro amor hacia el pequeño –le pidió mirando el pequeño trozo de tela de terciopelo rojo–. Por si algún día…

Pero Celeste no fue capaz de acabar la frase, la emoción era demasiado intensa y las lágrimas empezaron a rodarle por las mejillas, hasta que no pudo más y hundió el rostro entre las mantas de la criatura.

Edith aprovechó el momento para coger el regalo de entre las manos de la propietaria.

–Lo ha bordado la señorita, pero como entenderá no ha podido bajar –le explicó al hombre mientras le enseñaba el pequeño corazón rojo de terciopelo, no más grande que el medallón que decoraba el cuello de Celeste–. Así que lo hemos cosido a esta medalla para que lo pueda llevar con él.

El hombre cogió el corazón que le ofrecía Edith, sacó un monóculo del bolsillo del chaleco para examinarlo con más detalle.

–Sin duda es un detalle precioso y un trabajo muy elaborado. Hay hojas de muérdago, hiedra y acebo, y esto que veo aquí… ¿Pone SAN NICOLÁS en letras doradas? –preguntó entrecerrando los ojos y esforzándose todo lo que podía para apreciar bien aquellos detalles.

–Así es –le confirmó Celeste, que parecía haberse recuperado un poco. Pese a todo, la mujer estrechaba de tal manera a la criatura contra su pecho que me costaba imaginar que en algún momento fuera a encontrar las fuerzas para separarse de ella–. La naturaleza invernal le recordará el día en el que nació –continuó diciendo, aunque parecía que la voz se le iba a romper de nuevo–. Y san Nicolás porque es el santo patrón de los niños y es por lo que mi primer marido lo hizo pintar en la cristalera de la entrada principal de esta casa –explicó y señaló el montante de la puerta, y volví a ver esas letras en dorado, aunque en ese momento fue más difícil con el temporal que había fuera–. Cuando aún vivía, estaba verdaderamente comprometido con la misión de que todos los niños estuvieran protegidos y cuidados. Por eso lo hemos querido incluir en el emblema, con la esperanza de que este pequeñín también reciba su protección, y si llegara el día en el que pudiera volver a nuestro...

Pero Celeste no pudo acabar la frase, ya que volvió a perder las fuerzas.

–Se lo ruego, señora, no sufra por eso –le aseguró el hombre–. Lo guardaremos a buen recaudo. Como las pertenencias de todos los otros niños. –Entonces, cogió la medalla, se la guardó con mucho cuidado en la chaqueta junto a su monóculo y volvió a extender los brazos en dirección a la señora de la casa–. Por favor.

Esta vez, Celeste asintió con la cabeza, besó con muchísima delicadeza al bebé y dejó que el señor lo cogiera. En cuanto le quitó a la criatura de entre sus brazos, vimos que la señora perdía la fuerza y las piernas le flojearon, por lo que Edith acudió corriendo a socorrerla y ayudarla a mantenerse en pie.

–Me aseguraré de que esté a salvo, se lo prometo –volvió a decir aquel hombre para tranquilizarla; parecía realmente conmovido con la situación. Ahora que ya tenía al niño en sus brazos, empezó a andar hacia la puerta–. Y también de que siempre lleve el corazón con él.

Al escuchar estas últimas palabras, Celeste se derrumbó finalmente al pie de las escaleras, sollozando, y Edith se acuclilló a su lado para intentar consolarla de algún modo.

El hombre abrió la puerta para marcharse y un par de copos de nieve se colaron en la casa con el viento. Antes de desaparecer, se giró una vez más para mirar a aquellas dos mujeres, inclinó la cabeza, se caló bien el sombrero y emprendió su camino lentamente.

–Que pasen una buena noche –dijo y se paró una vez más en los escalones de la salida, dejando entrar un viento helado que me llegó a la cara–. Les deseo una feliz… Disculpen, dadas las circunstancias, espero que estas Navidades puedan encontrar paz.

–Es hora de volver –anunció Estelle con la cabeza gacha mientras avanzaba hacia el salón.

Seis

Seguí a las dos mujeres hasta que llegamos al comedor y, para mi sorpresa, la decoración volvía a ser la que había visto cuando llegué por primera vez a la casa.

—¿Cómo es posible? —exclamé mientras me giraba de lado a lado examinándolo todo—. No puede ser que todo cambie y luego vuelva a ser como antes en tan poco tiempo…

—Será mejor que te sientes —me pidió Estelle señalándome el sillón que tenía enfrente mientras ella se acomodaba y descansaba en el suyo.

Le hice caso, aunque a regañadientes; la cabeza me hervía con miles de preguntas.

—¿Cómo es posible que hayamos visto todo eso? —quise saber, aún perpleja y mirando a mi alrededor. El árbol de Navidad volvía a estar en su sitio, delante de la ventana, decorado con todos los adornos que Angela y yo habíamos colocado con tanto cuidado aquella misma tarde—. Estabas contándome la historia de tus antepasados y cuando quise darme cuenta… Pues eso, ha parecido que estábamos allí con ellos, pero eso es imposible, evidentemente… ¡Porque todo lo que me has contado pasó hace más de doscientos cincuenta años!

—Es que Estelle es buenísima contando historias —me dijo Angela con mucha calma mientras volvía a coger la taza de té—. Siempre me impresiona el nivel de detalle que nos da.

--Eso no se puede conseguir ni con la mejor capacidad discursiva —me opuse y me las quedé mirando a las dos inquisitivamente—. Me he sentido como si estuviera en un espectáculo de magia, o al menos ha habido algún truco mental. –De repente me di cuenta de que mi taza también había vuelto a aparecer ante mí de la nada y eso me hizo enfadarme aún más–. ¿Qué me habéis puesto en el té? –les pregunté y levanté la taza, que aún estaba caliente–. ¿Algún alucinógeno? ¿Eso es lo que ha pasado? ¿Me habéis drogado?

Me acerqué la taza a la nariz, pero mi olfato no detectó ningún olor peculiar. Olía a té sin más. Entonces Estelle miró a Angela y sonrió.

–¿Por qué os reís? ¡No tiene ninguna gracia! –exclamé y al levantarme de golpe hice que la taza se tambaleara y repiqueteara contra el plato–. Yo estaba aquí sentadita tranquilamente junto al fuego escuchando tu historia cuando de repente hemos aparecido en una novela de Jane Austen. O me decís ahora mismo qué es lo que ha pasado aquí y cómo lo habéis hecho o... ¡O me voy! –las amenacé señalando la puerta principal–. Me voy de esta casa ahora mismo y me olvido de esta locura y de escribir la historia de tu familia, Estelle.

Me planté allí, desafiándolas con la mirada.

Las dos mujeres también tenían los ojos clavados en mí, y al menos Angela tenía la decencia de manifestar algo de preocupación, incluso algo de culpa. Sin embargo, Estelle seguía mostrándose tan entera y firme como siempre.

–¿Y adónde ibas a ir? –me preguntó entonces con voz pausada, y me pilló totalmente por sorpresa.

–¿Qué quieres decir?

–Pues eso, ¿qué adónde ibas a ir? Estamos a 19 de diciembre y dudo mucho que encontrases un albergue con la Navidad a la vuelta de la esquina, y las dos sabemos perfectamente que no puedes permitirte una habitación de hotel, sobre todo en estas fechas.

—No sabes nada de mi vida —repuse molesta. Estaba muy enfadada, no solo por la frialdad que estaba demostrando la mujer con aquellas preguntas, sino también porque era muy consciente de que tenía toda la razón del mundo. Sin embargo, la duda que entonces me surgía era: «¿Y ella cómo lo sabe?»—. Tú no sabes lo que puedo permitirme o no, o a quién conozco para pedirle que me acoja unos días.

—¿A que no será nadie de tu familia? —volvió a inquirir la propietaria, que ahora decidió que era el momento adecuado para darle otro sorbito a su té—. Estás enfadada con ellos.

—¿Cómo sabes tú eso? —le pregunté, aún sin ser capaz de entender cómo aquella mujer podía saber tanto de mi vida.

Estelle simplemente se encogió de hombros y contestó:

—Sé muchas cosas.

—Pero no puedes… ¿Con quién has hablado?

—Quizá prefieras quedarte con alguno de los muchos amigos que tienes —continuó—. Seguro que estarán contentísimos de verte y de pasar unos días contigo. ¿O quizá no les haría tanta gracia, teniendo en cuenta que son los amigos de tu ex?

En ese punto, miré fijamente a Estelle. Esto ya no había por dónde cogerlo. ¿Cómo podía saber todo esto?

—A mí me parece que no tienes mucho dónde elegir, Elle, por lo que me atrevería a decir que, ahora mismo, Casa Christmas es tu mejor opción.

Sus palabras hicieron que me flaquearan las piernas, como hacía no tanto había visto que le había pasado a Celeste. Sin embargo, yo no tenía una Edith a mi lado en la que apoyarme, así que me dejé caer en el sillón de nuevo.

—Ya está bien —intervino entonces Angela, arqueando las cejas y lanzándole una mirada severa a Estelle—. ¿Te encuentras bien, Elle? —me preguntó con ternura—. Esto que acaba de pasar te ha debido de impresionar bastante…

No tenía muy claro si se refería al viaje en el tiempo que habíamos

72

hecho juntas o al resumen demasiado detallado que acababa de hacer Estelle de mi vida.

–Creo que ya va siendo hora de sacar el *whisky* –anunció Estelle–. Me parece que Elle necesita algo que la anime un poco, se ha quedado hasta pálida, la pobre...

–Ni hablar –me negué en rotundo moviendo de lado a lado un dedo para reafirmar mi postura–. No pienso tomarme nada de lo que me deis hasta que me expliquéis qué está pasando aquí.

Esta vez fue Estelle la que se quedó mirando fijamente a Angela.

–No, no. A mí no me mires –le dijo ella sacudiendo la cabeza–. Yo ya te dije que teníamos que haber ido poco a poco y tú estabas convencida de que lo iba a entender perfectamente.

–¿Entender perfectamente el qué? –exigí a estas alturas–. Por favor, decidme de una vez qué es lo que pasa, y esta vez quiero la verdad.

–En realidad no es nada de lo que tengas que preocuparte –empezó a decir Estelle con un tono amable, después de lanzarle una mirada contrariada a Angela–. Todo lo que te he dicho hasta ahora es cierto: quiero que escribas la historia de esta casa y de mi familia, y también quiero que vivas aquí con nosotras mientras trabajamos en el proyecto. –Antes de seguir, Estelle volvió a buscar con los ojos a su empleada-amiga, quien asintió levemente como animándola a que diera el paso–. Lo siento de veras si he sido un poco dura contigo al decirte todo eso, Elle. No quería ofenderte, aunque lo haya podido parecer. Quizá los métodos que utilizo son un poco... No sé cómo decirlo... Un poco diferentes a los que puedas estar acostumbrada, pero créeme cuando te digo que puedes estar segura de que todo lo que estamos haciendo es por tu bien, Elle. Nunca haríamos nada para ponerte en peligro o que pudiera hacerte daño.

¿Por qué había dicho eso? Que todo era por mi bien. Qué raro. ¿Cómo se explicaba que lo que había pasado hasta ahora podía ser por mi bien? A menos que Estelle quisiera decir que de esta manera entendería mejor sus historias. ¡Y eso no era lo importante! ¡Su respuesta aún no me había explicado cómo había pasado todo aquello!

Pese a mi confusión e impaciencia, me parecía que Estelle me estaba hablando con tanta sinceridad que me costaba no creerme sus palabras. Había conocido y entrevistado a muchísimas personas durante todo este tiempo, así que sabía muy bien cuando alguien me estaba engañando, y algo dentro de mí sabía que este no era el caso.

–Vale, gracias… –le contesté aún con cierta reticencia–. Pero aun así eso no explica por qué sabes tantas cosas de mí. Yo no os he contado nada de mis amigos o de mi familia.

–No, tú no nos lo has contado –repuso ella, y le dirigió una mirada a Angela, como pidiendo refuerzos.

–La gente habla –Angela añadió rápidamente–. No íbamos a abrirte las puertas de nuestra casa sin comprobar quién eras y averiguar más información sobre ti, ¿no? No te pedimos ningún tipo de recomendación de otros trabajos, así que hablé con un par de personas de la revista para la que trabajabas y seguramente me contaron más de lo que tocaba cuando les tiré de la lengua. Lo siento.

Me detuve unos minutos a reflexionar sobre la respuesta que acababa de darme. Si Angela había hablado con Michelle de Contabilidad o con Gemma de Publicidad, sin duda se lo habrían contado todo, les encantaba rajar sin miramientos de la vida de los demás. Aun así, eso seguía sin explicar cómo Estelle sabía que no me hablaba con mi familia, nunca se lo había dicho a nadie, o por qué ya no celebro las Navidades con mis padres.

–Con lo de tu familia me la he jugado –me dijo entonces Estelle, como si me estuviese leyendo la mente–. No era muy difícil intuirlo teniendo en cuenta que no parecía importarte pasar las Navidades con dos desconocidas en lugar de celebrarlas en familia, así que he deducido que no tendríais buena relación.

«Tiene sentido».

–Siento mucho si he metido el dedo en la llaga, Elle –se lamentó, y de nuevo parecía sincera en su disculpa–. A veces quizá parezco un tanto brusca, pero es que soy así. Aun así, mis intenciones son buenas, te lo prometo, ¿verdad que sí, Angela?

Angela asintió.

–Te acostumbrarás. Ladra mucho pero luego no muerde.

Alvie, como si pudiera entender perfectamente nuestra conversación, puntuó la frase del ama de llaves con un pequeño ladrido sin moverse de su cesta.

–Tienes toda la razón. Ya hace tiempo que no veo mucho a mis padres –admití entonces, mientras veía como Alvie se recolocaba y volvía a acomodarse entre sus mantas–. La relación se ha ido enfriando con el tiempo, pero la verdad es que preferiría no hablar del tema si no os importa.

Estelle y Angela asintieron, mostrando comprensión ante mi situación.

–Vale, pero aún me tienes que explicar cómo has hecho que la historia de esta noche pareciera tan real. ¿Cuál es el truco?

–No hay truco –me contestó la narradora–. ¿A que no, Angela?

El ama de llaves, aunque parecía que con cierta reticencia, negó con la cabeza.

–Para mí es importante que la historia se transmita con todo lujo de detalles para que se sienta lo más real posible. ¿Te lo ha parecido? –me devolvió la pregunta con astucia.

–Incluso un poco demasiado –respondí, porque su respuesta seguía sin convencerme, pero en este punto entendí que Estelle no iba a revelarme su secreto así como así. Así pues, decidí que lo mejor sería darle un margen y esperar el momento oportuno, así que cambié el tema de mis preguntas–. ¿Entonces qué pasó con el bebé al final? ¿Lo recuperaron? Dime que la historia del desalmado de Jasper acabó mal y que la familia pudo sacar a la criatura del orfanato o del lugar al que lo enviaran.

—Elle, la historia que te estoy contando no es un cuento —me advirtió Estelle con voz solemne—. Es una historia real, y en esta vida a veces las historias no tienen un final feliz. No enviaron al bebé a un orfanato, sino a un hospital de niños expósitos. En aquella época había uno cerca de aquí. Los expósitos eran niños a los que sacaban de la pobreza o criaturas que se daba por hecho que morirían si se quedaban con sus madres. La mayoría de los niños y niñas que llegaban al hospital en el que acabó el nieto de Celeste lo hacían porque sus propias madres los entregaban voluntariamente, cuando las circunstancias les impedían encargarse de ellos. A los expósitos tan pequeños se les solía enviar a zonas más rurales con una nodriza y, si tenían suerte, volvían a casa a los cinco años para recibir una educación en el colegio.

—Pero el bebé que hemos visto era de buena familia, no era pobre ni estaba en peligro…

—No, pero, en aquella época, quedarse embarazada sin estar casada no era algo que la gente mirase con malos ojos y punto, sino que era una razón para repudiar a una familia. Por eso mismo, Jasper no iba a permitir que el bebé se quedara en la casa, ya que sabía perfectamente que implicaba sacrificar su posición social. Si el secreto hubiese salido a la luz, su reputación se habría derrumbado totalmente. Por aquel entonces era bastante común que a las criaturas que nacían en ese tipo de circunstancias se las llevasen a escondidas a cambio de una generosa donación a una organización benéfica como este tipo de hospitales.

—Pero su madre sí lo quería, y Celeste también —repliqué de nuevo, enfadada de que Jasper se hubiese salido con la suya, sin que la opinión y los deseos de las mujeres se hubiesen tenido en cuenta—. ¿Tenía Edith razón? ¿El primer marido de Celeste hubiese permitido que lo criaran en casa?

—Seguramente. Era un hombre mucho más amable y generoso que Jasper, y al que la opinión de los demás y el estatus social le preocupaban mucho menos. Sin embargo, cuando Celeste se volvió a casar después de la muerte de Joseph, Jasper se convirtió en el cabeza de familia y él era el único responsable de las decisiones que se tomaban en la casa. En aquella época Celeste no tenía otra opción que respetar los deseos de su esposo, de no ser así, tanto ella como su hija Nora hubiesen quedado fuera de su protección y se hubiesen encontrado sin un techo bajo el que dormir.

—Hombres, no traen más que problemas... —me quejé pensando en Owen—. Se creen que pueden hacer lo que les parezca y que los vamos a perdonar y a actuar como si no pasase nada. —Me quedé mirando al bebé en la cuna que colgaba de la rama del árbol de Navidad—. ¡No, señor! ¡Esta vez no! —exclamé dándome un golpe seco en el muslo con el puño bien apretado—. Esta vez no... —volví a decir, pero ahora con apenas un hilo de voz, y sentí que la frustración me recorría el cuerpo, no solo por Celeste, sino también por mí. De repente me di cuenta de dónde estaba y busqué con la mirada rápidamente a Angela y a Estelle, intentando estudiar sus expresiones para averiguar qué estarían pensando. Sin embargo, mis miedos eran infundados, ya que lo único que encontré en su mirada fue compasión—. Lo tenían muchísimo más difícil entonces, ¿verdad? —añadí, esperando que así olvidaran antes el momento de rabia que me había poseído por unos segundos—. Las mujeres, quiero decir.

—Sin duda —me confirmó Estelle, siguiendo con la conversación como si no hubiese pasado nada fuera de lo común—. Por suerte las cosas han cambiado bastante desde entonces. Gracias al esfuerzo y el trabajo de nuestras predecesoras, ahora se nos trata con un poco más de igualdad. Aunque sin duda aún nos queda un largo camino que recorrer —me dijo con una mirada cómplice.

—¿Y entonces qué pasó con el bebé? —le pregunté rápidamente, determinada a centrar la atención en la familia de Estelle y desviarla todo lo posible de mí y de mi historia—. ¿Consiguieron traerlo a casa en algún momento? Y esa medalla con el corazón... ¿Por qué le daban tanta importancia?

–A los bebés que acababan en hospitales u otras familias normalmente se les daba una medalla o algún tipo de recuerdo –me explicó la mujer–. Esto era lo que le permitía a la familia identificarlos fácilmente si en algún momento decidían que querían recuperarlos. Dado que les cambiaban el nombre en cuanto los registraban en el hospital, era la única manera de diferenciar a los niños en el futuro cuando crecían. De todos modos, como ya te imaginarás, esos detalles o recuerdos, que podían ser desde una medalla grabada a un talón de recibo o en algunos casos hasta una joya, solían perderse, así que no era un sistema que funcionase realmente, pero en aquel momento era lo que se solía hacer.

–Pobre Celeste –la compadecí, recordando cómo lloraba entre los brazos de Edith–. Y pobre Nora. ¿Qué pasó con ellas?

–Jasper murió algunos años más tarde, pero no tuvo una muerte horrible como quizá esperabas, lo siento, Elle –me siguió explicando, y acompañó el comentario de una mirada un tanto reprobatoria por encima de las gafas–, simplemente de un ataque al corazón. Celeste, y seguramente fue lo mejor que pudo hacer, no se volvió a casar, pero siguió viviendo en esta casa. Nora logró construir su propia familia con un hombre muy amable que estaba muy bien posicionado en el mundo de la banca. Cuando Celeste murió y Nora heredó la casa, volvió a mudarse aquí con su marido y su familia, y así se fue pasando a lo largo de las generaciones hasta hoy.

–Me alegro mucho de que Celeste y Nora pudieran vivir felices finalmente.

–La verdad es que sí. El marido de Nora era un buen hombre, como su padre. Aun así, creo que Nora nunca consiguió olvidar el trauma de haber tenido que renunciar a su hijo, aunque era muy joven cuando pasó. Por eso convenció a su marido, que era muy rico, para que fundara y se convirtiera en representante de uno de esos hospitales de niños y ambos ayudaron a recaudar una cantidad importante y muy necesaria de fondos para causas benéficas. Así que, al final, la decisión de Jasper también tuvo consecuencias positivas.

—Ya, pero ¿a qué precio? —pregunté, pensando en Nora—. La verdad es que no puedo dejar de pensar qué le pasaría a la pobre criatura, y si consiguieron encontrarla.

—Supongo que nunca lo sabremos —me contestó rápidamente—. La verdad es que, después de todo lo que ha pasado esta noche, estoy bastante cansada, así que creo que, aunque es pronto, me voy a retirar a mi habitación, si no os importa.

—Claro.

—Ya te acompaño —se ofreció Angela, acercándose a ella al instante.

—Buenas noches, Elle —se despidió Estelle, mientras avanzaba hacia la puerta con la ayuda de su bastón, acompañada como siempre de Alvie—. Hasta mañana. Y, como ya te he dicho, lo siento mucho si algo de lo que ha pasado esta noche ha sido demasiado para ti.

—Buenas noches, Estelle. Que descanses.

—Lo mismo digo, querida.

Después de que Estelle, Angela y Alvie se marcharan del salón, sin saber muy bien qué hacer, repasé la habitación con la mirada, hasta que mis ojos se volvieron a detener en el precioso árbol de Navidad y sus luces.

Me levanté y me acerqué a examinar con más detenimiento la decoración que aquella noche, hacía tan solo apenas unas horas, la luz de la luna había iluminado.

—Si todo eso se escondía detrás de un bebé en una cuna, no quiero ni imaginarme lo que me espera con todo lo demás… —susurré observando con interés el resto de adornos y figuritas antiguos que decoraban el árbol.

Dicho esto, volví a mi sitio junto a los sillones y el fuego, recogí las tazas de té y las puse en la bandeja.

—¡Mi móvil! —exclamé de golpe al ver que seguía ahí en la mesita auxiliar–. Lo he dejado grabando todo este rato. Aquí va a haber material muy interesante cuando me ponga a escribir.

Entonces me lo guardé en el bolsillo, cogí la bandeja y me encaminé hacia el pasillo para dejarla en la cocina. Pensé que las tazas de porcelana eran demasiado delicadas para meterlas en el lavavajillas, así que preparé un bol con agua caliente y jabón y las fregué a mano con sus correspondientes platillos. Ya estaba a punto de salir de la cocina cuando apareció el ama de llaves.

–No hacía falta, mujer –me dijo, al ver las tazas secándose en el escurreplatos–, pero gracias.

–No hay por qué darlas, no me importa echar una mano. Si te parece bien, voy a subir a la habitación –la avisé, preguntándome qué haría Angela una vez que Estelle se iba a la cama–. Voy a aprovechar ahora que todavía la tengo fresca en la cabeza y voy a escribir la historia. No te molesta, ¿no?

–No, claro que no. Lo que hagas en tu tiempo libre no es asunto mío. Yo tampoco tardaré mucho en irme a la cama después de sacar a Alvie para que haga sus cosas fuera. Estelle es muy madrugadora –me explicó, e hizo una pausa–. Siento mucho si esta noche te ha trastrocado, Elle. A veces cuesta un poco acostumbrarse a las estrategias narrativas de Estelle. Al principio pueden parecer un poco extrañas, pero, cuando te dejas llevar y no intentas entenderlas, todo se hace mucho más fácil y agradable, créeme.

–Vale… –contesté no muy convencida y sin saber qué otra cosa decirle–. Lo intentaré. Bueno, pues buenas noches, por si no te veo luego.

–Puedes escribir en el salón si te apetece y estás más cómoda –me sugirió–. A mí me encanta quedarme allí por las noches junto al fuego, sobre todo ahora que tenemos el árbol, pero hoy necesito descansar, así que es todo tuyo.

–Pues quizá sí. Gracias.

Dejé a Angela en la cocina y, cuando llegué a mi habitación, decidí que me apetecía más escribir la primera historia junto al fuego que allí sola. Aunque la habitación también era cálida y cómoda, no tenía comparación con aquel comedor que incluía una chimenea humeante.

Así pues, cogí el portátil, una libreta y el móvil, y volví a bajar para instalarme cómodamente en el sillón al lado del fuego. Abrí la libreta para apuntar un par de cosas antes de pasarlas al ordenador y le di al botón de reproducción del móvil con la aplicación de notas de voz.

Escuché de nuevo a Estelle ponerme en contexto sobre la historia de Joseph y Celeste, y cuando me explicó que Joseph fue quien construyó la casa.

«Ahora viviremos con ellos la Nochebuena de 1755...», dijo y, después de esas palabras, no se oyó nada más.

–¿Qué? ¡No puede ser! –exclamé.

Levanté el teléfono y subí el volumen todo lo que pude, pero no conseguí nada. Me desplacé por la barra de reproducción para ver si se escuchaba algo un poco más adelante, pero no hubo suerte. Por muchos botones que tocase en la aplicación, no había manera de escuchar nada del audio, hasta que de pronto me oí a mí misma decir:

–¿Cómo es posible? No puede ser que todo cambie y luego vuelva a ser como antes en tan poco tiempo...

Después escuché la conversación que tuve con Estelle y Angela sin problemas hasta que la propietaria dijo que se iba a la cama y yo me acerqué a la ventana para mirar el árbol.

«Aquí pasa algo muy raro, está claro –pensé para mis adentros mientras empezaba a escribir todo lo que recordaba en la libreta que tenía antes de perder nada–. Y voy a descubrir qué es. ¡Vaya que sí!».

Siete

Bloomsbury, Londres
20 de diciembre de 2018

A la mañana siguiente me tocó desayunar sola.

Angela me dijo que Estelle no se encontraba bien, que se iba a quedar en la cama descansando un par más de horas para ver si así se recuperaba y más tarde podía contarme otra historia.

La esperanza de que el ama de llaves se sentase conmigo a desayunar y poder avasallarla a preguntas sin que se tuviese que preocupar de lo que diría Estelle también se desvaneció cuando me informó de que ya había comido algo hacía unas horas.

—Ya sabes, a quien madruga... —me dijo con orgullo mientras me traía el desayuno a la mesa.

Hoy Angela iba vestida como si acabara de salir de una película de los años sesenta. Volvía a llevar el pelo recogido, pero en lugar de una coleta alta hoy se había hecho un semirrecogido parecido al que había lucido Celeste la noche anterior. Debajo del delantal se veía un vestido corto blanco y negro, unas gruesas medias negras y unas botas altas y también negras que remataban el conjunto. La verdad es que me impresionaba que alguien de su edad pudiese ponerse algo así y que, además, le quedase tan bien.

—Dicen que acostarse y levantarse temprano hace que uno esté más sano, sea más rico y más sabio. Al menos conmigo se cumplen dos cosas... Menos da una piedra, ¿no? —bromeó con una sonrisa burlona—. De todas maneras a Estelle le gusta más contar sus historias de noche, así que no estamos perdiendo tiempo. Puedes aprovechar el día para hacer tus cosas.

Cuando acabé, me animé a salir a pasear un rato y explorar un poco la zona. Aunque ya hacía casi diez años que vivía en Londres, el barrio de Bloomsbury, tan bohemio y ajetreado, no era un sitio por el que hubiese estado mucho.

Hacía un día precioso aunque frío, normal en el mes de diciembre, así que me envolví bien en la bufanda y bajé los escalones de la entrada para adentrarme en Mistletoe Square. Me había puesto el abrigo rojo, las botas altas negras y unos vaqueros.

Primero di una vuelta por la plaza para admirar la precisión y la belleza de la arquitectura georgiana y las casas imponentes y elegantes que rodeaban el pequeño parque que crecía en el centro. Gracias a lo que había pasado la noche anterior, ahora me podía hacer una idea de cómo habían sido las personas que habían vivido allí. Actualmente, muchos de los edificios estaban ocupados por empresas y negocios en vez de familias, pero de todas maneras me pregunté quién más habría compartido espacio con Celeste, Edith y Nora.

Un rato después, me despedí de la plaza y salí a explorar las calles de alrededor, con la esperanza de que el paseo y el frío de la mañana me ayudaran a despejarme un poco la mente. Necesitaba airearme para poder pensar con más claridad sobre Casa Christmas y las personas que vivían en ella.

Para mi desgracia, Estelle dio en el clavo con lo que me dijo la noche anterior. Si decidía irme de allí, ¿adónde podría dirigirme? Las Navidades cada vez estaban más cerca, lo que me complicaba las cosas para encontrar otro sitio donde quedarme o pedirle a alguien que me acogiera unos días. La verdad es que no se me ocurría una opción mejor. Había una parte de mí que me decía que saliese de allí lo antes posible: no me cabía ninguna duda de que en esa casa se cocía algo muy extraño. Sin embargo, por otro lado, mis instintos periodísticos, como yo los llamaba, me decían que había una gran historia en todo esto, y no solo la que escondían las peculiares narraciones de mi anfitriona. No podía negar que la casa enorme en la que vivían Estelle y Angela me intrigaba. ¿Cómo se podían permitir vivir allí cuando el resto de las casas de la plaza se habían vendido o estaban alquiladas a empresas que querían tener su sede en un dirección especial de Bloomsbury? ¿Por qué vivían allí juntas? ¿Y qué relación había entre ellas exactamente? ¿Eran amigas, compañeras o eran solo una propietaria y su empleada? Necesitaba saber más.

Pero no era solo eso y me di cuenta mientras caminaba y pasaba por el British Museum y su majestuosa entrada con las columnas de estilo griego como si fuese un templo, por el conocido hospital infantil Great Ormond Street, y por unas cuantas plazas georgianas más, parecidas a la de mi nueva casa. Siendo sincera conmigo misma, les había cogido bastante cariño a mis compañeras teniendo en cuenta el poco tiempo que las conocía. Tenían algo especial, además de la peculiar relación que compartían. Ambas me hacían sentir muy cómoda y a gusto allí, y la verdad era que hacía mucho tiempo que nadie me hacía sentir que valoraba mi presencia.

De repente, una sensación de calidez me recorrió el cuerpo a pesar de que en la calle no podía hacer más de tres o cuatro grados. Por alguna razón que escapaba a mi comprensión, pensar que iba a pasar estas Navidades con Angela y Estelle me hacía feliz. Estaba claro que a las dos les encantaba esta época del año, así que una parte de mí creía que quizá su entusiasmo e ilusión se me contagiarían un poco.

Sin quererlo se me dibujó una sonrisa mientras seguía dando mi paseo. Habían pasado muchas cosas extrañas en Mistletoe Square, pero sin duda la que más me costaría encajar sería que acabaran logrando que me gustase la Navidad.

Mientras caminaba, iba mirando las decoraciones navideñas que se veían en las ventanas de las oficinas y de los pisos que había más arriba. Todo el mundo tenía algo, algún adorno o luces de colores en forma de estrella o de angelitos. Había renos con narices rojas que brillaban y cada tanto me encontraba con un Papá Noel que me saludaba con amabilidad. La Navidad se respiraba por todas partes y no había manera de escapar de ella. Aunque en realidad muy pocos querrían hacerlo, a la gente le suelen gustar estas fechas tan señaladas. Y seguramente a esas personas también les gustaba celebrarlas cuando eran pequeñas.

Pero yo no era como la mayoría, y ni siquiera era capaz de recordar si hubo algún momento en el que me gustara la Navidad. Quizá sí me hizo ilusión en algún punto, cuando aún era muy pequeña, o podía ser que nunca me hubiese gustado.

¿Cómo iba a gustarme? Si tus padres no han tenido nunca tiempo para celebrarlas contigo, ¿por qué te iba a hacer ilusión celebrar unas fiestas de las que no tienes ni un recuerdo feliz?

Di una vuelta por la plaza Brunswick con su correspondiente parque en el centro y las rejas negras a su alrededor, lo que me ayudó a olvidar mis pensamientos negativos sobre la Navidad, y me planté delante de un gran edificio a observarlo con más atención. MUSEO DE EXPÓSITOS, ponía en el letrero con las palabras en negrita.

«Expósitos» fue la palabra que Estelle usó para describir a la criatura que Celeste y Nora se vieron obligadas a entregar al hombre del hospital.

—Te animo a que entres —escuché que decía a mis espaldas un hombre que estaba paseando a su perro—. Es muy interesante. Mucho más que otros museos a los que he ido. Este cuenta una historia, tiene corazón.

—Gracias —le agradecí, levantando la vista para mirar bien el edificio—. Pues quizá le haga caso.

El hombre siguió su camino con su mascota y yo subí los escalones de la entrada.

El interior del edificio, que no tardé en descubrir que en el pasado había sido un orfanato, era un museo centrado en la historia del hospital de expósitos y de los niños que en su día vivieron en él. Después de pagar la entrada, fui visitando las diferentes galerías de madera y viendo las distintas obras de arte que habían sido donadas a lo largo de los años. Me sorprendió ver que artistas famosos y no tan famosos de la época habían donado algunas de sus piezas para apoyar al hospital. Entre ellos había obras de William Hogarth y Thomas Gainsborough; incluso tenían expuesto allí el testamento y las últimas voluntades de Händel. También me pareció curioso descubrir en mi visita que la organización benéfica seguía en funcionamiento actualmente y que se encargaba de encontrar una familia para las criaturas y así asegurarse de que recibían el apoyo y el amor que se merecían mientras crecían. El tipo de infancia del que, desgraciadamente, la mayoría de los niños que vivieron en este hospital hacía tantos años no pudieron disfrutar.

Aun así, sin duda, la parte que más me conmovió de todo el museo fueron las galerías donde se explicaban algunas de las historias de los niños expósitos que habían vivido allí. Había testimonios escritos que narraban cómo vivían en aquella época, también había fotografías de los austeros dormitorios que todos compartían y de las frías y diminutas camas de hierro forjado en las que dormían. Tenían expuestas historias que contaban lo que les había pasado a algunas de las criaturas que habían conseguido identificar con el paso de los años y quizá lo que más me removió fue ver algunos de los detalles y recuerdos, los regalos que las familias les habían dado en el momento de entregarlos, por lo general sus madres, con la esperanza de poder reencontrarse en el futuro.

Mientras examinaba la gran cantidad de detalles que había expuestos en una vitrina enorme, me conmovía comprobar que la gente era capaz de usar cualquier cosa con tal de tener algo para intentar identificar a sus hijos. Entre todo aquello había retazos de tela y monedas, dedales y cartas, joyas y medallas. También vi una pequeña nuez en la que una madre escribió un mensaje para su hija. Todo esto me demostraba que muy pocos niños de los que acabaron en este hospital no habían sido queridos por sus familias, sino que la realidad era que habían tenido la gran desgracia de nacer en circunstancias difíciles que hacían que acabasen perdiendo a sus padres.

Por un momento me volvió a la cabeza lo que había presenciado la noche anterior, la desesperación y el dolor que vi no solo en el rostro de Celeste al entregar a su nieto a la fuerza, sino también en el de Edith.

«Los niños necesitan estar con gente que los quiera —me dije mientras seguía explorando el museo—. Ya sea su familia real u otra persona que esté dispuesta a darles el amor que se merecen. Nunca deberían crecer en sitios como este». Y por primera vez desde hacía mucho tiempo, me alegré al pensar en mis padres. ¿Había tenido una infancia estupenda? Seguramente no, pero al menos me habían dado amor y atención, aunque hubiese sido a su manera.

Después de deambular por las galerías y pasillos de aquel edificio, decidí salir del museo y volver a casa. Aún tenía un montón de cosas que escribir de todo lo que había visto y escuchado la noche anterior, y después de esta visita al hospital ahora podía añadir muchísimos más detalles.

Me paré en un puesto justo fuera de Mistletoe Square a comprar un café para llevar; me apetecía sentarme en uno de los bancos del jardín antes de volver a encerrarme entre cuatro paredes.

—¿Quieres que te ponga nubes encima? —me preguntó el señor—. Para celebrar la Navidad.

—No, gracias.

—¿Nata? —me volvió a sugerir enseñándome el bote, preparado para ponerme una capa encima si me animaba.

—No, gracias. Así tal cual está bien.

—Pues nada —dijo mientras se encogía de hombros—. El café solo también está estupendo. ¡Y más cuando es de calidad, como el que hago yo!

Cogí el café y me fui paseando por el camino que cruzaba el parque en diagonal. Levanté la vista y de nuevo mis ojos encontraron el muérdago que decoraba las puntas de aquellos árboles con sus ramas desnudas. Aunque mi cuerpo estaba en el parque, una parte de mi mente se había quedado en el museo con todo lo que había visto y leído, así que no le prestaba mucha atención a lo que tenía a mi alrededor.

–¡Cuidado! –escuché justo antes de estamparme con un hombre que estaba haciendo *running*.

Nuestros hombros se chocaron un poco y tuve que esforzarme por no perder el equilibrio y volcar el café.

–¡Ay, lo siento mucho! –me excusé mientras me giraba–. No te había visto… Anda, si eres tú. Ay, perdona, ¿estás bien?

Ben estaba muy diferente de cuando lo conocí. La primera vez que lo vi iba vestido con ropa formal de trabajo, pero esta vez, mientras el pobre se levantaba del suelo, me fijé en que llevaba unas zapatillas deportivas, una sudadera y unas mallas.

–Sí, no ha sido nada –me dijo mientras se sacudía las hojas que se le habían enganchado en los pantalones–. Me has pillado desprevenido, si no, no me hubiese caído. Es lo malo de ir con esto –me confesó y me enseñó los AirPods blancos que llevaba en las orejas–. Podría haber sido peor si me hubieses tirado el café encima, ¿no?

–Eso es imposible –afirmé con cara de póquer–. Tengo una seria adicción a la cafeína, así que desperdiciar el café va en contra de mis principios.

Dicho esto le di un sorbo a mi bebida. Ben se me quedó mirando unos segundos, intentando analizarme un poco más y después sonrió abiertamente.

–Me parece estupendo –contestó–. La verdad es que yo también. Nunca es mal momento para tomarse uno. Oye, ¿y qué andabas mirando? –me preguntó entonces–. No sé qué mirabas con tanta admiración en los árboles.

–El muérdago –repuse y volví a levantar la mirada–. Las bolitas en las puntas de las ramas.

–Ah, no me había fijado hasta ahora. Supongo que de ahí el nombre de la plaza, quizá viene de cuando se plantaron estos árboles.

–Sí –respondí, pensando otra vez en Celeste mientras observaba las ramas que teníamos sobre nuestras cabezas–. Puede que tengas razón.

–¿Sabías que el muérdago es una planta parásita? –me preguntó Ben así sin previo aviso sacándome de mi ensimismamiento–. Se engancha a los árboles y vive gracias a ellos aunque no brote de sus raíces. De hecho, algunas veces puede incluso acabar matando el árbol.

–Qué perspectiva más negativa –repuse agachando la cabeza para volver a mirarlo–. Todo el mundo necesita algún tipo de apoyo para crecer, y eso es lo que hace el muérdago.

–Se nota que eres escritora –comentó con una sonrisa.

–¿Qué quieres decir? –le pregunté sin responder a su gesto.

–Pues que ves el mundo con una mirada más romántica, todo de color de rosa. Yo, en cambio, soy más práctico.

–¿Práctico? –repetí, e hice una pausa para mirarlo de arriba abajo–. Creo que la palabra que buscas es «aburrido» o «soso», que, mira tú por dónde, son adjetivos que también encajarían divinamente para describir a un abogado…

–¡Estás que lo petas hoy! –me dijo Ben sin mostrar el menor atisbo de molestarse con mi respuesta–. «Abogado» al menos suena mejor que «letrado», ¿no? Y también me alegro de que no hayas hecho la broma fácil de la peluca como Estelle. Además, a mis compañeros del bufete les molestaría mucho. Pero bueno… El caso es que has contraatacado muy bien, señorita. *Touché*! –exclamó y de repente se movió de manera teatral e hizo ver que me clavaba una espada imaginaria.

Al escuchar la palabra «señorita» mi mente volvió a transportarse a la noche anterior.

—¿Qué pasa? —me preguntó entonces mi vecino, un tanto decepcionado al darse cuenta de que su broma no me divertía tanto como a él—. Que yo sepa, mis dotes de esgrima no son tan buenas como para herirte de verdad.

—No, no es eso. No pasa nada.

Ben seguía sin entender mi comportamiento.

—Simplemente es que no me ha gustado tu manera de describirme —intenté excusarme—. Soy periodista, no una escritora romántica.

—Ay, lo lamento muchísimo —me dijo, claramente siguiendo con la broma—. No sabía que la archienemiga de las periodistas era Barbara Cartland.

—No quería decir eso y lo sabes. Cualquier persona que escriba bien en el campo que decida tiene talento. Cuesta mucho hacerse un nombre en este mundo, en cualquier sector en el que uno tenga que emplear la habilidad de palabras.

Ben asintió con un semblante serio.

—¿Y ahora mismo estás utilizando tu talento para contar la historia de la familia de Estelle?

—Así es.

—¿Y cómo va la cosa?

—Está siendo… interesante —respondí con diplomacia.

—Entiendo… —me dijo entonces con una sonrisa—. Quizá la palabra que buscas es «aburrido» o «soso».

—Muy gracioso… No, la verdad es que no, en absoluto. Estoy disfrutando de la experiencia con Estelle y Angela. Estoy aprendiendo muchísimo con ellas.

—¿Ah, sí? —me preguntó con un tono burlón sin que se le borrase aquella amplia sonrisa—. Ah… ¿lo estás diciendo en serio? —entendió al ver que mi expresión no cambiaba—. Pues perdona, pensaba que estabas de coña.

Se hizo un silencio un tanto extraño entre los dos, pero por suerte en ese momento una señora con un pequinés apareció por el camino y tuvimos que apartarnos para dejarla pasar.

—Gracias —nos dijo sonriendo—. Feliz Navidad.

—Feliz Navidad —le respondió Ben mientras se alejaba con su perro—. ¡Y feliz Año Nuevo! Ah, por cierto, hablando del tema —me dijo volviendo a girarse hacia mí—, ¿te vas a quedar aquí para celebrar las fiestas o te vas con tu familia o amigos?

—Me quedo aquí —contesté sin darle más explicaciones.

—Vale… —me dijo él, y estaba claro que por su tono estaba sopesando algo.

—¿Hay algún inconveniente?

—No, para nada. Es que justamente yo también voy a pasarlas aquí.

—¿Ah, sí? —le pregunté, sorprendida con esta información—. ¿Van a venir a pasarlas contigo?

Ben negó con la cabeza.

—No, este año las voy a pasar solo.

—Lo siento —dije sin pensar, mi voz tintada con una nota de tristeza—. Perdona —añadí lo más rápido que pude al darme cuenta de lo que acababa de presuponer con mi respuesta—. No quería decir que sea un mal plan. Si has decidido pasar las Navidades solo es tu decisión, por supuesto.

—No pasa nada —me contestó encogiéndose de hombros—. No hace falta que te disculpes. Es que he roto con mi pareja y ha sido bastante catastrófico, por eso me mudé a la plaza, entre otros motivos. De golpe me vi en una situación que me obligaba a buscar un nuevo sitio donde trabajar y donde vivir, y este lugar era perfecto. Apareció justo en el momento que lo necesitaba.

«Qué curioso. A mí me pasó lo mismo…».

—Vaya, lo siento mucho —le dije, y lo sentía de verdad—. Las rupturas pueden ser duras. Muy duras.

—No sé por qué me parece que hablas por experiencia.

—Pues sí… Me pasó algo parecido hace poco. Si no llego a encontrar esta oportunidad, también hubiese pasado las fiestas sola.

Ben y yo nos quedamos mirándonos sin decir nada unos instantes y me pregunté si estaría pensando lo mismo que yo. Nuestras situaciones se parecían mucho; quizá teníamos más en común de lo que imaginé en un principio.

—Oye, por cierto, ¿dónde has comprado el café? —me preguntó entonces de repente—. La verdad es que me han entrado ganas de tomarme uno a mí también. Si te apetece nos lo podemos tomar juntos ahí en el banco mientras nos contamos nuestras historias de desamor.

—Uy… —se me escapó.

Eso era lo último que me apetecía hacer ahora mismo; desde que llegué a Mistletoe Square había hecho todo lo posible por olvidar mis dramas. Prefería pensar que había logrado enterrar mi cruenta y triste historia en algún lejano y oscuro rincón del sótano de la casa de Estelle para no tener que volver a pensar en ella, y mucho menos contársela a un desconocido, aunque fuera mi nuevo vecino.

Sin embargo, la cara de Ben me dejaba bastante claro que él sí necesitaba hablar con alguien, y cuanto antes mejor.

—Claro —le contesté con toda la alegría que conseguí sacar—. El sitio donde he comprado el café está justo ahí.

Y le señalé la esquina de la plaza donde estaba mi proveedor.

—¿Está bueno? —fue su siguiente pregunta—. Soy bastante puñetero con el café.

—Pues la verdad es que sí. Además te pueden poner nubes y nata si te gustan esas cosas.

—No, me gusta solo. Yo no necesito cositas por encima para celebrar nada.

Levanté mi vaso de café con una sonrisa y le dije:

—Estoy contigo.

—¿Te apetece otro?

—No, gracias, estoy bien. Lo tengo casi entero.

—Ah, claro, es verdad, que no se te ha caído ni una gota cuando te has chocado conmigo y me has tirado al suelo —añadió con gracia y me guiñó el ojo—. Voy a por el mío y ahora mismo vuelvo.

Ben salió corriendo hacia el puesto y yo me senté en uno de los bancos que había por el parque mientras disfrutaba del café y esperaba a que volviera.

Mistletoe Square parecía mantener su esencia original. Si no fuese por el constante ruido y ajetreo de Londres que llegaba desde el otro lado de los edificios y porque de vez en cuando algún coche cruzaba la plaza o algún avión sobrevolaba la zona, las casas, las verjas y las lámparas negras de gas te transportaban a otra época y, en realidad, no sabrías muy bien decir en qué año estabas.

Seguramente nada de esta plaza había cambiado tanto desde que Celeste, Edith, Beth y Nora vivieron aquí. Me gustaría saber qué les parecería si la pudieran ver como la estoy viendo yo ahora, como yo había visto un fragmento de sus vidas la noche anterior.

—Otra vez estabas totalmente absorta en tus pensamientos, ¿eh? —me dijo Ben mientras se sentaba a mi lado, ahora sí, preparado para charlar con un buen café en la mano.

—Estaba pensando que la plaza seguramente no haya cambiado mucho desde que la construyeron en el siglo XVIII.

Mi vecino miró a su alrededor.

—Es verdad, creo que la mayoría de la decoración debe de ser de la época. ¿Sabías que cada noche viene un hombre de la compañía del gas para encender cada una de estas lámparas? Como lo hacían antaño.

—¿En serio? Pues no lo sabía, no.

—No, era broma, ya no lo hacen. Pero sí que vienen a revisarlas y mantenerlas cada quince días. Vienen a limpiarlas y, además, se ve que funcionan con un sistema que se tiene que gestionar manualmente para que se enciendan en hora. Justamente alguien vino a hacer el mantenimiento el día que me mudé, y por eso lo sé, básicamente. El hombre tenía muchas ganas de contármelo todo.

Levanté la vista para observar bien las lámparas de las que hablábamos.

—Pero me imagino perfectamente a alguien viniendo para encenderlas, ¿y tú? Vendría con un palo largo o algo parecido, y quizá tendría que subirse un poco al poste para poder llegar arriba.

—Ya estamos con tu imaginación y esa visión romántica de la vida, ¿eh? —comentó Ben con una sonrisa.

—Eso parece. Siempre me ha gustado la historia, la moderna. Me gusta saber cómo vivía la gente antes, lo que hacía en su día a día, no las guerras y todo eso, por muy importantes que fueran. A mí lo que me interesa son las historias de la gente normal.

Ben se quedó mirándome durante unos instantes.

—¿Qué pasa? —le pregunté, ya que, siendo sincera, su mirada empezaba a incomodarme un poco.

—Eres una persona muy interesante y lo sabes, ¿verdad?

—¿Ah, sí? —repuse sin saber qué otra cosa contestar.

—Pues sí.

—Bueno, ¿entonces por qué vas a pasar las Navidades solo? Cuéntame —le pregunté de repente, ansiosa por desviar el foco de atención en su dirección—. Bueno, ya lo sé, ya me lo has dicho antes, pero lo que quería decir es si no podías pasarlas con tu familia o algunos amigos.

—No te creas que no me he dado cuenta de lo que acabas de hacer —me dijo con una sonrisa pícara—. Antes yo te pregunté lo mismo y ahora te las has ingeniado para devolvérmela. —Hizo una pausa y arqueó las cejas—. Pero como yo no soy como tú, voy a responderte... Como te decía antes, acabo de salir de una relación larga y complicada, y como muchos de mis amigos también eran amigos de ella, pues la custodia no es tan fácil...

—Ya veo —dije mientras pensaba: «Más cosas en común».

—Algunos compañeros de trabajo me han invitado a pasarlas con ellos, pero ¿quién quiere meter en casa a alguien de fuera en Navidades? Creo que son momentos para pasarlos en familia. En mi cabeza no pegaba ni con cola, así que prefiero quedarme con las piezas sueltas que forzar las cosas y embadurnar a alguien con mi pegamento. No sé si me he explicado bien... Me he liado con lo de la cola y me ha salido así, pero creo que no tiene mucho sentido.

–Te he entendido perfectamente. Y sé muy bien de lo que hablas. Yo no voy a pasar las Navidades sola porque me he mudado aquí con Angela y Estelle, que si no... –hice una pausa, dudando si seguir o no. ¿Estaba preparada para hablar del tema?–. Ya te lo he dicho antes un poco de pasada –me envalentoné–, pero yo también he pasado por algo parecido hace poco. Y mi ruptura fue bastante horrible también, la verdad.

–Pues mucho ánimo porque sé lo duro que es.

Asentí con la cabeza.

–¿Y no preferirías irte con tu familia? –quiso saber–. Para celebrar las fiestas, quiero decir, no para siempre.

–Pues no. ¿Y tú?

Ben se encogió de hombros.

–Sé que mi familia está ahí, pero este año no me apetecía.

–Te entiendo –respondí con total sinceridad.

–Es que en realidad la Navidad no me hace demasiada ilusión... –confesó y se tapó la cara con las manos como preparándose para el golpe.

Me lo quedé mirando de nuevo. ¿Cómo podíamos tener tantas cosas en común? No me lo podía creer.

–Ya lo sé. No me odies –continuó diciendo mi vecino, cerrando los ojos suplicante.

–No, no es eso –le respondí sonriendo–. Yo soy de las tuyas. Nunca me han gustado mucho estas fechas.

Ben volvió a erguirse y a bajar los brazos, y me miró con una expresión de absoluta sorpresa.

–Anda. Al final va a resultar que tenemos mucho más en común que una simple dirección, ¿eh?

–Pues sí. Cuanto más hablamos más claro está. –Ben y yo nos quedamos un rato mirándonos sin decir nada–. Pero hay algo que nos diferencia claramente –afirmé para romper la tensión que se estaba creando.

Todo esto estaba pasando demasiado rápido para mi gusto.

–A ver, dime qué es.

–Pues que yo nunca dejaría que se me enfriara un buen café como acabas de hacer tú.

Ben agachó la cabeza para mirar el vaso y repuso:

–Ni yo.

Dicho esto, lo movió un poco y se lo bebió con un par de sorbos, aunque con el frío que hacía esa mañana ya debía de estar templado tirando a frío. Una vez que acabó con el contenido, dejó escapar un suspiro satisfecho.

–Pues ya está. Una cosa menos de la que preocuparse. No dejaré que el café separe nuestros caminos. Y ahora, Elle, tengo una propuesta para ti: viendo el vacío que hay en nuestras vidas, ¿qué te parece si nos hacemos amigos para estas fiestas?

Ocho

No nos quedamos mucho más tiempo en el banco porque Ben tenía un par de reuniones programadas y, antes de poder presentarse allí, necesitaba ducharse y cambiarse.

Mientras caminábamos hacia nuestras casas, vimos que Angela también corría por la acera en dirección a Casa Christmas. El ama de llaves iba cargada con unas cuantas bolsas de la compra y Ben salió disparado hacia ella para ayudarla.

—Mira que eres amable, ¿eh? —le dijo, y me fijé en que se sonrojaba un poco al hacerle el comentario, mientras Ben le cogía las bolsas más pesadas—. Tu madre te enseñó muy bien.

Ben no le dijo nada, se limitó a llevar la compra y a subir los escalones de la entrada.

—¿Quieres que te las deje en la cocina, Angela?

—Sí, por favor. ¿Y ahora dónde he metido las llaves? —dijo, y cuando llegó enfrente de la puerta empezó a rebuscar en su bolso hecho a mano.

—No pasa nada, yo tengo las mías —intervine y me metí entre los dos para abrir la puerta.

Justo cuando estaba a punto de meterla en la cerradura, la puerta se abrió de golpe y allí estaba Estelle con su bastón y Alvie a sus pies.

—Madre mía, resulta que hay una fiesta en la entrada de mi casa y yo sin saberlo —bromeó mirándonos a los tres por encima de las gafas—. Y por lo que veo me trae usted la compra, señor Harris.

—¡Así es!

—Ben ha sido muy amable y me ha ayudado a subirla hasta aquí

—le explicó Angela mientras pasaba a su lado y entraba en casa—. La cocina está por aquí, Ben.

El joven vecino sonrió a Estelle y obedientemente siguió a Angela por el pasillo hacia su destino.

—¿Cómo te encuentras? —le pregunté entonces a Estelle mientras entraba en casa—. Esta mañana Angela me ha dicho que estabas un poco cansada.

Estelle negó con la cabeza.

—A Angela le gusta mucho exagerar. Estoy como una rosa.

—Pues me alegro. Estoy deseando que llegue la noche para escuchar otra de tus historias.

—No sabes lo mucho que me alegro de oírte decir eso —comentó Estelle, satisfecha—. No las tenía todas conmigo y pensé que quizá te había asustado con lo de anoche. Sé que mi manera de contar historias puede ser un poco impactante.

—Qué va, me muero de ganas —le repetí—. ¡A ver qué nos cuentas esta noche!

Estelle asintió.

—Pues nada, señoritas, ahora sí que me marcho —escuché que se despedía Ben, que ya volvía con las manos vacías—. Nos vemos pronto, espero —me dijo con un pequeño levantamiento de cejas.

—¿Le gustaría cenar con nosotras esta noche, señor Harris? —le preguntó Estelle de golpe—. Aún no le he dado las gracias por habernos ayudado con el árbol. Sin su ayuda me temo que todavía estaría en la entrada.

—No quiero molestar —respondió Ben, mirándome.

—Y no lo hará, será nuestro invitado de honor esta noche. Me gusta conocer mejor a mis vecinos y me parece que nos merecemos una presentación como Dios manda.

—Pues entonces vendré encantado —confirmó por fin el joven—. Eso sí, tengo una condición.

Estelle asintió y quiso saber:

—¿Y cuál es?

–Tienes que llamarme Ben. Todos mis amigos lo hacen.

Estelle sonrió al escuchar esta respuesta.

–Por supuesto, así lo haré. Me encantará saber más de usted en la cena, señor... Ben.

– Y a mí de usted, Estelle –contestó él inclinando ligeramente la cabeza, un gesto con el que sin duda consiguió conquistar a su anfitriona–. Me pasaré el día contando los minutos hasta la noche.

La cena fue sobre ruedas. Ben demostró ser el invitado perfecto y llegó a la hora acordada con una botella de vino y un ramo de flores para su anfitriona. Hablamos de muchas cosas interesantes y divertidas mientras disfrutábamos de una deliciosa empanada casera de pollo y champiñones acompañada de patatas y verduras, y descubrimos un poco más sobre nuestro vecino y sobre cómo fue a parar a Mistletoe Square.

–Fue todo muy extraño –nos explicó–. El anuncio de la casa apareció justo en el momento perfecto. Y ni siquiera lo vi en el periódico que compro normalmente, sino que me lo encontré abierto justo en el asiento del metro al lado. Por suerte alguien había marcado el anuncio con un bolígrafo verde chillón, si no, seguramente ni lo habría visto. Pensé que sería demasiado tarde, que ya se habrían presentado muchísimas personas, pero, cuando llegué, el agente inmobiliario me dijo que había ido muy poca gente a ver la casa, así que conseguí el alquiler. Además, me sorprendió que el precio fuese tan económico.

En ese momento, mi cabeza se llenó de mil preguntas: mi anuncio también estaba marcado en verde. ¿Ben también se encontró con aquel hombre tan extraño con maletín? Sin embargo, Estelle aprovechó el final de la historia para empezar a hablar de un buen amigo suyo que también era abogado y cambiaron de tema.

–Angela –dijo entonces Ben, después de que terminásemos el postre que había preparado de *crumble* de manzana con nata–. Si no supiera que Estelle ya no sabe vivir sin ti, intentaría convencerte para que aceptaras y vinieras a trabajar a mi casa. La cena estaba deliciosa.

Angela no cabía en sí del gozo por las palabras del invitado, y sus mejillas volvieron a enrojecerse mientras lo miraba con cariño.

«Ben sin duda sabe cómo tratar a las mujeres –pensé mientras le daba otro sorbo a mi copa de vino–. Al menos, a las mujeres de cierta edad…».

–¿Desde cuándo os conocéis? –preguntó el joven a Estelle y Angela–. Por lo que parece diría que hace bastante, ¿me equivoco?

–Nos conocemos desde hace mucho tiempo, ¿verdad que sí, Angela? –respondió Estelle, asintiendo lentamente con la cabeza como si le hubiesen hecho esta pregunta mil veces antes.

–Vaya que sí… Era prácticamente una niña cuando nos conocimos, ¿eh, Estelle? Y bastante atrevida ya desde entonces.

Estelle lanzó una mirada a la otra mujer como queriéndole decir algo.

–Sí, sin duda lo eras. Por cierto, Ben, ¿quieres quedarte a tomar algo más con nosotras? –le preguntó, zanjando la otra conversación sin miramientos.

¿Qué pasaba con esas dos mujeres? ¿Por qué evitaban tocar el tema de cuándo y cómo se conocieron?

–Ahora que hemos acabado de cenar, nos sentaremos en los sillones que tenemos junto al fuego –continuó explicándole la anfitriona–. Todavía recuerdo que, en otros tiempos, habríamos pasado a otra sala en vez de quedarnos en la que hemos comido. –Y por unos momentos se quedó mirando los sillones, perdida en sus recuerdos–. Pero los años pasan para todos y ahora necesitamos los sillones mullidos. Esta noche me gustaría seguir contándole a Elle más historias sobre esta casa y mi familia, y tú estás más que invitado a quedarte. ¿Qué me dices, Ben?

Durante la cena Ben había preguntado, aunque pensé que quizá solo lo había dicho por educación, por las historias de la propietaria y por el libro que iba a escribir sobre ellas.

—Si no te apetece, no nos vas a hacer ningún feo, ¿eh? —le dije rápidamente, por si Estelle le había puesto en un compromiso—. Seguramente tienes cosas mejores que hacer que perder el tiempo hablando con nosotras.

—Te aseguro que yo no pierdo el tiempo —replicó Estelle, un tanto molesta por mi comentario—. Angela puede que sí...

—¡Oye! —exclamó entonces la susodicha y dejó la copa en la mesa, que a diferencia de las nuestras había llenado toda la noche con agua—. No eres la única que sabe contar historias aquí, ¿eh, Estelle? Parece que te has olvidado de que me sé todos tus cuentos casi tan bien como tú.

—Algunos, quizá sí —cedió la mujer—. Pero no todos. ¿Te apetece explicar tú uno esta noche, Angela? Ya que dices que te los sabes tan bien...

Esperaba que el ama de llaves se negara, pero para mi sorpresa aceptó el reto que le proponía su jefa y dijo:

—¡Pues, mira, sí! Cuando una escucha las historias de Estelle tantas veces como las he escuchado yo —susurró—, acaba por aprendérselas de memoria.

—De acuerdo, pues entonces vamos a sentarnos cómodamente junto al fuego —anunció Estelle con calma—. Así disfrutaremos más de tus dotes narrativas.

—Primero, si quieres, te ayudo a recoger esto —le sugerí, encantada de ver que Angela salía de su posición habitual.

—Y yo —añadió Ben, que se levantó al momento.

—Ben, tú eres un invitado —le reprobó—. Es muy amable por tu parte ofrecerte, pero no puedo permitirlo.

—Pero yo ya formo parte de la plantilla —dije yo, guiñándole el ojo a Angela.

—Perdona que te corrija, Elle, pero tú ya eres parte de la familia —repuso Estelle con una mirada muy seria que contrastaba con la frase tan amable y cariñosa que acababa de decir—. ¿O no es verdad, Angela?

–Así es –confirmó el ama de llaves con un tono cariñoso–. Y la familia siempre puede echar una mano –añadió devolviéndome el guiño con complicidad.

Aceptando lo que le decían, Ben decidió acompañar a Estelle a la zona de los sillones al lado de la chimenea, así que le ofreció galantemente el brazo para que se apoyara mientras hacían camino hacia su destino, a lo que la anfitriona aceptó encantada.

Después de que Angela y yo recogiésemos la mesa, nuestro vecino ayudó a la narradora suplente a acercar un cuarto sillón a la chimenea, para que quedasen dos sillones a cada lado.

Una vez que todo estuvo dispuesto, Angela preparó con mucho cuidado tres vasos grandes de cristal con *whisky* en un carrito antiguo de estilo *art déco*, los puso en una bandeja de plata y nos los trajo. Dudé un poco cuando me ofreció uno, pero, como sabía que Estelle estaba tan metida en su papel de anfitriona y no quería arruinarle la noche, cogí el vaso, aunque me prometí que lo bebería muy poco a poco, y solo si me veía obligada. En realidad, ya había tenido más que suficiente con la copa de vino que me había tomado en la cena y tenía muy claro que, si añadía más al cupo, la noche no acabaría bien para mí.

–¿Tú no quieres uno? –le pregunté a Angela mientras pasaba la bandeja para que Estelle y Ben cogiesen el suyo.

–No, yo no bebo –me dijo–. Me tomaré un buen vaso de zumo de naranja.

Y así lo hizo; se acercó a la vitrina de cócteles y se preparó un vaso.

–¡Un brindis por las vecinas tan estupendas que tengo! –anunció Ben con el vaso en alto cuando ya estábamos todos alrededor del fuego.

–¡Y por los vecinos! –contestamos las demás, y tanto Estelle como Angela dieron un buen sorbo a sus respectivas bebidas.

Yo, en cambio, bebí con mesura. Ahora ya sabía cómo eran las historias de Estelle y, si la que nos iba a contar esa noche Angela se parecía en algo a la de la noche anterior, quería tener todos mis sentidos bien despiertos. ¿Qué pensaría Ben de todo esto? Quizá le debería haber avisado de lo que estaba a punto de vivenciar, pero qué cara se le habría quedado al escucharme intentarle explicar lo que había pasado la otra noche, cuando ni yo misma acababa de entenderlo.

–¿Esta noche no sacas el móvil, Elle? –me preguntó Estelle, mirando a su alrededor para comprobar que no estuviera por allí–. Elle anoche me grabó con un aparato electrónico de esos –le explicó a Ben.

–No, esta noche vamos a hacerlo a la vieja usanza –le dije y le enseñé la libreta y el boli–. No sé por qué la grabadora me dio problemas anoche.

–Qué lástima… –comentó nuestra anfitriona, y le dedicó una mirada de reojo a su compañera–. Angela, ¿sigues queriendo contar tú la historia?

–Se me han pasado las ganas –respondió ella encogiéndose de hombros–. Todo tuyo, Estelle. Me parece bien también quedarme aquí sentada y escucharte.

–Perfecto. Pues ahora solo nos queda esperar un poco…

Y como la noche anterior, volvió a dejar la mirada perdida en la ventana junto al árbol y empezó a acariciar a Alvie, que estaba tumbado como siempre en su regazo. Esta vez yo ya sabía que estaba esperando a que llegara la luz de la luna, pero Ben, que estaba sentado a mi lado, me miró confuso ante aquella pausa repentina sin explicación aparente.

–Espera un segundo y lo entenderás –le dije entre susurros.

De nuevo, en cuanto el reloj marcó las ocho de la noche, la luna, como había sucedido la noche anterior, salió de detrás de las nubes y un rayo de luz atravesó el cristal de la ventana. Esta noche el haz de luz llegó hasta una de las ramas del árbol de Navidad e iluminó una figurita con dos máscaras de teatro.

–Comedia y tragedia –anunció Estelle, mientras observaba, seria, las máscaras iluminadas por la luz de la luna–. Para la historia de esta noche viajaremos al Londres victoriano, una época en la que Casa Christmas era propiedad de Robin Snow, el bisnieto de Joseph y Celeste, a quienes, si lo recuerdas, Elle, ya conocimos en la primera historia.

«¿Cómo iba a olvidarme de ellos?».

—Joseph Christmas construyó esta casa y la Mistletoe Square en 1750 —volvió a explicar Estelle para que Ben también estuviera al día—. Robin vivía aquí con su joven mujer, Carola, y sus dos hijos, Timothy y Belle. En esta historia viajaremos a diciembre de 1842.

Y seguidamente, como había ocurrido la noche anterior, mientras Estelle empezaba a hablar, la sala comenzó a cambiar a nuestro alrededor.

Algunos de los muebles de color más claro y más modernos desaparecieron y fueron reemplazados por piezas más oscuras y más grandes que encajaban con otros muebles que ya había allí. El papel de las paredes adquirió un color verde oscuro y de pronto se le dibujaron unas grandes hojas doradas. La repisa de la chimenea que teníamos delante se llenó de diferentes detalles y decoraciones. De hecho, en un momento, todo el salón quedó minuciosamente engalanado, demasiado para mi gusto, pero sabía que era lo que se llevaba en la época victoriana. Con tanto ornamento al final la sala parecía mucho más pequeña y agobiante, oscura y sofocante.

En ese punto, me giré para mirar a Ben, que parecía estar tan confundido y estupefacto como yo me había quedado la noche anterior.

También vi desaparecer de nuevo el árbol de Navidad junto al resto del mobiliario moderno, pero esta vez, en su lugar, apareció un árbol decorado con coloridos adornos de papel y un montón de velas apagadas.

—¿Qué leches está pasando aquí? —escuché mascullar a Ben, pero, cuando me giré para mirarlo, la puerta del salón se abrió de par en par.

Nueve

Mistletoe Square, Londres
20 de diciembre de 1842

God Bless Us Every One

En el pasillo se veía a una mujer abrochándole el abrigo a un niño pequeño.

–Sí, tiene que ponerse el abrigo, señorito Timothy –dijo la mujer–. Hoy hace mucho frío fuera y creo que va a nevar.

–Ay, eso espero, nana Avery –le contestó el niño, con un brillo especial en sus ojos oscuros–. Me encanta jugar con la nieve.

–Pues no sé si podrá, que quizá se resfría.

–¡Por favor, nana Avery! –exclamó entonces una niña que saltaba arriba y abajo. La pequeña se cubría del frío con una capa larga azul marino por encima del vestido y unas botas marrones de cordones, llevaba un gorro y un manguito a conjunto con la capa con los bordes de piel blanca–. A mí también me encanta la nieve.

–Bueno, primero veamos si nieva y luego ya pensaremos si salimos o no, ¿de acuerdo, señorita Belle? –contraatacó Avery con firmeza mientras acababa de tapar bien a Timothy con una bufanda roja y una gorra de *tweed*.

Cuando acabó, se miró un segundo en el espejo del pasillo, justo en el mismo sitio donde lo tenía ahora Estelle. La señora Avery se retocó el lazo que sostenía la gorda capa gris que la cubría, se puso un tocado del mismo color con cuidado para no despeinarse el recogido que llevaba y se hizo otro lazo debajo de la barbilla.

Volvió a comprobar en el espejo que todo estuviera en orden y de golpe dio un respingo.

—¡Ay, señor! —exclamó, y se giró para asomarse a la habitación que había justo detrás de ella, el salón donde estábamos todos sentados. La mujer negó con la cabeza y clavó los ojos en el espejo, como si buscara algo—. Son imaginaciones mías —le dijo a su reflejo—. Nada más —aseguró y volvió a sacudir la cabeza—. Ya se ven suficientes cosas raras en esta casa, no necesitamos nada más.

—¿Qué cosas raras, nana Avery? —preguntó Timothy.

—Nada, señorito Timothy. No tiene que pensar en estas cosas —le dijo, y se miró de nuevo en el espejo, pero esta vez parecía más contenta con lo que vio.

—¿Lo dices por el árbol de Navidad? —le preguntó Belle—. Es verdad que es un poco raro tener un árbol de verdad en casa, pero queda bonito. A mí me gusta.

—A mí también —la apoyó su hermano—. Por la noche, cuando encendemos las velas, queda muy bonito. Es mágico.

La señora Avery asintió con los comentarios de los pequeños.

—Sí, es muy bonito y también un poco raro, pero a vuestra madre le gusta, así que nosotros haremos lo que toca.

—Mamá dice que es una tradición típica de Alemania —explicó Belle, girándose para echar un vistazo al árbol de Navidad—. Y la familia real tendrá uno cada año en el castillo de Windsor ahora que la reina se ha casado con el príncipe Alberto —dijo, y la niña también miró en nuestra dirección extrañada, como la señora Avery, pero ella no hizo ningún comentario y volvió al pasillo.

—Eso no lo tengo muy claro —repuso la señora Avery arrugando la boca en un gesto un tanto contrariado—. No nos toca a nosotros suponer lo que hará o dejará de hacer nuestra reina. Estoy segura de que los alemanes tienen muchas tradiciones navideñas que desconocemos totalmente aquí en Inglaterra. Pero, bueno, debemos marcharnos ya o no llegaremos a la función.

Timothy juntó las manos, entusiasmado.

—¡Ay, no, por favor! Vamos, Belle. ¡Debemos irnos ya! ¡Te va a encantar!

—Silencio —le pidió la señora Avery, llevándose el dedo índice a los labios—. Su madre está descansando antes de la fiesta de esta noche, no podemos molestarla.

El pequeño imitó a su nana y con mucho cuidado se acercó el dedo a la boca.

—Caminemos de puntillas —susurró mientras los dos niños y su niñera salieron con mucho cuidado de la casa.

Aproveché el momento para girarme y mirar a los demás.

Estelle estaba sentada tranquilamente como solía hacer, pero ahora su sillón se había transformado en una silla de madera de nogal con un respaldo con detalles tallados y un cojín de seda verde. Angela miraba con atención los adornos victorianos del árbol de Navidad y Ben estaba sentado a mi lado en su silla con cara de no entender absolutamente nada.

—¿Estás bien? —le pregunté con delicadeza.

Mi vecino se giró despacio para mirarme y me preguntó con los ojos abiertos de par en par:

—¿Qué… está… pasando… aquí? ¿Dónde estamos?

—Seguimos en Casa Christmas —le explicó Estelle—. Simplemente ahora podemos ver el aspecto que tenía en aquella época.

—¿Cómo…? —empezó a preguntarme Ben, pero nuestra anfitriona lo interrumpió.

—¡No hay tiempo para preguntas! ¿Queréis ver qué está pasando en el resto de la casa?

—¡Ay, sí! —exclamó Angela—. ¿Vamos a la cocina?

—Me has leído la mente —le contestó Estelle, que de repente se levantó como si nada de la silla—. Seguidme.

Todos le hicimos caso y salimos al pasillo justo donde hacía apenas unos minutos habían estado los dos niños y su niñera.

—¿Nos ha visto? —escuché que le decía Angela en voz baja a Estelle mientras avanzábamos por el pasillo—. En el espejo.

—Puede que sí, pero solo un segundo.

—Pero pensaba que solo pasaba con los niños y los animales.

—Ahora no es el momento, Angela —masculló entre dientes Estelle, mirándonos de reojo, pero Ben parecía seguir en *shock* y yo fingí estar distraída observando los detalles del pasillo, que estaba casi tan decorado como el salón.

Las baldosas eran las mismas de siempre, pero las paredes eran oscuras como en el salón, la mitad estaba empapelada y la otra mitad estaba cubierta de baldosas verde oscuro. La parte más alta estaba decorada con pinturas de acuarelas, bordados muy elaborados y unos cuantos retratos en blanco y negro de los miembros de la familia de perfil.

Estelle nos condujo por unas escaleras que, en la casa que yo conocía, nos hubiesen llevado al sótano, pero que, sin embargo, esta vez nos llevaron a una cocina enorme victoriana.

—Ahora la cocina está aquí —susurré mientras miraba lo que había a mi alrededor.

Por alguna razón, había dado por sentado que la cocina siempre había estado al final del pasillo como yo la conocía, pero ahora caía en la cuenta de que en la época victoriana sin duda debía estar abajo. La habitación consistía en una cocina de gas negra enorme, una pila sencilla cuadrada con una bomba manual para sacar agua, un juego de campanillas de latón para avisar a los sirvientes con placas debajo para indicar a qué habitación correspondía cada una, y en mitad de la estancia una gran mesa de madera, junto a la cual nos encontramos con dos mujeres, que por cierto me recordaban mucho a Edith y a Beth, de pie con un traje gris, un delantal blanco y sus cofias. Ambas estaban ajetreadas cortando y cocinando, mientras las ollas hervían los alimentos al fuego. Noté un olor desagradable en la cocina, además de que hacía un calor insoportable.

—Ahora, Iris —le pidió la mujer más mayor a la otra—, corta bien la lengua de buey y yo cortaré en dados muy pequeños la fruta.

–Sí, señora Bow –repuso Iris, que cogió un tenedor para pinchar un trozo de carne grisácea y un cuchillo afilado para poder cortarla.

–¿Eso es una lengua de vaca de verdad? –pregunté, arrugando la nariz mientras veíamos cómo la criada cortaba la carne–. Huele fatal.

–Están preparando tartaletas de fruta –me informó Angela, que se estaba acercando a la mesa detrás de la señora Bow para ver lo que hacían–. Y están haciéndolo como marca la tradición.

–¿Con carne? –pregunté de nuevo, sin poder ocultar que la idea me repugnaba aún más.

A Angela sin embargo se le dibujó una sonrisa de oreja a oreja.

–Así es. Antes las tartaletas se hacían con fruta y especias, como las conocemos hoy en día, pero además se le añadía carne, y solía ser lengua de buey.

De golpe a Ben se le escapó una arcada detrás de mí.

–¿Estás bien? –le dije.

–¿Y tú? –me devolvió la pregunta, y vi que había sacado un pañuelo con el que se tapaba la nariz y la boca–. Antes de bajar aquí ya pensaba que me estaba volviendo loco, pero este olor creo que ya me va a matar directamente.

–No nos quedaremos mucho más aquí –nos avisó Estelle–. Solo quería que vierais algunas de las preparaciones que se estaban haciendo para la cena de esa noche.

La señora Bow acabó de mezclar la fruta y las especias, y empezó a extender la masa mientras le daba más instrucciones a Iris.

–Así, muy bien. Ahora añade la carne al bol con los demás ingredientes. –Iris le hizo caso y la señora Bow introdujo la cuchara y cogió un poco de la mezcla–. A ver qué tal nos ha quedado… –dijo y se la llevó a la boca–. Mmm… Está buenísimo.

–¿Puedo probarla yo también, señora Bow? –le preguntó Iris.

–No, por supuesto que no. La cocinera es la única persona que tiene el privilegio de probar la comida, no podemos desperdiciarla así. Sabes muy bien que esta noche el señor ha invitado a gente importante a cenar.

–¿Sabe quiénes son? –inquirió, impaciente.

–Sí, lo sé –le aseguró con aires de superioridad–. Pero no puedo decírtelo.

–Ay, sí, por favor –le pidió Iris–. Necesito un poco de emoción. ¿Es alguien famoso de la sala de conciertos?

–No, nada parecido –negó la señora Bow, con una expresión de disgusto–. No queremos a nadie de ese mundo por aquí.

–¿Entonces quién es?

La señora Bow se aseguró de que no había nadie detrás de ella escuchando y dijo:

–Escribe libros.

Iris pareció decepcionada con la respuesta.

–Yo no leo libros.

–¿Lees algo? –le espetó entonces la señora.

Iris se encogió de hombros.

–¿Sabes leer? –le preguntó, y esta vez lo hizo con un tono un poco más amable.

Iris negó con la cabeza.

–¿Y te gustaría aprender?

–Uy, sí, muchísimo.

–Entonces te enseñaré.

–¿De veras? –preguntó la muchacha con los ojos como platos–. ¿Haría eso por mí?

–Todo el mundo se merece tener una oportunidad en esta vida –afirmó la señora Bow con determinación, pero noté que la reacción de Iris la había conmovido–. No pude ir a la escuela mucho tiempo cuando era pequeña, pero asistí lo suficiente para aprender lo básico. Todo lo demás lo aprendí yo sola. El señor es un hombre amable y generoso, y me deja coger prestados libros de su biblioteca para poder seguir mejorando mi comprensión lectora.

Iris se quedó mirándola, impresionada.

–¿De veras?

–Así es –le aseguró la señora Bow con orgullo–. Pero ahora no hagas castillos en el aire. Yo conozco al señor desde que era un niño. Mi madre era la cocinera de esta casa antes que yo, como su madre lo fue antes que ella, así que el señor y yo crecimos juntos aquí. Me gusta pensar que confía en mí, y por eso me gustaría ayudarte como él me ha ayudado a mí.

–Madre mía. Muchísimas gracias, señora Bow –le dijo Iris con una sonrisa–. Es muy amable por su parte.

La señora Bow pareció complacida.

–No hay de qué. Dentro de poco estarás leyendo como yo, jovencita.

–¿Cuándo podemos empezar? –le preguntó Iris, ansiosa por iniciar sus clases.

–¡Te aseguro que hoy no! –le contestó entonces la señora, retomando un tono más severo–. Tenemos demasiadas cosas que preparar aún para esta noche y ni siquiera hemos empezado a pelar las patatas. Te enseñaré tan pronto como tengamos tiempo –añadió con un poco más de ternura–. No te preocupes.

–Vamos a dejarlas para que sigan con sus cosas –nos dijo Estelle mientras se acercaba a la puerta de la cocina.

–Por fin, menos mal –exclamó Ben, su voz amortiguada por el pañuelo que le tapaba la boca. Dejó que Estelle pasara delante de él, pero después se escabulló corriendo de allí–. No entiendo absolutamente nada de lo que está pasando aquí, pero, cuanto antes salgamos de esta cocina para dejar ese horrible olor atrás, mejor.

–Vamos –nos pidió nuestra anfitriona mientras subía las escaleras con agilidad–. Ahora avanzaremos un poco en la historia, cuando lleguemos arriba, habrán pasado unas cuantas horas, pero seguirá siendo el mismo día.

Los tres seguimos a la mujer hasta arriba y entonces nos preguntó:

–¿Nos vemos con fuerzas de salir un rato afuera?

Y seguidamente abrió la puerta y salió al pasillo.

111

–¡Ay, sí! –exclamó Angela, que parecía morirse de ganas–. Me encanta cuando salimos.

Miré a Ben, que se había vuelto a guardar el pañuelo en el bolsillo y ahora examinaba los cuadros y los bordados que había colgados en la pared. Cuando nuestro vecino alargó la mano para tocarlos, Estelle exclamó con dureza:

–¡No! ¡No puedes tocar nada!

Pero su dedo ya estaba demasiado cerca del marco y no pudo parar. Lo que no nos esperábamos era que, en vez de chocarse contra el material sólido, Ben atravesó la pintura y tocó la pared.

–¡Toma! –dijo Ben retirando la mano, sorprendido–. Qué raro…

–En realidad no estamos aquí –le explicó Estelle–. Esto no es más que un efecto visual.

–Es como si estuviésemos en un juego de realidad virtual muy realista y muy extraño –dije dándome cuenta en ese momento–. Todo lo que tenemos a nuestro alrededor parece real, pero no es así.

La cara de Estelle era un verdadero cuadro y buscó con la mirada a Angela como esperando respuestas.

–No te preocupes, Estelle –la tranquilizó Angela–. Es algo que usa la gente joven hoy en día. Es justamente eso, Elle –me confirmó, volviéndose hacia mí–. Pero aquí no hace falta que nos pongamos gafas.

Ben volvió a alargar el brazo para tocar la barandilla, pero, de nuevo, cuando alcanzó la reluciente madera de caoba su mano no se detuvo y la atravesó como si no fuera más que aire.

–Por favor, deje de hacer eso, señor Harris –le pidió Estelle, irritada–. Si no, no podré continuar con mi historia.

–Perdona, Estelle, pero llámame Ben.

–Solo me dirijo a mis amigos por su nombre de pila –sentenció la mujer con una mirada severa por encima de las gafas–. Y me parece que no va a cumplir esos requisitos si sigue jugando con lo que no debe.

Ben asintió ante tal advertencia.

—De acuerdo, lo he entendido. Me portaré bien a partir de ahora.

—Eso espero. Esta es la segunda historia en la que participa Elle y ella no ha puesto en peligro nada del pasado.

—En su defensa diré que no sabía que podíamos tocar las cosas y que esta historia incluso parece más real que la anterior. Y además hemos salido del salón.

—Ese es el problema, que no podemos tocar nada —me corrigió Ben—. Lo he intentado y no funciona, ¿no lo has visto?

—Estoy intentando introduciros en todo esto poco a poco —nos explicó Estelle como si fuese una profesora aleccionando a dos alumnos que se niegan a portarse bien—. Una historia tras otra, pero si no seguís las normas me temo que no os contaré ninguna más.

—Lo sentimos, Estelle. Los dos queremos saber más, ¿verdad, Ben?

Él asintió y añadió:

—Por supuesto. Por muy loco que me parezca todo esto, estoy totalmente fascinado. Me portaré bien, lo prometo.

—Así me gusta —dijo por fin Estelle, que pareció satisfecha con nuestras muestras de arrepentimiento y alargó la mano para girar el pomo de la puerta—. Pues vamos allá.

—¡Oye! —exclamó Ben cuando la mujer giró la maneta y la puerta se abrió ante nosotros—. ¿Cómo se entiende que ella sí pueda hacerlo y nosotros no?

—Cuestión de práctica —repuso ella—. Y es demasiado pronto para pediros que atraveséis una puerta, eso vendrá más adelante, cuando estéis más acostumbrados. Ahora sí que os voy a pedir silencio absoluto, por favor. Lo que viene a continuación es muy importante.

Seguimos a Estelle hasta los escalones y se me escapó un grito ahogado al ver la imagen que nos esperaba al otro lado.

La nieve había estado cayendo con fuerza desde el manto oscuro del cielo y, de vez en cuando, seguían cayendo algunos copos de nieve bastante grandes que se veían gracias a la luz que emitían las lámparas de gas que rodeaban la plaza. El resto de Mistletoe Square, excepto la capa blanca de nieve, estaba exactamente igual que esta mañana: había cuatro filas de casas con una zona verde en el medio rodeada de una verja negra. En el centro del pequeño parque las ramas peladas de los árboles estaban cubiertas de nieve y decoradas con grandes puñados de muérdago como los había visto hacía apenas unas horas. La única diferencia que había entre la plaza actual y la que teníamos ante nosotros ahora era que la luz que se veía en las ventanas de las casas georgianas no provenía de aparatos eléctricos, sino de velas o pequeñas lámparas de gas. Otro detalle evidente era que en vez de los coches o las furgonetas que a veces veíamos por allí buscando aparcamiento había carruajes de caballos. Los carruajes se detenían enfrente de las casas para que subieran mujeres con tocados y largos vestidos junto a hombres con sombreros de copa y trajes de levita.

Parecía que estuviésemos en una postal navideña ambientada en la época victoriana.

En ese momento, pasó por nuestro lado un hombre con una escalera.

–¿Has acabado, Wilf? –le preguntó a voces a su compañero, que estaba al otro de la calle.

–¡No! Alguien me ha robado la escalera –chilló Wilf sin intentar ocultar su enfado–. Me había parado a fumar, me he girado un segundo y ya está…, ¡ha volado! –le explicó mientras se acercaba al hombre–. Adiós a mi trabajo.

El compañero, que aún conservaba su escalera, miró a su alrededor y señaló uno de los árboles del parque.

–¿Qué es eso que hay ahí apoyado en el árbol?

–¡Mi escalera! –exclamó Wilf, que salió corriendo hacia allí–. ¿Qué hace ahí?

El trabajador la recogió y acabó de encender el resto de lámparas de la calle antes de abandonar la plaza.

114

—Atención —nos avisó Estelle señalando hacia delante.

Entonces vimos que la señora Avery llegaba con Timothy y Belle de la función. Justo cuando ya estaban cerca de casa, un jovencito muy pálido y delgado salió de detrás de la verja negra del parque.

—¿Quiere comprar un poco de muérdago, señora? —le preguntó y le enseñó un buen puñado a la niñera.

—De ninguna manera —lo rechazó y colocó a los niños detrás de ella—. ¡Y ahora vete de aquí! —le exigió haciendo aspavientos con la mano, como si estuviese intentando apartar una mosca—. Además, ¿de dónde has sacado el muérdago?

—¿Ha sido él quien le ha quitado la escalera al señor de las lámparas para poder coger el muérdago? —le preguntó Ben a Estelle, mirando al niño.

—Silencio —nos pidió nuestra anfitriona de nuevo—. Escuchad bien.

Belle estaba escondida detrás de las faldas de su niñera, pero Timothy se deshizo de su protección y se plantó delante de ella. Dio unos pasos hacia al frente, acercándose al muchacho y se lo quedó mirando detenidamente.

—¿Quieres un poco de muérdago? —le preguntó entonces sin pudor el niño, enseñándole de nuevo la mercancía.

Tenía los ojos hundidos y oscuros, y estaba tan delgado que parecía que la menor brisa podría llevárselo. Timothy negó con la cabeza.

—¿No tienes frío? —le preguntó, viendo que tenía la ropa hecha jirones.

—¡Timothy! —le reprendió la señora Avery—. ¡Ven aquí ahora mismo!

El jovencito de la calle se encogió de hombros.

—Estoy acostumbrado, ¡qué remedio!

—¿Tienes hambre? —quiso saber ahora Timothy.

El otro asintió, así que Timothy metió la mano en el bolsillo y sacó una barra de chocolate que tenía medio empezada. Se la ofreció al niño, que se la quedó mirando unos segundos y luego la cogió y la devoró con todas sus ganas.

–Señorito Timothy, ¿pero qué hace? –le dijo la señora Avery al pequeño mientras acercaba a Belle a las escaleras que teníamos enfrente; luego se acercó a Timothy para sacarlo de allí.

–Tiene hambre, nana –le explicó sin apartar la vista del otro niño–. Y frío. Y no tiene zapatos.

La señora Avery bajó la mirada y comprobó que, en efecto, iba descalzo.

–Ay, Dios mío –exclamó, impactada ante el descubrimiento–. No tiene de nada, angelito.

–Quédate mis botas –dijo entonces Timothy y empezó a desatárselas.

–No, Timothy. ¿Qué le voy a decir a su madre después? –le preguntó mientras miraba a su alrededor para ver si había alguien por allí–. Espera unos minutos y ven a la puerta de atrás de la casa –le dijo entonces al pobre niño en voz baja–. Es el número cinco. Voy a ver si la cocinera te puede preparar algo para comer y que puedas disfrutarlo a gusto para que el cuerpo te entre un poco en calor, ¿vale?

El niño, que ahora tenía la cara llena de manchurrones y era imposible adivinar qué era chocolate y qué era suciedad, la miró extrañado.

–No te estoy engañando –le aseguró con voz amable–. La señora Bow cuidará de ti.

–Sí, ya verás –le confirmó Timothy con alegría–. La señora Bow es muy buena conmigo, seguro que a ti también te trata bien.

Con estas respuestas, el niño pareció más convencido y asintió.

–Ahora venga aquí, señorito Timothy –le pidió la señora Avery–. Ahora tenemos que darles una ducha y cenar si quieren ver a sus padres antes de que empiece la fiesta de esta noche.

A regañadientes, Timothy se alejó de su nuevo amigo y volvió a la casa. Nosotros nos apartamos para que pudieran subir los escalones de la puerta principal, mientras el otro pequeño, que seguía llevando el muérdago en la mano, se encaminó hacia la puerta trasera de la casa.

—De acuerdo —anunció en ese momento Estelle, como siempre guiándonos por la experiencia—. Ahora volveremos a dar un salto para ver otros momentos de la noche.

Cuando la mujer abrió la puerta y pasamos al interior, comprobamos que la casa, que ya tenía un aspecto más oscuro debido a la decoración, ahora estaba sumida incluso más en la penumbra. El pasillo estaba iluminado a duras penas por una pequeña lámpara de aceite y se entreveía un cálido resplandor que venía del salón.

Cuando entramos en la sala y el reloj que había en la repisa de la chimenea marcó las siete menos cuarto de la tarde, me di cuenta de que la luz no solo la desprendía el fuego de la chimenea, sino también el árbol de Navidad, que ahora sí tenía las velas que lo decoraban encendidas. Los hilos que las sostenían pendían de las puntas de las ramas, mientras que su llama bailaba peligrosamente cerca de los otros adornos.

—¡Uy! —exclamó Angela, que se acercó rápidamente al árbol—. Hay que tener valor, ¿eh?

—A mí me parece directamente peligroso —comentó Ben, que fue tras ella—. Como una vela toque algo, prenderá de inmediato.

—Es lo que se hacía en la época victoriana —Estelle les dijo con voz calmada—. Seguro que esta vez no pasará nada.

—¿Esta vez? —le pregunté, ya que podría haberlo expresado de otra manera—. ¿Era normal que prendieran?

—Lamentablemente, sí. Hubo muchos incendios hasta que llegó la electricidad. Angela, aléjate de la repisa, nuestra anfitriona ya está aquí.

Entonces seguí la mirada de Estelle y vi que una delicada mujer de pelo claro y muy hermosa entraba en la sala. Llevaba un vestido de noche verde oscuro intenso con diferentes capas y detalles de encaje blanco que dejaban entrever sus delgados hombros. Dos trenzas, una a cada lado de la cabeza, formaban un elaborado y artístico tocado y completaban su *look*.

—Es la mujer de la foto victoriana que tienes en el pasillo —le susurré a Estelle al darme cuenta y ella asintió con la cabeza.

La mujer echó un vistazo al salón y pasó el dedo por uno de los aparadores para comprobar que no había polvo. Satisfecha con el resultado, se acercó a la ventana y miró al exterior entre las ramas del árbol de Navidad.

—No temas, querida mía —dijo una voz autoritaria y masculina, cuando un hombre de mediana edad y pelo oscuro con bigote apareció por la puerta. Él también estaba vestido para una ocasión especial: llevaba un traje oscuro, una camisa blanca de cuello alto, un chaleco y un lazo fruncido. A él lo reconocí también, ya que era el hombre que aparecía en la foto color sepia del pasillo de Estelle—. Los invitados están a punto de llegar, así que ¿dónde están mis pequeños? Quiero verlos antes de que empecemos. ¡Señora Avery! —exclamó en dirección a las escaleras—. Por favor, traiga a los niños un momento.

—No pueden quedarse mucho, Robin —le dijo la mujer con un acento alemán bastante marcado—. Los invitados no deben verlos.

—¿No es lo que más quiere un padre? ¿Pasar un rato con sus hijos? —preguntó Robin—. Incluso tú, Carola, debes tener ganas de pasar tiempo con ellos a veces, ¿no?

—Pues claro, pero ¿cómo decís vosotros los ingleses? Los niños deben estar presentes pero sin hacer ruido, ¿no? Pues por eso mismo creo que no es lo mejor traerlos aquí sabiendo que los invitados están a punto de llegar.

Robin le respondió con una sonrisa y añadió:

—Esa frase se suele decir para transmitir la idea de que los niños no deben hacer ruido cuando hay más gente, no significa que tengamos que esconderlos directamente. De todos modos, a mí me encanta escuchar a nuestros hijos, sobre todo cuando son felices y se lo están pasando bien. ¿A ti no, querida mía?

–Robin, solo quiero esforzarme para encajar en tu sociedad. Tenéis un sinfín de normas y tradiciones que todavía no consigo entender, y no quiero que la gente crea que no hago lo correcto.

–Y aun así has hecho todo lo posible para que encendamos velas en un árbol en el salón, cariño mío –repuso con una sonrisa, contemplando el objeto del que hablaba.

–Así lo hacemos en Alemania –aseguró Carola con orgullo mientras miraba el árbol–. No me cabe ninguna duda de que esta tradición también se seguirá en Inglaterra ahora que el príncipe Alberto forma parte de la corte real. Ya lo verás.

Robin aprovechó la pausa para acercarse a su mujer y cogerle la mano para besarle el dorso.

–Está precioso, tanto como tú, querida. Esta noche nuestros invitados se lo pasarán en grande y disfrutarán de todo lo que hemos preparado para ellos, estoy seguro.

–Eso espero –dijo Carola con los ojos fijos en el reloj–. Tenemos más tiempo de lo que esperaba. Quizá tienes razón y sí que nos da tiempo de ver a los niños.

De pronto se oyeron unos golpes en la puerta que anunciaban que la señora Avery y los dos niños habían llegado.

–¡Pasad, pasad! –exclamó Robin, que se había sentado en una silla junto al fuego y se daba golpecitos en las piernas llamando a sus hijos.

Las dos criaturas salieron corriendo hacia él.

–A ver –les dijo cogiéndolos entre sus brazos y colocándolos en su regazo–. Contadme cómo ha ido el día.

–¡Hemos ido a ver una función musical! –le explicó Belle con alegría, mientras la señora Avery entraba en silencio en el salón y se quedaba junto a la puerta con las manos entrelazadas a la altura de la cintura.

–¡Anda! ¿Y qué habéis visto?

–*La Cenaycientas* –le contestó su hija, que lo miraba con unos ojos llenos de amor.

Robin miró a la niñera, extrañado.

–*La Cenicienta*, señor.

–¡*La Cenicienta*! Es un clásico, claro que sí. Y parece que os ha gustado, ¿no?

Belle le contó con emoción todo lo que habían visto en el teatro.

–¿Y a ti no te ha gustado la obra? –le preguntó entonces su padre a Timothy, que había estado todo este tiempo callado, sentado en las rodillas de su padre mientras Belle no paraba de parlotear.

–Sí, ha estado muy bien –le respondió sin mucho entusiasmo.

Robin buscó con la mirada a su esposa, un poco confundido por la situación.

–¿Te encuentras bien, Timothy? –le preguntó entonces Carola, que se había acercado al pequeño para tocarle la frente con cariño–. No tendrá fiebre, ¿no, señora Avery?

–No, señora –le aseguró la niñera, pero su rostro mostraba cierta preocupación.

–Estoy bien –dijo el niño apartándole la mano a su madre.

–Quizá es que está cansado de haber estado fuera –argumentó la señora Avery–. ¿Me los llevo para que descansen?

–¡No! ¡Aún no! –protestó entonces su hermana, que de pronto se aferró al brazo de su padre–. Acabamos de llegar…

–Pero los invitados de sus padres también están a punto de llegar –le explicó la niñera con cariño.

–Nada, nada. Todavía tenemos tiempo –la tranquilizó Robin, que acababa de comprobar el reloj de la repisa–. Aún son menos cuarto y los invitados no llegarán hasta las siete.

¿Cómo que las siete menos cuarto? No entendía nada. ¿No era esa la hora que había visto en el reloj al entrar al salón?

–Dime, Timothy, ¿qué te pasa? ¿Hay algo que te preocupa? –le preguntó con cariño su padre–. Cuéntaselo a tu padre.

Timothy intercambió una mirada con su niñera, que negó con la cabeza con mucho cuidado.

–Hemos visto a un niño antes –empezó a explicarle a su padre, ignorando las señales de la señora Avery–. Fuera de casa. Estaba vendiendo muérdago.

–Ya tenemos mucho en casa –le contestó deprisa Carola, que seguía mirando el reloj nerviosa–. Mira la bola tan bonita que tenemos, ¡está llenita! –le dijo mientras sostenía en las manos una decoración circular y vegetal que colgaba cerca de la puerta hecha con ramas de acebo, hiedra, otras hierbas y muérdago–. No necesitamos más.

–¿Y qué ha pasado, Timothy? –le animó a seguir su padre, dándose cuenta de que ahí no acababa la historia.

Viendo esta escena, me quedaba claro que entre Robin y Carola, el favorito para los niños era sin duda el padre. Carola parecía mucho más preocupada por la llegada de los invitados que por los problemas de su hijo.

–El niño estaba muy delgado, padre –continuó diciendo la criatura– y tenía mucha hambre, así que le di lo que me quedaba de la chocolatina que me había comprado la nana en el teatro. Pero tenía más hambre cuando se la acabó.

Robin entonces miró a la señora Avery, que, aunque normalmente tenía un tono pálido, ahora mismo se había ruborizado ligeramente.

–No tenía casa, señor –empezó a decirle–. Se nos acercó en la calle para vendernos muérdago que había cogido del mismo parque de la plaza.

–La señora Bow le ha dado algo de comer –le explicó Timothy a su padre.

–Restos que se iban a tirar a la basura, señor –le aseguró la niñera, sin duda preocupada por las represalias que iba a tener para ella la historia que el niño les estaba contando a sus padres–. Nada más.

–Pero aun así parecía muy cansado, enfermo y muy triste, padre –le dijo a su padre con mucho pesar. Estaba claro que el pequeño encuentro en la calle le había afectado profundamente–. No tenía zapatos. Iba descalzo y ha nevado.

–¡Timothy le ha dado sus botas! –le contó entonces Belle.

–¿Que has hecho qué? –estalló su madre, que parecía no dar crédito a lo que estaba escuchando–. ¿Le has dado tus botas buenas a un pobre de la calle?

–Lo siento muchísimo –se excusó la niñera, que tampoco sabía muy bien cómo reaccionar ante la situación–. No sabía que había hecho eso.

–Aprovechó para dárselas mientras me bañabas a mí –le confesó Belle–. Bajó a la cocina y se las dio antes de que se fuera.

–Lo siento mucho si he hecho algo mal, padre –le dijo mientras las lágrimas le rodaban lentamente por las mejillas–. Pero creí que él las necesitaba más que yo.

Robin, que parecía bastante conmovido con la historia que acababa de escuchar, rodeó a sus hijos y los abrazó con fuerza contra su pecho.

–Tenemos mucha suerte –les dijo entonces, inclinándose un poco más para mirarlos bien a la cara–. Tenemos una vida llena de privilegios, en la que no pasamos ni hambre ni frío, y sabemos que dormiremos en una cama cómoda y caliente cada noche. Hay otra gente que vive en Londres que no corre la misma suerte. Y escúchame bien lo que te voy a decir, Timothy, has hecho exactamente lo mismo que habría hecho yo si hubiese estado en tu lugar. Cuidar y preocuparse por las personas que necesitan nuestra ayuda nunca puede ser malo, y estoy muy orgulloso de ti por haber tratado así a ese niño. Nunca te sientas culpable por ayudar a otras personas que no tengan tanta suerte como tú. Tu comportamiento se merece que te aplaudamos, no que nos pidas perdón.

En ese momento se oyeron unas palmadas que procedían del pasillo y de pronto un joven apuesto con el cabello oscuro y ondulado entró en la sala sin dejar de aplaudir.

–¡Bravo! –dijo entonces.

–¡Señor Dickens! –exclamó Carola, espantada de que hubiera llegado y presenciado la escena–. ¿Cómo ha… entrado?

–Su ama de llaves me ha abierto, una mujer encantadora, por cierto, aunque en realidad se ha presentado como la cocinera –le dijo a Carola y le guiñó el ojo–. No la reprendan, yo fui quien le insistí para que nos dejara pasar cuando nos pidió que esperásemos en el recibidor.

–Es verdad –confirmó una joven menuda a la que unos mechones rubios le caían a los dos lados de la cara mientras entraba al salón–. Y ya saben que Charles puede ser muy persuasivo.

–Personalmente me gusta más hablar de encanto personal, querida Catherine –le corrigió el hombre con una sonrisa–. Pero discúlpeme, señora Snow, ¿cómo se encuentra? –le preguntó, y se acercó a la señora de la casa para besarle la mano educadamente–. Espero no haber llegado demasiado pronto. La verdad es que esperamos a que el reloj de la iglesia diese las siete.

–Venga ya… –escuché que se le escapaba a Ben mientras los invitados entraban en el salón. Ben, yo y los dos niños nos quedamos mirando a este hombre tan alegre y lleno de energía, que acababa de hacerse el centro de atención gracias a su enigmática presencia–. Y ahora va a resultar que este es Charles Dickens, ¿no?

–Charles, Catherine –dijo entonces Robin, que aprovechó para bajar a sus hijos de su regazo y dejarlos en la silla mientras él se levantaba para recibir a sus invitados–. Qué alegría que hayáis podido venir. –El anfitrión sacó el pequeño reloj que llevaba en el bolsillo de su chaleco–. Resulta que el reloj de la chimenea está estropeado y lleva un cuarto de hora de retraso.

Carola miró contrariada al aparato que la había traicionado.

–Señora Avery, ¿puede acompañar a los niños a su habitación ahora que han llegado los invitados?

–¡Ni hablar! –exclamó Charles alzando la mano con un movimiento teatral–. No puedo permitir que por mi culpa este jovencito se vaya a la cama con ese pesar que tiene en el pecho. He escuchado la respuesta que te ha dado tu padre y te aseguro que tiene toda la razón. Las personas que disfrutamos de una posición tan privilegiada como la nuestra tenemos el deber de ayudar a aquellos que no corren la misma suerte. Lo que no he escuchado y, con el permiso de tus padres, me encantaría que me contases es lo que has hecho para merecer sus alabanzas.

Robin ayudó a su hijo a ponerse en pie, y entonces el pequeño Timothy empezó a contarle tímidamente lo que había pasado con el niño de la calle. Aunque ante esa situación Carola parecía horrorizada de nuevo, las otras mujeres y Catherine se veían encantadas con Timothy, sentadas en un amplio sofá rinconero de seda dorada mientras los hombres lo escuchaban de pie.

—Pues lo volveré a repetir —dijo Charles cuando el hijo del anfitrión acabó de contar lo sucedido—. Bravo, señorito. Si todo el mundo se preocupara de los más desfavorecidos, este país sería un lugar mucho mejor. Ojalá pudiese hacer algo por ti por la bondad que has demostrado hoy.

—¿Nos podrías contar un cuento para dormir? —le pidió Belle—. Nuestra nana dice que escribes historias muy bonitas.

La señora Avery, que había estado todo este tiempo junto a la puerta sin abrir la boca, se puso tan roja como los adornos navideños que decoraban el salón.

—¡Belle! —la reprendió su madre—. No seas maleducada. El señor Dickens es nuestro invitado, no ha venido aquí para contaros cuentos.

—Por favor —dijo entonces él con la mano en alto—. Será un placer. Los niños son nuestro futuro y deben hacernos miles de preguntas para poder convertirse en buenos ciudadanos y en personas valientes. Me encantaría poder afirmar que mi don es tal que sería capaz de inventarme una historia nueva ahora mismo —le dijo a la niña, arrodillándose junto a ella—, pero no soy tan bueno, como puede asegurarte tu padre. De ser así, mis editores me subirían mis honorarios, sin duda.

Dicho esto arqueó las cejas y alzó la mirada hacia Robin, que se limitó a responderle con una sonrisa.

—Vuelve a escribir otro superventas y quizá lo haremos.

—¿De qué te parece que debería escribir mi próximo libro? —le preguntó Charles a la niña.

—Uy… —empezó a decir Belle mientras se quedaba pensativa. De repente, sus ojos se clavaron en el árbol de Navidad—. ¡De la Navidad! —exclamó llena de ilusión—. Escriba una historia sobre la Navidad, señor Dickens.

—La Navidad… —sopesó por unos momentos Charles—. Sin duda sería algo diferente. ¿Qué más debería haber en esta historia? ¿Qué opinas tú, Timothy?

El niño se detuvo allí de pie, valorando bien su respuesta.

—Algo que ayude a los pobres —propuso en voz baja—. Hay mucha gente rica que no es amable en este mundo. ¿Por qué no podemos compartir nuestro dinero con los demás para que nadie pase hambre ni frío? Sobre todo en Navidad.

Charles asintió, convencido.

—Así lo haré, y le pondré tu nombre a uno de los personajes, joven Timothy, y habrá otro con el tuyo, señorita Belle. ¿Te gustaría?

Belle empezó a aplaudir, no cabía en sí de gozo, y su hermano asintió con solemnidad.

—¿Nos lo promete?

—Lo prometo —le aseguró Charles con un apretón de manos para formalizar su acuerdo.

—Y ya que estamos ponle a otro Ebenezer, ¿no? —bromeó Ben.

—Ebenezer —repitió la chiquilla como si lo hubiese escuchado—. Qué nombre tan raro.

Mientras Ben miraba a Belle sin entender qué había pasado, Charles Dickens levantó la mirada hacia el techo.

—Ebenezer… —dijo, valorándolo—. Pues sí, sí… Me gusta. Se llamará Ebenezer.

—Pues ya está. Ahora sí que nos podemos ir —anunció Estelle.

Diez

Bloomsbury, Londres
20 de diciembre de 2018

Estelle se acomodó de nuevo en su sillón junto al fuego en el salón que conocíamos mejor con la decoración propia del 2018. Se dio unos golpecitos en el regazo y Alvie se sentó encima. Y, a diferencia de mí y de Angela, que nos unimos a ella para disfrutar de la calidez que desprendía la chimenea, Ben no dejaba de dar vueltas de un lado a otro.

—¿Alguien va a decirme qué acaba de pasar? —preguntó con una expresión desencajada.

El joven se quedó mirando el árbol de Navidad, de cuyas ramas justo hacía unos segundos pendían velas encendidas, pero ahora en su lugar solo había luces eléctricas que parpadeaban frente al fuego.

—Simplemente os he contado la historia de la gente que vivía en esta casa en 1842 —repuso Estelle con voz calmada mientras levantaba su vaso de *whisky* y se lo acababa de un sorbo.

—Sí, pero eso no ha sido una narración. —El tono de voz de nuestro vecino estaba tiznado de desconfianza y recriminación—. Ha sido como si hubiésemos viajado en el tiempo y hubiésemos estado en el Londres de la época victoriana.

—Te aseguro que de momento no hemos aprendido a viajar en el tiempo —le confirmó Estelle con una sonrisa—. Solo os he contado una historia.

—Pero todo parecía muy real —volvió a decir mientras emprendía su marcha de nuevo recorriendo el comedor a toda prisa—. Como

126

las velas del árbol, por ejemplo –dijo, parándose delante del árbol de Navidad otra vez–. He sentido el calor de la llama cuando me he puesto al lado. ¿Y qué me dices de cuando hemos ido a la cocina? No puedes hacer aparecer de repente un olor tan intenso y hediondo, por muy buena narradora que seas. ¡Es imposible! Es como... un truco de magia... No, ¡es brujería! Sí, esa me parece una descripción mucho más acertada.

–También te puedo asegurar que ni Angela ni yo somos brujas, Ben.

–A mí no me mires –me defendí encogiéndome de hombros cuando dio media vuelta para encararme–. Yo tampoco soy bruja. La única razón por la que parezco más tranquila es que ya pasé por esto anoche, cuando Estelle me contó la primera historia. Pero te aseguro que estoy tan sorprendida y tan descolocada como tú. Ben asintió al escucharme.

–Perdón, se me había olvidado. ¿Y anoche también fue así?

–Más o menos, pero fuimos un poco más atrás, al 1755.

–Toma ya.

Curiosamente, me tranquilizó bastante ver la reacción de Ben ante lo sucedido porque me hacía sentir más comprendida al ver que se parecía a la que había tenido yo la noche anterior.

–¿Angela? –dije mientras Ben seguía dándole vueltas a todo aquello–. Perdona que te sea tan directa, pero ¿fuiste tú quien retrasó el reloj de la repisa de la chimenea para que los niños aún estuvieran en el salón cuando llegara Charles Dickens?

Angela dejó escapar una sonrisa furtiva.

–Puede ser...

–Así que tú también puedes tocar las cosas como Estelle, ¿no? –quise saber esta vez, pero no recibí respuesta, ya que Ben por fin salió de su ensimismamiento.

–Ya sabía yo que aquí pasaba algo más –dijo y se giró rápidamente hacia Estelle–. Y me tengo que creer que ese hombre que acabamos de ver era el mismísimo Charles Dickens, ¿no?

—Lo que decidas creerte o no solo depende de ti, Ben –le contestó la mujer sin alterarse lo más mínimo–. Pero puedo afirmar con absoluta certeza que Charles Dickens visitó esta casa en diferentes ocasiones. Robin trabajó para la empresa que publicó los libros del señor Dickens.

—¿Y eso fue lo que le inspiró para escribir *Cuento de Navidad*? –pregunté yo–. ¿O ahí le has añadido tú un poco de imaginación a la historia?

—¿Tú qué crees? –me devolvió la pregunta Estelle con una de sus serenas sonrisas.

—Bueno, lo que está claro es que yo no le pude dar la idea de que llamase al protagonista Ebenezer –intervino Ben–. Nunca lo haría.

—¿Y cómo puedes estar tan seguro? –le preguntó Estelle aparentemente con inocencia.

—Pues porque nunca lo haría y punto –dijo Ben cruzándose de brazos–. Ni por todo el oro del mundo.

—¿Y eso por qué, Ben? –continuó insistiendo Estelle–. Dínoslo, hombre.

Ben se la quedó mirando fijamente, pero, como nos pasaba a todos, cedió ante su determinación. Sin duda tenía un don para sonsacarle a la gente sus más oscuros secretos.

—Porque es mi nombre… –confesó incómodo.

—Perdona, Ben –se excusó la mujer, colocándose la mano detrás de la oreja–. Mi oído ya no es lo que era. ¿Qué has dicho?

—He dicho que es mi nombre –repitió esta vez mucho más alto–. Ebenezer Frederick Harris. Seguro que mis padres se echaron unas buenas risas a mi costa.

—¿Naciste por estas fechas? –le pregunté.

¿Iba a ser esta otra cosa que teníamos en común? Porque ya sería el colmo de los colmos…

Para mi sorpresa, Ben asintió.

—Así es. En Nochebuena, para mi mala suerte.

—Madre mía, yo también –le dije, señalándome.

–¿En serio? –se le escapó a él–. Qué barbaridad, otra cosa en la que coincidimos… Al menos no te pusieron el nombre de un cascarrabias de un cuento de Navidad.

–No, pero mi nombre tampoco es muy estupendo que digamos.

Ben me miró sin acabar de entenderme.

–No me lo digas, espera, espera… ¡Ah, ya está! Elle viene de Noelle, ¿no? Pero te haces llamar Elle porque es más normal y menos…

–¡Navideño! –saltamos los dos, y se nos dibujó una gran sonrisa en la cara.

–Pero tienes que admitir que Noelle no es tan horrible como Ebenezer, ¿eh? –se quejó, haciendo un gesto de disgusto.

Mi sonrisa se amplió un poco más.

–Es verdad, ahí me ganas.

–Creo que es hora de retirarme –anunció Estelle mientras Ben y yo seguimos mirándonos y riéndonos del nuevo descubrimiento–. La verdad es que después de la historia me he quedado baldada. ¿Angela?

El ama de llaves se levantó de golpe como un resorte desde donde estaba descansando y mirándonos embelesada, y salió rauda y veloz en dirección a Estelle.

–Espero que los dos hayáis disfrutado de la historia –nos dijo con una mirada que buscaba confirmación por nuestra parte, y Alvie se bajó de su falda al ver que ella se ponía en pie con la ayuda de Angela–. Seguro que has conseguido buen material para escribir, ¿verdad, Elle?

–¡Buenísimo! –le aseguré–. Tanto o más que ayer.

–No me cabe duda de que tienes muchísimas preguntas más que hacerme, Ben –le dijo esta vez mientras se hacía con su bastón–. Sé muy bien que mis estrategias narrativas son bastante… intensas.

Ben la miró y le dio la razón.

–No sé si lo hubiese descrito así, pero te he entendido, sí.

–Quizá, si tienes tiempo y te apetece, podrías venir mañana por la noche otra vez para la siguiente. Esa ya será la tercera para Elle.

—Me encantaría —le aseguró Ben con una espléndida sonrisa—. No sé cómo has logrado hacer lo que he presenciado esta noche, Estelle, pero si mañana se repite no me lo perdería por nada del mundo.

—Pues quedamos así, entonces. Elle —me llamó y se giró para mirarme—, esta noche estás muy callada. ¿Estás bien?

—Estaba pensando en Timothy —le contesté lo más rápido posible, aunque en realidad mi cabeza estaba concentrada en Ben y en la sonrisa que me había dedicado—. Me preguntaba si lo que vivió aquella noche lo cambió de alguna manera. Cuando me contaste la primera historia, me dijiste que Nora y su marido acabaron donando mucho dinero a organizaciones benéficas, así que estaba pensando que quizá pasó algo parecido con Timothy y su familia.

Estelle me sonrió al escucharme.

—Sí, tienes razón. Timothy acabó apoyando y aportando en muchas de las obras benéficas en las que participó Charles Dickens. Con el tiempo, llegó a convertirse en un miembro del parlamento y luchó sin descanso para conseguir ayuda y protección para los niños más desafortunados. Logró que se redactaran muchas propuestas de leyes importantes gracias a su trabajo y esfuerzo.

—¿Y Belle? ¿Qué pasó con ella?

—Belle se casó con un doctor y juntos trabajaron para conseguir recaudar los fondos necesarios para abrir el hospital infantil de Great Ormond Street. Su hijo, Charles, se dedicó a la edición como su abuelo y participó en la publicación de la novela original de *Peter Pan*, que, como sabrás, ahora ayuda a mantener en pie el centro gracias a los derechos de autor del libro y de la obra que inspiró.

—Madre mía, así que los dos se dedicaron a ayudar a los niños necesitados cuando crecieron. Qué maravilla —dije, encantada con la historia—. Me parece increíble ver como un momento aparentemente insignificante puede cambiarle la vida a una persona. Ahora que entiendo por qué nos has contado esta historia, me gusta incluso más que antes.

—Todas mis historias tienen un por qué —me aseguró Estelle muy seria–. Puede que al principio no te lo parezca, pero, créeme, todo esto –siguió diciendo e hizo un gesto con la mano para mostrarme todo lo que había a su alrededor– tiene un sentido. Y, ahora sí, necesito retirarme y descansar. Buenas noches a los dos.

Ben y yo le dimos las buenas noches.

–Yo también subiré a mi habitación –nos dijo Angela mientras acompañaba a Estelle y llegaban a la puerta del salón–. Os quedáis solos –acabó diciendo y nos guiñó un ojo–. Mucho cuidadito con lo que hacéis, ¿eh?

Mientras las dos mujeres mayores se perdían por el pasillo seguidas al galope por Alvie, yo sacudía la cabeza.

–Lo siento –le dije a Ben mientras veía que se sentaba en el sillón de enfrente, el de Estelle, aprovechando su ausencia.

–Vas a tener que ser un poco más concreta –me dijo–. Con todo lo que ha pasado esta noche, ya no sé lo que es real y lo que no.

–Yo me quedé igual que tú cuando Estelle acabó la primera historia ayer.

–¿Cómo lo hace? ¿Tienes alguna teoría? ¿Ha sido el *whisky*? –me preguntó mientras cogía su vaso y lo olisqueaba–. ¿Nos han puesto alucinógenos y no nos hemos enterado?

–Eso mismo pensé yo anoche, pero en realidad ayer las tres bebimos té mientras nos contaba la historia, nada de alcohol. Las dos me juraron y me perjuraron que no había drogas de por medio y las creí.

–Sí, supongo que eso sería bastante fuerte, pero… –Hizo una pausa para mirar a su alrededor–. ¿Cómo es posible que hayamos visto… lo que hemos visto? Es imposible, ¿no? Tú también lo has visto… Parecía tan real.

–Ya… No sé cómo explicarlo, pero la historia de esta noche incluso me ha parecido más real que la anterior.

–¿Y eso?

–Pues no lo sé… Para empezar, ha sido más larga. Ayer nos quedamos en el salón y salimos un momento al pasillo. Esta noche nos hemos movido mucho más por la casa e incluso hemos salido a la calle… Madre mía.

–Sí, eso ha sido muy raro, ¿eh? Hemos visto cómo era Londres en esa época…

–Parecía que estábamos en una postal de Navidad.

–La plaza estaba preciosa con toda esa nieve, pero ¿sería el aspecto que tenía realmente en aquel momento o es como quiere que la veamos Estelle?

–¿Qué quieres decir?

–Si no sabemos cómo lo hace, me pregunto si lo que vemos es la historia tal y como pasó o la versión que Estelle quiere que veamos.

Me detuve un segundo para reflexionar sobre lo que acababa de decir mi vecino.

–Solía escribir para una revista sobre interiorismo de época y, la verdad, que en ese aspecto lo está bordando con los detalles. Pero en lo que se refiere a la historia en sí y a las personas que aparecen en ella, ya no lo sé, claro…

Ben se puso en pie de nuevo y se paseó por el comedor examinándolo bien, tocando los muebles y las paredes con cuidado.

–No parece que haya nada raro –me confirmó después de su ronda de investigación–. No hay paredes falsas ni nada de eso.

–Entonces desechamos la teoría de que Estelle sea una maga buenísima, ¿no? –le dije con una sonrisa–. Y Angela su inigualable ayudante.

–Pues eso parece, mal que nos pese. Al menos eso nos ayudaría a entender todo esto un poco más –repuso Ben claramente confundido aún por lo que había pasado allí–. ¿Cómo lo hacen si no es mediante algún truco superelaborado?

–Pues no tengo ni idea…

–¿No te molesta no saber qué está pasando?

Me quedé parada un momento y lo pensé bien.

–Al principio sí –le dije con sinceridad–. Ayer estaba espantada y de los nervios después de escuchar a Estelle contarme la primera historia. Trasportarnos al siglo XVIII, como te puedes imaginar, fue muy raro. En aquella época ni siquiera tenían árbol de Navidad, así que el nuestro directamente desapareció. Todos los detalles eran muy realistas y encajaban a la perfección con la historia de la época. Los árboles de Navidad no se pusieron de moda entre la gente hasta mediados de la época victoriana.

–¿Y no te ha dejado loca lo que hemos vivido esta noche?

–Le he dado mil vueltas esta mañana mientras paseaba y al final me he dicho que, aunque no entienda qué leches pasa en esta casa, y está claro que es algo muy raro o un plan maestro, el simple hecho de viajar en el tiempo y ver cómo vivía la gente, qué ropa llevaba e incluso cómo hablaba ya es una oportunidad increíble, independientemente de si descubro o no cómo lo están haciendo.

–Supongo que tienes razón… –razonó Ben–. Pero ¿por qué?

–¿Por qué qué?

–¿Por qué a nosotros? –me preguntó y volvió a mi lado en el sillón–. Bueno, más concretamente, ya que tú llevas aquí desde el principio, ¿por qué a ti?

Me encogí de hombros.

–Ni idea. ¿Estaba en el sitio correcto en el momento adecuado? Podría haber sido cualquier otra persona que se hubiese presentado a la oferta para escribir sus historias.

–Mmm… –masculló Ben y se quedó contemplando el fuego unos instantes–. Encima eso, los anuncios son un tema aparte. ¿Te acuerdas de cómo conseguí la casa? No puede ser pura casualidad que los dos respondiésemos a dos anuncios a los que nadie más se presentó.

–¿Qué otra explicación podría haber, si no?

–Pues no lo sé –admitió Ben, que de repente se incorporó hacia delante en el sillón y ahora veía las llamas reflejadas en sus ojos–, pero yo me muero por descubrirlo, ¿y tú?

Once

Al día siguiente reinó la calma.

La noche anterior, Ben y yo nos habíamos quedado hablando al menos una hora más sobre todo lo que habíamos visto cuando Estelle nos transportó a la época victoriana con su última historia. De nuevo intentamos imaginar cómo lo conseguía, pero no hacíamos otra cosa que chocarnos con la misma piedra y no llegamos a sacar nada en claro a pesar de todas nuestras ideas y teorías.

Incluso valoramos la idea de que la descarga eléctrica que sufrimos ambos hacía un par de días quizá era la razón por la que ahora aparentemente teníamos la increíble habilidad de viajar en el tiempo. Sin embargo, al final llegamos a la aburrida conclusión de que eso pasó porque la casa era vieja, que la instalación eléctrica ya estaría en las últimas y que su función probablemente no era la de otorgarnos superpoderes.

Pasado un buen rato Ben decidió, aunque de mala gana, que debía volver a casa, ya que al día siguiente tenía un par de reuniones a primera hora de la mañana.

Lo acompañé hasta la puerta y al despedirme me dijo que ya tenía ganas de volver a la noche siguiente para que escuchásemos juntos la nueva historia de nuestra anfitriona.

En cuanto cerré la puerta y volví al salón para recoger los vasos que habíamos dejado, no pude evitar preguntarme si lo que quería decir era que tenía ganas de volver a verme o de escuchar la historia sin más. Al final opté por ser optimista y pensar que le hacían ilusión las dos cosas.

Se pasó casi todo el día lloviendo, así que me quedé en mi habitación escribiendo en el ordenador lo que había descubierto sobre la familia de Estelle hasta la fecha.

Comí sola porque Estelle y Angela habían salido, ya que la propietaria de la casa tenía un compromiso. No me dieron más explicaciones, así que yo tampoco les pregunté. Además, se llevaron a Alvie con ellas, así que, por primera vez desde que había llegado, me quedé sola en casa.

Después de comer siguió lloviendo, así que decidí investigar un poco más la casa. Ya había estudiado con más detenimiento la mayoría de detalles y adornos del pasillo y del comedor, ya que, aparte de mi habitación, eran las dos estancias en las que pasaba más tiempo. Angela nunca parecía demasiado cómoda cuando me paseaba por la cocina, así que intentaba no ir mucho por allí.

La decoración que tenía Estelle era clásica y a la vez una mezcla ecléctica de objetos que parecían ser tan antiguos como las décadas que llevaba en pie la casa en Mistletoe Square. De las épocas que había visitado con ella a través de sus historias, era capaz de reconocer un par de cosas: algún detalle de la historia georgiana que decoraba la repisa de la chimenea y uno de los tapices que había en el pasillo de la historia que visitamos en la época victoriana. En una de las grandes estanterías al fondo del salón, encontré una copia muy antigua y desgastada de tapa dura de *Cuento de Navidad*, junto a otras novelas de Charles Dickens. No podían ser primeras ediciones, ¿verdad? Pero me imaginé que quizá sí lo eran; la verdad es que parecían tener más de cien años.

Con mucho cuidado abrí el libro de *Cuento de Navidad* y en la primera página, junto al título, había una dedicatoria y una firma a mano en tinta negra:

Para Timothy, Belle y la familia Snow.
Gracias por la inspiración.
Vuestro amigo,
Charles Dickens

—Toma ya —se me escapó en voz alta—. No me lo puedo creer. Si la historia además es real ya no sé…

Y sin duda lo parecía. ¿Qué otra razón tendría Estelle para preparar toda esta parodia? Con todo el mimo y cuidado que pude, volví a dejar el libro en la estantería.

Después de explorar un rato más la planta baja, sin entrar en el dormitorio de Estelle, donde la puerta siempre estaba cerrada, volví a subir las escaleras para llegar al piso en el que se encontraba mi habitación. Sin embargo, esta vez continué subiendo las escaleras para llegar a la planta superior y explorar la zona de la casa entre mi dormitorio y el de Angela en el altillo.

El descansillo de esta planta se parecía mucho al mío, tenía la misma moqueta y el mismo papel en las paredes. Aun así, a diferencia de lo que estaba acostumbrada a ver en mi planta, donde todas las puertas se quedaban entrecerradas por las entradas y salidas en las habitaciones, aquí todas estaban bien cerradas.

De pronto me planté delante de una de ellas. «Probablemente no debería…», pensé mientras acercaba peligrosamente la mano al pomo. Además, lo más seguro era que estuviese cerrada con llave.

Antes de que pudiese convencerme de que no era una buena idea, mi mano agarró el pomo de la puerta y lo giré.

Para mi sorpresa, la puerta se abrió sin ningún tipo de resistencia. En el interior de la oscura habitación, las persianas estaban bajadas y las cortinas echadas, pero intuí una pequeña torre de cajas apiladas en una de las esquinas, junto a otro montón de muebles cubiertos con sábanas viejas y polvorientas.

Tanteé la pared buscando el interruptor y encendí la luz.

—Vaya… —dije un tanto desilusionada sin saber muy bien por qué—. Parece que solo son cosas que ya no usan.

Me paseé un poco por la habitación y levanté un par de sábanas. Debajo había más muebles viejos y otras antigüedades, un par de mesas auxiliares, un juego de estanterías, una vitrina con más porcelana y algunas sillas. Algunas de estas piezas parecían realmente antiguas y otras, más retro, como de los años sesenta o setenta.

Meticulosamente volví a cubrir los muebles con las sábanas raídas, pensando que era una pena que Estelle ya no pudiera usar nada de eso. Y aun así lo guardaba todo, como hacía mucha gente mayor. Los recuerdos de otros tiempos, de momentos felices que ya habían quedado atrás.

En las cajas había más de lo mismo: una mezcla de detalles de porcelana, cubertería y cuadros de diferentes épocas que seguramente en otro momento habían decorado el salón, la sala de estar, el pasillo o incluso el comedor de la casa cuando la familia de Estelle y sus antepasados vivían allí.

Cuando Estelle habló con Ben la noche anterior y le dijo que en otro momento hubiesen cambiado de habitación después de cenar, su comentario desprendía un tono triste y melancólico. Por eso quizá, al ver todos estos detalles que hablaban del pasado de la mujer tapados así, olvidados y llenos de polvo y mugre, me entristecía un poco también.

Aunque aún nos quedaban unas cuantas décadas en sus historias para llegar al momento en el que ella empezó a vivir en la casa, algo me decía que Estelle también había llevado un estilo de vida parecido al que ya habíamos visto en las familias de las otras dos historias. Así pues, la vida tranquila y solitaria que llevaba ahora con Angela, aunque sin duda feliz, debía quedar muy lejos de la opulencia de su pasado, lo que me hizo implicarme más en mi trabajo para asegurarme de que mis palabras transmitían todo lo que nos hacía vivir a través de sus historias.

Intentando no hacer ruido, salí de la habitación y cerré la puerta detrás de mí. Tampoco seguí abriendo puertas para inspeccionar otras zonas de la casa. Esas habitaciones debían de estar llenas de más muebles y otras decoraciones envueltos en papel de periódico; sin embargo, para Estelle, guardaban sus recuerdos y no quería molestar ni invadir más su intimidad.

Cuando Estelle y Angela volvieron, la dueña de Casa Christmas se retiró a su dormitorio a descansar un poco mientras Angela empezaba a preparar la cena. De nuevo rechazó mi ayuda en la cocina, pero me permitió que preparara la mesa con la cubertería de plata y los platos de porcelana fina que siempre usábamos para las comidas.

–¿Estás bien, Alvie? –le pregunté mientras el perrito me miraba desde el sillón–. ¿Te has divertido en la excursión de hoy?

Alvie era prácticamente la sombra de Estelle, así que se me hacía un poco extraño verlo allí en el salón sin ella.

El animalillo me miró con unos ojos llenos de sabiduría y entendimiento, y sentí que había visto mucho más de lo que se podría pensar. Entonces me acerqué y me arrodillé a su lado para poder acariciarlo un rato. Él, contento de verme, me lamió la mano para darme la bienvenida.

–Estamos en una situación bastante curiosa, ¿no crees? –le pregunté mientras le rascaba la cabeza. No sabía mucho sobre perros, pero Alvie no parecía muy mayor, y me preguntaba cuánto tiempo hacía que Estelle lo tenía. Si no era para que le hiciese compañía, ¿qué otra razón tenía una mujer de su edad de acoger a un perro joven en sus últimos años de vida? Estelle era incapaz de caminar muy lejos, ni siquiera con ayuda de su bastón, y la mayoría de las veces era Angela quien lo sacaba a pasear–. Pero me parece que tú no tienes ningún problema con las historias de Estelle, ¿verdad? –le dije y él se giró para enseñarme la barriguita, invitándome a que se la rascase–. Supongo que yo también tendré que acostumbrarme si quiero que este proyecto salga adelante.

Cuando acabamos de cenar, insistí para que Angela me dejase ayudarla a recoger y luego nos sentamos a esperar a que llegara Ben para que Estelle pudiera deleitarnos con otra de sus historias. Habían dejado los sillones como la noche anterior, dos a cada lado de la chimenea. Me quedé mirando unos segundos el árbol, intentando adivinar cuál sería el próximo adorno que nos trasportaría a la siguiente historia de la familia de esta casa.

—Esta noche hay más nubes en el cielo —anuncié mientras miraba por la ventana y esperábamos a nuestro vecino—. ¿Estás segura de que le luz de la luna llegará hasta aquí e iluminará el árbol?

—Encontrará la manera —afirmó Estelle con total confianza—. Siempre lo hace.

Se oyeron unos golpes en la puerta principal, que hicieron que Angela se levantara a abrir, y a los pocos segundos Ben y ella entraron en el comedor.

—Hola —nos saludó con una sonrisa—. Espero no llegar tarde. Siento haberos hecho esperar, pero es que he tenido un día de locos.

—Tranquilo, está todo bien —le dijo Estelle y dio unos golpecitos en el sillón que había a su lado, invitándolo a sentarse—. Has llegado en el momento justo, como siempre.

—Estábamos a punto de preparar un poco de café —comentó Angela—. ¿Te pongo una taza, Ben?

Ben me miró un tanto preocupado, dudando, pero al final se animó y dijo:

—Venga, sí. Gracias.

Angela, que esa noche llevaba un vestido largo que me recordaba a un caftán de los años setenta, se dispuso a preparar el café mientras Ben nos explicó su día.

—En realidad es un poco aburrido —nos avisó mientras ponía las manos frente al fuego para que entraran en calor—. He tenido un montón de reuniones y muchísimo papeleo. Pero lo que me ha acabado de rematar han sido las tres horas que me he pasado intentando arreglar la calefacción. La chimenea ahora mismo me está dando la vida, en serio.

—¿Qué ha pasado? —le pregunté—. ¿Al final has logrado arreglarla?

—Qué va, creo que mi caldera, que ya tiene sus años, ha decidido que hoy era el día de jubilarse. Estaba esperando a que me mudara yo para dar el paso, sin duda.

—¿Te has quedado sin calefacción en pleno diciembre? —le preguntó entonces Estelle, que seguidamente intercambió una mirada con Angela, que acababa de volver al salón con la bandeja y una taza de café para cada uno—. Pues no podemos permitir algo así, ¿verdad que no, Angela?

—Ni hablar. Ben, no puedes estar sin calefacción ni agua caliente en esta época del año. El invierno ya no es tan duro como otros que aún recuerdo —al decir esto, las dos mujeres volvieron a mirarse con una complicidad que me superaba—, pero sigue haciendo mucho frío.

—¿Por qué no te quedas aquí con nosotras hasta que te arreglen la caldera? —le sugirió Estelle—. Tenemos espacio de sobra, como puedes ver.

—Madre mía —dijo Ben, sorprendido por su generosidad—. Es muy amable por tu parte, pero no querría molestaros. No pasa nada. Me abrigaré un poco más y ya está. Y cuando tenga que reunirme con algún cliente, hasta que me arreglen la caldera, quedaré en alguna cafetería y listos. El fontanero me ha dicho que no tardará mucho en conseguir una nueva. Además, dicen que las duchas frías son buenísimas para el sistema inmunitario, ¿no?

—Anda, no digas tonterías. Será un placer tenerte aquí —insistió Estelle—. Hace mucho tiempo que no tenemos invitados…, pero que mucho tiempo.

Carraspeé un poco ante su comentario.

—Sin contarte a ti, por supuesto, querida Elle, pero, como ya te dije ayer, para mí tú ya eres como de la familia. Ben, de verdad, sería un verdadero placer que te quedases con nosotras estos días. ¿A que sí, Angela?

—Totalmente —asintió el ama de llaves.

–Bueno, si realmente no os importa… –cedió el joven, aunque seguía pareciendo un tanto indeciso–. Seguro que no tardan mucho en solucionar el problema.

–En cuanto Estelle acabe de contaros la historia, te prepararé una cama –le dijo Angela, muy satisfecha con la decisión, y luego comprobó la hora en el reloj de la repisa–. Venga, tenemos que estar atentos, ya casi es la hora.

Angela se sentó en el sillón a mi lado y esperamos a que el reloj marcara las ocho. Puntual como siempre, se oyeron las campanadas y la luna volvió a asomar el rostro de entre el espeso manto de nubes en el que se había ocultado. Acto seguido, un rayo de su resplandor llegó a la ventana y esta noche iluminó un adorno que colgaba de una de las ramas del árbol con un lazo a rayas lilas, blancas y verdes. El rayo de luz también iluminó las pequeñas joyas de colores que pendían del lazo y las hizo brillar como si fuesen gemas preciosas.

–Esta noche –nos anunció entonces Estelle mirando con orgullo el adorno navideño–, me gustaría compartir con vosotros una historia que tuvo lugar en diciembre de 1918 y en la que aparecerá el broche que veis en el árbol y que puedo afirmar con muchísimo orgullo que era de mi madre.

Doce

Mistletoe Square, Londres
14 de diciembre de 1918

Peace on Earth, Good Will to all (Wo)men

Como había pasado las dos noches anteriores, el mobiliario de la habitación empezó a moverse mientras la decoración del salón cambiaba poco a poco. Aunque esta vez ya estaba bastante mentalizada, me seguía impresionando presenciar la metamorfosis con mis propios ojos.

La mezcla ecléctica de estilos de Estelle cambió simultáneamente para dar paso a uno solo que reconocí sin problemas gracias a mi experiencia en la revista: *art nouveau*.

Esta vez, el marco de la chimenea pasó a tener un tono crema claro, y aparecieron grabados de hojas alrededor. Esa noche el papel de las paredes era de un azul pálido con un patrón floral amarillo y rosa que se entremezclaba con otros dibujos de pájaros e insectos. De hecho, todo lo que había en el salón estaba inspirado en la naturaleza y las plantas; las sillas, los marcos de las fotos y hasta un nuevo aparador estaban llenos de detalles que recordaban a largas enredaderas.

–Me encanta el *art nouveau* –dije en un susurro mientras observaba complacida como el salón iba cambiando–. Me parece tan elegante y bonito. Madre mía, ¿el papel es un original de William Morris?

El salón, ahora con este estilo artístico, era luminoso y cálido, muy diferente a la decoración abrumadora y oscura propia de la época victoriana que habíamos visto la noche anterior. Allí había muchos menos detalles en cada rincón, se respiraba muchísimo mejor, incluso aunque el árbol de Navidad fuese enorme y siguiese ocupando toda la ventana. Aquella noche estaba decorado con pequeñas bombillitas de cristales de colores, perlas y otros adornos, algo mucho más parecido a la versión propia de nuestros tiempos. De este árbol no pendían velas, sino unas mechas en pequeñas bombillas de cristal, preparadas para prenderlas en cuanto llegara la noche.

–Aquí viene –anunció Angela, como si ya se conociese la historia–. Estad atentos.

Todos nos levantamos y dejamos los sillones libres cuando vimos a un hombre entrar en el salón. Llevaba un traje marrón de *tweed*, un chaleco, una camisa y una corbata. El hombre tenía un bigote cuidado y fumaba en pipa.

–Qué poco me gustaba y qué mal olía –se quejó Estelle, arrugando la nariz molesta–. Siempre la llevaba con él.

El hombre se sentó en uno de los sillones junto al fuego y abrió un periódico. En la portada se veía una noticia que hablaba de unas elecciones generales y había una foto en blanco y negro de alguien con el pelo canoso y un frondoso bigote. El periódico decía que se trataba de David Lloyd George, el primer ministro en aquel momento.

–El hombre que está ahí junto al fuego es mi padre –nos explicó Estelle sin que la emoción afectase su narración–. En estos momentos trabajaba para la misma editorial que mi tatarabuelo Robin, que conocimos en la historia victoriana. Aún sigo sin entender muy bien por qué, ya que nunca le gustaron los libros, y mucho menos leer. Mi querida madre, a quien conoceremos en unos instantes, fue la nieta de Timothy, el niñito al que también conocimos ayer.

Una mujer con una gran barriga de embarazada entró en... ¿Cuál sería el término correcto en esta época? ¿El salón, la sala de estar...? Intenté devanarme los sesos buscando la palabra que usaría la gente en 1918 para describir aquella habitación... ¿Quizá se hablaba de sala sin más? Me giré para poder observar con más atención a aquella hermosa mujer, que lucía un vestido estilo delantal verde oliva que le llegaba hasta las rodillas. Debajo llevaba una blusa blanca de manga larga con un cuello bastante grande en forma cuadriculada. Ya la había visto antes, pero con unos años más...

El hombre entonces levantó los ojos del periódico y dijo:

–Clara, pensaba que estabas descansando.

–Sí, eso he hecho –le contestó–, pero ya me he despertado, Stephen. Tengo cosas que hacer.

–Deja que las haga Ivy –repuso el marido–. Fuera está nevando y en tu estado no te conviene ir con prisas a ningún sitio. Deberías quedarte aquí tranquila.

–No sé por qué –dijo Clara y se puso una mano en la barriga–. Eso se hacía antes. ¿No has aprendido nada de la Gran Guerra, Stephen? Las mujeres podemos hacer muchísimo más de lo que los hombres creéis. Fuimos nosotras las que seguimos haciendo que el mundo continuase girando mientras vosotros luchabais. Ay, Ivy –le dijo entonces a la otra mujer que entró en la sala. La sirvienta llevaba un vestido de una largura similar al de Clara, pero era más sencillo y estaba hecho con un tejido mucho más barato de color azul marino. Encima del vestido llevaba un delantal blanco y unos zapatos sencillos de cordón–. Gracias, Ivy –le dijo la señora cuando la mujer le trajo su abrigo grueso del mismo color verde oscuro que su vestido.

–Y por eso os habéis ganado el derecho a votar –repuso su marido, que ahora cerró el periódico–. Hay mil noticias que hablan de la ley de representación del pueblo y el impacto que va a tener en los resultados de estas elecciones.

–Gracias –volvió a decirle Clara a Ivy, esta vez después de coger el sombrero grande y flexible de seda granate que le trajo. La mujer de la casa se acercó a un espejo dorado que había colgado en una de las paredes y se lo colocó con cuidado—. Representación del pueblo —repitió con un tono que transmitía reticencia y desagrado—. Debería ser de todo el pueblo y no solo de una parte; no debería haber normas para la democracia.

—Al menos ahora podéis votar —le contestó su marido—. Es por lo que tú y tus amiguitas habéis estado luchando todos estos años, ¿no es así?

—No son mis amiguitas, son mis compañeras sufragistas. Y solo me permitirán votar porque tengo más de treinta años y gozamos de la fortuna de tener cierto nivel adquisitivo —contraatacó la mujer, que le dio la espalda al espejo para enfrentarse a Stephen mientras le hablaba—. Pero ¿qué pasa entonces con aquellas mujeres más jóvenes que han estado luchando a nuestro lado, o aquellas con menos suerte que nosotros que no disponen de una propiedad con cierto valor en el mercado? Ellas no han ganado ningún derecho, así que seguiremos luchando hasta que todas las mujeres consigan los mismos derechos que los hombres.

Stephen sonrió.

—Me temo que para que llegue ese momento aún queda mucho tiempo, querida. Mucho más de lo que duraremos nosotros, si es que llega a pasar.

—Llegará —afirmó Clara y en su mirada se veía una determinación férrea—. Y no pararemos hasta que lo logremos. ¿Verdad que no, Ivy?

Ivy, que se había quedado todo este tiempo quieta junto a la puerta mientras Clara se colocaba el sombrero, dio un respingo sobresaltada.

—Sí, señora. Si usted lo dice.

—Sí lo digo, sí. ¿Tienes mis…? Ah, sí que los tienes —le dijo agradecida viendo que Ivy le pasaba un par de guantes de cuero también de color granate.

—¿Y tú qué, Ivy? —le preguntó Stephen apartando el periódico un momento para hablar con ella—. ¿Irás a votar hoy?

—Pues no lo sé, señor —le contestó la sirvienta—. No sé si es mi papel decidir quién debería gobernar.

—Pues claro que sí, Ivy —intervino Clara—. Todos deberíamos tener la oportunidad de decidir, pero, lamentablemente, como le acabo de explicar a mi marido, no podrías votar porque no tienes propiedades.

—No, señora.

—Pero no te preocupes, llegará el día en que sí puedas —le aseguró mientras se enfundaba los guantes.

—¿Y adónde vas ahora? —le volvió a preguntar Stephen—. Ya sé que no voy a conseguir nada si te pido que te quedes y que descanses, pero al menos dime a qué amiga vas a ver.

Clara se miró en el espejo para comprobar que todo estaba en orden.

—No voy a ver a ninguna amiga —le contestó con orgullo y se giró para mirar a su marido a la cara—. Voy a votar.

Stephen se quedó de piedra con la respuesta.

—¿Que vas a hacer qué?

—Ya te lo he dicho. Voy a hacer lo que llevo tanto tiempo luchando por conseguir. Voy a ejercer mi derecho a voto por primera vez en las elecciones generales.

—¿Y a quién vas a votar, si se puede saber? —le preguntó entonces, mientras se ponía de pie con los brazos en jarras.

El movimiento fue tan súbito que dejó que el periódico se cayese al suelo e Ivy se acercó corriendo para recogerlo.

—No tengo por qué darte esa información —le contestó su mujer, levantando el mentón.

—Te exijo que me lo digas, soy tu marido. Si no, no podrás marcharte, me interpondré en tu camino y no te dejaré que salgas de casa.

Dicho esto se fue directo a la puerta y se plantó allí delante. Ivy, que de repente se había puesto la mar de nerviosa, se concentró en avivar el fuego de la chimenea para distraerse y alejarse de la tensión que se estaba acumulando en el matrimonio. Se notaba que Clara estaba valorando las opciones en su cabeza antes de decir nada.

—Si necesitas saberlo —dijo con voz clara—, voy a votar al partido liberal. Ya está, ¿contento?

Stephen asintió.

—Como debe ser.

—¿Ya puedo pasar? —le preguntó entonces.

Pero Stephen no se movió.

—Aun así sigo creyendo que no deberías salir en tu estado. Además de que estás a punto de salir de cuentas, vas a dar a luz a nuestro hijo muy pronto y hace muchísimo frío fuera, ¿qué me dices del riesgo de contraer la gripe española, el virus que se está propagando por todo el país?

—No me va a pasar nada —insistió la mujer—. Es solo un resfriado.

—No es lo que decían en las noticias ayer. Hablan de una pandemia.

—Eso son bobadas. A los periodistas les encanta exagerar y crear escándalos porque sí.

—Clara, soy muy consciente de que me casé con una mujer fuerte, ya me lo dejaste claro desde que empecé a cortejarte. Pero soy tu marido y te pido que tengas mucho cuidado, no solo por ti, si no por la criatura que está creciendo en tu interior.

—Tendré cuidado, Stephen. Pero yo también te voy a pedir que dejes de preocuparte por mí.

Clara avanzó hacia la puerta para salir, pero el hombre no hizo ni un gesto de moverse lo más mínimo.

—Pues no puedo, claro que me preocupo —le aseguró—, y mucho. No quiero perder a este también, Clara. —Dicho esto se apartó de la puerta y le puso la mano en la barriga—. En esta casa ya hemos sufrido bastante durante estos años. No quiero que ninguno de los dos tengamos que pasarlo mal otra vez.

Los rasgos de la mujer se suavizaron por un momento, su rostro dejó de parecer desafiante y dejó entrever su tristeza.

–Tienes razón, esposo mío. Los dos hemos perdido mucho por culpa de esta cruenta guerra… Primero a mi querido hermano en la batalla del Somme –dijo desviando la mirada hacia la foto que había en el aparador en la que aparecía un soldado en uniforme, que inmediatamente reconocí porque Estelle la seguía teniendo hoy en día en el pasillo–. Y más tarde, como resultado, también a nuestro primer hijo. –Clara colocó su mano sobre la de su marido–. Este bebé lo es todo para mí, como sé que lo es para ti, pero también me gustaría que entendieras por qué necesito ir y cumplir con mi deber hoy.

Stephen asintió.

–Como desees. ¿Sería mucho pedir si te digo que me quedaría más tranquilo si Ivy fuese contigo? Ella se asegurará de que no te pase nada malo. ¿Ivy, podrías acompañar a la señora Clara esta tarde?

–Sí, señor, por supuesto –le confirmó y seguidamente miró a Clara–. Si le parece bien a usted, señora. Aunque eso implicaría que la cena tardaría un poco más en estar lista.

Clara dudó unos instantes, pero luego comprendió que era la única manera de que Stephen le permitiera salir de casa.

–De acuerdo –accedió finalmente, y se dejó caer en una de las sillas de madera que había junto a la puerta con un resuello.

También reconocí esas piezas de madera, ya que justamente habían sido las que había encontrado bajo las sábanas en el piso superior de la casa aquella mañana. Clara se quitó los guantes de nuevo y dejó las manos descansando sobre el regazo.

–Te espero aquí mientras coges tu abrigo y tu sombrero, Ivy. Abrígate bien. Mi marido dice que está nevando fuera.

–Sí, señora. Iré lo más rápido posible.

–Pobre Ivy –dijo Clara en cuanto la muchacha desapareció por el pasillo–. Está desbordada de trabajo ahora que hemos perdido al resto de las empleadas.

–Es lo que pasa cuando les das más oportunidades a las mujeres –comentó Stephen, que se fue para volver a acercarse al fuego–.

De repente quieren más y trabajar en el servicio no les parece suficiente. Ahora se ve que prefieren trabajar en fábricas y tiendas en vez de hacerlo en la comodidad de una buena casa.

—No es que no quieran trabajar en casas —le aclaró su mujer—. Es que pueden conseguir mejores sueldos y condiciones en otra parte gracias a las leyes de la jornada mercantil. Si no fuese porque Ivy ha estado con nosotros desde que era pequeña, estoy segura de que ella también se iría. Está haciendo un trabajo increíble, y sobre todo teniendo en cuenta que está criando a dos hijos ella sola desde que perdió a su marido. Tenemos mucha suerte de que su hermana la esté ayudando, porque eso es lo que le permite seguir trabajando aquí. Ay, mira, ya está aquí.

Ivy volvió con un abrigo de color azul marino, una bufanda y unos guantes hechos a mano, y un sombrero de paja.

—Os espero aquí de vuelta en una hora —les dijo Stephen, comprobando la hora en su reloj de bolsillo—. El local para la votación no está muy lejos, yo he ido esta mañana. Si hubiese sabido que querías ir, Clara, podrías haber venido conmigo.

—Es algo que preferiría hacer sola —dijo en tono solemne mientras se volvía a poner en pie—. Las mujeres podemos arreglárnoslas bastante bien sin la ayuda de ningún hombre, por si aún no te habías percatado.

Stephen respondió con un gesto que demostraba que le costaba mucho creerlo, pero no dijo nada y se limitó a guardar su reloj de nuevo en el chaleco.

—Espero veros aquí de nuevo a las doce como muy tarde.

—Tengo otros recados que hacer —le informó Clara, volviendo a ponerse los guantes—. Así que a lo mejor tardamos un poco más.

—¿Qué recados? —volvió a inquirir su marido—. Pensaba que este tema ya estaba zanjado.

—Tengo que ir al hospital y dejar un par de cosas. Están organizando un evento para recaudar fondos para niños esta semana y les voy a llevar un montón de ropa vieja que ya no usamos para que la vendan.

Stephen le dedicó a su mujer una mirada bastante inquisitiva.

–¿De qué tipo de evento estamos hablando? No había oído hablar de nada de esto.

–Solo porque seas miembro del panel de propietarios del Great Ormond Street no significa que tengas que saber todo lo que pasa en el hospital. También están preparando una obra para los niños para la semana que viene. El señor Barrie ha sido tan amable de volver a permitir que interpreten su trabajo en una obra de teatro.

–La tontería esa de *Peter Pan* –refunfuñó Stephen, arrugando la nariz al nombrarlo–. Todavía no me explico cómo ese hombre ha conseguido tanto dinero escribiendo sobre una hada…

–¿Estás seguro de que es eso y no que te da un poco de rabia porque no quisiste comprar los derechos de la novela cuando te los ofrecieron?

Stephen mostró una sonrisa desdeñosa.

–Nada más lejos de la realidad.

–Es una verdadera lástima que no aceptaras la oferta. Pero no pasa nada, Charles, el hijo de la tía abuela Belle, los compró para la empresa para la que trabajaba –siguió diciendo Clara sin tapujos, y la verdad era que por dentro yo estaba dando saltos de alegría al verla plantar cara a su marido, aunque lo hiciera con mucho respeto y educación–. Por lo que he oído, el libro es todo un éxito. La semana pasada, Ivy llevó a su hijo y a su hija al teatro a ver la obra, ¿verdad que sí, Ivy?

–Sí, gracias a que usted nos compró las entradas, señora –admitió la sirvienta con la mirada clavada en el suelo, como si deseara estar en cualquier otra parte y que no la obligaran a tomar parte en la riña matrimonial.

–¿Y te gustó bastante, verdad? Fue lo que me dijiste.

–Sí, mis hijos y yo la disfrutamos. Nos gustó –dijo y miró nerviosa a Stephen–. Holly y Rudy se rieron mucho, sobre todo cuando apareció Nana, el perro niñera.

—Ajá —fue la respuesta que dio Stephen mientras le dedicaba a Ivy una mirada fría. Entonces se giró hacia su mujer y le espetó—: ¿Y desde cuándo pagamos a nuestros empleados para que vayan al teatro, Clara?

—Desde el momento en el que se lo han ganado —le contestó ella con resolución—. Todos hemos pasado por unos años muy duros y todos nos merecemos un poco de felicidad. Y eso incluye a nuestros empleados y a los niños del hospital. Sabes perfectamente que Belle y su marido ayudaron mucho con el Great Ormond Street cuando abrió sus puertas, y esta familia sin duda continuará apoyando la causa mientras sigan necesitando nuestra ayuda.

—Es una lástima que tu abuelo no sintiera lo mismo por la editorial de su padre y siguiera sus pasos. Quizá si lo hubiese hecho, la situación de la empresa ahora no sería tan precaria.

—El abuelo Timothy tenía sus propias razones para perseguir su carrera política en lugar de dedicarse a la edición como su padre —le aseguró Clara—. Quería aportar su grano de arena para ayudar a los más necesitados.

—Ajá —volvió a decir Stephen—. Incluso si eso lo obligaba a hacerlo desde el partido equivocado.

Me pareció detectar un gesto de rabia y molestia en la cara de Clara, pero decidió contenerlo y en vez de eso repuso:

—Ivy y yo pasaremos por el hospital primero y luego iré a votar. Volveremos lo antes posible. Vamos, Ivy.

—Por favor, Clara, ve con mucho cuidado —le volvió a repetir su marido, esta vez suavizando el tono, cuando ella se dio la vuelta y se dirigió al pasillo para salir—. Recuerda que sales de cuentas en apenas unas semanas.

—No, saldré de cuentas en enero, Stephen —le dijo Clara, que se giró y también dulcificó la voz para intentar tranquilizar a su esposo—. De verdad te lo pido, no sufras. No me va a pasar nada y además Ivy estará a mi lado en todo momento para asegurarse de que sea así. Y ahora sí que nos vamos. ¿Estás lista, Ivy?

–Diría que sí, señora –asintió la sirvienta–. Señor –se despidió de Stephen con un ligero movimiento de cabeza–, iremos con mucho cuidado, se lo prometo.

Las vimos salir y, después, Stephen volvió a acomodarse en la sala para leer las noticias junto al fuego en el silencio de la casa, exceptuando el sutil sonido de las manecillas del reloj de la repisa de la chimenea.

–Como os he dicho al principio –nos explicó Estelle mientras caminaba en dirección al árbol de Navidad y sostenía con cuidado la insignia de sufragista en la mano–, esa mujer que habéis visto a la que le sobraba valentía era mi madre y ese… hombre –me di cuenta de que le costó decir la palabra– que ahora mismo está sentado ahí es mi padre.

–Tu madre era una sufragista. Qué maravilla –comenté, ilusionada–. Tenemos muchísimo que agradecerle.

–Sin duda.

–Y tu padre también parece que en el fondo tiene buen corazón –le dije a Estelle–. Es un hombre estricto, pero supongo que se debe a la educación que recibió en la época victoriana, cuando las cosas eran tan diferentes entre hombres y mujeres.

–Sí, creo que en ese momento estaban muy enamorados el uno del otro –concedió, pero hizo una pausa y dejó escapar un suspiro cansado–. Fue una verdadera pena que las cosas cambiaran así… –dijo con pesar y miró a Angela, que le dedicó una mirada compasiva–. No sé cuándo empezó a cambiar y acabó convirtiéndose en un verdadero monstruo. Quizá fue después de que yo naciera. Yo soy la criatura que mi madre lleva en el vientre, por si no habíais atado cabos.

Yo asentí, pero Ben pareció quedarse a cuadros.

–Estelle, si tú eras el bebé y esto pasó en 1918 –dijo como arrastrando las palabras–, eso querría decir que tienes cien años, ¿no? Si es verdad que naciste en enero.

Estelle asintió sin darle más importante a ese detalle.

–Madre mía, Estelle, no tenía ni idea –admití, totalmente impresionada–. Estás estupenda.

–Gracias, eres muy amable –me contestó ella con una sonrisa amable–. Pero no nos distraigamos, volvamos a la historia. ¿Por dónde íbamos? Ah, sí, tenemos que avanzar unos días, así que vayamos un momento al pasillo.

Todos la seguimos y, a los pocos segundos, oímos el llanto agudo de un bebé.

–¿Eres tú? –dije en un susurro, preguntándome cómo se debía sentir al oírse a sí misma siendo tan solo un bebé y ver a sus padres de jóvenes.

Estelle volvió a asentir.

–Nací antes de tiempo. Ahora estamos en el día 18 de diciembre de 1918.

Una mujer con un amplio delantal blanco, un vestido azul claro y un gorro alto y blanco que nos informaba de que era enfermera bajó por las escaleras con cara de preocupación. Con las prisas y los nervios, se golpeó con la puerta de la sala.

–¡Ven! –la llamó Stephen con impaciencia–. ¿Y bien? –le preguntó con dureza antes de que ella pudiera decir nada.

–La criatura ya ha nacido, señor, y me complace informarle de que es una niña sana.

–Una hija… –dijo Stephen con un hilo de voz–. ¿Tengo una hija?

La enfermera asintió con la cabeza.

–El doctor la está examinando ahora.

–Perfecto –dijo el hombre, que parecía que seguía procesando la nueva información–. ¿Y mi mujer?

–Su mujer está bien, pero tiene unas décimas de fiebre.

–¿Fiebre? ¿Por qué?

–Creo que lo mejor es que el doctor valoré la situación, señor.

Stephen se quedó confundido y un poco en *shock*.

–Pero tú eres comadrona. Sé que mi mujer confía en tu opinión y en ti, Tabitha. ¿Qué crees que le pasa?

Tabitha bajó la mirada y la clavó en sus zapatos de cordón.

—No lo puedo saber con total seguridad —empezó a decirle, y entonces alzó la cabeza de nuevo y dejó que viera su preocupación en la cara—, pero creo que su mujer se ha contagiado y tiene gripe. Como ya sabrá ahora mismo está habiendo un brote muy grande.

—Gripe… —repitió el hombre—. No, no puede ser. Apenas ha salido de casa. Ha ido con muchísimo cuidado.

—¿Apenas? —lo cuestionó la enfermera.

—Bueno, es cierto que el otro día se pasó por el hospital infantil para llevar unas cosas y para votar. ¿Cogió frío? Estaba nevando cuando salió.

—Uno no se contagia de gripe española por pasar un poco de frío, señor. En los hospitales y los locales de votación suele haber mucha afluencia de gente, así que me imagino que la cogió allí.

—Yo fui a votar por la mañana y me encuentro perfectamente —afirmó con rotundidad.

—No creo que se contagiara por el hecho de votar, sino más bien que alguien que estuviera cerca de ella ya la tuviera.

Stephen asintió, entendiendo poco a poco la situación.

—Sí, por supuesto. ¿Y ahora qué?

—No queda otro remedio que esperar. De momento parece que todo va bien con el bebé y eso es muy buena señal.

—Gracias —le dijo Stephen—. Perdona si he sido demasiado brusco contigo antes, Tabitha, pero es que lo hemos pasado muy mal. No sé si lo sabías, pero Clara perdió a nuestro primer hijo.

—Sí, señor, lo sé. Me lo dijo.

Stephen movía lentamente la cabeza de arriba abajo.

—Te ofrecería un poco de té o algo para beber —le dijo entonces, girándose en dirección a la cocina—, pero justamente nuestra criada se puso mala ayer.

—No pasa nada. Si quiere, puedo prepararnos un poco de té para los dos.

–¿Serías tan amable? –le preguntó y se le dibujó una sonrisa de agradecimiento–. Yo no soy de mucha ayuda con las cosas de la cocina.

–Por supuesto. ¿Y dice que su criada está enferma? –preguntó Tabitha, que se paró antes de salir por la puerta–. ¿Qué le pasa?

–Pues la verdad es que no lo sé muy bien –confesó Stephen–. Es muy raro que Ivy se ponga mala, y mucho menos que se encuentre tan mal que no pueda salir de la cama.

–¿Está en el altillo? –preguntó la mujer.

Stephen asintió.

–Pues pasaré a verla en cuanto nos prepare el té. Podrá subir a ver a su hija muy pronto. El doctor no tardará.

–Perfecto. Gracias, Tabitha, te estamos muy agradecidos por todo.

Entonces vimos como la comadrona salía de la habitación y se perdía por el pasillo para llegar a la cocina.

–Venid –nos pidió Estelle, haciéndonos pasar de nuevo a la sala.

Ahora Stephen estaba de pie junto a la ventana y el árbol de Navidad.

–Gracias –dijo mirando por la ventana hacia al cielo oscuro de la noche–. Gracias por bendecirme con una hija sana. ¡Dios mío! –exclamó entonces–. Una estrella fugaz... Debe de ser una buena señal. Pediré un deseo –dijo y se quedó pensativo unos segundos–. Que no le pase nada a Clara, por favor. Si es verdad que ha cogido gripe, ayúdala a vencerla y sobrevivir. Nuestra hija la necesita. Y yo también.

Alguien en la entrada de la sala carraspeó un poco para anunciar su presencia. Stephen dio media vuelta y nosotros también nos giramos y nos encontramos con un hombre de aspecto afable con traje, camisa blanca y corbata. En la mano llevaba un maletín marrón de cuero.

–Disculpe que le moleste –le dijo–. Ya he terminado con mi trabajo arriba.

–En absoluto, doctor –lo tranquilizó Stephen–. Por favor, pase y siéntese. Creo que Tabitha está preparando un poco de té. Espero que se quede para tomar una taza con nosotros.

–Llámeme Fraser, y sin duda me encantará quedarme, gracias.

–¿Cómo está? –le preguntó entonces Stephen claramente preocupado.

–¿Me pregunta por su mujer o por su recién nacida?

–Por ambas.

–Me alegra poder decirle que su hija está perfecta. Su peso cumple con lo esperado y parece gozar de muy buena salud.

–Perfecto, qué bien. ¿Y mi mujer?

–Por lo que respecta al parto, ha ido todo estupendo. Sin embargo, me temo que muestra síntomas de padecer una infección de gripe española.

–Pero se pondrá bien, ¿verdad? –insistió el hombre–. ¿Verdad, doctor?

El doctor desvió la mirada hacia la ventana.

–Las estrellas fugaces siempre son un buen augurio –le dijo en voz baja–. Me alegro de que haya podido pedir su deseo…

Trece

El ambiente de la sala empezó a desdibujarse. Stephen y el doctor se fueron difuminando poco a poco hasta que se desvanecieron por completo y la habitación y su decoración volvió a cambiar hasta recuperar el estilo mixto que conocíamos.

–¡No puedes dejarnos así! –se me escapó mientras Estelle se acercaba a su sillón cojeando. Chocaba verla moverse con tanta dificultad a diferencia de la agilidad que demostraba en sus historias–. Necesito saber qué pasó al final.

Estelle se agachó lentamente para acomodarse en el sillón.

–¿Consiguió recuperarse tu madre? –le preguntó con delicadeza Ben–. Tenía gripe española, ¿no?

Nuestra anfitriona asintió con la cabeza.

–Así fue. Como millones de otras personas contrajo gripe española ese año y, por lo que me dijeron, estuvo muy enferma. Por suerte, logró sobrevivir, a diferencia de Ivy, quien como ya os habréis imaginado también enfermó, pero en este caso la pobre acabó falleciendo.

–Ay, no... –me apené al escuchar la noticia–. Pobrecilla, tenía dos hijos, ¿no? ¿Qué les pasó a ellos?

–Quedaron a cargo de su hermana Mary. Ella también trabajó aquí durante un tiempo. Os contaré más sobre ellos en otra historia, más adelante.

–Tabitha era muy amable, ¿verdad? –intervino Angela, que parecía tener ganas de cambiar de tema–. ¿No se quedó en la casa y ayudó a cuidarlos a ellos y a ti?

–Sí –confirmó Estelle–. Gracias por recordármelo, Angela. Tabitha, la comadrona de mi madre, ya había pasado la gripe ese mismo año, así que se quedó con nosotros y ayudó a cuidarnos a todos hasta que mi madre se recuperó mínimamente para poder hacerse cargo de mí. Digo mínimamente porque mi madre nunca logró recuperarse del todo. Por lo visto acabó desarrollando un síndrome que hoy en día se conoce como fatiga posviral, pero en aquella época nadie sabía de qué se trataba y no pudieron diagnosticarla correctamente. Los primeros recuerdos que tengo de ella son de una mujer que siempre estaba reclinada en la cama en camisón. Tenía la piel pálida y siempre estaba cansada; aun así, nunca dejó de hacer todo lo posible por ser una buena madre para mí.

–Hace tiempo leí sobre la gripe española –le comenté–. Fue un acontecimiento muy duro y se cobró muchísimas víctimas. Por suerte ahora la medicina ha avanzado muchísimo y tenemos una gran cantidad de información sobre cómo se propagan las enfermedades contagiosas. Esperemos que no tengamos que vivir ninguna otra pandemia global a tan gran escala.

Estelle y Angela intercambiaron una mirada que decía mucho, pero no supe entender por qué.

–Pero tú no la pasaste, ¿no, Estelle? –le preguntó Ben.

–No, creo que me separaron bastante rápido de mi madre, y mi padre tampoco la padeció, por mal que me pese.

–Estelle –la reprendió Angela–, no digas esas cosas. Además, no es verdad.

–Claro que lo es –le aseguró la mujer, que cruzó las manos encima de su regazo en señal de su entereza y sinceridad ante su afirmación–. Mi madre sufrió muchísimo y ese hombre no se dignó a ayudarla en lo más mínimo. Pero esa historia ya os la contaré otro día. Creo que ya es hora de que me vaya a descansar. Revivir todo esto me ha agotado. ¿Angela?

El ama de llaves se acercó a la propietaria de la casa y la ayudó a incorporarse.

—Os veré mañana por la mañana. Ben, trae tus cosas cuando quieras para instalarte esta misma noche. Angela te preparará una cama en cuanto pueda.

—¿Seguro que no es molestia? —volvió a preguntarle el vecino—. Os lo agradezco muchísimo. Estas casas tan antiguas son muy frías cuando no hay calefacción. No sé cómo lo hacían antes para sobrevivir solo con el fuego de una chimenea.

—Será un placer —le aseguró Estelle—. Además, también le vendrá bien a Elle, así tendrá a alguien de su edad para hablar.

Su comentario me sacó una sonrisa y Ben también respondió con otra.

—Pues para qué perder más tiempo, ¿no? —dijo y se levantó de un salto—. Voy a ir a por mis cosas ahora y no tardaré en volver.

—Perfecto, nos vemos en un rato —le dije mientras salía con Angela y Estelle.

Aproveché la pausa para tomar un par más de notas sobre nuestro último viaje con nuestra narradora hacia el pasado de la casa.

—Parece que Estelle nos ve como adolescentes, por lo que acaba de decir —le solté a Ben cuando volvió con sus cosas y las dejó en una de las habitaciones del piso de arriba.

Angela también se había retirado aquella noche, así que volvíamos a estar Ben y yo solos sentados junto al fuego.

—¿Lo dices por lo de que ahora tendrás a alguien de tu edad con quien hablar? —me preguntó Ben con una amplia sonrisa y seguidamente le dio un buen sorbo a la taza de chocolate caliente que Angela insistió en prepararnos antes de irse a su habitación—. Sí, a mí también me ha hecho gracia, pero supongo que tiene razón y que debemos de tener más o menos la misma edad, ¿no? Perdona si estoy metiendo mucho la pata, pero me lo parece.

—Nací la Nochebuena de 1984 —le dije sin remilgos—. Así que en unos días cumpliré los treinta y cuatro. ¿Y tú?

—Por extraño que parezca, exactamente el mismo día.

—Ya sabía que habías nacido en Nochebuena, hombre, pero te preguntaba el año.

—Pues eso te digo, que es el mismo día. ¡La Nochebuena de 1984!

—¡Anda ya! —exclamé—. ¡No puede ser!

—¿Qué quieres decir, que no parece que tenga treinta y cuatro? —bromeó—. Dime que parezco más joven, por favor.

—No, hombre. Quiero decir que me parece mentira que hayamos nacido no solo el mismo día, sino el mismo año…

—Ya lo sé, estaba de broma. Creo que no había conocido a nadie que hubiese nacido también en Nochebuena, pero que encima seas del mismo año… Sin duda esto es cosa del destino.

¿Qué querría decir con «esto»?

—Lo que todavía estoy digiriendo es que Estelle tenga cien años… —comenté para cambiar rápidamente de tema.

—No lo parece en absoluto, ¿eh? Yo pensaba que tendría ochenta y tantos, como mucho noventa y pocos.

—Es raro… —empecé a decirle, porque de pronto me di cuenta de algo—. Yo llegué precisamente a Mistletoe Square el 18 de diciembre, así que era el día en que Estelle cumplía sus cien años, ¿no?

Ben asintió.

—Pues eso parece. ¿Y por qué te parece raro?

—Porque no vi nada para marcar una fecha tan señalada: ninguna postal en el comedor ni regalos… Es raro que no hiciesen ningún tipo de celebración, ¿no? En vez de hacer entrevistas de trabajo…

Ben se encogió de hombros.

—Yo tampoco vi nada cuando las ayudé con el árbol. Lo único que le preocupaba a Estelle era colocarlo en su sitio. Quizá lo celebraron después de que nos fuésemos.

—Quizá, ¿pero entonces por qué no vi ninguna postal ni nada al día siguiente?

—Puede que no quisiera celebrarlo. Hay gente a la que no le gusta los cumpleaños. Fíjate en nosotros con la Navidad.

–También es verdad.

–Pero, oye, si te preocupa tanto, ¿qué te parece si preparamos algo para celebrar los tres cumpleaños en Nochebuena? –me propuso–. Supongo que Angela no habrá nacido también por estas fechas, ¿no?

–Creo que no, pero a saber… Desde que he llegado aquí han pasado tantas cosas raras que tampoco me sorprendería, la verdad. Estoy preparada para casi cualquier cosa.

–Te entiendo perfectamente. Después de lo que he visto estas dos noches, y tú ya llevas tres, he decidido dejarme llevar y que sea lo que tenga que ser.

–Pero la verdad es que es divertido, ¿eh?

–Pues sí, no lo voy a negar. Tengo que admitir que estoy disfrutando estos días previos a las fiestas más de lo que pensaba –me dijo Ben y entonces me miró fijamente, a lo que mi estómago pareció responder con un pequeño salto acrobático del que ya me encargaría más tarde para que no fuese a más.

Aunque debía admitir que cada vez me costaba más bloquear el efecto que Ben tenía en mí, lo que me hacía plantearme que quizá sería más fácil para mí (y más divertido) dejarme llevar sin más como parecía estar haciendo él…

–Yo también –respondí rápidamente y volví a desviar la mirada hacia el fuego y a darle otro sorbo a la taza de chocolate.

–Pensaba que me hacía hasta ilusión pasar las Navidades solo este año –empezó a decirme Ben– y ahora, de repente, no solo estoy totalmente implicado y sumergido en las historias del día a día de gente que vivió en esta casa tan pintoresca, sino que además voy a vivir durante un tiempo con tres mujeres amables y extremadamente interesantes. Por no hablar del *bonus* que me supone pasar tanto tiempo con una de ellas, sobre todo.

–¿Con Estelle? –le pregunté para chincharlo, mientras mi estómago volvía a hacer de las suyas.

Ben negó con la cabeza.

—Qué va… Es Angela.

Los dos nos echamos a reír, pero esta vez, cuando Ben me volvió a mirar y sus ojos oscuros se encontraron con los míos, no aparté la mirada, no quería hacerlo.

—Ahora en serio, cada vez me está quedando más claro que haber respondido a ese anuncio y haberme mudado a la casa de al lado han sido las mejores decisiones impulsivas que he tomado, al menos desde hacía mucho tiempo.

—Yo también lo creo.

—¿Por haber respondido al anuncio? —me preguntó bajando un poco la voz—. ¿O también hay otros motivos?

—El tiempo lo dirá —le contesté sin dejar de mirarlo fijamente—. Como Estelle nos demuestra cada noche, el tiempo puede revelarnos muchas verdades si estamos abiertos y le damos la oportunidad.

Catorce

Bloomsbury, Londres
22 de diciembre de 2018

Se me hizo un poco raro encontrarme a Ben en casa a la hora de desayunar a la mañana siguiente.

Ya me había acostumbrado a comer sola por las mañanas o con Angela. Estelle nunca desayunaba con nosotras, ya que prefería hacerlo en la cama.

La noche anterior, cuando Ben y yo subimos al piso de arriba y nos dimos las buenas noches, hubo unos minutos un tanto incómodos, ya que tuvimos que caminar otro rato más juntos porque nuestras habitaciones estaban bastante cerca la una de la otra.

Hasta entonces no podía saber con certeza si Angela le había preparado una cama en alguna de las habitaciones libres en la planta superior o si lo había instalado en la que había cerca de la mía, pero al final comprobé que se decidió por la segunda opción.

—Pues resulta que aquí también vamos a ser vecinos, ¿eh? —me comentó parado delante de su puerta—. ¡Que descanses!

—Lo mismo digo. Buenas noches, Ben.

—Buenas noches, Elle.

Acto seguido entré en mi habitación e intenté no pasarme las dos horas siguientes pensando en él y descansar, porque realmente lo necesitaba.

No pensar en Ben parecía haberse convertido en un objetivo casi imposible de alcanzar a esas alturas. Además de que los dos estábamos viviendo algo increíblemente extraño y maravilloso a partes iguales con las historias nocturnas de Estelle, había algo incluso más raro en toda esa situación... Algo que no acababa de entender, al menos de momento. Sentía que la conexión que tenía con mi vecino era mucho más profunda e intensa que la que alguien esperaría teniendo en cuenta que solo hacía unos días que nos conocíamos. Y todo indicaba que a Ben le pasaba lo mismo.

Dejé escapar un gruñido y di otra vuelta en la cama frustrada al ver fracasar mis propósitos de aquella noche.

¿Por qué tenía que ser tan encantador y tan guapo mi vecino? Se suponía que les iba a decir adiós a los hombres durante una buena temporada.

Pero por mucho que intentara autoengañarme y decirme que no quería nada con Ben, por dentro sabía que estaba feliz como una niña con zapatos nuevos ahora que lo tenía conmigo cada noche para viajar al pasado con las historias de Estelle.

—¿No desayunas con nosotros, Angela? —le preguntó Ben cuando vio que solo traía dos platos.

Eso sí, venían bien llenos con huevos, beicon, salchichas y un poco de judías blancas con tomate.

—No, querido, hace ya unas cuantas horas que he desayunado —le contestó nuestra cocinera particular, mientras se dirigía a la puerta de nuevo—. Soy muy madrugadora, ¿verdad que sí, Elle? Incluso los fines de semana. Que aproveche, chicos —nos dijo y nos volvió a dejar solos para que desayunásemos tranquilamente.

—No nos quedamos hasta tan tarde, ¿no? —me preguntó Ben mientras cogía la jarrita de café y nos servía una taza a cada uno—. Al menos teniendo en cuenta que es sábado.

—No, pero la verdad es que anoche me costó un buen rato dormirme. Por eso me he quedado remoloneando un poco más en la cama esta mañana.

—Qué gracia, a mí me ha pasado lo mismo —me contestó mi vecino y nuevo compañero de piso con una sonrisa—. ¿Le estabas dando vueltas a algo en concreto?

Su pregunta hizo que se me escapara de nuevo una sonrisa tonta. Esa era otra cosa buena que tenía Ben, además de que con él me sentía muy a gusto, siempre me sacaba una sonrisa. Y esta experiencia me estaba haciendo ver lo mucho que necesitaba conectar con un poco de felicidad de nuevo en mi vida.

—Estaba pensando en las sufragistas y la gripe española, lo de siempre, ya sabes... —le contesté aún sonriendo de oreja a oreja.

—¡Y yo! —repuso él de nuevo y me guiñó el ojo antes de hincarle el diente a su plato—. ¡Oye, esto está buenísimo! Angela lo ha clavado: me ha dejado los huevos sin hacer del todo y el beicon bien crujiente.

—Estamos en el mismo equipo. ¿A quién le gusta el beicon blandurrio y unos huevos sin yema para mojar? Angela siempre lo borda.

—¿Y qué vas a hacer hoy? —me preguntó Ben—. Entiendo que Estelle no nos deleitará con otra de sus historias hasta la noche, ¿no? Parece que la magia de la luz de la luna juega un papel importante en su estrategia narrativa...

—Sí, normalmente es lo que hacemos. Suelo tener el día libre para mí y luego la magia empieza a despertarse en la casa después de cenar. Y contestando a tu pregunta, la verdad es que no sé qué voy a hacer. Seguramente aprovecharé para pasar mis notas a limpio con todo lo que nos contó Estelle anoche sobre su madre y su padre.

—Estelle adoraba a su madre, de eso no hay duda —comentó Ben—. Pero la relación con su padre es muy diferente, ¿eh?

—Pues sí, como el día y la noche. Quizá pasó algo más, pero todavía no nos lo ha contado.

—Seguramente. ¿Tú te llevas bien con los tuyos? —me preguntó entonces, alargando el brazo para coger el kétchup.

—Nos llevamos —le contesté sin entrar en detalles—. ¿Y tú?

—No los conozco —me confesó Ben sin filtros—. Soy adoptado.

—Ah —fue lo único que conseguí articular como respuesta. No

sé por qué me sorprendió tanto y no se me ocurría qué decirle a continuación–. Te diría que lo siento, pero a veces la gente se lleva estupendamente con sus padres adoptivos. Quizá incluso construyen una relación mejor que la que hubiesen tenido con sus padres biológicos. ¿Es así en tu caso?

–Sí, mis padres adoptivos son maravillosos, pero no he conocido a los biológicos.

Cuando estaba a punto de preguntarle si había intentado encontrarlos, Ben cambió de tema.

–Pues yo tampoco tengo nada atado para hoy. Por fin he conseguido hablar con un fontanero esta mañana y me ha dicho que lo más seguro es que no pueda venir hasta mañana... y para eso me cobrará su tarifa especial de emergencia porque será domingo. Así que, a menos que quiera pasarme el día con la cabeza metida entre papeles, voy a tener que buscarme un plan más interesante. –Hizo una pausa para darle un sorbo al café y después sugirió–: ¿Te apetece que hagamos algo juntos?

–Pues sí –le contesté un poco azorada–. ¿Qué quieres hacer?

–Podríamos pensar un plan propio de estas fechas –repuso él–. Este año he intentado no pensar mucho en las fiestas, pero ahora ya solo quedan unos días y la verdad es que siento que las cosas han cambiado. Me gustaría hacer algo que nos haga sentir el espíritu navideño. ¿O te parece que me he vuelto loco y estoy diciendo tonterías?

Sacudí la cabeza y le dije:

–No, a mí me ha pasado lo mismo y ahora también noto el gusanillo. Serán las historias que nos cuenta Estelle cada noche, en las que se respira el ambiente de la Navidad. Me da la sensación de que me estoy perdiendo algo si no me uno a la celebración. Pero, a ver, pensemos... ¿Qué hace la gente además de ir a comprar regalos y visitar a Papá Noel? Porque creo que ya somos un poco mayorcitos para eso, ¿no?

–Mmm... –masculló Ben mientras rumiaba y se llevaba el tenedor a la boca con más huevo y beicon–. Déjame a mí, yo me encargo. Seguro que se me ocurre algo.

Ben no tardó mucho en encontrarnos un plan. La idea era que recorriéramos el centro de Londres para encontrar todos los árboles de Navidad que pudiésemos.

–No solo estamos hablando del símbolo más navideño que hay, sino que además marca el principio de todas las historias que vivimos en Mistletoe Square –me explicó mientras empezábamos a andar–. No me digas que no es un plan perfecto.

Siendo sincera, cuando lo escuché, me pareció una locura, pero después de buscar los árboles de Covent Garden, de Trafalgar Square, del Leadenhall Market, de las estaciones de trenes principales, de los grandes hoteles, como el Ritz, el Claridge y el Savoy, tenía que admitir que estaba llena de energía y el corazón me rebosaba de la alegría propia de esas fechas.

Hubo uno de los puntos en nuestra ruta que me marcó especialmente y fue cuando vimos el árbol de Navidad fuera del palacio de Westminster en Parliament Square. Sin embargo, esta vez, no fue el árbol lo que nos llamó la atención, sino la estatua de bronce que había a su lado de Millicent Garrett Fawcett.

–«El valor llama al valor en todas partes» –leí las palabras escritas en la placa de la estatua de bronce de la mujer.

La palabra «valor» me recordó de nuevo al hombre que se sentó a mi lado en el Waterloo Bridge.

–Por lo que pone en la placa, entiendo que era una sufragista –comentó Ben.

–Sí, recuerdo haber leído un artículo sobre la estatua. Millicent Fawcett fue una de las primeras activistas que lucharon por el movimiento sufragista de las mujeres. Si no me equivoco, creo que luchó durante más de seis décadas para que las mujeres consiguieran el derecho a voto. Esta estatua es la primera que hizo una mujer de otra mujer y que se exhibió en Parliament Square.

—Pero aquí también podría estar la madre de Estelle perfectamente, ¿verdad? —me preguntó Ben, observando bien la obra—. La ropa que lleva se parece mucho a la que llevaba Clara.

—Sí, les debemos muchísimo a esas mujeres. Siempre me ha impresionado mucho todo lo que hicieron, pero, después de ver a Clara, ahora entiendo muchísimo mejor lo que implicaba para ellas y lo mucho que significaba en ese momento.

—Estelle sin duda ha salido a su madre —dijo Ben—. Es tan fuerte y asertiva como Clara. Es algo que admiro mucho.

—Me alegro de que digas eso —admití sin dejar de contemplar la estatua que teníamos ante nosotros—, porque, si no te gustasen las mujeres fuertes e independientes que no tienen miedo a expresar su opinión, te aseguro que tú y yo ya hubiésemos partido peras. —Respiré hondo y me dije que había llegado el momento de demostrar el valor del que Millicent hablaba—. ¿Sabes qué pasa, Ben? Que yo también he vivido oprimida. No como estas mujeres ni muchísimo menos, pero estaba en una relación en la que no podía ser yo. Por eso me he prometido a mí misma que no voy a dejar que nadie me vuelva a hacer sentir así.

Para mi sorpresa, noté que Ben acercó su mano a la mía, y en ese momento me di la vuelta.

—Pues quien quiera acallarte o reprimirte lo va a tener difícil —me contestó muy serio—. Elle, eres una mujer muy fuerte y llena de vida —me dijo y volvió a mirar a la estatua—. Si hubieses nacido en la época de Millicent, estoy segurísimo de que incluso habrías demostrado más valor que el resto para luchar por lo que creías justo.

—Creo que hacía mucho tiempo que nadie me decía algo tan bonito —le dije y entonces Ben volvió a mirarme a los ojos—. De hecho, creo que es lo más bonito que me han dicho nunca.

Después de visitar Parliament Square, decidimos ir a la pista de patinaje de Somerset House, principalmente para ver otro árbol de Navidad, pero Ben acabó convenciéndome para que patinásemos un poco también. Después de pasarnos veinte minutos resbalando y de estar a punto de partirnos los morros más de una vez, entre risas acordamos que lo mejor sería que saliésemos de allí y volviésemos a tierra firme. Aun así, debía admitir que no me desagradó que Ben me tuviera que salvar y cogerme entre sus brazos un par de veces antes de que me cayera de boca.

Cuando volvimos a Mistletoe Square y empezamos a subir los escalones de la entrada principal a Casa Christmas, me detuve en seco y me giré hacia Ben.

–Gracias. Me lo he pasado genial.

–Yo también –me respondió. Él se había parado un escalón más abajo, así que estábamos a la misma altura–. Todo lo que está pasando en esta casa es de locos, pero conocerte a ti ha sido el mejor antídoto para no perder la cabeza.

–Mmm… ¿Gracias? –bromeé arrugando la nariz para exagerar mi confusión–. Creo que intentabas decirme algo bonito, ¿no? Pero no te ha quedado tan bien como lo de antes…

Se lo dije de broma pero Ben se me quedó mirando, preocupado.

–Ay, Dios… –repuso cuando entendió lo que le estaba diciendo–. No quería decir que fueses aburrida, quería decir que eres un extra que no esperaba. No, eso tampoco suena demasiado bien…

En ese momento me sorprendí a mí misma porque, de repente, me acerqué a él y lo besé.

Cuando me separé de sus labios, vi que Ben me seguía mirando con los ojos como platos.

–Perdona –musité–. No sé qué me ha pasado.

Ben no apartó la mirada y aunque solo llevaba unos segundos callado a mí me parecieron minutos. Sin embargo, en vez de abrir la boca y decirme algo, me envolvió con sus brazos y me acercó aún más hacia él para besarme. Entonces, al separarnos de nuevo, nos quedamos mirándonos fijamente el uno al otro.

–¿Estamos yendo demasiado deprisa? –me preguntó, nervioso.

–¿Te lo parece?

—Los dos acabamos de salir de relaciones complicadas y no quiero presionarte a nada. Quiero que estés a gusto conmigo.

—Eso es lo raro, Ben, que estoy muy cómoda y tranquila cuando estoy contigo. Supongo que no es lo normal, porque solo hace unos días que nos conocemos.

—A mí me pasa lo mismo. Como si nos conociésemos desde hace mucho.

Moví la cabeza para darle la razón una vez más.

—Y decíamos que lo que pasaba en esa casa era una locura —me dijo entonces señalando hacia la puerta con la cabeza—, pero lo que nos está pasando a nosotros tampoco es muy normal, ¿eh?

—Pero es bueno, ¿no? —le pregunté.

Ben me sonrió.

—Muy bueno —me contestó y volvió a acercarse para besarme, pero justo en ese momento oímos una voz desde la puerta.

—¡Aquí estáis! No sabía dónde os habíais metido… —nos interrumpió Angela.

Esa noche, el ama de llaves se había puesto para nosotros un vestido azul eléctrico muy de los años ochenta. El vestido tenía unas hombreras bien grandes y rayas lisas dibujadas, y, para rematar el *look*, Angela se había puesto un collar de perlas bien grandes del mismo color.

—Ya no sabía si ibais a volver a tiempo. La cena está lista. Tenemos que darnos prisa o Estelle no podrá contarnos su próxima historia esta noche.

Ben y yo la miramos y me sentí como una adolescente a la que su madre la hubiese pillado besándose en la escalera con su novio.

—¿A qué estáis esperando? —nos apremió la mujer—. Venga, que aquí fuera hace mucho frío.

Después de cenar, y como ya nos había avisado Angela, tuvimos que engullir un poco como pavos, cogimos nuestros respectivos sitios junto al fuego mientras ella nos preparaba una buena taza de chocolate para disfrutar de la historia de esa noche.

Ben volvió a mirar su taza con cierta reticencia cuando se la dio, y supe que en su cabeza seguía preguntándose si las bebidas que siempre nos ofrecían en ese momento de la noche no serían el secreto que nos hacía sentir las historias con tanta viveza.

–Esta noche no me apetece, pero gracias, Angela –me excusé para rechazar su ofrecimiento con toda la educación que pude–. Estoy llenísima después de la cena tan rica que nos has preparado. No me cabe nada más.

–Si estás segura… –me contestó, un poco decepcionada.

–Sí, quizá me tomo una antes de irme a dormir si no te importa.

Angela se encogió de hombros y no pareció darle más vueltas al asunto.

Quizá las bebidas no eran tan importantes como pensábamos. Busqué a Ben con la mirada, quien hizo un pequeño ademán con la cabeza para hacerme saber que mi decisión le había parecido muy acertada, mientras esperábamos a que la luz de la luna atravesara la ventana e iluminase la pieza del árbol que nos llevaría a la siguiente historia.

Esa noche, cuando el reloj marcó las ocho de la noche, el rayo de luna cayó sobre un adorno que yo misma había colgado en su día: era la figurita de los tres Reyes Magos cargando con sus regalos de camino a su visita al niño Jesús.

–Esta noche –nos anunció Estelle como hacía cada vez– volveremos a Casa Christmas en el mes de diciembre de 1936.

Quince

We Three Kings...

A medida que la habitación empezó a cambiar de nuevo, nos tuvimos que levantar de nuestros asientos, ya que los muebles comenzaron a desaparecer y en su lugar encontramos los de aquella época.

Ahora el salón estaba lleno de diseños lisos y líneas delicadas, y me di cuenta de que algunos de los muebles más modernos ya no estaban allí. Sin embargo, fui consciente de que esta vez no habían cambiado tantas cosas como en las otras historias. Por ejemplo, la vitrina cromada con bebidas y copas que tenía Estelle seguía estando en el mismo sitio, aunque era cierto que ahora brillaba más y tenía un aspecto más nuevo. La pared que siempre dividía las dos estancias, tanto en la actualidad como en las otras historias del pasado, ahora había desaparecido y el salón se ampliaba con lo que podía utilizarse como espacio para invitados, donde había una zona para sentarse y otra con mesas para comer.

Los nuevos sillones que aparecieron parecían mucho más cómodos que los que ocupábamos nosotros. Los brazos de estos eran grandes y curvados, y tenían unos pequeños tapetes de algodón blanco sobre el respaldo, justo donde iría la cabeza. «¡Antimacasares!», exclamé para mis adentros al recordar la palabra de aquel detalle típico de la época. La gente los ponía en las butacas y los

172

sofás para que no se dañaran con el fijador de pelo que usaban los hombres. La chimenea ahora era mucho más cuadrada y estaba recubierta de baldosas color crema y marrón, y encima había colgado un espejo angular en forma de abanico. Obviamente, en 1936 estábamos llegando al final de la época del *art déco*; donde antes había líneas sinuosas, ahora todo era angular y con líneas rectas.

Las paredes de la sala de estar eran de color crema en la parte superior y de un color verde claro por abajo, y los dos colores quedaban separados por una cenefa. Eso sí, la sala estaba salpicada de detalles que aportaban más color, como por ejemplo con los cojines dorados que adornaban los asientos y el sofá, o los diseños originales y atrevidos de algunos jarrones originales de Clarice Cliff que vi detrás de los cristales de la vitrina de madera donde habían guardado la vajilla de porcelana.

–¡Qué pasada! –dije entusiasmada mientras miraba todo con ilusión para absorber hasta el más mínimo detalle–. Es un retrato muy fiel de la época.

–Bueno, sí, un retrato fiel de la época porque se lo podían permitir –apuntó Estelle–. Y en este momento podíamos, aunque no fue gracias a mi padre.

El árbol de Navidad seguía estando en su lugar, aunque esta vez estaba decorado con bolitas de color pequeñas y brillantes, unos palitos largos de plata y algo parecido a las guirnaldas pero un poco más tristes. Por primera vez también vimos pequeñas luces eléctricas con bombillitas de colores.

En ese momento, el mismo hombre al que conocimos la noche anterior entró por la puerta. Esta vez venía con un traje de noche, un traje negro con amplias y pronunciadas solapas en la chaqueta; debajo llevaba una camisa blanca con una pajarita negra. Stephen parecía mucho más mayor que en la historia pasada y, después de echar las cuentas, entendí que ahora cargaba con dieciocho años más a las espaldas. Aun así, no parecía que solo fueran los años y las canas que se le vislumbran en el cabello, que llevaba repeinado hacia atrás con aceite, lo que había hecho que envejeciera así. Al padre de Estelle no parecía que la vida lo hubiese tratado demasiado bien, como si las cosas no hubiesen sido nada fáciles todos estos años.

El hombre se acercó al fuego y se encendió un cigarrillo.

—Eso fue lo que acabó matándolo —nos dijo Estelle sin tapujos y sin que pudiésemos detectar ni una pizca de emoción en su voz—. Y por eso justamente ni me acerqué.

—¿Cáncer? —le pregunté.

—De pulmón —me confirmó asintiendo con la cabeza—. Sufrió durante mucho tiempo hasta que murió, lo cual fue una bendición.

—¡Estelle! —le reprendió Angela, aunque en voz baja—. Ya está bien con las pullitas…

—Lo siento, pero es que cada vez que lo veo me invade la rabia.

—Ya lo sé, pero esta vez hemos venido por los demás, ¿o no? —intentó calmarla, y se giró para ver cómo Ben y yo nos sorprendíamos con el enfado de nuestra narradora—. Sigamos con la historia.

Estelle asintió.

—Recuerdo esta noche especialmente bien, por muchos motivos.

El padre de Estelle se sentó en uno de los sillones y cogió el periódico. En la portada se leía el titular «El rey abdica y el duque de York asciende al trono como Jorge VI».

Una chica entró en la sala con un vestido rojo de manga larga con ribetes blancos y un corte de hombros anchos. El vestido se ceñía en la cintura y luego la falda ajustada le caía hasta debajo de la rodilla. La joven tenía el pelo corto y oscuro, y lo llevaba muy bien peinado con ondas y recogido con unas horquillas de brillantes.

—Buenas noches, Estelle —la saludó Stephen, lo que nos hizo dar un respingo tanto a Ben como a mí, hasta que nos dimos cuenta de que se dirigía a la versión joven de la señora mayor que conocíamos.

—Buenas noches, padre.

Tanto mi vecino como yo, que todavía no dábamos crédito a lo que estábamos viendo, no podíamos apartar los ojos de la joven Estelle que teníamos delante. Era una mujer muy hermosa. El cabello oscuro no hacía más que enmarcar aún mejor las facciones de su pálido pero bello rostro, y sus ojos verdes –que por lo visto siempre habían estado llenos de sabiduría y conocimiento– brillaban con incluso más intensidad, como dos esmeraldas en una diadema impresionante.

–¿Cómo se encuentra tu madre esta noche? –le preguntó su padre–. Entiendo que habrás estado con ella.

–Sí, ahora está descansando.

Stephen no pareció sorprenderse ante la respuesta.

–¿Sabes si bajará aunque sea un rato? –volvió a inquirir–. Hoy vendrá gente muy importante.

–No sé qué decirle, la verdad –le contestó con un tono agudo y muy educado, una voz que parecía sacada de una de esas películas antiguas en blanco y negro–. Pero estaba muy pálida y muy cansada.

–Ajá –atajó Stephen mientras ojeaba la página del periódico–. Todos nos cansamos de vez en cuando, pero en el caso de tu madre parece que se ha convertido en algo permanente.

La cara de la joven Estelle se ensombreció de repente. Cuando me giré para ver qué hacía la que nosotros conocíamos, comprobé que ella tenía exactamente la misma expresión de odio.

–Madre está enferma, como bien sabe –le contestó Estelle con valentía–. Y lo que necesita es que la ayudemos y entendamos su situación, no que la culpemos.

Stephen levantó la mirada unos segundos por encima del periódico y le dijo:

–Estelle, no deberías hablar así de la relación que hay entre tus padres. Recuerda que eres mi hija y que conozco perfectamente los problemas de tu señora madre. –Sacudió las páginas que leía con un golpe seco y masculló–: He vivido con ellos durante muchos años ya.

Sin duda, no era la primera vez que Estelle escuchaba este tipo de comentarios. Así pues, la joven decidió ignorar a su padre y acercarse al árbol de Navidad, con el que se entretuvo un poco cambiando algunos adornos de sitio.

–¿Y por qué está eso puesto tan pronto? –preguntó Stephen mirándola–. Aún estamos a 11 de diciembre.

–Pensé que a madre le gustaría tenerlo un poco antes. Rudy nos ayudó a comprarlo en el mercado y Holly me ha ayudado a adornarlo esta tarde.

–Es demasiado pronto –gruñó Stephen, mientras volvía a sumergirse en sus noticias.

–¿Escuchará el discurso de abdicación del rey esta noche, padre? –le preguntó Estelle entonces, mientras volvía al centro de la sala.

Una vez allí se miró en el espejo que había sobre la chimenea, pero por su expresión lo que vio no pareció gustarle demasiado.

–Eso espero –le contestó su padre, sin levantar la vista de su lectura–. Personalmente me parece lamentable: en solo doce meses, este país ha tenido ni más ni menos que tres reyes. Tres reyes en tan solo un año: hemos tenido que batir récords.

–Si el Gobierno hubiese permitido que el rey se casara con la señorita Simpson esto no hubiese pasado –repuso Estelle, colocándose enfrente de su padre con una postura erguida en uno de los sillones–. ¿Por qué no debería casarse con la persona a la que ama?

Ese comentario sí que hizo que Stephen bajara el periódico y clavase los ojos en su hija.

–Es nuestro rey, por el amor de Dios. Su deber es hacer lo mejor para el país. Hay unas reglas, Estelle, y a veces las personas deben plantarse y hacer lo correcto.

–¿Incluso si va en contra de lo que desea su corazón? –le preguntó Estelle, y algo me dijo que no estaba haciendo la pregunta porque estuviera preocupada por la situación del rey.

Stephen se quedó mirando a Estelle unos instantes.

–Por mi experiencia, lo que anhela nuestro corazón no suele ser la mejor decisión a la larga. Deberíamos confiar mucho más en nuestra cabeza y no tanto en el corazón.

–No –negó Estelle con un tono desafiante incluso, y levantó el mentón–. No quiero ofenderle, padre, pero no estoy de acuerdo. El corazón siempre nos dice todo lo que necesitamos saber.

Padre e hija se quedaron mirándose fijamente durante unos segundos, ninguno de los dos cediendo ante la presión del otro.

–Respondiendo a la pregunta que me has hecho antes, Estelle –le dijo por fin Stephen–, estoy seguro de que, cuando llegue el momento esta noche, escucharé el discurso con mis invitados. ¿Querrás escucharlo con nosotros?

La joven asintió, resuelta.

–Pues entonces podrás entrar en el salón en ese momento, ni un minuto antes. De hecho –añadió, como si se le acabase de ocurrir algo–, Jack Tannon vendrá esta noche. Quizá le puedo preguntar si quiere traer a su hijo. Me parece que Teddy va a seguir los pasos de su padre y va a estudiar derecho. Quizá podéis hablar y descubrir las cosas que tenéis en común…

Estelle fulminó a su padre con la mirada, una mirada fría que parecía no tener fin, y Stephen la entendió perfectamente.

–Quizá sí –contestó al final la hija, con la voz más educada que había escuchado hasta el momento–. Estaré encantada de conocerlo. Y ahora me retiraré para que pueda seguir leyendo el periódico tranquilamente.

Estelle se levantó, se giró y salió a paso lento de la sala. Stephen mientras tanto volvió a sacudir el periódico y se acomodó en el sillón para disfrutar de la lectura.

–Vamos –nos pidió Angela, moviendo la mano para que siguiéramos a la joven Estelle y saliésemos del salón–. ¿Estelle? –la llamó el ama de llaves con el ceño fruncido–. ¡Estelle!

De repente, nuestra anfitriona dio un respingo y se alejó de su padre después de dedicarle la misma mirada que su versión adolescente le había echado hacía escasos minutos.

–Tenemos que irnos –le recordó su compañera–. ¿Qué pasa con la siguiente parte de la historia?

—Disculpad —repuso Estelle, que parecía un poco aturdida—. Sí, por supuesto. Vayamos a la cocina.

Estelle y Angela nos condujeron por el pasillo hasta la antigua cocina y la trascocina.

—¡Las baldosas que me gustaban tanto ya no están! —exclamé mientras avanzábamos por el pasillo y me encontré con un suelo verde de linóleo bajo mis pies—. Qué pena… Pensaba que las que había en tu casa eran las originales, Estelle.

—Lo son —me confirmó la mujer, sin agachar la cabeza, ya que tenía la vista fija en su versión más joven—. Las taparon con este suelo tan horrible; un detalle que plasmaba muy bien la rabia de aquellos años. Las baldosas estaban debajo y creo que las recuperaron en… en los noventa diría.

—Menos mal —dije aliviada mientras seguía a los demás por el pasillo—. Hubiese sido una lástima que se perdieran.

Además del suelo de linóleo, ahora en el pasillo había una mesa junto a las escaleras, y justo encima había un teléfono negro de baquelita. Las escaleras, que antes eran de madera pulida, ahora estaban cubiertas por una alfombra estrecha y marrón con dibujos en el centro que se sujetaba gracias a unas varillas que habían colocado estratégicamente en cada escalón.

Cuando llegamos a la cocina, me di cuenta de lo mucho que había cambiado desde la última vez que la visitamos, en 1842. Ahora, casi cien años más tarde, tenía unos cuantos armarios independientes pintados en color crema y verde donde se guardaban los utensilios y los ingredientes. La gran cocina de gas negra había desaparecido y ahora en su lugar había una blanca esmaltada que se parecía mucho más a los fogones que teníamos en la actualidad, con cocinas de gas, rejillas y un horno. También identifiqué otros aparatos que me resultaban más familiares en la zona de trabajo, como por ejemplo una tostadora muy básica, y en mitad de todo aquello seguía habiendo una mesa de madera donde vimos a una joven, que parecía un poco más mayor que la Estelle de esta historia, sentada escribiendo en un libro de tapa dura. De vez en cuando se levantaba y comprobaba algo en las estanterías que había en la gran despensa situada al fondo de la estancia.

–Estelle –dijo entonces, levantando la vista cuando la joven entró en la cocina–. Qué guapa estás esta noche.

–Gracias, Holly –le contestó ella con una sonrisa un tanto forzada–. Mi padre ha organizado una de sus... reuniones esta noche, así que he intentado hacer el esfuerzo. ¿Qué estás haciendo?

–Pues intentando preparar el menú para las próximas semanas –le contestó la chica, señalando el libro, y dejó escapar un resoplido–. Seguro que a mi madre se le daba mucho mejor todo esto.

–Quizá –le contestó Estelle, recostándose en el borde de la mesa–. Pero tú lo haces estupendamente. Seguro que Ivy estaría muy orgullosa, tanto de ti como de Rudy.

–Gracias, Estelle. Eso espero.

–Sabes que mi madre nunca se ha perdonado por el hecho de que Ivy enfermase –continuó diciendo la joven con un semblante muy serio–. A día de hoy, aún habla de ello.

Holly sacudió la cabeza.

–Ojalá no se echara la culpa. Mi tía Mary siempre dice que mi madre seguramente hubiese enfermado después de que tu madre se contagiara, así que, en realidad, que salieran las dos aquel día tampoco hubiese cambiado mucho las cosas.

–A lo mejor –contestó Estelle, aunque no parecía muy convencida.

–También es una verdadera lástima que esa maldita gripe haya dejado la salud de tu madre tan afectada desde entonces.

Estelle asintió con la cabeza.

–Por desgracia, parece que nunca conseguirá recuperarse del todo. Su situación no cambiará, y todo por un maldito virus.

Holly movió la cabeza, pesarosa.

–Al menos tuvimos la suerte de contar con tu tía Mary, que nos ayudó y nos cuidó a todos, y ahora tanto tú como Rudy habéis tomado el relevo y con ello seguís la tradición familiar.

—Eso intentamos, aunque no creo que lleguemos a la altura de mi madre ni de mi tía.

—Pamplinas, lo hacéis de maravilla, de verdad —le aseguró Estelle—. Y hablando de tu hermano… ¿Dónde está Rudy? ¿Te ha dejado sola para que hagas tú todo el trabajo como de costumbre?

—No, no. Me ha ayudado a limpiar después de la cena. Ahora acaba de salir a hacer unos recados para tu padre.

—¿Qué tipo de recados?

—Pues la verdad es que no lo sé, no me lo ha dicho. Seguro que volverá pronto si quieres verlo —le dijo Holly como si nada.

—No, no, da igual —contestó Estelle, quitándole importancia al asunto—. Solo quería saber dónde estaba, nada más.

—Le diré a Rudy que has preguntado por él —repuso Holly arqueando las cejas—. Seguro que se alegra de saberlo.

—Solo si te acuerdas —le dijo Estelle, intentando sonar despreocupada—. No es nada importante.

—Claro —le respondió con una sonrisa que decía mucho más.

Sonó una de las campanillas de la cocina, una de las que formaban parte del sistema que ya habíamos visto en la época victoriana. Por lo visto, a pesar del paso del tiempo, aún no se había inventado algo mejor para avisar al servicio.

—Es tu madre —anunció Holly, mirando la campana—. Mejor que vaya y vea qué necesita.

—No te preocupes, ya voy yo —repuso Estelle, que se bajó rápidamente de la mesa—. Iba a subir a verla igualmente. Tú sigue con el menú. Si puedes conseguir algo de pescado esta semana sería maravilloso. Estoy verdaderamente cansada de comer carne todos los días como exige mi padre.

—Veré lo que puedo hacer —le respondió Holly y le guiñó un ojo—. Y dime si tu madre necesita algo más que la compañía de su hija favorita.

—La única que tiene —le recordó Estelle—. Pero gracias de todas maneras. Lo haré.

Sin mediar palabra, todos seguimos a la joven, que subió las escaleras que conducían al pasillo y luego las que llevaban a la planta superior y a la habitación que quedaba justo encima de la sala y el comedor. Ese piso no había cambiado tanto del que conocíamos nosotros en la actualidad; el suelo de madera también estaba cubierto, como en las escaleras, con una estrecha alfombra que recorría el centro del descansillo a lo largo pero no a lo ancho. Las paredes estaban pintadas de color crema y, de vez en cuando, encontrábamos un cuadro de acuarelas en un marco de madera, y las puertas, que en 2018 eran de madera natural, ahora estaban pintadas en color crema brillante.

La joven Estelle se acercó a una de las puertas, de hecho, a la que en estos momentos era mi habitación, y dio unos golpecitos antes de entrar.

—Adelante —dijo una voz débil, y la joven giró el pomo—. Estelle, qué sorpresa tan agradable —dijo entonces la voz—. Pensaba que sería Holly.

—Vamos —nos pidió nuestra Estelle, que ahora nos invitaba a pasar a la habitación.

Me sentía un poco incómoda, primero por entrar en la habitación de otra persona sin que ella fuese consciente de ello y segundo porque era la misma habitación que ahora usaba yo, desde la que tenía las mismas vistas a la plaza. No pude evitar alegrarme al comprobar que la cama de matrimonio con el cabecero de madera barnizada en el que estaba recostada una mujer de aspecto muy frágil no era la misma en la que yo dormía cada noche.

Pero entonces algo hizo clic en mi cabeza: esta no era una mujer cualquiera, claro que no. Era Clara, la madre de Estelle, la mujer fuerte, luchadora e independiente que habíamos conocido en la última historia.

La versión de ella con la que nos encontrábamos ahora me dejó sin palabras. Quizá habían pasado dieciocho años, pero Clara, ahora reposando su delicado peso en unas cuantas almohadas blancas de plumas, era solo la sombra de lo que fue. Su oscuro cabello, que en 1918 llevaba recogido con tanta precisión y cuidado, ahora lucía canoso en una coleta baja y medio desecha que le caía sobre un hombro, y llevaba una chaquetita rosa y corta con volantes encima del camisón.

—Sí, he venido yo —le contestó su hija mientras se acercaba a la cama—. ¿Querías que Holly te trajese algo en particular?

—Iba a pedirle un poco de agua —le dijo Clara con cierto reparo—, pero en realidad no era más que una excusa para poder charlar un poco con alguien. Todavía me queda agua.

—Ay, madre —se lamentó la joven y se sentó en el borde de la cama—. Siento no haber venido a verte mucho hoy. He estado un poco ocupada.

—No pasa nada —la tranquilizó Clara y cogió la mano de su hija entre las suyas—. Ahora ya estás aquí y mientras tanto me he entretenido bastante y he disfrutado viendo nevar desde la ventana. Los copos se ven tan bonitos cuando se quedan pegados en el cristal, se ven tan delicados y tienen una forma tan elaborada...

—¿Sabes que cada uno es diferente? —le dijo Estelle—. No hay dos iguales.

—Mira que eres lista, ¿eh, hija mía? —le contestó su madre con orgullo—. Tan informada y educada para una chica de tu edad. Anda, entretenme un poco más y cuéntame qué tal te ha ido el día.

Mientras Estelle le explicaba la serie de eventos bastante aburridos que habían tenido lugar durante el día, desde lavarse el cabello a leer un libro, aproveché el momento para estudiar un poco mejor la estancia donde nos encontrábamos.

Era justo la imagen que tenía en mente de cómo sería una habitación de los años treinta. Había diferentes cuadros —un jarrón con flores, un paisaje de campo y uno de un perro bastante peludo que curiosamente se parecía un poco a Alvie— colgados de un riel colocado en lo alto de la pared con un reborde sobrecargado con detalles florales justo debajo. Clara también tenía un armario de madera enorme con bordes curvados y pulidos, una cómoda a juego y un tocador precioso de estilo *art déco* con un espejo tríptico. En la mesa se veían unas cuantas ampollitas verdes y rosas junto a un neceser, un espejo y un cepillo recubiertos de plata. La cama de Clara encajaba muy bien con el estilo delicado de los otros muebles que había a su alrededor y, además de las numerosas almohadas que la ayudaban a mantenerse erguida, estaba envuelta en un ostentoso edredón rosado de seda.

Aunque mi cama era diferente a la que teníamos delante en estos momentos, sí que reconocí algunos de los muebles que había allí, porque seguían estando en la habitación hoy en día, en especial el tocador *art déco,* del que me enamoré en cuanto lo vi.

–¿Algo más? –Clara le preguntó a Estelle cuando acabó–. Esta noche estás preciosa, Estelle, ¿se debe a alguna ocasión especial?

–No, nada en concreto –le contestó, pero no consiguió resultar demasiado convincente, así que su madre se la quedó mirando unos segundos más.

–¿Estás saliendo con alguien, Estelle? –le preguntó con un brillo especial en los ojos–. ¿Es el joven que vive al otro lado de la plaza? Dime que sí. Tu padre dice que es un joven muy apuesto y además con muy buenos contactos.

–¿Te refieres al sobrino del señor Cracker? –le preguntó Estelle a su madre totalmente espantada–. Uy, imposible. Ese hombre está enamorado de su propio reflejo, así que si se casa con alguien creo que será consigo mismo.

Clara se echó a reír con la ocurrente respuesta de su hija, pero eso la hizo empezar a toser y Estelle le preparó y le acercó un vaso de agua.

–Gracias, cariño –le agradeció Clara después de beber un poco.

–Casi se me olvida. No te he dicho que Holly y yo hemos puesto y decorado el árbol de Navidad esta tarde –le dijo Estelle, claramente intentando desviar el tema de su vida amorosa–. Nos ha llevado un buen rato, pero había pensado que quizá te alegraba tenerlo ahí para que puedas sentarte en la sala y ver las lucecitas que compré el otro día en Harrots.

—Qué detallista eres, Estelle —le sonrió su madre—. Mañana intentaré bajar a verlo si me encuentro con fuerzas.

—Eso, inténtalo, madre —la animó Estelle amablemente—. Sé que te cuesta, pero cada vez te pasas más tiempo aquí sola en tu habitación y eso no puede ser bueno para tu salud.

—Pero es que no estoy bien, Estelle —le contestó Clara con pesar—. Y lo sabes de sobra.

—¿Esa es la única razón por la que pasas tanto tiempo aquí arriba metida? —le preguntó entonces su hija—. Quiero decir… No lo haces por padre, ¿no?

Clara dio un respingo al escuchar la pregunta de su hija.

—No, por supuesto que no. ¿Por qué iba a tener nada que ver con él?

Estelle se encogió de hombros.

—Sé que puede ser un tanto… difícil a veces. Pero no me gustaría que por eso tuvieras que pasar aquí tantas horas encerrada, madre. Esta también es tu casa. De hecho, si nos ponemos estrictos, es más tuya que suya, ya que fue tu hermano quien la heredó del abuelo y luego te la cedió a ti cuando murió.

—Estelle —la tranquilizó Clara dándole unas palmaditas en la mano—, ya sabes cómo van estas cosas. El hombre es quien está al mando de la casa, da igual quién la haya heredado. Él es quien toma las decisiones, no nosotras.

Estelle entonces apartó la mano.

—No, madre, ¡no permitiré que hables así! —exclamó y se levantó de golpe—. Luchaste demasiado duro para que las mujeres tuvieran los mismos derechos que los hombres cuando eras joven. Ahora no puedes dejar que las creencias y normas desfasadas se antepongan a lo que sabes que es justo.

—¿Estelle? —le preguntó Clara, y en su rostro se veía cierta preocupación—. ¿A qué viene todo esto ahora?

184

–¡Es él! –le espetó Estelle señalando hacia el suelo con tanta rabia y desdén que parecía más bien que hablaba del diablo y no de su padre–. No puedo dejar que te siga tratando así.

–¿Pero de qué estás hablando? –quiso saber Clara, pero por su expresión me daba la sensación de que sabía muy bien a qué se refería su hija.

–Gastando el dinero en apuestas y… y…

Estelle se detuvo antes de acabar la frase.

–¿Y? –le preguntó Clara con voz queda–. ¿Y qué más, Estelle?

–¡Las otras mujeres! –gruñó entre dientes–. No quería ser la persona que te lo tuviera que decir, madre, pero sale de casa y va a ver a otras mujeres.

Clara movió la cabeza con mucha calma.

–¿Por qué no te escandalizas? –le exigió Estelle a su madre–. ¿Por qué ni siquiera te molesta?

–Porque ya sabía que estaba con otras mujeres, Estelle. Lo sé desde hace mucho tiempo.

–¿Ah, sí?

Ahora es Estelle quien se queda boquiabierta.

–Sí, pero lo que sí me gustaría saber es cómo lo sabes tú. No las habrá… no las habrá traído aquí, ¿no? –Al decir esto Clara sí pareció alterarse un poco–. A esta casa.

Estelle negó con la cabeza.

–No, no que yo sepa.

–Entonces ¿cómo te has enterado? ¿La gente ha empezado a hablar? ¿Lo saben nuestros amigos? Debo de ser el hazmerreír de todos, por si no tenía suficiente ya con mi enfermedad, ahora resulta que mi marido también se pasea por la ciudad cogido del brazo de sus furcias.

Estelle se quedó más impactada al oír a su madre usar la palabra «furcias» que por todo lo demás.

––¡No! No es así en absoluto, madre –le dijo y se volvió a sentar en la cama y a acariciarle el pelo para intentar calmarla.

—¿Entonces qué es lo que pasa? —Clara parecía haberse tranquilizado un poco, pero sin duda la llama que vimos en la historia de 1918 seguía viva en su interior, y ahora le brillaba con fuerza en los ojos—. ¿Cómo lo sabes?

—Me lo ha contado Rudy —contestó Estelle en voz baja.

—¿Nuestro Rudy?

Estelle asintió con la cabeza.

—Ha visto a padre por ahí un par de veces con algunas de sus mujeres, y puede que otras veces yo le haya pedido que lo siguiera...

—¿Y Rudy lo ha hecho... por ti? —preguntó Clara, sin poder creérselo—. Eso no entra en sus deberes. No le pagamos para que haga esas cosas... Ah —se interrumpió a sí misma, y de repente lo entendió—. Entiendo.

—¿Qué quieres decir? ¿Qué entiendes?

—¿Te has encaprichado de Rudy, Estelle? Es totalmente comprensible, es un joven muy apuesto. Pero no le molestes.

—No me he encaprichado de él, madre —respondió con toda la calma que pudo, pero con una seguridad y certeza que solo había escuchado antes en la propia Estelle—. Lo amo. Y antes de que digas nada más, quiero que sepas que él también me ama. Estamos enamorados.

Clara miró fijamente a su hija.

—¿Estás enamorada de Rudy? —le preguntó en apenas un susurro.

—Sí, así es —le aseguró con orgullo.

—Pero no puede ser —repuso Clara, con un hilo de voz.

—Sí puede ser y lo es —volvió a contraatacar su hija, con un tono desafiante.

Me giré un momento para mirar a nuestra Estelle, de pie junto a la ventana, con la mirada perdida en el horizonte, como si revivir aquella parte de su vida fuera demasiado duro para ella.

—¿Cuánto tiempo hace de esto? —le preguntó Clara.

La mujer parecía tranquila, pero noté que su voz escondía mucho miedo y ansiedad.

–Unos meses –respondió Estelle–. No lo sabe nadie más, solo nosotros. Sospecho que Holly lo intuye, pero no me lo ha dicho abiertamente. Si estás preocupada por lo que dirá padre, tranquila, porque no sabe nada.

–Eso lo sé, sin duda. Si tu padre lo supiera, Rudy ya hubiese salido de esta casa hace tiempo, y no de muy buenas maneras.

–Pero no dejarás que lo eche, ¿verdad, madre? –le preguntó Estelle, preocupada.

Clara sacudió la cabeza.

–No, por supuesto que no.

–Cuando cumpla los dieciocho, queremos casarnos –afirmó Estelle, y se le iluminaron los ojos al decirlo en voz alta–. Sé que padre intentará impedírnoslo, pero no me importa. Huiremos si hace falta.

Clara dejó escapar un suspiro.

–Cariño mío... –empezó a decirle y levantó una mano con mucho esfuerzo para poder acariciarle la mejilla–. Detesto con todo mi ser lo que voy a decirte.

–Entonces no lo digas –le pidió Estelle, oliéndose lo que estaba por venir–. Sé que quieres que sea feliz, madre, ¿no es eso acaso la verdad?

–Pues claro que sí, mi amor. Es lo que más quiero para ti, lo que mereces, pero... –dijo e hizo una pausa, negando con la cabeza–. No, no puedo, soy incapaz. No lo haré.

–Dímelo, madre –le pidió Estelle–. Quiero saberlo.

–Es tu padre –confesó Clara después de inspirar hondo–. Tengo miedo de que nos lleve a la ruina... y que lo haga más pronto que tarde. No ha sido el mismo desde que perdió el trabajo en la editorial y empezó con las finanzas. Perdió tantísimo dinero durante la Gran Depresión después de invertir en esa empresa estadounidense... Le dije que no lo hiciera, pero insistió mucho diciendo que sería la herencia para ti y sus futuros nietos.

La cara de Estelle iba enfureciéndose más a medida que su madre seguía hablando.

—Mi amiga Mariah me vino a ver la semana pasada y me explicó que tu padre está pidiéndole dinero a media ciudad. Al parecer el otro día incluso le pidió dinero a Bing, a su marido. Son las apuestas, Estelle. Si sigue a este ritmo, me temo que también perderemos la casa. Y no puedo… no puedo consentirlo. Esta casa ha pertenecido a mi familia durante cientos de años; no puedo perderla. Es mi hogar. ¿Adónde iría? ¿Qué iba a hacer si no pudiese vivir aquí?

Clara finalmente se rompió y empezó a llorar, a lo que su hija reaccionó en seguida y se acercó para consolarla.

—No te alteres tanto, madre. Y no temas, me aseguraré de que eso no pase nunca.

—¿Y cómo lo harás? —le preguntó Clara entre sollozos—. Creo que las apuestas de tu padre no son algo que esté dispuesto a dejar, ni siquiera sé si podría aunque quisiera. Mi única esperanza era que encontrases un buen marido y que él tuviese una buena situación económica para mantenerte y ayudarnos a que no acabásemos en la calle y perdiésemos todos nuestros privilegios. Pero ahora te has enamorado de un miembro del servicio, y la verdad es que no quiero cargarte con esto, Estelle, de veras que no, porque el amor es algo maravilloso, sobre todo cuando es recíproco, y Rudy es un joven encantador. Ivy crio a sus hijos muy bien, pero no puedo negar que temo por el futuro de ambas si tu padre sigue actuando como hasta ahora.

—No te preocupes más por este tema, madre —le dijo muy seria—. Siempre me has dicho que no conseguimos nada con preocuparnos. Me aseguraré de que padre no pierda todo nuestro dinero ni esta casa con sus apuestas. No voy a casarme por dinero o por deber, madre, lo haré por amor, como el rey.

—Mi Estelle —repuso la madre cogiéndola de la mano—. Eres muy buena. Ojalá las cosas fuesen tan sencillas. El rey está tomando una decisión muy difícil al renunciar a su posición por la mujer a la que ama y me temo que quizá llegue el momento en el que se arrepienta.

—Pero puede que no —se opuso la joven—. ¿Por qué no se pueden tener las dos cosas? ¿Por qué no podemos tener amor, seguridad y familia?

—Quizá sí es posible para algunas personas, las menos, pero quizá sí que haya quien lo consiga. Sin embargo, la gran mayoría nos tenemos que sacrificar para mantener a nuestra familia y a nosotras mismas sanas y salvas.

—¿Cómo tú al ignorar la infidelidad de padre? —le preguntó entonces Estelle con voz queda.

Clara movió la cabeza pesarosa.

—Lo único que quiero es protegernos, Estelle. No he podido hacer nada para proteger a esta familia ni cuidarte como me gustaría desde que naciste. Necesito a alguien que cuide de mí. Tu padre y esta casa son la seguridad que tenemos, y es por eso por lo que tu padre no puede perderla o nos quedaremos sin nada.

Estelle miró a su madre fijamente unos instantes, y finalmente asintió con la cabeza.

—Lo entiendo —dijo entonces y le dio unas palmaditas a Clara en la mano—. No te preocupes, madre —le repitió y, seguidamente, se levantó y se alisó un poco el vestido—. Yo cuidaré de ti y jamás permitiré que perdamos esta casa. Confía en mí, a partir de ahora, yo me encargaré de que todo esté bajo control.

La joven Estelle salió de la habitación y nosotros detrás de ella, y dejamos allí a Clara, que parecía sumamente cansada después de aquella intensa conversación, para que descansara.

Nuestra Estelle esperó a que su otro yo volviera a encaminarse a la planta inferior antes de dirigirse a nosotros de nuevo.

—Cuando volvamos al salón ya habrán transcurrido unas horas —dijo con un tono solemne y sin emoción, aunque parecía tan agotada como su madre. Estaba claro que revivir aquel momento la había removido mucho—. Mi padre y sus amigos están en mitad de una partida de póquer, pero pararán un momento para escuchar el discurso de abdicación del rey en la radio.

—¿Estás bien para continuar con la historia, Estelle? —le pregunté—. Sin duda está siendo duro para ti revivir todo esto.

Estelle me miró con una sonrisa.

—Gracias por preocuparte, Elle, pero estoy bien. Es importante que tú, y ahora también Ben, conozcáis bien todos los momentos relevantes que se vivieron en esta casa. Sigamos adelante.

Entonces la anciana nos condujo por las escaleras hacia el pasillo, donde volvimos a encontrar a la joven Estelle, que escuchaba con atención lo que le llegaba por el resquicio de la puerta entreabierta de la conversación que estaban manteniendo los adultos en el salón.

Momentos después, la seguimos mientras se abría paso y entraba en la sala, y comprobamos que la zona de los sillones junto al fuego ahora estaba libre, ya que Stephen y sus otros tres invitados estaban sentados alrededor de una mesa que había al otro lado. Ahora había una cortina de terciopelo medio corrida en el espacio donde antes estaba la pared que dividía las dos estancias para crear un ambiente más privado en el que los hombres pudieran jugar a las cartas con tranquilidad. Aun así, la disposición nos permitía ver lo que estaba ocurriendo allí.

Angela, a diferencia del resto, se acercó sin reparos a la mesa y observó la partida de cerca.

Espesas nubes de humo sobrevolaban la mesa, que venían acompañadas de bromas y provocaciones impertinentes, y de risas estridentes.

—¿Y cómo van los negocios, Stephen? —le preguntó uno de los hombres, quien, como el resto, vestía un traje muy elegante con una camisa blanca impoluta y una pajarita negra.

—No me quejo, Winter. Nada mal —le contestó el padre de Estelle, estudiando sus cartas.

—¿Así que sigues pensando que fue una buena decisión dejar la editorial y emprender algo por tu cuenta? —continuó indagando el supuesto Winter.

–Totalmente. Esa profesión no me permitía ganar todo el dinero que merecía –repuso con una sonrisa furtiva que dejó que los otros invitados vieran–. Debía aprovechar mi talento en otro campo.

–Sobre todo cuando los autores acaban donando su dinero a la caridad, ¿verdad? –añadió otro hombre con el pelo y el bigote cansosos mientras levantaba una ceja, inquisitivo.

–¿De qué hablas, Tannon? –le preguntó un chico más joven de cara afable.

–Ese autor… –respondió Tannon, moviendo la mano de un lado a otro en el aire–. ¿Cómo se llamaba, hombre? Barrie, ese. El que escribió *Peter Pan*. ¿No donó todo lo que ganó al hospital o algo así?

–Le cedió los derechos al Great Ormond Street, sí. Y eso incluye también las regalías que genere en el futuro –explicó Stephen–. Mi mujer no cabía en sí de felicidad. Me aseguró que ayudaría muchísimo al hospital.

–Hasta que la gente deje de comprar el condenado libro, por supuesto –atajó Tannon–. Cuando se cansen de los cuentos de hadas y piratas, se acabará el dinero.

–¿Cómo se encuentra Clara, Stephen? –le preguntó entonces el chico joven.

–Como siempre, Michael, no hay mucho cambio –respondió Stephen sin levantar la vista de las cartas.

–A ver si me paso algún día a verla –comentó Michael–. En calidad de amigo, por supuesto –añadió rápidamente al ver la cara de preocupación del anfitrión–. No como doctor, sin recargos.

Stephen asintió entonces.

–Gracias, Michael. Seguro que le gustará.

–¡Ya está bien de tanto hablar, señores! –exigió Tannon–. Parecemos mujeres con tanta preguntita. Creo que ya es hora de hacer nuestras apuestas… –anunció y movió lentamente los labios, dejando salir el humo de su puro–. Con tanto billete desparramado por aquí, la mesa está hecha un desastre.

–¿Y qué sugieres entonces, Tannon? –le preguntó Michael–. Yo he puesto todo mi dinero encima.

–Algo de propiedad –propuso el hombre con una sonrisa pretenciosa–. ¿Qué me dices, Stephen, te atreves?

–Sin problemas –contestó Stephen, que se puso rojo de repente pero no cambió ni un ápice la expresión en un intento de marcarse un farol para ganar la partida.

–Estupendo, entonces. Me apuesto todo lo que hay en la mesa y mi reloj de oro –anunció Tannon, sacando el reloj del bolsillo de su chaleco y dejándolo con cuidado en la mesa delante de él.

Stephen lo imitó y lanzó otra pregunta:

–¿Y bien, Michael?

–Demasiado para mí –repuso el doctor y dejó caer sus cartas sobre la mesa–. Tengo una mujer en casa a la que le encanta comprarse vestidos carísimos y a una criatura en camino. Necesito todo el dinero que pueda. ¿Y tú, Winter?

–Estoy igual que tú –contestó tirando las cartas, y aprovechó para darle un buen sorbo a la copa de *whisky*–. Me limitaré a disfrutar viendo cómo los dos maestros luchan por el premio.

–¿Qué dices, Stephen? –le preguntó Tannon, con ojos brillantes–. ¿Qué más puedes ofrecerme? O quizá es que no tienes una mano tan buena como nos estás intentando hacer creer…

–Eso es lo que te gustaría a ti, Tannon. Vamos a ver… Por ejemplo, tengo esta casa –repuso entonces el hombre arrastrando las palabras, y vi cómo Estelle se puso rígida al escucharlas.

–Uy, señor, esto se pone muy interesante… –se regocijó Tannon–. Al decir «propiedad» no me refería a una casa de ladrillo y cemento, pero… –Hizo una pausa para mirar teatralmente sus cartas y añadió–: ¿Por qué no? La verdad es que estaba pensando en mudarme, porque estas casas ya no son lo que eran, pero tener dos, una al lado de la otra, sin duda podría ser una muy buena inversión.

–Stephen –intervino Michael, queriéndolo ayudar–, no estoy seguro de que sea una buena idea. Piensa en Clara, que está arriba descansando, y en Estelle. Necesitan esta casa, y tú también. No puedes ponerlo todo en riesgo por una partida de cartas.

–Michael, eres el médico de la familia y siempre escucharé tus consejos, como escuché a tu madre cuando ayudó a Clara en el nacimiento de Estelle. Pero solo en lo que respecta a nuestra salud. Lo que haga con mi dinero es asunto mío, y, como bien ha dicho Tannon, el dinero que puedo ganar con una segunda propiedad me vendrá estupendamente.

Michael levantó las manos, aceptando su posición en todo aquello.

–Luego no me digas que no te avisé.

–Entonces, ¿qué, buen hombre? ¿Seguimos adelante con la apuesta? –insistió Tannon con el mismo brillo en los ojos y disfrutando de su puro.

–¡Padre! –exclamó de pronto la joven Estelle, que entró a toda prisa en la sala–. El discurso del rey va a empezar en la radio.

Stephen miró a sus invitados, claramente molesto ante la interrupción.

–Ahora no, Estelle.

–Pero antes me dijo que podría escucharlo con ustedes, y estoy segura de que los caballeros no querrían perderse un momento tan importante en la historia.

–Tiene toda la razón, Stephen –coincidió Michael–. Podemos pausar la partida por el rey.

–Aunque técnicamente ya no es el rey, ¿no es así? –añadió Winter mientras todos se levantaban para acercarse a los sillones junto a la chimenea–. Ahora el rey es su hermano.

–A mí me gusta Alberto –comentó el joven doctor mientras se sentaba en uno de los sillones–. Es un hombre de familia, ¿no? Me parece mucho más apropiado para ser el líder de un Imperio. No me cabe ninguna duda de que su hija se convertirá en una reina maravillosa cuando llegue el día.

–¡Pues claro que sí! –exclamó Angela contenta, e hizo ver que le daba unas palmaditas en el hombro al joven doctor–. Así se habla.

Michael se echó la mano al hombro como si hubiese notado algo, lo que hizo que Estelle fulminase a Angela con la mirada y esta se alejó rápidamente.

—Las mujeres no deberían estar a cargo de nada —sentenció Tannon, mientras aceptaba que Stephen le pusiera un poco más de *whisky* en su copa—. Ya tenemos bastante con que ahora puedan votar.

—No le hagas caso, Estelle —dijo Michael y le sonrió mientras se acercaba a la radio un tanto incómodo con todo aquello—. Tannon se ha quedado en la edad de las cavernas, el pobre.

—¡Ya empieza! —anunció entonces la joven, subiendo el volumen de la radio.

La habitación se sumió en el más absoluto silencio y acto seguido el conocido discurso de abdicación del rey Eduardo VIII empezó a resonar por la sala.

Hace apenas unas horas cumplí mis últimos deberes como rey y emperador, y ahora que he sido sucedido por mi hermano, el duque de York, mis primeras palabras han de ser para proclamar mi fidelidad hacia él. Así lo hago con todo mi corazón.

Mientras nuestro grupo y los caballeros allí presentes escuchábamos atentos el discurso, me di cuenta de que la joven Estelle se fue alejando lentamente hacia el fondo de la sala, para poco a poco irse acercando a la mesa de juego.

Los invitados y el propio Stephen estaban tan inmersos en las palabras del Rey que no notaron su ausencia. Todos estaban sentados encarados hacia la radio como si lo que tuviesen delante fuese una televisión en vez de un aparato solo capaz de emitir sonido. Estelle, lentamente, pero con mucha astucia, levantó las dos manos de cartas que había sobre la mesa, y una a una fue comprobándolas antes de volverlas a dejar en su sitio tal y como las había encontrado. Seguidamente, fue hasta un gran aparador y abrió el primer cajón. Parecía que la joven rebuscaba algo en el cajón y lo movía, y acabó sacando una carta. Con mucho cuidado volvió a acercarse a la mesa, retiró una de las cartas de su padre y colocó la nueva entre las que ya había allí. Una vez que acabó con esto, volvió a la zona de los sillones y se reunió con los demás con normalidad, haciendo ver que había estado allí todo el tiempo.

El discurso concluyó y los hombres se quedaron en sus asientos callados unos segundos hasta que Stephen apagó la radio.

—Menudo discurso —comentó.

Los hombres le dieron la razón entre murmullos.

—Quizá así conseguimos el nuevo comienzo que necesita este país —sugirió Michael con una mirada optimista.

—No si Hitler sigue como hasta ahora en Alemania —replicó Tannon, encendiéndose un nuevo puro—. Veo que eso puede acabar en otra guerra para este país.

—Baldwin no dejará que eso ocurra —aseguró Stephen con seguridad—. No puede suceder otra vez. Apenas nos hemos recuperado de la anterior.

—No pensemos ahora en eso —pidió Winter de buenas maneras—. ¿Vosotros dos no teníais que cerrar esa partida que ha quedado pendiente?

—Cierto —confirmó Tannon—. ¡Vamos, Stephen, amigo! —Cuando pasó al lado de Estelle, que descansaba despreocupada en la vitrina de las bebidas, le sonrió y dijo—: ¡Querida! Es una lástima que mi hijo no haya podido venir conmigo esta noche. Acaba de llegar de Eton para pasar aquí las Navidades, pero no me cabe ninguna duda de que tú y Teddy congeniaréis a las mil maravillas. Ya hablaremos para que un día vengas a casa a tomar algo con nosotros.

—Si después de esta noche seguimos siendo vecinos sin duda me encantará conocer a Teddy —le contestó ella con una sonrisa educada.

—¿Qué haces aquí todavía? —le espetó su padre de pronto—. Ya has escuchado el discurso, ahora retírate.

–Como desee, padre –acató Estelle y se alejó de los invitados de su padres, quienes se sentaron de nuevo alrededor de la mesa.

Estelle hizo ver que se marchaba, pero volvió a entrar en el salón y se quedó al otro lado de la cortina aterciopelada para escuchar lo que pasaba con la jugada.

–Entonces, ¿qué, Stephen? ¿Preparado para mostrar tus cartas? –le preguntó Tannon, impaciente por acabar con aquello.

Stephen asintió con la cabeza y me di cuenta de que unas gotas le aparecieron de repente en la frente.

–Tengo dos parejas –anunció con una voz quebradiza–. Un par de reyes y un par de dieces –acabó de explicar y giró las cartas en la mesa sin mirarlas y manteniendo los ojos fijos en Tannon.

–Ay, señor –exclamó Tannon con una gran sonrisa socarrona–. Ay, señor, señor… Yo también tengo dos parejas, pero las mías son dos dieces… ¡y dos ases!

Dicho esto, el hombre giró sus cartas triunfante. Michael y Winter gruñeron claramente molestos ante la situación. Stephen clavó la mirada en la mesa, dándose cuenta de lo que acababa de hacer y dejando que la desesperación empezara a apoderarse de él. Ahora entendía lo que acababa de perder. De repente, no pudo contener su rabia y tiró la quinta carta encima de las otras.

–Parece que me has ganado, Tannon –dijo–. Quizá podemos hablar para que…

–¡Espera! –exclamó Michael entonces con los ojos fijos en la mesa–. ¡Mira! –El resto de los invitados miró a aquello que estaba apuntando el joven doctor–. ¡Es tu última carta, Stephen! –dijo lleno de emoción–. Tenías otro rey. ¡Tienes tres reyes! ¡Eso significa que tu mano gana!

Dieciséis

Bloomsbury, Londres
22 de diciembre de 2018

—¡Cambiaste la carta! —exclamó Ben sin poder dejar de sonreír. Los muebles de estilo *art déco* de 1936 ahora ya habían desaparecido, al igual que Stephen y sus amigos, y volvíamos a encontrarnos en el comedor actual de Estelle—. ¡Le pusiste a tu padre un rey para que pudiera ganar la partida!

Estelle asintió mientras se sentaba lentamente en su sillón favorito.

—Así es —admitió—. Por suerte sabía dónde mi padre guardaba la otra baraja de cartas y además, gracias a Rudy, también sabía jugar a póquer, así que me aseguré de que tenía una buena mano para ganar la partida y proteger la casa, como le había prometido a mi madre.

—¿Entonces Tannon os dio la casa de al lado como dijo? —le preguntó Ben.

—No fue inmediato, pero sí que acabó dándonos su casa, aunque no fue por la apuesta. Mi padre y él llegaron a otro tipo de acuerdo para que Tannon no tuviera que dársela en el momento. Aun así, cuando Tannon se fue finalmente de Mistletoe Square, cumplió con su palabra en aquella partida y le dio la casa a mi padre, que ya estaba bastante enfermo para entonces. Tannon trabajaba en la ciudad y tenía muchísimo dinero, así que no necesitaba más casas.

—¿Y tú y Rudy? —quise saber, presintiendo que nos habíamos quedado a medias con esa historia, y me senté enfrente de Estelle.

—Rudy se fue... —nos dijo y esta vez la emoción sí que se le notaba en la voz—. De hecho, lo hizo poco después de aquella noche. Le ofrecieron un trabajo en una granja en Norfolk; Rudy siempre había soñado con vivir en una zona con más naturaleza, y adoraba los animales. —En ese momento Alvie se le subió al regazo de un salto y la mujer lo acarició con cariño—. La oferta le cayó del cielo, si la memoria no me falla, fue un pariente lejano, pero era una oportunidad demasiado tentadora para desperdiciarla.

—¿Y no os volvisteis a ver? —le pregunté.

—Me dijo que una vez que se estableciera allí podría ir a verlo. Hablamos de que algún día podíamos comprarnos una casita en el campo, pero lamentablemente ese día nunca llegó...

Estelle miró hacia el árbol de Navidad y buscó con los ojos la figurita de los tres Reyes Magos.

—No lo sé con seguridad, pero creo que mi padre tuvo algo que ver con su marcha, porque el hijo de Tannon, Teddy, unos años más tarde me comentó que también tenía familia en Norfolk. Resultó ser que tenía una finca con muchísimas hectáreas, casas y tierras de cultivo...

Al escuchar esto miré a Ben, que no pudo evitar torcer el gesto.

—¿Crees que fue el acuerdo al que llegó tu padre con Tannon? —me atreví a preguntarle.

—¿Que le pidió ayuda para deshacerse del hombre al que amaba y enviarlo lejos con la esperanza de que lo olvidara? —me preguntó Estelle levantando bien las cejas—. Sí, no tengo ninguna duda al respecto. Como ya os he dicho antes, despreciaba a mi padre por muchas razones, y esa era una de ellas.

—Ay, Estelle... —le dije, sintiendo su dolor—. Eso es muy duro.

Estelle se encogió de hombros y abrazó a Alvie contra su pecho.

—Era un hombre detestable. Esa no fue la única vez que tuve que salvarnos de perder la casa e impedir que mi madre se quedara en la calle. No miento ni exagero cuando afirmo que su muerte fue una bendición, al menos así dejó de poner en peligro nuestra seguridad y la casa donde vivíamos. Poco después me casé con Teddy.

—¿El hijo de Tannon? —dijo Ben llevándose las manos a la cabeza.

—En realidad no era un mal hombre —repuso Estelle—. Era reservado, pero tenía buen corazón y cuidó de mi madre y de mí. Cuando murió en la Segunda Guerra Mundial, me quedé viuda con veintipocos años, pero al menos mi madre y yo pudimos conservar la casa, y Teddy me dejó una buena cantidad de dinero en su testamento con la que pudimos vivir cómodamente.

—¿Te volviste a casar? —le pregunté—. Eras muy joven para ser viuda.

—Desafortunadamente, en aquella época era algo bastante común. Había muchísimas otras viudas jóvenes como yo. Y no, no volví a casarme. Pero ya hablaremos de eso otra noche, esta historia me ha dejado totalmente exhausta. Creo que ya va siendo hora de que me vaya a la cama.

Se inclinó y apoyó su peso en el bastón para incorporarse. Alvie saltó de su falda al suelo y Angela se acercó rápidamente para ayudarla.

—Os veré mañana por la mañana. Que descanséis.

—Y tú —le dije—. Buenas noches, Estelle.

Ben y yo vimos como el ama de llaves ayudaba a la anfitriona de la casa a salir del salón y entonces nos miramos.

—Vaya… —dijo Ben, cambiándose de sillón y colocándose en el de Estelle ahora que estaba vacío.

—Pues sí —repuse yo—. Una vez más, somos testigos de una historia intensa, aunque la de esta noche ha sido mucho más personal, ¿verdad? Para Estelle, quiero decir.

Ben asintió.

—¿No te preguntas nunca por qué nos las quiere contar? —me soltó de golpe—. Sé que ya lo hemos hablado otras veces, pero ¿no te da la sensación de que hay alguna razón más profunda más allá de que puedas escribir el libro?

—Creo que los dos sabemos que aquí hay algo más, pero aún no sabemos de qué se trata. ¿Qué otra razón podría tener Estelle para contarnos las historias del pasado de su familia?

Ben se quedó parado unos segundos, reflexionando.

—Ojalá se me ocurriera algo, pero la verdad es que no tengo ni idea. Si ahora me viniera alguien y me explicara todo esto que estamos viviendo, pensaría que esa persona necesita ayuda.

—Ya… No sabes cuánto me alegro de que estés aquí conmigo para vivir todo esto juntos.

—Para no pensar que te has vuelto loca de remate, ¿no?

—Sí, esa es otra razón —le contesté con una sonrisa.

—He de admitir que he tenido primeras citas muy raras en mi juventud —me dijo Ben mientras se inclinaba para acercarse un poco más a mí y me cogió la mano y la puso encima de la suya—, pero estos viajes al pasado son de otro nivel. —Entonces se levantó y se sentó en el sillón de al lado, sin soltarme la mano en ningún momento—. Por más que lo intento, aún no he conseguido entender cómo lo hacen, ¿y tú?

Negué con la cabeza.

—Ya has visto que incluso he intentado no beber nada esta noche para ver si teníamos razón y le echaban algo raro para ayudarnos con el viaje, pero no he notado ninguna diferencia.

—Ya me he dado cuenta, ya… Muy buena esa. Pero en realidad ninguno de los dos creíamos que Angela ni Estelle nos fuesen a drogar, ¿no?

—No, es que ese es el problema… Las dos son tan encantadoras y amables… No me las imagino haciendo nada malo.

—Y aun así aquí estamos, viajando en el tiempo cada noche. O al menos es lo que parece.

—Pero no podemos estar viajando en el tiempo a las diferentes épocas, ¿no? Tiene que ser lo que dicen ellas y que Estelle tiene una manera de explicar las historias que consigue que todo parezca muy real.

—A veces incluso demasiado. ¿No te acuerdas de aquel olor nauseabundo cuando fuimos a la cocina victoriana?

—Claro que me acuerdo, pensaba que ibas a vomitar.

—Anda, anda, tampoco estaba tan mal.

—Anda que no… Las historias parecen tan reales con ese nivel de detalle… Parece que estemos allí.

—Pero no lo estamos, ¿no? Es imposible. Y acuérdate —me dijo entonces Ben y me soltó la mano un segundo para poder moverla—: los dos hemos intentado tocar las cosas, pero no se puede, es como si no fueran más que aire. Como dijiste tú, es como si estuviésemos en un juego buenísimo de realidad virtual en el que además no necesitamos ponernos gafas.

—Ahora que dices eso, en realidad ha habido un par de ocasiones en las que ha parecido que los personajes de las historias sabían que estábamos ahí o al menos han notado algo.

—¿Como cuando Estelle pasó muy cerca de su versión más joven?

—Sí, y otras veces, cuando la gente se ha mirado al espejo y ha visto algo más. ¿Y te acuerdas cuando Belle te escuchó decir lo de Ebenezer a Charles Dickens?

—Sí, eso todavía no lo entiendo, si te digo la verdad —admitió Ben ahora que se lo hacía recordar. Y dejó escapar un suspiro—. No soy una persona tan abierta de mente para creer en estas cosas, Elle, pero parece que, cuando Estelle nos cuenta historias, nos convertimos en una especie de fantasmas. Y hay personas más receptivas que otras, ¿no?

—Pero seríamos fantasmas del futuro —empecé a decir, intentando entender y elaborar su teoría—. Los fantasmas suelen venir del pasado, excepto en *Cuento de Navidad*. Los fantasmas del cuento vienen de diferentes épocas, ¿verdad? Del pasado, del presente y del futuro.

Ben se quedó parado para pensarlo bien antes de contestarme:

—Pero si tenemos en cuenta las reglas del libro, en realidad seríamos más como Scrooge y no como los fantasmas. Angela y Estelle son las que nos están llevando por las historias para que veamos lo que pasa. ¡Madre mía! –exclamó de repente.

–¿Qué? –quise saber.

–Si nosotros somos Scrooge en esta historia, significaría que estoy haciendo lo mismo que mi tocayo y viendo las diferentes Navidades… ¡Eso sería incluso más raro! ¿Dónde nos hemos metido, Elle?

–Pues no tengo ni idea… --admití moviendo la cabeza--. Pero, como ya hemos dicho otras veces, no puedo negar que me lo estoy pasando genial ahora que me he acostumbrado. ¿Tú no?

A Ben se le dibujó una gran sonrisa en los labios.

–Vaya que sí. Pero de lo que estoy disfrutando aún más es de pasar todo este tiempo contigo –me dijo y volvió a cogerme de la mano.

–Como sigas diciendo cosas así… me vas a conquistar –le confesé, mirándolo y batiendo las pestañas un par de veces como si fuese la protagonista de una película de cine mudo.

–Pues eso espero –susurró y me besó la palma de la mano para después seguir regalándome besos delicados por todo el brazo hasta que llegó al cuello. Cerré los ojos, extasiada por aquella sensación que me recorría el cuerpo.

Cuando estaba a punto de girarme para que en vez de mi cuello me besara los labios, escuché una voz que nos decía:

–Ya he dejado a Estelle en su habitación descansando y me voy a retirar también, porque tengo los pies destrozados y los callos me están matando… ¡Ay, señor! ¡Perdón! ¡Ya me voy! ¡No he visto nada! –exclamó Angela y cerró la puerta mientras salía de allí despavorida.

Ben soltó un resuello y me preguntó, burlón:

–Algo me dice que la imagen de los pies callosos de Angela ha estropeado un poco el momento, ¿no?

–No ha ayudado mucho, no… –le dije y Ben aceptó el golpe con resignación.

—¿Y qué hacemos esta noche? ¿Dormimos cada uno en su habitación? —se envalentonó a preguntarme sin intentar ocultar la decepción que sentía ante tal perspectiva.

—De momento será lo mejor. Ya mismo volverás a tener tu casa lista. Quizá entonces me puedo pasar a verte una noche y alegrarnos un poco las fiestas, ¿no? Ya mismo es Navidad.

Ben me dedicó una de sus sonrisas.

—No sé por qué de repente me han entrado aún más ganas de que llegue la Navidad.

—Qué curioso, ¿eh? —le contesté y me acerqué para besarlo—. A mí también.

Diecisiete

Bloomsbury, Londres
23 de diciembre de 2018

P or la mañana, ya domingo, Ben esperaba a que el fontanero fuera a su casa a pesar del recargo por la urgencia. De hecho estaba esperando calentito en el salón de Estelle mientras trabajaba un poco delante del fuego, ya que el fontanero había quedado con él en que lo llamaría cuando llegase a Mistletoe Square.

Cuando volví de mi paseo con Alvie todavía no había llegado, así que Ben me animó a salir a dar una vuelta por la ciudad.

—A pesar de lo mucho que me gusta pasar tiempo contigo, no tiene sentido que nos quedemos aquí los dos esperando, Elle —me dijo—. Sal y busca algo navideño que hacer por los dos. Solo quedan dos días para Navidad, así que seguro que hay mil cosas por probar. Esa es una opción, la otra es disfrutar viendo una marea de novios y maridos sufrir por haber dejado las compras de Navidad para el último momento.

—La verdad es que prefiero quedarme aquí esperando —dije mientras me sentaba a su lado y apoyaba el codo en el brazo del sillón. La idea de salir sola a explorar un mundo inmerso en el espíritu de la Navidad no me llamaba tanto como cuando salíamos juntos—. Es mucho más divertido cuando voy contigo. —Entonces lo envolví con mis brazos para estrecharlo con fuerza, pero de repente Ben me cogió y me sentó en su regazo—. ¡Oye! —exclamé, fingiendo que aquello me molestaba.

–No sabes lo mucho que me alegra escucharte decir eso –me dijo, mirándome a los ojos–. A la gente no le suele gustar estar conmigo en estas fechas.

–Eres un Scrooge en toda regla, ¿eh? –le solté, socarrona.

Ben torció un poco el gesto y admitió:

–Desgraciadamente sí que lo era. Hasta que te conocí, claro está.

–¡Qué casualidad! ¡A mí me ha pasado lo mismo!

Me erguí un poco en el asiento y lo acerqué un poco hacia mí, pero en realidad no me costó mucho, porque Ben ya había pensado lo mismo.

Cuando por fin nos separamos y volvimos a tomar aliento, me miró con una expresión un tanto extraña.

–Lo que voy a decir ahora quizá suena un poco raro, pero escúchame.

–A ver…

–¿Te suena haber leído alguna historia de estas donde alguien encuentra a un hermano o una hermana que no sabía que tenía y dice que lo supo al momento porque había una conexión muy especial entre los dos?

–¿Sí…? –contesté un tanto confundida, sin saber muy bien adónde quería llegar con aquella pregunta.

–Lo digo porque yo sentí una conexión muy rápida contigo y tú me dijiste que te pasó lo mismo, así que espero que no descubramos nada raro de ese estilo. Porque si te digo la verdad, Elle, lo que siento por ti no es lo que esperaría sentir por una hermana, te lo aseguro.

No pude contener la risa ni un segundo más.

–Perdona, Ben, pero es que es muy bueno. A ver, es verdad que los dos hemos sentido esta conexión intensa desde el principio y es raro que pase porque nos acabamos de conocer. Pero es que, al haber nacido el mismo día, si tu teoría resultase ser cierta, significaría que no seríamos hermanos sin más, ¡sino mellizos!

–¡Ay, mi madre! –se espantó aún más–. No había caído en eso. ¡Eso es incluso peor!

—Tranquilo, no te preocupes. Es imposible que tenga un hermano mellizo del que me separaran al nacer. Mis padres cuidaban de tantísimos otros niños que no les hubiese importado lo más mínimo criar a uno más en casa.

—¿En serio? ¿Y eso?

—Eran así. Nadie hubiese dicho que tenían una hija porque siempre andaban de arriba para abajo haciendo buenas obras para los demás. Muchas veces incluso se olvidaban de que existía.

—Me apuesto la mano a que no.

Me encogí de hombros y le dije:

—Tendrías que haber estado allí para poder hablar.

—¿A qué te refieres cuando dices que hacían buenas obras?

—Cuando era pequeña, mis padres trabajaban y hacían voluntariados en diferentes organizaciones benéficas. Y no hablo de algo puntual, lo hacían siempre, tanto aquí, en el país, como en el extranjero. Dedicaban su vida a la causa. Sobre todo mi madre, incluso me atrevería a decir que estaba obsesionada con la idea de ayudar a los demás.

—Pero eso es una cualidad admirable, ¿no? —me preguntó Ben, que parecía extrañado por la manera en la que se lo estaba explicando.

—Sí, por supuesto, pero no si eso implica sacrificar el bienestar de tu propia hija.

—Quizá solo es el recuerdo que tienes, pero estoy seguro de que tus padres te querían mucho y te cuidaron de la mejor manera que pudieron. A todos nos pasa que nuestros recuerdos no acaban de encajar con nuestra infancia.

Me lo quedé mirando fijamente y, poco a poco y con mucho cuidado, me levanté para separarme de Ben.

—Fíjate que eso es lo que me dice todo el mundo —le contesté sin poder mirarlo a la cara y me pasé la mano por los pliegues del jersey—. No sé por qué pensaba que quizá tú lo verías diferente. Pensaba que tú lo entenderías, conociendo tu historia.

–¿Te refieres a que soy adoptado?

Asentí.

–Me parece que no es comparable quejarse de que tus padres no te dan su atención las veinticuatro horas del día con que te abandonen al nacer –me espetó de repente con una voz bastante dura–. Si te digo la verdad, me parece que solo alguien que lo ha tenido todo haría ese tipo de comentarios.

–¿Ah, sí? –le repliqué yo entonces con un tono de voz igual de frío–. Entonces, según tú, lo he tenido todo, ¿no?

Mi voz sonaba calmada, pero por dentro me hervía la sangre. Eso era lo que me solía decir la gente cuando yo por fin sentía confianza y me abría para compartir alguna vivencia de mi infancia: que era una niña consentida, normal al ser hija única, una niña que se ponía de morros si sus padres no estaban por ella a cada momento. Pero eso lo decían porque no habían estado ahí. Nadie parecía entender lo que era sentirse abandonada por tus padres aunque estuviesen a tu lado; lo que era que todos los días especiales de tu vida se aplazaran y quedaran en segundo plano porque siempre había otras personas que lo necesitaban más. El problema no era que no me dieran toda su atención, sino que no me dieron ninguna.

–Solo digo que, si lo miras desde otra perspectiva –continuó diciendo Ben–, los problemas de tu infancia quizá no parecen tan importantes como los de otros.

Ben y yo nos quedamos mirándonos unos instantes como no nos habíamos mirado nunca. Era una sensación horrible, parecía que de repente alguien había hecho estallar la burbuja en forma de corazón en la que parecíamos haber estado hasta ese momento. Ahora alguien había cogido un cuchillo de cocina bien grande y afilado y la había atravesado sin piedad.

Asentí lentamente y después logré decir:

–Bueno, al menos ahora ya lo tengo más claro. Al final me parece que sí me voy a dar una vuelta por el centro si no te importa. Me irá bien estar un rato tranquila. Necesito darle vueltas a algunas cosas…

Seguidamente, di media vuelta y salí de allí lo más rápido que pude. Cogí el abrigo, la bufanda y los guantes del colgador donde los tenía junto a la entrada y me los puse a toda prisa. Por último, me colgué el bolso al hombro, abrí la puerta y bajé los escalones con decisión.

No me giré para comprobar si Ben estaba mirándome por la ventana para buscarme entre la gente que paseaba por Mistletoe Square. Me daba absolutamente igual, ahora mismo necesitaba estar sola. Necesitaba pensar… sobre muchas cosas.

Callejeé sin rumbo durante un buen rato por Bloomsbury sin saber muy bien hacia dónde iba. La discusión con Ben me había removido mucho.

¿Cómo había sido tan tonta? Después de todo lo que había pasado con Owen me había prometido que iba a estar sola un tiempo, que me iba a priorizar. Y después, cuando aún ni siquiera me había instalado en Mistletoe Square, Ben había aparecido con su pelo castaño y sus ojos color chocolate. Me había dicho todo lo que quería escuchar, aunque quizá ni siquiera lo pensara realmente, y yo había sido tan tonta de creérmelo.

Y pese a todo, Ben tenía razón cuando había dicho que nuestra conexión era especial. Eso no era algo que pudiese fingirse con palabrería, aunque viniera acompañada de una voz muy pero que muy seductora. Yo también la había sentido, y por mucho que intentara negarlo, mientras deambulaba bajo el sol frío de invierno, no lo conseguía.

Ojalá me lo estuviese inventando todo. Ojalá pudiese convencerme de que Ben me había engatusado y de que en realidad no había nada entre nosotros, pero no era cierto. Fuera lo que fuera, lo notaba en mi estómago, en mi corazón y en todo mi ser. No tenía ningún sentido y me exasperaba, pero no había manera posible de negarlo.

¿Y cómo podía ser? Solo hacía cinco días que conocía a Ben. ¿Cómo podía sentir aquella conexión? Y además sentirla con tanta intensidad...

Por eso sus palabras me habían dolido tanto. En general me costaba mucho confiar en alguien para abrirme y hablar de mi infancia. Además, el origen de mi reticencia y mis miedos era justamente ese tipo de reacciones, las que me culpaban a mí y me decían que eran imaginaciones mías. Que todo había pasado hacía mucho tiempo y que quizá el recuerdo que tenía de aquella época no era tan claro como pensaba. De vez en cuando, alguien incluso me decía que era una niña consentida.

«Ya me hubiese gustado a mí», me dije a mí misma con pesar. ¿Fue mi infancia tan horrible como la de las pobres criaturas que habíamos visto en las historias de Estelle? Pues claro que no, y no pretendía venderlo como si así fuera. Pero también era cierto que cuando intentaba echar la vista atrás y buscar recuerdos bonitos de mi infancia no encontraba ninguno. Sobre todo por esas fiestas.

Finalmente me di cuenta de que había llegado a la concurrida Oxford Street. Un montón de gente pasaba junto a mí con gorros de Papá Noel y con guirnaldas colgadas en el cuello, con bolsas en las dos manos llenas de regalos para sus seres queridos y largos tubos de papel para envolver. Por las ventanas de los restaurantes que iba pasando veía a gente disfrutando de comidas prenavideñas. Había personas que llevaban coronas de papel que habían sacado de los *crackers*, aquellos regalitos cilíndricos típicos de estas fiestas, mientras que a otras, por lo que parecía, se les había ido un poco la mano con la alegría navideña y avanzaban como patos mareados sin perder la sonrisa y se esforzaban por encadenar palabras para seguir hablando con sus familiares y amigos.

Por primera vez en la vida, había sentido algo parecido a lo que transmitían aquellas personas ahora que la Navidad estaba a la vuelta de la esquina. Sin embargo, ahora volvía a sentirme como siempre, molesta por el bullicio de la gente y empezando a contar los días para dejar de fingir que estaba feliz y que esta época me hacía ilusión.

«Que te hayas enfadado con Ben no significa que tengas que arruinarles las fiestas a Estelle y Angela —me recordé mientras me paraba un momento delante de unos grandes almacenes y contemplaba los escaparates—. Las dos han sido muy generosas y amables contigo, y a las dos les encanta la Navidad. Quizá no estaría de más comprarles algo para agradecérselo». ¿Pero qué les podía comprar? Como me pasaba con Ben, solo hacía unos días que las conocía.

«¿Hace tan poco tiempo que las conozco? —me pregunté sin dejar de analizar los detalles del escaparate donde habían expuesto un sinfín de regalos para que la gente los pudiera comprar para sus amigos y seres queridos—. ¿Solo unos días? Parece que las conozco desde hace mucho más tiempo».

Quizá era porque ya habíamos vivido unas cuantas Navidades juntas gracias a las diferentes historias de la casa. En solo unos días habíamos vivido más de ciento ochenta años de historia; empezaba a sentir que conocía a la familia de Estelle casi tan bien como a la mía.

De nuevo mi mente se centró en mis padres. Ahora que eran mayores no se movían tanto. Últimamente viajaban mucho menos y eran la mar de felices en su casita en Suffolk. Mi padre trabajaba a media jornada cuidando los huertos de otras personas, y además tenía el suyo propio. Mi madre seguía haciendo voluntariados, pero sobre todo en institutos para mujeres de la zona. Además, dos veces por semana echaba una mano en la escuela del barrio y participaba en una iniciativa que proporcionaba taxistas a gente mayor que necesitaba ir a sus citas médicas. Seguía hablando con ellos, pero era cierto que hacía mucho tiempo que no pasábamos las Navidades juntos.

Cuando era pequeña soñaba con celebrar la Navidad que me imaginaba que tenían el resto de niños: un día de lo más normal en el que me levantaría bien temprano y bajaría corriendo las escaleras para descubrir lo que me había traído Papá Noel. Luego, por la noche, podría sentarme junto a mi familia, a la que solo vería en estas fechas, para comer un delicioso festín.

Sin embargo, lo único que recuerdo son momentos que pasé en casas de otra gente o en otros países donde apenas se sabía lo que era la Navidad, y mucho menos se celebraba. La tristeza y el anhelo que me invadían de pequeña al saber que no tenía recuerdos felices de estas fechas fueron haciéndose más llevaderos con los años, pero nunca desaparecieron del todo.

Por un momento, me dejé llevar por mi imaginación y visualicé cómo podría ser el día de Navidad en Mistletoe Square. Por la mañana quizá nos esperaban un montón de regalos envueltos con papel precioso y colorido debajo del gran árbol. Angela sin duda se encargaría de prepararnos una comida deliciosa y Estelle presidiría la mesa y saborearía cada momento. Encima de los platos tendríamos nuestros *crackers* envueltos con la sorpresa esperando en el interior, sacarían algún juego de mesa e incluso cantaríamos villancicos. Y por la noche, cuando las dos mujeres se hubiesen retirado a sus respectivas habitaciones, Ben y yo nos acurrucaríamos junto al fuego...

«¡No!», chillé para mí misma, y me frené. Esa última parte ya no podía pasar. Lo que teníamos Ben y yo se había acabado.

Además, ni Estelle ni Angela habían comentado nada de todo eso que mi cabeza acababa de imaginar. Aun así, como todas sus historias estaban tan cerca de esa fiesta, y Estelle había dejado claro lo enamorada que estaba de su árbol, ¿tan extraño era que esperase que, cuando llegara el día, en Mistletoe Square lo celebrasen exactamente como siempre había soñado?

Quizá al final no era tan mala idea comprarle un regalo a Estelle y a Angela, ya que estaba aquí. Solo por si acaso...

Entré en la tienda y me paré delante de un gran rótulo en el que se indicaba dónde estaban las diferentes secciones.

A Angela quizá le podía comprar algo para la cocina, no sería mala idea. No, no podía comprarle eso, sería como decirle que eso es lo único que veo de ella. Mmm… ¿Y si le compraba alguna joya? Angela siempre llevaba complementos con mucho color y brillantes.

Satisfecha con mi idea, busqué las escaleras mecánicas y me dirigí a la sección de moda. Allí, busqué la zona de complementos y elegí un collar atrevido y brillante en forma de arcoíris: era perfecto. Ya la veía combinándolo con alguno de sus modelitos retros.

Ahora le tocaba a Estelle… Madre mía, ¿qué podía comprarle? La mujer tenía la casa llena de detalles preciosos y muchos de ellos eran recuerdos de las vidas de otras personas que vivieron allí antes que ella. ¿Qué podía comprarle que le gustase?

Estelle siempre llevaba ropa muy tradicional y clásica: vestidos que conjuntaba con rebecas del mismo color y pendientes de perlas o alguna joya fina. Nada de lo que fuese a encontrar aquí le serviría para complementar ninguno de sus gustos refinados y clásicos.

Entonces pensé en todas las fotos y los cuadros que tenía por todas partes, de amigos y de los anteriores propietarios de la casa. Podría comprarle un marco bien bonito, sacarnos todos una foto al lado del árbol y después imprimirla y colocarla en el marco. Sí, me gustaba esa idea. Convencida, subí a la planta donde estaba la sección de accesorios del hogar y escogí un marco precioso de plata que imitaba el estilo *art nouveau*. Estaba bastante segura de que le iba a gustar.

Contenta con mis decisiones, compré los regalos para Estelle y Angela. De camino a la salida, pasé por la sección de juguetería: allí había incluso más adornos navideños que en el resto de la tienda. Había un montón de juguetes de LEGO junto a las mansiones de las muñecas Barbie. Al lado vi una serie de estanterías con juegos, coches, puzles y cualquier otro juguete que te pudieses imaginar, todos allí esperando a que alguien los comprase para llenar el calcetín con el nombre del niño afortunado. Sin embargo, lo que más me llamó la atención fue una pirámide enorme en el centro de la sección llena de ositos de peluche. Algunos llevaban llamativos lazos de colores atados al cuello, otros ropita, pero lo que tenían todos sin excepción era una sonrisa amable.

Me acerqué a la pirámide para estudiarla con más atención. Los osos que tanto me habían gustado tenían un pelo muy suave que parecía de verdad, y los brazos, las patas y la cabeza estaban totalmente articulados para poder moverlos a tu antojo. Esos osos concretamente tenían unos ojos oscuros superbonitos y una sonrisa cosida a mano que alegraba a cualquiera. Me decidí a coger uno; era justo el tipo de peluche con el que siempre había soñado de pequeña, el que cada año había esperado encontrarme a los pies de mi cama junto a otros posibles regalitos la mañana de Navidad, nunca debajo del árbol, porque en mi casa no había.

Sentado junto a una cueva al lado de la zona de los osos había un Papá Noel y una cola de niños ansiosos por verlo y, sin quererlo, escuché lo que decía bajo esa larga barba blanca.

–¿Y qué quieres para esta Navidad, Ailsa? –le preguntó a una niña con un abrigo granate y unos zapatitos negros de charol.

–Una muñeca que pueda comer y beber, y que haga caca de verdad –respondió con inocencia.

Papá Noel le contestó con una amplia sonrisa.

–Ah, sí… Ya sé cuál te traeré. Si te has portado bien este año, Ailsa, quizá Papá Noel te traerá una. ¿Y qué quiere tu hermano? A ver… –dijo entonces girándose un poco para mirar bien al niño que había a su lado y que parecía unos años menor–. ¿Cómo te llamas, jovencito?

–Alfredo –contestó la criatura.

–Se llama así, pero todos los llamamos Alf –puntualizó su hermana.

–Prefiero que me llamen Alfredo –insistió el niño.

–Así lo haré jo, jo, jo –le contestó Papá Noel sonriendo bajo su espesa barba–. Entonces, dime, Alfredo, ¿qué quieres para esta Navidad?

—Me gustaría que nuestra familia pudiera estar junta —pidió Alfredo con una voz muy madura que escondía su verdadera edad—. Mi padre está en el ejército en el extranjero y solo quiero que vuelva a casa.

Me pareció que de repente alguien me cogía el corazón entre las manos y lo apretaba con fuerza.

—Esto que me pides es algo muy especial —le dijo Papá Noel. Habló con mucha calma, pero por el brillo de sus ojos supe que el deseo del pequeñín le había conmovido tanto como a mí—. No me cabe ninguna duda de que si tu padre puede venir, lo hará. Todas las familias deberían estar unidas en Navidad, pero me temo que no siempre es posible ni tan sencillo conseguirlo.

De repente, Papá Noel apartó la mirada del niño, la apuntó en mi dirección y me pilló allí parada escuchándolos con atención, así que cogí otra vez uno de los osos y fingí que lo estudiaba bien y valoraba si comprarlo o no.

—¿Y por qué no? —le preguntó entonces Alfredo—. Las Navidades son fiestas para pasarlas con la gente que quieres. Lo dijeron el otro día en la tele, en los anuncios.

—Entiendo… —le dijo Papá Noel, asintiendo con la cabeza—. Y tienen mucha razón. En Navidad deberíamos estar con las personas que queremos y a veces esas personas no son solo familia, sino amigos también. Pero siento decirte que a veces las cosas no son tan fáciles. Y aun así, aunque esas personas no estén contigo y no podáis estar juntas, no significa que no te quieran.

Alfredo se encogió de hombros como si se resignara a lo que estaba escuchando y añadió:

—Pues nada. Si no puedes hacer que mi padre vuelva a casa, quiero que nieve, por favor.

—No seas tonto, Alf —le reprendió su hermana—. Nunca nieva en Navidad.

—Eso no significa que no pueda nevar este año —le rebatió Alfredo—. ¿Verdad que no, Papá Noel? ¿Puedes hacer que nieve?

Se me escapó la risa y se me dibujó una amplia sonrisa al escucharlos hablar.

–No te lo puedo prometer, pero te aseguro que haré todo lo posible por que así sea. Tú ahora cuida de tu hermana y, con un poco de suerte, tu padre volverá a casa para Navidad. Pero, si al final no viene, quiero que seas muy valiente y tengas valor, porque tu padre está haciendo un trabajo muy importante en el ejército. Está cuidando de muchas personas que necesitan ayuda y así, además, nos protege a todos los que estamos aquí.

Alfredo asintió.

–Bueno, antes de que pase el siguiente, ¿quieres que te traiga algo más?

Me di la vuelta para alejarme del Polo Norte y dejar el oso en la pirámide, pero antes de que pudiera hacerlo vi una cara conocida que observaba con atención el aparador de peluches.

–Hola –me saludó Ben con timidez, inclinando la cabeza para que pudiera verlo bien.

–Hola –le contesté y, durante unos segundos, me olvidé de que tenía un oso entre las manos–. ¿Qué... qué haces aquí?

–Me he aburrido de esperar al fontanero en casa –me explicó acercándose a mí–. Angela me dijo que ya lo dejará entrar ella en casa si aparece, así que he venido para aprovechar y comprar algo para Navidad antes de que se me eche el tiempo encima.

–Ah, vale.

–No, no es verdad. Lo del fontanero sí, pero lo de venir aquí para comprar es mentira. He venido porque quería saber si estabas bien. Como te has ido tan deprisa...

–¿Y te extraña? –le pregunté y sin darme cuenta apreté el oso contra mi pecho como si quisiera que me protegiera.

–No, la verdad es que no. Quiero pedirte perdón por lo que te he dicho antes. No te lo merecías y te he ofendido. Lo siento. ¿Me perdonas?

Me quedé mirándolo unos instantes. Mi cabeza me decía: «No,

vete, Elle, huye ahora mismo de aquí», pero mi corazón solo quería acercarse a él un poco más, como si el hilo que nos conectada fuese invisible pero muy fuerte.

Cuando me di cuenta estaba asintiendo y le dije:

—Yo también lo siento. Hay pocas cosas que me afecten así, pero justamente has ido a tocar la herida que más me duele.

—Ya me lo ha parecido —repuso él—. Y si te apetece, me gustaría que me contases por qué es así. En realidad no hace tanto que nos conocemos… Así que quizá podemos aprovechar lo que ha pasado para hablar y conocernos mejor. No quiero molestarte, Elle, ni hacerte daño ni hacer que te enfades, pero para poder evitarlo creo que necesito saber más de ti y de tu historia.

Tenía toda la razón. Claro que sí. Así que volví a aceptar lo que me proponía:

—Vale, me parece bien.

—Genial —dijo y vi alivio en su cara—. ¿Has comido ya?

Negué con la cabeza.

—Pues vamos a comer, venga. Te invito.

Me acerqué a él, pero Ben me miró al pecho.

—¿Es tuyo?

Cuando agaché la cabeza, me sorprendí al ver al oso apretado contra mi pecho a modo de escudo.

—Pues… algo así —le dije mientras lo bajaba—. Estaba pensando si comprarlo.

—¿Ah, sí? —me preguntó, sorprendido con mi respuesta.

—Sí —le contesté y volví a mirar el peluche—. Cuando era pequeña siempre quise uno así, pero nunca me lo compraron.

—Entonces, ¿por qué no darte el capricho?

—No, da igual —repuse y finalmente volví a dejar el oso en su sitio—. Es solo que me había venido el recuerdo. Quizá este año, con un poco de suerte, Papá Noel me compre uno, quién sabe. He sido buena. El que tienen aquí es muy bueno, ¿eh? Tendrías que haber escuchado lo que le pedían los niños.

216

—¿Qué Papá Noel? —me preguntó Ben buscando a su alrededor.

—El que está... Ay, qué raro. Pero si estaba aquí hace nada.

—Quizá es la hora del descanso.

Pero no era solo Papá Noel quien había desaparecido, sino que tampoco había ni rastro de la decoración de la cueva. Allí ahora solo había un mostrador con *sets* de magia para niños y barajas de cartas. Las tres cartas que se mostraban de la baraja eran tres reyes, lo que inmediatamente me hizo pensar en la historia de la noche anterior.

—Sí, quizá...

Recorrimos parte de la tienda juntos en busca de la salida y Ben me propuso un restaurante para ir a comer, pero justo cuando íbamos a salir le sonó el móvil.

—Es Angela —me dijo—. Será mejor que se lo coja, quizá es por lo del fontanero.

Yo esperé en la salida mientras él hablaba con Angela.

—Perdona —aproveché para preguntarle a uno de los guardias que había allí—, ¿tenéis Papá Noel en la tienda este año?

—¿Cómo? —me preguntó él, quitándose el auricular que llevaba puesto.

—Te preguntaba si hay un Papá Noel en la tienda, para que vayan los niños a pedir sus regalos y eso.

—No, lo siento. Los jefes decidieron que este año no iban a ponerlo, les suponía demasiado lío porque tenían que montar el decorado con la cueva y todo eso. Pero es una pena, ¿eh? Porque el que vino el año pasado era muy bueno. Yo llevé a mis hijos y les encantó.

—Ah, vale... Gracias —acerté a contestarle, porque me había quedado sin palabras—. Entonces, ¿qué acabo de ver yo hace unos minutos?

—¿Estás bien? —me preguntó Ben, que ya volvía.

—Eh... Sí. Eso creo. ¿Qué quería Angela?

—Pues nada, porque el fontanero no ha llegado todavía. Solo quería saber si íbamos a volver para cenar.

–Vale… –le contesté mientras por fin salíamos de la tienda, pero mi cabeza no dejaba de darle vueltas a lo de mi encuentro con Papá Noel–. Dame un segundo, porfa. ¿Cómo sabía Angela que estábamos juntos? Y ahora que lo pienso…, ¿cómo has sabido tú que estaba aquí? Podría haber estado en cualquier otro sitio, pero has venido justamente a estos grandes almacenes.

–Antes de salir, Angela me dijo que estabas aquí –me explicó Ben, que ahora también parecía no entender lo que estaba pasando–. Supuse que había hablado contigo y que le habías dicho que estabas aquí.

–Pues no… –le contesté, moviendo la cabeza.

–Vaya… Pues sí que es raro, pero supongo que con todo lo que hemos visto y vivido en los últimos días estos detallitos ya no chocan tanto, ¿no?

–Pues no lo sé –repuse, girando la cabeza para mirar una vez más la tienda que dejábamos atrás–. Creo que sigue habiendo muchas cosas que me gustaría que me explicasen, la verdad.

Dieciocho

Mientras comíamos en un restaurante delicioso, Ben y yo hablamos y hablamos sin parar. Sobre nuestras vidas, nuestro trabajo y sobre estos días antes de las fiestas que nos habían pillado tan desprevenidos, pero que nos habían hecho tan felices este año.

Ben fue el primero que se animó a contarme más detalles de su infancia.

—Como ya sabes, las personas a las que llamo papá y mamá no son mis padres biológicos —me dijo mientras esperábamos el segundo plato—. Me adoptaron con tan solo unos días de vida, después de que mi madre me dejara en un orfanato. De mi padre no sé nada en absoluto.

—Madre mía, Ben. Lo siento mucho.

—No lo sientas, de verdad. Tuve una infancia maravillosa. No me faltó de nada y mis padres eran buenos, cariñosos y generosos conmigo.

—¿Has querido saber más sobre tu madre en algún momento? —le pregunté con delicadeza—. ¿Por qué te dejó allí?

—A veces. Una vez incluso intenté buscarla, pero no dio ningún dato sobre su identidad en el sitio donde me dejó, así que era prácticamente imposible. Solo sé que pidió que me pusieran un nombre que empezara con «e».

—Qué petición tan concreta, ¿no? Teniendo en cuenta que estaba dejando allí a su recién nacido y aun así pedir algo tan peculiar para su nombre.

—Sí, a mí también me extrañó, pero mis padres lo respetaron sin más y por eso me acabé llamando Ebenezer —dijo, y puso los ojos en blanco, claramente molesto al tener que volver a repetir su temido secreto–. Eso me pasa por nacer en Navidad.

–No es tan bonito como parece, ¿eh?

Ben me dedicó una sonrisa de resignación.

–No, la verdad es que no. Por eso nunca me han gustado mucho estas fechas, porque fue cuando mi madre me abandonó. Y eso es todo… Ahora te toca a ti, ¿qué te pasa?

–¿Qué me pasa con qué?

–Con las Navidades. Sé que tampoco te gustan porque ya lo hemos hablado, pero nunca me has dicho por qué.

Bebí un poco de agua e inspiré hondo.

–En Nochebuena –empecé a decirle–, ¿qué hacían tus padres para separar la Navidad de tu cumpleaños cada año?

Ben me miró sorprendido por la pregunta.

–Pues no lo sé. Me envolvían los regalos con papel normal y no con detallitos navideños, supongo, y también había pastel. Alguna vez, cuando era pequeño, me preparaban una fiesta de cumpleaños, pero nunca lo celebrábamos en Nochebuena, siempre lo hacíamos unos días antes. ¿Por qué lo preguntas?

–¿Sabes qué hacían mis padres?

Ben negó con la cabeza.

–Nada.

–¿Qué quieres decir? ¿Que te ponían todos los regalos a la vez?

–No, quiero decir que aún tenía que dar gracias si se acordaban de felicitarme.

Ben frunció el ceño de golpe al escuchar mi respuesta.

–¿Tus padres se olvidaban de tu cumpleaños?

–No todos los años, dependiendo de dónde estuvieran y lo que estuvieran haciendo. Viajábamos mucho con las diferentes organizaciones benéficas para las que trabajaban. La mayoría de años ni siquiera celebrábamos la Navidad, y no digamos mi cumpleaños.

–¿Y eso por qué? ¿Cómo hacían eso? ¿Tenían problemas económicos?

–No, aunque se pasaban el día ayudando a las personas que sí los tenían.

Presintiendo que había algo más que no había dicho, Ben se quedó en silencio unos segundos más para dejarme continuar.

–Los únicos recuerdos navideños que tengo son de mi familia ayudando a otras personas. Y sé que eso no tiene nada de malo, por supuesto, es admirable pensar en los demás más allá de uno mismo –añadí, muy consciente de lo horrible que podía sonar lo que estaba diciendo–. Solíamos ayudar en comedores sociales para dar de comer a gente sin hogar, o hacíamos algún tipo de voluntariado en hospitales. Algunos años estábamos en el extranjero repartiendo ayudas, y en esas ocasiones ni siquiera se hablaba de la Navidad, y mucho menos de mi cumpleaños.

–¿Y esa era la norma?

–No del todo. Tengo algún recuerdo de alguna Navidad que pasamos aquí, normalmente en un piso pequeño en alguna ciudad porque siempre íbamos de un lado para otro. Pero siempre acogíamos a desconocidos para que cenasen con nosotros, a cualquier persona que necesitase ayuda y no tuviese familia o no tuviese el dinero para poderse prepararse un plato de comida caliente. Madre mía, qué vergüenza... Parecerá que no tengo corazón, ¿no? Esa gente seguro que todavía se acuerda de mis padres y les estará eternamente agradecidos por lo que hicieron.

–Seguro que sí, pero tú eras tan solo una niña. Entiendo perfectamente que tú no lo vieras así. Las Navidades son fechas muy especiales, sobre todo cuando somos niños. ¡Incluso yo las recuerdo! Y eso que soy Ebenezer, ¿eh?

Le sonreí, agradecida por su comprensión y su manera de escucharme. Me estaba sentando muy bien contarle todo esto a alguien que por primera vez no me juzgaba. Nunca había encontrado a nadie que me hubiese podido entender.

–No quiero parecer desagradecida, y sé que lo que estoy diciendo puede dar esa impresión porque no hago más que quejarme.

Supongo que al menos puedo decir que mis Navidades nunca fueron aburridas, incluso aunque las celebrásemos unos días después. Mis padres son buena gente, lo sé, pero en aquella época estaban siempre ocupados preocupándose por los demás y yo lo único que quería es que me mostraran un poco de aquella compasión y que dedicaran algo de tiempo a pasarlo conmigo.

Ben puso la mano sobre la mía encima de la mesa, y me dio un pequeño apretón.

—Vaya par, ¿no? A uno lo abandonan literalmente en Navidad y la otra siente que sus padres se lo hacen cada año.

—No me hagas caso, me estoy quejando porque sí —le dije apretándole la mano con tanta fuerza como él cogía la mía—. Problemas del primer mundo, como se suele decir. Debería estar dando las gracias porque al menos no estaba en la calle muriéndome de hambre como ese pobre niño que vimos en la época victoriana.

—Es verdad, ni tampoco enfermaste de gripe y estuviste a punto de morir —añadió Ben y me guiñó el ojo.

—Tampoco me obligaron a dejar a mi hijo en un orfanato en Nochebuena.

Me di cuenta de que mi última aportación le hizo daño.

—¡Ay, no! No me refería a tu madre, perdona —me excusé lo más rápido que pude—. Estaba hablando de la primera historia que me contó Estelle cuando llegué a la casa. Fue la que me contó en la época georgiana.

—Ah, sí, es verdad, ya me lo habías dicho.

—Así que en realidad no puedo quejarme —le dije para concluir mi historia—. Estas Navidades voy a pensar en todas esas personas que lo pasaron muchísimo peor que yo por estas fechas.

—Me parece un propósito estupendo —dijo Ben satisfecho mientras alzaba la copa—. Por las Navidades del 2018. ¡Que nos den todo lo que siempre hemos querido!

Mientras volvíamos a Mistletoe Square, pasamos por el hospital de Great Ormond Street. Justo en la puerta principal, vimos que salía un Papá Noel y supusimos que se iba después de haber estado con los niños. Seguidamente se subió a un trineo que estaba en la parte de atrás de una camioneta y los empleados del hospital y los niños –algunos de los pacientes estaban en sillas de ruedas o llevaban muletas– salieron para despedirse de él.

–De pequeña pasé un tiempo aquí –le comenté ahora que estábamos parados para ver este momento tan mágico propio de las fiestas–. De hecho fue cuando era tan solo un bebé.

–¿Y eso? ¿Qué te pasó?

–Nací con un problema pulmonar que me impedía respirar bien, creo. Por suerte, en aquel momento mis padres estaban en Londres, así que me pudieron dar la mejor atención médica que había.

–Sí, sin duda. Es un hospital muy bueno. ¿No te parece extraño que hayamos estado con algunas de las personas que ayudaron a fundarlo? –me preguntó Ben, y me pareció sentir que en su voz había un tono melancólico–. Clara dijo que Belle y su marido estuvieron muy implicados en la financiación de este hospital al comienzo, ¿verdad? –añadió al verme la cara y darse cuenta de que estaba perdida.

–Sí, claro, y además, como dijeron Stephen y sus amigos, los derechos de autor de *Peter Pan* siguen utilizándose para financiarlo hoy en día.

Ben asintió.

–Así que eso de alguna manera te conecta con la familia de Estelle, aunque sea un poco cogido por los pelos. Los actos que llevaron a cabo te ayudaron a ti cuando tan solo eras un bebé.

–Pues supongo que sí. Y ahora soy yo la que la ayuda a ella a escribir la historia de su familia. Es una manera muy bonita de cerrar este ciclo de vida navideño.

Ben sonrió y se agachó un poco para besarme en el preciso momento en el que un coro en las puertas del hospital empezó a cantar villancicos.

223

El rey Wesceslas miró al exterior
mientras comía en san Esteban.
La nieve lo cubría todo,
era blanca, fría e infinita.
Esa noche la luna brillaba intensa
a pesar de que hacía un frío aterrador.
Entonces apareció un pobre hombre
buscando leña para calentarse.

–Fíjate, en este villancico dicen que la nieve lo cubría todo –me dijo Ben entonces–. Ahora ya casi nunca nieva en Londres, aunque en todas las historias que nos ha contado Estelle de Mistletoe Square hemos visto la plaza nevada. Ojalá nevara esta Navidad.

–Ojalá –repetí yo, abrazándome más fuerte a él, y Ben me apretó aún un poco más–. ¿Qué daño podría hacer a nadie si nevara un poco y cuánta alegría le daría a tantísima gente?

Cuando por fin llegamos a casa, encontramos a Angela en la cocina preparando la cena. Aquella noche volvía a llevar un modelito más informal: un peto negro bastante holgado, una camiseta ancha rosa, unas botas bastante aparatosas de cordones y un pañuelo a lunares rosas y negros atado en la cabeza con un lazo en el medio.

Como Ben y yo habíamos comido mucho y bastante tarde, ninguno de los dos tenía demasiada hambre. Aun así, como no queríamos darle un disgusto a nuestra querida cocinera, nos sentamos con ella y Estelle, y nos esforzamos todo lo que pudimos para hacer ver que estábamos disfrutando muchísimo del pollo asado que nos había preparado, con sus patatas y verduras.

Sin embargo, al parecer, no logramos nuestro objetivo y Angela nos preguntó:

–¿Pasa algo? No parece que tengáis mucha hambre.

Miré a Ben, que se encogió de hombros.

–Es que hemos comido un poco tarde –admití yo, notando cómo

el rubor me subía hasta las mejillas–. Lo siento mucho, Angela. La falta de apetito no es por la comida, que está deliciosa.

–Como cada noche –añadió Ben.

–Es que teníamos muchas cosas de las que hablar –seguí diciendo–. Y en ese momento pensamos que lo mejor era hacerlo mientras comíamos, pero tendríamos que haber pensado que tú estarías en casa preparándonos otro festín.

–Sí –añadió Ben–. La verdad es que sí. Ha sido culpa mía porque esta mañana le he dicho algo a Elle que la ha molestado, así que he tenido que esforzarme para que se apiadara de mí y la he llevado a mi restaurante favorito. Lo siento, Angela.

Angela pareció que no se quedaba muy contenta con nuestra explicación, pero Estelle estaba radiante al escuchar las noticias y miró a su compañera intentando reprenderla un poco.

–Y por lo que parece ya habéis hecho las paces –comentó nuestra anfitriona, ahora desviando la mirada hacia nosotros–. Y eso es lo importante, ¿verdad que sí, Angela?

La mujer se apresuró a darle la razón a la dueña de la casa.

–Sí, por supuesto. Me alegro de que os lo hayáis pasado tan bien juntos.

–Sí, la verdad es que sí –afirmó Ben y me cogió de la mano–. Creo que ahora nos entendemos mejor el uno al otro. ¿Verdad que sí, Elle?

–Sin duda.

Cuando volví la mirada hacia el otro lado de la mesa, vi que tanto Estelle como Angela estaban sonriendo tanto como nosotros.

–Pues ahora sí que vamos a pasar a contar nuestra historia de Navidad de hoy. Y esta vez iremos a 1962 –nos dijo Estelle un poco después mientras se sentaba y esperaba a que la luna iluminase el adorno del árbol de esta noche.

–¡Nos vamos a los sesenta! ¡Con lo que molan! –exclamó Ben sonriendo de oreja a oreja.

—Te voy a pedir que guardes silencio mientras esperamos a que salga la luna. Gracias, Ben —lo amonestó Estelle, como si fuera una profesora.

—Lo siento —murmuró él sin perder la sonrisa del todo.

Así pues, mientras esperábamos a que la luna apareciera e hiciera su magia en el árbol, Ben y yo aprovechamos para intercambiar miraditas, como dos adolescentes que no quieren que los pille la profesora. Aunque estaba bastante segura de que nuestro jugueteo no pasaba inadvertido por ninguna de nuestras dos acompañantes.

Entonces, la luna emergió de detrás de las nubes y un rayo de luz se coló por la ventana y recayó sobre la figurita en forma de copo de nieve, lo que hizo que brillara desde la rama en la que estaba colgado. Y por primera vez en todo ese tiempo me pregunté cómo era posible que la luna brillase siempre en el mismo punto. ¿No debería desplazarse un poco cada noche y bañar con su luz otra zona de la casa?

Sin embargo, no tuve mucho tiempo para hacerme más preguntas, ya que de pronto volvimos a catapultarnos hacia el pasado y el comedor de Estelle empezó a cambiar y a recuperar la apariencia que tenía hacía casi sesenta años…

Diecinueve

Mistletoe Square, Londres
26 de diciembre de 1962

Let It Snow

—**A**ntes de que me lo preguntéis —nos avisó Estelle, mirando a su alrededor—. Sí, sigo viviendo aquí.

—¡Y yo también! —anunció Angela para mi sorpresa—. ¡Esta noche será la primera vez que me veáis a mí también!

—Cálmate, Angela —le pidió Estelle—. Todavía no hemos llegado a esa parte. Necesitamos ponerlos un poco en contexto.

Cuando Estelle nos dijo que nos remontaríamos al 1962, la verdad es que no tenía una imagen clara de lo que nos íbamos a encontrar. Lo primero que me vino a la cabeza fue una sala decorada con un diseño lleno de flores de colores llamativos propio de la época o quizá algún mueble de plástico de color pastel o cromado. Sin embargo, lo que descubrimos fue que, a medida que los muebles que conocíamos iban desapareciendo y cambiando por sus sustitutos sesenteros, se creó una mezcla de antigüedades y mobiliario retro. Daba la sensación de que la persona que vivía allí se negara a olvidarse del pasado y a dejarlo atrás, pero aun así de algún modo había cedido y se había adaptado a algunas de las tendencias del momento.

Me di cuenta de que algunos de los muebles de nuestra última visita seguían allí: el aparador, la vitrina con la porcelana fina y la mesa donde los hombres jugaron a las cartas. También me percaté de que la vitrina para los cócteles había desaparecido de nuevo, y pensé que quizá ahora la persona que vivía allí no bebía mucho. Aun así, entre todo lo conocido habían intercalado pequeños detalles propios de la época en la que nos encontrábamos ahora, como, por ejemplo, me di cuenta de que la chimenea tenía un fuego eléctrico instalado. Justo encima había un reloj de pared que imitaba el sol con sus rayos dorados y con detalles de madera. En uno de los rincones de la sala había una enorme monstera deliciosa en un llamativo macetero naranja y marrón, y en la esquina opuesta, donde en nuestra última visita habíamos visto la radio, ahora descansaba una televisión con acabado de madera que más bien parecía una caja enorme de cartón. Y aunque el papel de las paredes, las cortinas y el suelo conservaban un estilo tradicional, los cojines que decoraban los sofás y los sillones de cuero marrón eran de colores muy vivos y lucían diseños atrevidos, algo muy típico de los sesenta.

También seguía habiendo una cortina verde de velvetón que separaba las dos partes de la estancia, como habíamos visto en 1936, pero esta vez estaba corrida hasta el punto donde se unían las dos habitaciones.

Y como en cada historia desde que llegamos a las Navidades victorianas, vimos un árbol de Navidad enorme enfrente de la ventana al fondo del salón. En aquella ocasión estaba decorado con pequeñas lucecillas de colores, guirnaldas plateadas como las que teníamos hoy en día y una mezcla de los adornos clásicos que había visto en las otras historias, además de figuritas más llamativas que encajaban mejor con la época en la que nos encontrábamos.

—Para poneros un poco en contexto, tenéis que saber que yo vivía en estas dos habitaciones —nos explicó rápidamente Estelle—. Mi habitación está tras esa cortina y alquilé el resto de la casa para ganarme algo de dinero. La cocina y los dos baños los compartía con el resto de los inquilinos, la mayoría de los cuales eran estudiantes.

Observé unos instantes a Estelle para intentar averiguar si se avergonzaba al tener que decirnos esto, pero no parecía que le afectase.

–No me mires así, Elle. En aquella época era bastante normal alquilar habitaciones en una casa tan grande como esta. No era algo de lo que avergonzarse.

–A mí tampoco me lo parece –me defendí tan rápido como pude–, pero es verdad que me ha sorprendido un poco.

–Necesitaba dinero y era la solución más rápida. Como ya os expliqué, mi matrimonio no duró mucho tiempo y, cuando enviudé, solo estábamos mi madre y yo en casa. Mi padre murió habiendo derrochado casi todo el dinero de mi madre, y el dinero que Teddy me dejó no duró demasiado teniendo en cuenta que ni mi madre ni yo trabajábamos. Mi madre había empeorado y necesitaba a alguien a su lado las veinticuatro horas del día, así que me encargué de que no le faltara de nada hasta que le llegara la hora.

Entonces se acercó a la chimenea y, con los ojos llenos de amor, se quedó mirando la foto de Clara que había en la repisa, la misma que había en el pasillo de la casa actualmente.

–Mi madre murió en paz mientras dormía en 1958. Lo pasó bastante mal en sus últimos momentos, así que fue lo mejor que le podía pasar a esas alturas. Aunque yo en aquel momento no lo vi así, por supuesto; me enfadé muchísimo. Mientras hacía mi duelo y asimilaba poco a poco la pérdida de mi madre, la verdad es que prácticamente no salí de casa. Por primera vez en mi vida me quedé sola de verdad aquí; fue una experiencia muy extraña en la que se entremezclaban las sensaciones de soledad y de libertad.

Estelle hizo una pausa como rememorando esa etapa de su vida. Escaneó la habitación con la mirada hasta que sus ojos se detuvieron en el árbol de Navidad una vez más y de pronto lo entendí. El árbol era el único elemento que no había cambiado a lo largo de los años en aquella casa y por eso era tan importante para ella. Era la única constante, lo único por lo que podías poner la mano en el fuego sabiendo que iba a estar allí; aunque el disfraz que le pusieran variara un poco según la época, sabías que estaría en el mismo sitio.

—Pero entonces un buen día tuve una revelación —continuó explicándonos Estelle—. Quizá fue la crisis de los cuarenta, quién sabe, pero me dije a mí misma que tenía que volver a salir al mundo y explorarlo un poco mientras aún tuviese tiempo, antes de que me hiciera mayor y me faltara energía. Así pues, alquilé la casa de al lado, Casa Holly, de la que sigo siendo propietaria, a una empresa de moda del momento para que la usaran como oficina y estudio de diseño, y puse en alquiler todas las habitaciones que pude de esta casa. Así, con el dinero que conseguí me fui a viajar por el mundo un año y medio. Fue uno de los momentos más felices de mi vida.

Estelle claramente irradiaba felicidad al recordar aquella etapa.

—Conocer mundo no era tan fácil como ahora, sobre todo para una mujer sola. Pero la verdad es que nunca me sentí en peligro, sino que me sentía libre por primera vez en mi vida.

—¿Y por qué paraste? —le pregunté—. ¿Hubo una razón que te hiciera volver?

—Nos conocimos —dijo Angela y detecté un poco de pesar en su voz—. Yo fui lo que acabó con su libertad.

—Anda, anda, Angela. No nos pongamos dramáticas, que no fuese así.

De repente escuchamos que alguien jugaba con las llaves en la puerta principal.

—¡Ya venimos! —dijo Angela y salió corriendo al pasillo.

—¿Vamos? —nos propuso Estelle, haciendo un ademán con las manos para que la siguiéramos—. La historia está a punto de empezar.

Estelle acababa de entrar por la puerta en cuanto llegamos al pasillo. Aquí la mujer estaba un poco más mayor que cuando la vimos en la historia anterior, ¿cuántos años tendría? Hice las cuentas en mi cabeza, pero Estelle se me adelantó y contestó a mi pregunta antes de que pudiera hacer la resta.

—Tengo cuarenta y cuatro —nos dijo.

—Estás espectacular, Estelle —le comentó Angela cariñosamente—. Espectacular y cañera, ¡justo como te recordaba!

La Estelle que teníamos ahora enfrente conservaba el pelo largo y oscuro, llevaba una parte recogida y otra un poco suelta, y me fijé en que ya se le podían adivinar algunas canas entre la abundante melena. Llevaba unos pantalones verdes que se estrechaban en los tobillos, un jersey de cuello alto color mostaza y un abrigo de tela *tweed* granate con grandes botones a juego con sus botines de cuero.

—¡Qué estilazo! —la halagué yo ahora—. ¡Vas muy a la moda!

Nuestra Estelle torció el gesto al escuchar mis palabras.

—¡Y tienes otro perrito! —exclamé, viendo de pronto al cachorrito al que acababa de quitarle la correa.

—Ese es Dylan, un pariente lejano de Alvie —me contestó Estelle, con una sonrisa en los labios al ver la pequeña bolita de pelo que no se separaba de su versión más joven.

Dylan se quedó mirando a Alvie y le empezó a gruñir.

—¿Lo ve? —le preguntó Ben, sorprendido por la reacción del animal.

—Puede ser —Estelle le contestó rápidamente—. Le puse Dylan por un chico al que conocí cuando estuve en Nueva York. Bob era muy bueno con la guitarra. Anda que no nos lo pasamos bien cantando en su casa con sus amigos…

—A ver, a ver, un momento… ¿Me estás diciendo que conociste a Bob Dylan? —le pregunté.

Los perros ya no eran lo más interesante de aquella escena.

—Sí, pero fue antes de que se hiciese famoso, claro. Era un chico muy agradable. Pasamos mucho tiempo juntos.

Me la quedé mirando, admirada. Había tanto que no sabía de aquella mujer. Qué vida tan rica había tenido.

—Calla, Dylan —le pidió entonces la joven Estelle al perro—. ¿Por qué te pones a gruñir así ahora?

En ese momento un joven bajó corriendo por las escaleras; llevaba un jersey de cuello alto blanco de algodón, unos pantalones ajustados negros y un cárdigan del mismo color.

—Buenas noches, Estelle —la saludó mientras cogía un abrigo largo marrón a cuadros que había en un mueble del pasillo—. ¿Has pasado una buena Navidad?

—Sí, gracias, Christian. Fue un día tranquilo, pero es lo que me gusta, así que bien. ¿Y tú qué tal?

—Bien también, pero ya he tenido suficiente con pasar un día con mis padres. Mi independencia me gusta demasiado. Me alegro de estar de nuevo en Londres y saber que esta noche puedo quedar con mis amigos.

—Perfecto, pues pásatelo bien. Hay que disfrutar mientras se es joven.

—Anda, Estelle, que tú aún no eres tan mayor. ¿No quieres venir? Vamos a ir a una cafetería a pasar el rato. Estás más que invitada.

—Muchas gracias, pero no quiero que una señora como yo os amargue el plan. Ve y pásatelo bien.

—¿Seguro? —le preguntó Christian, levantando las cejas.

—Seguro —le confirmó la mujer.

—Pues nada. ¡Entonces me voy! —le dijo Christian, y le dedicó un saludo y se encaminó hacia la puerta.

—Christian, ten cuidado cuando vuelvas, ¿sí? —le pidió Estelle—. Han dicho en la previsión del tiempo que habrá una fuerte nevada. Ten en cuenta que si nieva mucho quizá no haya taxis para volver a casa.

—¿Una nevada aquí en Londres? —repitió Christian con tono burlón—. Soy del norte, las nevadas que puedan caer aquí no son nada comparado con lo que tenemos en las montañas. No te preocupes, no me pasará nada. Para detenerme, tendría que nevar sin parar durante días.

—Vale, pero igualmente ve con cuidado —le repitió Estelle mirándolo fijamente—. Me preocupo de todos mis inquilinos, pero sobre todo de ti, Christian, como ya sabes…

—Sí, lo sé —le contestó muy serio el chico—. Lo entiendo y te prometo que iré con cuidado —le aseguró y, después, le tiró un beso—. Tengo que irme. ¡Que vaya bien la noche!

Estelle sonrió al ver a Christian salir por la puerta principal, dejó escapar un suspiro y entonces se giró para mirar hacia el salón.

—Y volvemos a quedarnos solos, Dylan —le dijo y seguidamente lo cogió en brazos y le dio un fuerte abrazo—. Espero que esta noche pongan algo que valga la pena en la tele. Si no, supongo que empezaré alguna novela. Me está gustando mucho esta nueva autora, P. D. James.

Estelle y Dylan entraron en el salón, pero el predecesor de Alvie parecía seguir inquieto y molesto con la presencia de nuestro compañero peludo. Estelle cerró la puerta tras ellos.

—Es el día 26 de diciembre de 1962 —anunció nuestra Estelle—, y como la mayoría de mis inquilinos son jóvenes, siguen celebrando las fiestas con sus padres. Ahora hay mucho en silencio en la casa, pero antes no era para nada así.

—¿Por qué te preocupabas tanto por Christian? —le pregunté mientras nuestra narradora entraba en el salón.

—¿No te has dado cuenta? —contestó Ben, levantando mucho las cejas.

—¿De qué?

Ben intercambió una mirada con Estelle y ella asintió.

—A menos que me equivoque muchísimo, Christian es gay.

—¿Y?

—Pues que en este país la homosexualidad fue sancionada por ley hasta 1967 —me aclaró Estelle—. Bueno, hasta 1967 en Inglaterra y en Gales. No fue hasta los años ochenta que la situación se legalizó también en Escocia y en Irlanda del Norte.

—Madre mía, no lo sabía.

—Y me preocupaba por él porque era muy peligroso ser gay en Londres en 1962. Si hubiese salido y frecuentado las cafeterías y los bares donde se sabía que se aceptaba a la comunidad homosexual, aunque no fuera abiertamente, seguramente no habría habido ningún problema...

—¿Qué quieres decir con eso? ¿Qué le pasó?

—Ya lo hablaremos más tarde —atajó Estelle—. Pero antes tenemos que descubrir otras noticias. Ahora, cuando crucemos esta puerta, habrán pasado unas cuantas horas. No os preocupéis, ya estáis preparados para hacerlo. Y no tengáis miedo, no notaréis nada.

Nos quedamos boquiabiertos cuando vimos a Estelle atravesar la puerta cerrada como si nada.

—Pasad —me animó Angela—. Es muy fácil, mirad.

E hizo lo mismo que su compañera. Ben se encogió de hombros y dijo:

—Allá donde fueres...

Y acto seguido dio un paso al frente para seguir a las dos mujeres y entrar al salón.

—¡Ah! —gruñí, sabiendo que tenía que hacer lo mismo—. No sé por qué me está costando tanto...

—Tranquila —me dijo Angela, no ayudando para nada a la causa, ya que asomó solo la cabeza por la puerta para intentar convencerme—. No te va a pasar nada ni te vas a hacer daño.

—¿De verdad? ¿Y por qué no lo habíamos hecho hasta ahora?

—Pues porque no había sido necesario, ¿no? Hasta el momento, las puertas siempre habían estado abiertas.

Aunque me fastidiara, tenía razón. Esta era la primera vez que nos habíamos encontrado con una puerta cerrada en una de nuestras historias.

—¿Y qué me dices de cuando salimos a la calle? —salté entonces, al recordarlo—. Estelle abrió la puerta.

—Eso fue porque era una puerta principal y son mucho más gruesas y pesadas para cruzarlas sin más. Tú y Ben ya podéis atravesar estas más finas de dentro de la casa. De verdad, Elle, no te va a pasar nada. Además, Estelle no podría abrir esta puerta, si no su yo más joven la vería abrirse y cerrarse, y no podemos hacer eso.

234

Me quedé callada unos segundos para pensar en lo que me acaba de decir y supongo que tenía sentido. Pero si todo eso que estábamos viendo solo era un efecto de nuestra imaginación, como Angela y Estelle nos habían asegurado desde el principio, ¿qué más daba si nos «veía» o no? De todas maneras, no teníamos más tiempo que perder, así que respiré hondo, cerré los ojos y di un paso al frente hacia la puerta. Como me habían prometido, no sentí nada y, cuando volví a abrir los ojos, me encontraba en el salón con los demás.

Estelle ya se había colocado junto a su versión más joven, que se había quedado dormida delante del televisor con un libro en el regazo mientras Dylan dormitaba en su cesta delante del fuego. El reloj que coronaba la chimenea nos avisaba de que ya era casi medianoche, y en la tele sonaba el himno nacional antes de que dieran por concluida la retransmisión del día.

Alvie se retorcía en los brazos de Estelle, inquieto, hasta que saltó al suelo y despertó a Dylan, que inmediatamente empezó a gruñir de nuevo.

–¡Por Dios, Dylan! –exclamó entonces la Estelle de los sesenta, que se despertó sobresaltada con el ruido–. Pero ¿qué te pasa?

Alvie echó a correr y se metió debajo del árbol de Navidad junto a la ventana y Dylan fue tras él.

–¡Ten cuidado, Dylan! –le avisó Estelle, que se incorporó en su asiento y se estiró un poco–. Acabarás tirando el árbol si no vas con cuidado –le dijo, y seguidamente se levantó para apagar el televisor–. Madre mía, me he debido de quedar dormida, ya es casi medianoche.

En su afán por descubrir qué era Alvie exactamente, Dylan corrió un poco las espesas cortinas aterciopeladas que colgaban detrás del árbol, lo que dejó al descubierto un pequeño tramo de la ventana.

–¡Qué alegría! –exclamó entonces Estelle mientras se acercaba al árbol para volver a cerrarlas, pero antes echó un vistazo a la plaza–. Creo que está nevando... ¡Ay, sí! ¡Está nevando de verdad! –celebró y corrió las cortinas un poco más–. Mira qué copos de nieve tan grandes. Con la que está cayendo quizá podamos disfrutarla un tiempo.

Mientras Estelle se quedaba allí de pie contemplando la nieve caer, Dylan siguió husmeando sin cejar en su empeño de resolver el misterio que le suponía la presencia de Alvie.

–Cuando nieva siento como si lo tuviera que compartir con alguien –siguió reflexionando en voz alta, sin apartar los ojos de la ventana–. Cuando era pequeña, salía corriendo para decírselo a mi madre y juntas veíamos cómo caían los copos desde aquí. Después, cuando Teddy aún vivía, hacíamos lo mismo... En realidad era como un niño. Pero ahora... –dijo con hilo de voz–. Ahora solo te lo puedo decir a ti, ¿verdad? Eres mi amigo fiel. Pero a ver... ¿Qué estás haciendo, Dylan? –preguntó y se lo quedó mirando unos segundos–. ¿Ya estás otra vez intentando morderte la cola?

La Estelle del pasado volvió a centrarse en lo que pasaba fuera de Casa Christmas, y la nuestra se le acercó y se paró junto a ella para que no estuviera sola.

Se creó un momento especial, verlas allí a las dos juntas me emocionó bastante, y parpadeé un par de veces para intentar ahuyentar las lágrimas que empezaban a asomarse por el rabillo del ojo.

Entonces me giré para mirar a mis otros dos acompañantes y comprobé que estaban igual de conmovidos que yo.

–Es verdad –dije casi en un susurro–. Cuando nieva tienes el instinto de querer decírselo a alguien. Es triste pensar que no tienes a nadie con quien compartir esa felicidad.

Ben se acercó un poco más a mí, me echó el brazo encima y los tres nos dirigimos hacia la ventana donde estaban las dos versiones de Estelle. Durante unos segundos, que sentimos como un verdadero regalo, todos permanecimos en silencio y observamos caer la nieve, que poco a poco iba convirtiendo Mistletoe Square en un mágico mundo invernal bañado por la luz de las lámparas de gas.

—Es precioso, ¿verdad? —nos dijo Angela suspirando—. Podríamos estar en cualquier década. Todo parece igual, como si el tiempo se hubiese detenido en esta plaza.

—Sí —murmuré—. La última vez que vimos la plaza en una de tus historias solo había carruajes y caballos. Ahora los carruajes tienen cuatro ruedas y un motor en vez de cuatro patas y un par de riendas.

—Preparaos —nos avisó entonces Angela con su habitual tono divertido—. Me temo que voy a romper el silencio y, con ello, este momento tan mágico.

Angela no apartó la mirada de la ventana, así que Ben y yo seguimos su ejemplo.

—Oh, blanca Navidad... ¡Sueño —oímos que cantaba una voz masculina desde fuera— que todo es blanco alrededor!

—¡Anda, déjate! Que la Navidad ya ha pasado —dijo una segunda voz, pero aquella era de mujer, y además gritaba bastante más y parecía estar notablemente borracha—. Hoy es San Esteban y además ya ni eso, porque creo que el Big Ben ha dado las doce.

—¿Pero qué dices? ¡No seas mentirosa! El Big Ben no se escucha desde aquí.

—Sí se escucha, ¿no ves qué silencio hay esta noche?

—¡Sí, lo había hasta que hemos llegado nosotros!

Los oímos empezar a reír a carcajadas y justo después aparecieron en nuestro campo de visión por primera vez. Dos figuras abrazadas emergieron bajo la luz de una de las farolas y caminaban lentamente por el césped que crecía en el parque del centro de la plaza y, con pasos torpes, iban dejando sus huellas desacompasadas sobre la capa de nieve recién caída.

—En realidad deberíamos bajar la voz —dijo la mujer arrastrando las palabras—. Es muy tarde... ¡Tardísimo!

La mujer lucía una boina roja bastante grande, así que no podíamos verle la cara bien, y el hombre lucía un elegante bombín negro, a pesar de que el resto de su ropa parecía mucho más informal. Ninguno de los dos llevaba abrigo, así que podíamos ver su ropa claramente: la mujer, un vestido ajustado de flores, y el hombre, un jersey de cuello vuelto blanco con un cárdigan y unos pantalones negros; la viva imagen de la moda del momento.

Los dos se pararon un momento, se miraron, se acercaron el dedo índice a los labios y soltaron un sonoro «¡chist!» al unísono, lo que hizo que volvieran a estallar y a reírse escandalosamente en mitad de la calle.

—¿Qué te parece si canto la de *Let It Snow*? —le propuso el hombre esta vez.

—Pero es que ya está nevando, ¿no? —le contestó la mujer y levantó la mano al aire—. ¿Lo ves?

Cuando levantó la cabeza para mirar al cielo, por fin pudimos verla bien.

—¡Angela! ¿Eres tú? —le pregunté mirándola.

Angela asintió.

—Así es. Ahí tenía veintiséis años. No he envejecido bien, ¿verdad?

—No digas tonterías —repuso Estelle entonces—. Esa noche te habías bebido medio bar. Ahora que eres mayor y sin duda estás más sobria estás mucho mejor. ¡A pesar de que tu estilo no haya mejorado demasiado desde entonces!

Angela había empezado a sonreír al escuchar las palabras de su amiga, pero enseguida se le torció el gesto al escuchar cómo acabó la cosa.

—¿Y vas con Christian? —pregunté volviendo a mirar por la ventana—. Se le parece un poco, pero no llevaba esa ropa cuando salió de casa, ¿no?

—Sí, es él —me confirmó Angela, que seguía mirando también al parque de fuera.

Los dos amigos empezaron a entonar una versión bastante original de *Let It Snow* y alrededor de la plaza algunas ventanas empezaron a abrirse y a iluminarse de golpe.

—¡Callaos de una vez! —exigió un hombre desde su casa.

—Uy, el señor se cree todopoderoso... —le replicó Angela intentando imitar los gestos que había hecho el vecino molesto—. ¡Cállate tú!

El hombre sacudió la cabeza, sin dar crédito a lo que escuchaba.

—Más vale que os calléis pronto o llamaré a la policía.

—Será mejor que bajemos la voz un poco —le pidió Christian a su amiga—. Quiero seguir viviendo aquí.

—¿Pero tú vives aquí? —exclamó Angela—. Madre mía, no lo hubiese dicho nunca. Pensaba que me estabas llevando por algún atajo. Pero esta zona es muy pija, ¿no? ¿Eres un ricachón y no lo sabía?

—No, pero alquilo una habitación en esa casa de ahí —le explicó Christian señalando hacia la casa, y en ese momento se dio cuenta de que Estelle estaba junto a la ventana—. Ay, no... Esa es mi casera. ¡Haz todo lo que puedas para que no parezca que estás borracha!

—¡Hostia! Parece que tiene malas pulgas, ¿eh? —comentó Angela, intentando caminar un poco más erguida.

—No, Estelle es muy amable, pero tampoco nos va a aplaudir si llegamos ebrios a casa.

—Uy, «ebrios» dice... ¡Qué fino, el niño! —se mofó Angela mientras sonreía—. ¡Nos hemos bebido hasta el agua de los floreros y llevamos encima una buena cogorza! ¡No le des más vueltas!

La Estelle de esta historia se alejó de la ventana y se dirigió a la puerta.

—No era muy fina yo por aquel entonces, ¿eh? —me susurró Angela al oído mientras salíamos al pasillo.

—Es verdad que tu manera de hablar ha cambiado bastante... —admití.

—Claro, después de pasar tantos años con Estelle, ¡al final se me ha pegado un poco la pijería!

—Angela, no inventes, anda, por favor —la reprendió Estelle, mientras su versión más joven abría la puerta y una corriente de aire helado entró por el pasillo—. Simplemente te he enseñado a expresarte un poco mejor.

Angela arrugó la nariz con este último comentario y añadió juguetona:

—Sí, sí, la pijería.

La Estelle de los sesenta abrió la puerta y se plantó allí con los brazos cruzados mientras veía cómo Christian y Angela subían a cámara lenta los escalones de la entrada principal entre risas y más «¡chist!».

—He pensado que así al menos nos ahorrábamos el tintineo de las llaves durante media hora hasta que consiguieras abrirla —dijo con un tono severo.

—Lo siento, Estelle —dijo Christian, agachando la cabeza un poco—. No pensaba que fueses a estar despierta.

—Al menos quítate el sombrero si vas a disculparte. Sé que tienes mejores modales y que sabes perfectamente que deberías quitártelo antes de dirigirte a una mujer. Y hablando de sombreros, ¿de dónde has sacado ese?

—*Where did you get that hat? Where did you get that smile?* —empezó a cantar Angela al escuchar la pregunta y recordar aquella clásica canción—. Perdón —añadió y se quitó la boina al ver que a Estelle no le hacía ninguna gracia.

—Creo que es «*tile*», no «*smile*» —la corrigió Estelle mirándola fijamente—. Eso es lo que dice la canción que estabas intentando cantar —le espetó y volvió a girarse para seguir hablando con Christian.

—Me lo han dejado —masculló el joven, con los ojos aún clavados en el suelo.

Estelle lo miró de arriba abajo unos segundos y me pareció que se dio cuenta en el mismo momento que yo de que tenía una mancha de sangre en el cuello de su jersey blanco.

—Christian, quítate el bombín, por favor.

La joven Angela miró también a Christian y pareció que se les había pasado la borrachera que llevaban encima de golpe. Entonces, el hombre por fin se quitó el sombrero y nos dejó ver la brecha que llevaba abierta en la frente y que le subía hasta el nacimiento del cabello.

—Ay, señor —exclamó la casera—. ¿Qué ha pasado? No, no digas nada todavía. Entremos. Entiendo que no has ido al médico a que te lo miren, ¿no?

Christian negó con la cabeza y dejó escapar un quejido de dolor.

—Vamos, pasad —les pidió entonces Estelle y se apartó para que entraran.

—Será mejor que me vaya —dijo Angela dando media vuelta.

—¡Ni pensarlo! —insistió Estelle—. Tú entras ahora mismo con él y, en cuanto le haya limpiado bien esa herida, prepararé un poco de té para los tres y me vais a explicar qué es lo que ha pasado con todo lujo de detalles.

Estelle cerró la puerta detrás de ellos y condujo a los dos jóvenes, seguidos a galope por Dylan, hasta la cocina. En esta historia, la cocina ya la encontramos donde la teníamos en el presente, es decir, al final del pasillo.

—¿No los seguimos? —le pregunté a Estelle y a Angela, sorprendida de que no se hubiesen adelantado ya.

Estelle negó con la cabeza.

—No, no hace falta. En realidad, me gustaría avanzar un poco más en la historia.

—Pero... —empecé a rebatirle, ya que quería saber qué le había pasado al muchacho.

—No te preocupes, todo se aclarará más adelante —me aseguró Estelle—. Ahora volvamos al salón.

Al final le hicimos caso y nos encaminamos hacia allí, y, para mi suerte, comprobamos que esta vez la puerta seguía abierta. Cuando entramos, vimos que Estelle, Angela y Christian ya estaban sentados en los sillones junto al fuego, bebiendo una taza de té. Estelle está en el mismo asiento donde se había quedado dormida antes, y Christian y Angela, que ahora llevaban un par de batas, se sentaron justo enfrente; en realidad era una disposición parecida a la que seguíamos nosotros cuando la Estelle de nuestro tiempo nos contaba esas historias.

Dylan se había tumbado en su camita, que quedaba cerca de la chimenea, y me fijé en que ahora, al lado, había un tendedero de madera en el que habían colgado el vestido de Angela para que se secara. Ahora que la joven no lo llevaba puesto se veía un poco viejo e incluso un poco cutre, y la boina que le quedaba tan bien, al verla de cerca, estaba bastante sucia y mal cuidada.

–¿Estás bien? ¿Estás seguro? –le preguntó la Estelle de los sesenta a Christian–. ¿No estás mareado ni te notas nada raro?

–Ahora que ya no me queda alcohol en las venas, no –le respondió bromeando, a lo que la joven Angela se rio, pero Estelle siguió con el semblante serio.

–Lo digo en serio, Christian. Si notas alguna cosa me lo tienes que decir. Podrías tener una conmoción o un traumatismo. ¿Sabes lo que es eso?

Christian se la quedó mirando sin saber qué decir y se encogió de hombros. La mujer chasqueó la lengua y meneó la cabeza.

–¿Qué pasa? –repuso el joven un tanto frustrado–. ¡Estoy estudiando Derecho, no Medicina!

–¿No es cuando te dan un buen golpe en la cabeza? –intervino Angela–. Creó que es lo que le pasa al cerebro cuando te das un golpe fuerte o algo así. O –hizo una pausa y clavó los ojos en Christian– te dan un golpe en la cabeza. Mi padre era doctor –les aclaró finalmente al ver que los dos se la habían quedado mirando sorprendidos.

–Así es –confirmó Estelle, que ahora miraba a la chica y movía la cabeza como viéndola con nuevos ojos y apreciando más esta versión–. Lo has explicado perfectamente.

–A veces me pregunto si eso fue lo que le pasó a mi padre –comentó Angela con voz pausada, como si estuviera sopesándolo en ese momento–. La cabeza le empezó a… a fallar, y decía cosas raras y se olvidaba de todo, incluso de nosotros. Mi madre no podía soportarlo y por eso creo que al final lo acabó dejando.

—¿Tenía demencia? –le pregunté en voz baja a nuestra Angela–. ¿O alzhéimer?

—Seguramente –me contestó ella–, pero como nos pasaba con los traumatismos, en aquella época, no se sabía demasiado acerca del tema. El problema con el juego que tenía mi padre tampoco ayudó mucho, no te creas. Creo que fue el conjunto de todo lo que hizo que mi madre acabase haciendo las maletas. Si te soy sincera, la verdad es que no me acuerdo de mucho, ya tenía suficientes preocupaciones en aquellos momentos. De lo que sí me acuerdo es de que se fue.

—Estelle, ¿nos vas a contar dónde has aprendido a coser así? –le preguntó la veinteañera, y entendí que Christian debía de llevar puntos bajo toda la gasa que le había puesto para tapar bien la herida–. Lo has hecho sorprendentemente bien, ¡a pesar de los alaridos que iba dando nuestro Chrissy, eso sí!

—¡A ver qué haces tú si te clavan una aguja en la frente una y otra vez, guapa! –se defendió el chico–. ¡Dolía muchísimo!

—Y menos mal que aún ibas pedo, ¿eh? Uy, perdón –se corrigió su amiga mirando a Estelle–. Que estabas ebrio.

—No pasa nada –la tranquilizó la mujer–. No me voy a escandalizar ahora por eso. He trabajado muchos años con soldados y su vocabulario es mucho más soez, te lo aseguro.

—¿Te refieres a la guerra? –le preguntó Angela.

—Me presenté voluntaria y me formé como enfermera –le contestó asintiendo–. Trabajé un tiempo aquí al final de la calle, en el Great Ormond Street.

—¿El hospital de niños?

—Durante la Segunda Guerra Mundial se convirtió en un centro de emergencia y evacuaron a la mayoría de niños que había. Sobre todo el Blitz fue una época muy dura en el hospital –explicó Estelle, a quien le cambió la cara al recordar aquello–. Cada noche aparecían cientos y cientos de personas heridas. Tanto fue así que acabé acostumbrándome a sacar trozos de cristal y de metal y otros objetos de las cabezas y los cuerpos de la gente, y luego los cosía. Se convirtió en mi día a día... Pero, en fin... –dijo y sacudió la cabeza como si quisiera sacarse aquellos recuerdos de la cabeza–. Todo eso para decirte que fue así como aprendí a coser, y también puedo asegurarte que traté heridas mucho más graves que la que traías tú esta noche, Christian.

El joven asintió dócilmente.

–Y ahora explicadme qué ha pasado –les pidió de nuevo Estelle, que se olía que el golpe que se había llevado no era una mera consecuencia de su embriaguez.

–Me he peleado con alguien –admitió Christian y se encogió de hombros–. Pero no ha sido nada.

–¿Por qué?

–Si ya lo sabes, Estelle –le respondió él mirándola con resignación–. Pues por lo de siempre.

Estelle asintió.

–Y como pasa siempre, tampoco querrás hablar de ello. Esta no es la primera vez que tengo que coser a tu amigo –le confesó entonces a Angela–. Pero esta seguramente ha sido la vez que lo he visto peor.

–Pues quizá hubieses tenido que coserme más que la cabeza si Angela no hubiese aparecido –añadió Christian y miró a su amiga con los ojos llenos de agradecimiento.

–Nada, hombre, para eso estamos –contestó Angela–. ¡Vi a una dama en apuros y me lancé a su rescate!

La respuesta de la joven hizo que una amplia sonrisa se dibujara en el rostro de Christian.

–¿Alguno de los dos se va a dignar a explicarme qué pasó exactamente? –pidió Estelle moviendo la cabeza para mirarlos a los dos–. ¿O estáis esperando a que me venga la inspiración divina?

–Díselo, Chrissy –lo animó–. Ahora ya estás a salvo, así que no pasa nada por decirlo.

Christian dejó escapar un suspiro y dijo:

—De acuerdo... Tengo las de perder si intento decirles que no a dos mujeres... ¡Y que conste en acta que ambas dan mucho más miedo que cualquier tiparraco que pudiera plantarme cara en un bar!

Angela sonrió a Estelle y esta asintió con complicidad.

—Bueno, pues nada. Resulta que estaba en un bar, ¿no? Que, por cierto, quiero puntualizar que ya había estado allí muchas otras veces y que nunca había tenido ningún problema. El caso es que estaba allí con un par de amigos y empezamos a... a tontear un poco, digámoslo así.

—Christian, te dije que fueras con cuidado... —lo reprendió Estelle.

—Ya lo sé, pero en ese bar se sabía que no había problema hasta esta noche, nunca nos había pasado nada. El caso es que hoy por lo visto dejaron entrar a unos tíos nuevos. Creo que no sabían a qué tipo de bar estaban entrando y digamos que... cuando entraron sintieron cierto rechazo hacia lo que vieron.

—¿Cierto rechazo?

Christian se encogió de hombros.

—Bueno, suficiente como para hacer daño a alguien.

—Te estaban partiendo la cara, Chrissy —intervino Angela—. Que a veces te pones muy fino y no hablas claro, hijo. Bueno, a ver, que no lo digo con segundas, ¿eh?

—Como decía, la cosa se puso un poco fea, al parecer había por allí un par de botellas rotas y una acabó en mi cabeza —dijo llevándose la mano con delicadeza a las gasas que Estelle le había puesto—. Au...

—Pero entonces llegué yo y te salvé el pellejo, ¿eh? —añadió Angela, sonriendo con orgullo.

—Sin duda —dijo él.

—¿Y qué hiciste? —quiso saber Estelle.

—Acababa de salir del baño y vi la pelea. Sabía perfectamente lo que estaba pasando por los gritos y las perlitas que le estaban soltando, sabes a lo que me refiero, ¿verdad? –le contestó y Estelle asintió.

–Desgraciadamente lo sé.

–Así que me hice pasar por su novia, ¿a que sí, Chrissy? Me puse en plan: «¡Por favor, dejad de apalear a mi prometido! ¡Falta poco para la boda!» –exclamó Angela mientras se llevaba las manos a la cara con mucha teatralidad y ponía una voz propia de la protagonista de una película en blanco y negro.

–Pues sí –aseguró Christian–. La verdad es que fue muy convincente, aunque a mí me pareció un poco confuso, porque de repente parecía que estaba prometido con una persona que no conocía de nada.

–¿Muy convincente? Me merezco una nominación a los Oscar por mi actuación, por favor –le respondió y levantó el mentón como si estuviese muy ofendida por aquella descripción, pero luego sonrió de oreja a oreja–. El caso es que eso hizo que lo dejaran tranquilo un rato.

–Lo suficiente para que pudiera separarme de ellos –añadió Christian, que parecía estar disfrutando de la historia tanto como Angela, como si hubiera olvidado que él había sido la víctima.

–Después lo cogí yo y empecé a armar un follón, diciendo que mi padre era policía y que se iba a volver loco cuando se enterara de que alguien le había dado una paliza a su futuro yerno.

–¿Y funcionó? –preguntó Estelle sorprendida.

–Al menos los confundimos lo suficiente para poder salir de allí por patas. ¿Verdad que sí, Chrissy?

El chico le dio la razón y dijo:

–Así que, después de haber andado un buen rato y cuando nos hubimos alejado lo bastante del bar, nos presentamos. Nos pareció lo más correcto teniendo en cuenta que nos íbamos a casar.

Angela lo miró sin poder dejar de sonreír.

–Y después de las presentaciones, decidimos que nos merecíamos otra copa para celebrarlo, así que fuimos a un bar y luego a otro y a otro… Y cuando nos quisimos dar cuenta ya habían dado las doce y estábamos bailando en la calle mientras nevaba. Ha sido una noche increíble… Quitando la parte de la paliza, claro.

–¿No te habías dado cuenta de que tenías una brecha y estabas sangrando? –le preguntó Estelle, sin entender su comportamiento.

–Sí, pero no sabía que era tan grande. Creo que, como había bebido tanto, no me dolía mucho. Solo me acuerdo de que Ange me dijo que tenía que ponerme algo en la cabeza si queríamos ir a otro bar, así que conseguí el bombín.

–¿De dónde? Todo está cerrado por San Esteban.

–Se lo compré a un vagabundo de la calle –admitió Christian, un poco avergonzado–. Y fui generoso, creo que se quedó contento.

–¿Y qué le ha pasado a tu abrigo?

–Me lo dejé en el primer bar cuando salimos corriendo. No te preocupes, Estelle, seguro que alguno de mis amigos me lo ha guardado, así que lo recuperaré. Por suerte llevaba la cartera en el bolsillo del pantalón.

En este punto de la historia, Estelle soltó un resuello.

–Parece que habéis tenido suerte al final.

–Quizá ha sido el destino –contestó Christian mirando feliz a Angela–. Esta noche he hecho una nueva amiga a la que seguramente no hubiese conocido de otra manera. Lo que me llevo compensa con creces los golpes.

–Míralo él, qué cosas más bonitas dice –comentó Angela–. Es que menudo piquito tiene, ¿eh, Estelle?

–Ajá… –respondió ella, pero la mirada que le dedicaba al joven no transmitía la misma admiración que la de Angela–. Es una lástima que no lo aproveche para evitar meterse en situaciones como esta.

–¡Hagamos un brindis! –exclamó en ese momento Angela, levantó su taza de porcelana y le guiñó un ojo a Christian–. Gracias por el té, Estelle, has sido muy amable, pero creo que ya va siendo hora de que me vaya.

—Quédate esta noche –le dijo su amigo de repente–. Es lo mínimo que puedo hacer por ti para agradecerte lo que has hecho por mí. No puedes salir ahora nevando como está. Hace muchísimo frío y tú tampoco tienes abrigo.

—No, no puedo. Estelle ya ha sido muy generosa conmigo. Seguro que ya ha parado de nevar –dijo Angela mientras se ajustaba la bata prestada que llevaba y se acercaba a la ventana para retirar las cortinas y ver si tenía razón. Sin embrago, al hacerlo, se le escapó un grito ahogado–. ¡Ay, mi madre! ¡Qué barbaridad!

—¿Qué pasa? –le preguntó el joven.

—¡Ven y compruébalo tú mismo! –le respondió la invitada, quien acto seguido corrió las cortinas totalmente y los demás, incluyéndonos a nosotros, salimos corriendo hacia allí–. Creo que nunca había visto tanta nieve.

Ahora la plaza estaba totalmente llena de una gruesa capa de nieve helada e inmaculada. Cubría las calles y los bancos del parque, incluso parecía que a las lámparas de gas las habían espolvoreado con un poco de azúcar glas. Parecía que habían echado una manta pesada de algodón blanco para taparlo bien todo. Ya no había ni rastro de las huellas torpes que habían dejado Christian y Angela en el césped, y la nieve seguía cayendo con fuerza.

—Pues parece que al final no vas a ir a ninguna parte esta noche, Angela –anunció Estelle mientras daba media vuelta para mirarla–. Estás más que invitada a quedarte si quieres. Te prepararé una cama en una de las habitaciones libres en el piso de arriba.

—No te molestes, Estelle, puede dormir conmigo. No le pasará absolutamente nada –repuso Christian guiñándole un ojo.

Estelle mantuvo la compostura y le contestó:

—No lo pongo en duda, Christian, pero Angela ahora también es mi invitada y la trataré como a cualquier otra persona que viniera a esta casa. Así que le prepararé una cama con sábanas limpias y por la mañana le haré el desayuno como al resto. ¿Te parece bien a ti, Angela?

Angela parecía haberse quedado estupefacta al recibir ese trato, pero luego se alegró.

—¡Por supuestísimo! Ay, quiero decir... Muchísimas gracias, Estelle. Es muy amable por tu parte y es mucho más de lo que merezco.

Estelle no fue la única que se sorprendió por la respuesta de Angela, pero la mujer asintió sin más.

—Disculpadme unos minutos, voy a prepararte la habitación. Y siéntete como en casa.

—Vaya que si lo hice, ¿eh, Estelle? —añadió nuestra Angela, mientras la Estelle del pasado daba media vuelta y Christian y Angela empezaron a desvanecerse.

Sin embargo, a diferencia de las otras veces, no volvimos inmediatamente al salón de 2018 como de costumbre, sino que la estancia empezó a cambiar un poco mientras aún estábamos allí.

—¿Qué pasa? —pregunté—. ¿Estamos pasando a otra historia?

—No, sigue siendo la misma —nos aseguró Estelle mientras cogía en brazos a Alvie y le daba unos mimitos—, pero ahora presenciaremos un momento que tuvo lugar unos días más tarde.

—Los meses de invierno entre 1962 y 1963 fueron de los más fríos que recuerdo en Londres —nos explicó Angela mientras el salón se iba recomponiendo poco a poco—. Lo llamaron la Gran Helada. Incluso algunas ventanas cristalizaron del frío que hacía, ¿te acuerdas, Estelle?

La mujer asintió y añadió:

—El país se vio muy afectado. La nieve bloqueó las calles y las carreteras, hubo cortes de electricidad y las tuberías se congelaron. En definitiva, las cosas se detuvieron por completo por culpa de las bajas temperaturas. También hubo problemas para conseguir alimentos. Incluso el hombre que traía la leche no podía llegar a según qué sitios, y eso que nunca fallaba con sus entregas, tronase o diluviara. Aunque parezca mentira, incluso el Támesis se congeló y la gente pudo patinar sobre sus aguas heladas.

Angela nos regaló una amplia sonrisa.

–Sí, me acuerdo de eso y de que me dijiste que yo no podía hacerlo por si se rompía mientras patinaba.

–¿Entonces te quedaste? –le pregunté al ama de llaves–. Más de una noche quiero decir.

–Sí –me contestó.

–Vamos allá.

Estelle nos avisó al ver que las versiones más jóvenes de Estelle y Angela volvían a entrar en el salón con Dylan siguiéndolas de cerca. Me fijé que los pelos del cuello del animal se le erizaron un poco cuando se dio cuenta de que Alvie volvía a estar allí.

Angela traía una bandeja con un montón de tazas con sus platitos y una tetera, y Estelle, un plato lleno de galletas muy bien dispuestas. Angela claramente llevaba puesto un modelito que combinaba algo de ropa de Estelle y otra de Christian, pero, como siempre y sin saber muy bien cómo, había conseguido que el *look* funcionase y además le quedase bien.

–Mejor que no nos pasemos comiendo galletas –le avisó Angela mientras dejaba la bandeja encima de la mesa como había hecho mil veces con nosotros–. He escuchado que ya está habiendo faltas de suministros en las tiendas.

–Anda, anda –la atajó Estelle–. Londres no se va a quedar sin materias primas porque nieve un poco y haga frío un par de días.

–No está nevando poco precisamente y el frío lleva más de un par de días –la corrigió Angela mientras preparaba las tazas de té–. Ya has visto lo que decían en las noticias antes.

–Los londinenses estamos hechos de una pasta más dura. Sobrevivimos al Blitz y a la guerra. Comparado con aquello, esto es un pequeño bache en la carretera. Seguro que no dura mucho más.

–Ya llevamos así cinco días –contestó Angela–. Está claro que se va a alargar hasta Nochevieja. Ya sé que te lo he dicho mil veces, pero gracias por dejar que me quede aquí con vosotros. Seguro que en mi estudio me hubiese congelado, con este frío. Últimamente solo se me encendía una de las barras del calefactor eléctrico.

–Ay, mujer, deja de darme las gracias –le pidió Estelle, y se ruborizó un poco–. Es un placer tenerte aquí.

–Anda –contestó Angela moviendo la mano como para disuadirla–. Me lo estás diciendo para quedar bien.

–A Christian le gusta que estés aquí. Se hubiese vuelto loco si hubiésemos estado los dos solos. Con este temporal ninguno de mis otros inquilinos va a poder volver hasta Nochevieja.

–Espero que Christian nos consiga algo de alcohol –dijo Angela, que estaba junto a la ventana con la mirada perdida en el horizonte–. No podemos empezar el nuevo año sin brindar con algo especial.

–Creo que me queda algo de jerez por ahí, si no encuentra nada en el bar.

Angela puso mala cara.

–Espero no ofenderte, Estelle, pero una copita de jerez no es lo que entiendo yo por una bebida especial precisamente...

Seguidamente vertió un chorrito de leche en el té de Estelle, le añadió un terrón de azúcar y se lo ofreció, lo que me transportó a la relación que tenían hoy en día las dos mujeres.

–Gracias –le dijo Estelle cogiendo la taza–. Precisamente tenía ganas de hablar de este tema contigo –le comentó mientras movía lentamente la cucharilla de plata para deshacer el azúcar–. No he podido evitar fijarme en que bebes bastante alcohol, Angela.

–Qué va –le rebatió la joven para quitarle hierro al asunto–. No bebo tanto.

–Creo que sí –insistió Estelle–. Al menos más de lo normal.

–¿Y qué es lo normal? –quiso saber Angela–. A muchas de las personas que conozco les gusta beber una o dos copas de vez en cuando.

–Sí, y beber una o dos copas de vez en cuando está muy bien –continuó Estelle, y se notaba que quería tratar el tema con mucho cuidado–. Pero, si en vez de una o dos, son cinco o seis o siete o incluso ocho, pues ya no tanto.

Angela dejó su taza encima del platillo, la puso encima de la mesa, se acercó al árbol de Navidad e hizo ver que estudiaba los adornos que había en las ramas. Después miró por la ventana, al horizonte, como si estuviera intentando invocar a Christian para que apareciera de repente en la plaza con una gran bolsa que tintinease con el sonido de las botellas al chocar las unas con las otras.

—No bebo cada noche —afirmó entonces Angela mientras Estelle permanecía en silencio.

—Pues al menos lo has hecho desde que estás aquí. Creo que a Christian ya no le deben de quedar bares a los que ir. Y supongo que no se atreverá a ir a los mismos para no crearse fama.

Angela se giró y miró muy fijamente a Estelle al hacerle la pregunta:

—¿Qué fama?

—La de alcohólico o la de borrachuzo. ¿Quieres que te busque otro sinónimo?

—No soy una borrachuza —le rebatió Angela con voz queda—. Me gusta beber de vez en cuando y ya está. Me ayuda a olvidar.

—¿Olvidar el qué? —le preguntó entonces Estelle también en voz baja.

—Nada —intentó desdecirse Angela y se encogió de hombros—. O al menos nada que tú tengas que saber.

—De acuerdo —aceptó Estelle y le dio otro sorbo a su taza de té—. No quiero invadir tu intimidad.

En ese momento se hizo un silencio incómodo en la sala y lo único que se oyeron fueron las manecillas del reloj que había sobre la repisa de la chimenea. Angela empezó a dar vueltas alrededor del árbol unos segundos, intentando distraerse con las decoraciones y las figuritas que pendían de las ramas.

—Hay algunas muy antiguas, ¿verdad? —le preguntó, rompiendo por fin el silencio.

—Sí, la verdad es que sí.

—¿Cuál es tu favorita?

Estelle se tomó un tiempo para pensárselo.

—Cada una tiene un significado y me recuerda algo. El momento en el que las compraron o en el que las colgaron... Hay algunas que han ido pasando de generación en generación.

—¿Y qué me dices de esta? —quiso saber Angela y señaló la figurita del bebé en la cuna que la luna iluminó la primera noche que Estelle me contó una de sus historias.

—Esa es una de las más antiguas. Creo que la compraron para colocarla en uno de los primeros árboles de Navidad que entró en esta casa y que pusieron en ese mismo sitio hace más de cien años.

—¿Y qué tendrá que ver un bebé con la Navidad? —preguntó Angela de pronto.

—¿De verdad necesitas que te lo explique? —le contestó Estelle con media sonrisa en los labios.

Angela la miró sin acabarla de entender y unos segundos después cayó en la cuenta.

—¡Ay, señor! ¿Pero cómo puedo ser tan tonta? —exclamó, sacudiendo la cabeza pero sonriendo al mismo tiempo. Aun así, de repente el rostro de Angela se ensombreció y pareció muy decepcionada—. Pero muy tonta...

Estelle no le hizo ninguna pregunta, cosa que la honraba. La mujer simplemente se quedó allí sentada y esperó pacientemente.

Sin embargo fue Angela la que le lanzó otra pregunta:

—Tú no tienes hijos, ¿verdad, Estelle?

Estelle no dijo nada y se limitó a negar con la cabeza.

—¿Por qué?

—No encontré el momento oportuno —admitió la mujer—. Mi marido murió muy joven y no volví a conocer a nadie más. Principalmente porque me pasé muchos años cuidando de mi madre, que estaba muy enferma. Creo que no podría haberme encargado de nadie más. Se necesita mucho tiempo, mucha energía y mucha paciencia para cuidar a un niño, y mucho más a un bebé.

—La verdad es que no tengo ni idea —admitió Angela, sin apartar la mirada de la figurita de Jesús en el árbol–. Yo nunca tuve la oportunidad de cuidar al mío.

Me giré bruscamente hacia nuestra Angela y desgraciadamente comprobé que parecía tan triste y desolada como su versión más joven mientras observaba aquella escena junto a nosotros.

–¿Y eso? –le preguntó con delicadeza la joven Estelle.

–Una madre sin marido, ya te imaginas, ¿no? Decidieron que no podría cuidar de la criatura simplemente porque nadie se había arrodillado delante de mí para darme un anillo.

–¿Quiénes?

–Mis padres y los médicos del hospital al que me enviaron para que la tuviera; básicamente toda la gente de mi alrededor. Tendría que haber luchado por lo que quería. Podrías pensar que, siendo médico, mi padre me tendría que haber ayudado, pero fue todo lo contrario. Era un hombre muy respetado en la comunidad y no podía permitir que la gente supiera que su hija única había sido madre fuera del matrimonio. Como si él fuese un ejemplo que seguir…, teniendo el problema que tenía con el juego.

–El mío también –admitió Estelle–. Mi padre también estaba obsesionado con el juego y casi perdimos esta casa por su culpa más de una vez.

–¡Pues habrían sido amigos, entonces! –dijo Angela con una voz llena de resentimiento a pesar de que intentaba bromear sobre el asunto–. ¿Qué le pasó al tuyo?

–Murió –le contestó Estelle con frialdad–. Durante la Gran Niebla de Londres de 1952. Ya tenía cáncer de pulmón para aquel entonces, pero aquella contaminación acabó de rematarlo.

Angela miró con interés a la otra mujer.

–Por cómo lo cuentas no parece que lo eches mucho de menos.

Estelle negó con la cabeza.

–Uy, no, para nada. Era un hombre detestable.

Angela movió la cabeza como si la entendiese bien.

–Yo quería mucho al mío hasta que permitió que hicieran eso

conmigo y con mi bebé. Desde aquel momento deseé que se fuera a tomar por... Ay, quiero decir, que se fuera a freír espárragos. Y en realidad, no tardó mucho en empezar a perder la cabeza. Me alivia un poco pensar que fue su castigo –le explicó mirando al cielo–. ¿Me convierte eso en mala persona?

–Después de lo que has pasado, creo que es normal que no saque lo mejor de ti. ¿Sabes lo que le pasó a tu bebé?

–No. Solo sé que la adoptaron. Espero que sea feliz. Ahora mismo tendrá ocho años. Estoy segura de que estará mucho mejor con su nueva familia que conmigo, la borrachuza.

Angela miró a Estelle con pesar.

–¿Serías la borrachuza si no te hubiesen quitado a tu hija? –le preguntó Estelle, sin andarse por las ramas–. Me voy a arriesgar y a decir que ahí fue cuando empezaste a beber.

Angela le dio la razón:

–Sí, fui una buena chica hasta ese momento, me esperaba un futuro prometedor, o al menos eso era lo que querían pensar mis padres. Pero entonces me quedé embarazada y ellos entendieron que lo estaba echando todo a perder. Creo que a partir de ese momento no volvieron a verme con los mismos ojos. Ni siquiera pareció que les importara mucho cuando me fui de casa y me vine a vivir a la ciudad. Y aquí estoy, cambiando de trabajo cada dos por tres, emborrachándome siempre que puedo para no sentir el dolor que llevo dentro. Estoy rota, Estelle, de muchas maneras, ¿y sabes qué es lo peor de todo? –le preguntó y entonces se hundió y empezó a temblar.

Estelle, que estaba muy conmovida con lo que su amiga le explicaba, negó con la cabeza.

–Que no sé cómo solucionarlo, Estelle. No sé qué hacer para parar.

Angela entonces dejó de luchar, se rompió y empezó a sollozar. Las lágrimas comenzaron a rodarle por las mejillas, las piernas le flojearon y finalmente se dejó caer al suelo.

Estelle se levantó lentamente y fue hacia ella, la ayudó a ponerse en pie de nuevo y la abrazó con ternura. Arropada por su anfitriona y confidente, Angela empezó a llorar con más fuerza al recibir este inesperado gesto de amor y, cuando Estelle la abrazó contra su pecho para intentar aliviar un poco su dolor, hundió la cara en su chaqueta verde.

—Ayúdame, Estelle —le pidió con un hilo de voz—. Por favor, necesito que alguien me ayude.

—Creo que nos podemos ayudar la una a la otra, Angela —le susurró mientras una lágrima le caía lentamente.

Veinte

Bloomsbury, Londres
23 de diciembre de 2018

Me giré rápidamente hacia Angela y Estelle.

Las dos se estaban mirando con ojos llorosos.

—Y vaya si me ayudaste —dijo Angela en voz baja—. Me ayudaste tantísimo, Estelle… Nunca podré recompensarte por todo lo que hiciste por mí.

—No digas tonterías —la cortó Estelle mientras intentaba sentarse con mucho esfuerzo en su sillón favorito—. Hice lo que cualquier persona decente habría hecho en mi lugar.

Entonces se dio unos golpecitos en el regazo y Alvie saltó a su llamada.

—Fue mucho más que eso y lo sabes.

—Si acaso, fuiste tú quien me ayudó a mí al mudarte. En aquel entonces me sentía muy sola. Creo que no me había dado cuenta hasta que llegaste con tu ropa de colorines y la música que te gustaba poner a todo volumen. Fuiste como un soplo de aire fresco para esta casa.

Ben y yo nos sentamos a su lado sin abrir la boca por miedo a interrumpir aquel momento tan mágico entre las dos.

—La verdad es que un poco sí, ¿eh? Pasamos unos años muy buenos aquí. Hicimos fiestas con los otros compañeros, celebramos cumpleaños, Navidades… Hubo mucha felicidad en esta casa en aquella época, aunque también hubo momentos muy duros, sin duda —dijo Angela, y entonces se giró para mirarnos—. Estelle me ayudó a superar mi problema con la bebida. Era alcohólica, ahora lo sé, pero la generosidad que me demostró al dejar que me quedara a vivir aquí con ella y Christian me cambió la vida. Y al final hasta conseguí un trabajo en el hospital con Estelle.

—Yo volví a trabajar como enfermera —nos explicó Estelle—. Al igual que Angela, yo también necesitaba darle un sentido a mi vida, un motivo por el que levantarme cada mañana. Angela al principio entró a trabajar en el equipo de mantenimiento del hospital y luego estudió para hacerse enfermera como yo.

—Así es —continuó Angela—. Al fin y al cabo, la pasión por la ciencia y la medicina me corría por las venas. Por suerte, ya tenía los estudios necesarios. Antes de que mi vida se fuera a pique, había sido un cerebrito, así que hice la formación y empecé a trabajar unos años después en el Great Ormond Street, no muy lejos de aquí. Había dejado de beber, estaba feliz y por fin tenía una carrera profesional y una razón para vivir.

Estelle y Angela se miraron y no tuvieron que decirse nada más para entender lo que sentían. Ese tipo de conexión solo era posible cuando dos personas se conocían desde hacía muchísimo tiempo.

—Me parece una historia increíble —les confesé entonces—. Era algo que me preguntaba desde el principio, cómo os habías conocido, y ahora por fin lo he descubierto. Christian es el joven que aparece en la foto de graduación, ¿verdad?

—Sí, cuando acabó la carrera, empezó a trabajar como abogado —nos explicó Estelle—. De hecho, trabajó en la casa de al lado, como tú, Ben, pero al cabo de un tiempo se mudó. Nos ayudó muchísimo cuando creamos la fundación, ¿a que sí, Angela?

La mujer asintió.

—¡Claro que sí! Christian sabía muy bien que lo que queríamos hacer no tenía precio.

—¿Qué fundación? —quiso saber ahora Ben—. Eso no nos lo habéis explicado.

—Después de unos años trabajando como enfermeras, Angela

decidió profundizar un poco más en su formación y especializarse como comadrona.

—Cuando tuve a mi hija, el parto fue una verdadera pesadilla y las enfermeras me trataron fatal. No quería que ninguna otra mujer tuviera que pasar por lo mismo, así que cuando acabé con mi formación ayudé a muchas mujeres a dar a luz y más tarde decidí que aún podía hacer algo más por la causa.

—A esas alturas de la historia ya estábamos a finales de los setenta —nos aclaró Estelle— y ya no quedaban muchos inquilinos en casa. A medida que se fueron yendo, no busqué a nadie más para reemplazarlos. Angela y yo ya ganábamos bien y no nos hacía falta compartir la casa con desconocidos. Seguíamos alquilando Casa Holly, pero las dos creíamos que valía más que para alojar a un bufete de abogados. Y perdona por la parte que te toca, Ben.

—No pasa nada —dijo Ben, sin ofenderse—. ¿Y entonces qué hicisteis?

Estelle miró a Angela e inclinó ligeramente la cabeza como animándola a que continuase ella con la historia.

—Fundamos una organización benéfica para ayudar a mujeres embarazadas que estuvieran a punto de dar a luz y que no tuvieran ningún sitio al que ir después del parto. Quizá porque, por algún motivo, habían acabado viviendo en la calle o porque estuvieran en una relación de maltrato. Aunque esto ocurrió más de veinte años después de lo que yo había vivido, desgraciadamente seguía habiendo muchísimas chicas jóvenes que habían recibido un ultimátum de sus padres al quedarse embarazadas, pero, a diferencia de mí, ellas sí se habían negado a dar a sus hijos en adopción.

—Dada la complejidad que suponía todo el tema de que las madres jóvenes dieran a luz a las criaturas sin el consentimiento de sus padres —nos explicó Estelle— o que nacieran sin que el padre estuviera presente, o que no apareciera en el certificado de nacimiento, necesitábamos asesoramiento legal, y ahí es donde Christian desempeñó un papel fundamental y nos ayudó tantísimo. No nos cobró nada por todo el trabajo que llevó a cabo y, la cosa no quedó ahí, sino que además aprovechó todos los contactos de familias adineradas que tenía para ayudarnos a recaudar fondos para la organización.

–Qué maravilla –dije mirándolas boquiabierta, sin dar crédito al trabajo que habían hecho las dos mujeres que tenía frente a mí–. Sois increíbles. Es una causa maravillosa. Sobre todo, después de lo que pasó con el nieto de Celeste tantos años atrás. Qué manera más perfecta de cerrar el círculo.

Estelle me miró y sus ojos transmitían tanto orgullo que parecía que no cabía en sí de gozo.

–No sabes lo mucho que me alegro de que te hayas dado cuenta, Elle –me respondió, y esta vez sí noté que su voz estaba llena de emoción, tanta que por un momento pensé que quizá se echaría a llorar–. Sabía que lo harías.

–¿Me puedes recordar quién era Celeste? –preguntó Ben.

–Celeste fue la mujer de Joseph Christmas, el hombre que diseñó la plaza –le expliqué–. Fue una de las primeras personas que vivió en esta casa, en 1755. Ya te lo había contado, ¿te acuerdas?

–¿La mujer a la que obligaron a entregar a su hijo a un orfanato?

–A un hospital de expósitos –le corrigió Estelle–, pero sí, esa es.

–¿Y cuánto tiempo dirigisteis la organización? –quiso saber Ben.

–Hasta que la edad nos impidió seguir trabajando –respondió Angela.

–Hasta que me lo impidió a mí, querrás decir –puntualizó Estelle.

–A las dos nos iba muy bien cuando decidimos que ya no podíamos seguir con ello –acabó diciendo Angela con mucha diplomacia–. Eso fue sobre el año 1998, ¿no?

–Yo tenía setenta y nueve años –dijo Estelle asintiendo–, y tú sesenta y dos. Para entonces ya había más leyes para ayudar a las madres solteras, así que nos habíamos convertido en algo más parecido a un refugio para mujeres. A medida que se iban recuperando y retomaban su camino, fuimos dejando de admitir a más, hasta que la casa acabó quedándose vacía. Hasta que te mudaste tú, Ben.

—Pues entonces es un verdadero honor que hayáis vuelto a abrir sus puertas para mí –admitió Ben.

—El honor ha sido todo nuestro, Ben –repuso Estelle–. Tanto a Angela como a mí nos ha encantado conoceros a los dos. ¿Verdad que sí, Angela?

—Así es –le contestó Angela, bastante emocionada–. La experiencia está siendo mucho mejor de lo que podía imaginar.

Ben y yo nos quedamos mirando a la mujer unos instantes.

—Aun así, lo que hicisteis fue increíble –volví a insistir, sin saber muy bien cómo responder a su afirmación, que me pareció un tanto extraña–. Me he quedado sin palabras al saber que habéis creado algo con tanto valor.

—Gracias, cariño –me dijo Estelle con la voz queda, cansada–. Eres muy amable.

—Creo que ya es hora de que descanses –sugirió entonces Angela, y acto seguido se levantó y se acercó a la silla de Estelle para ayudarla a ponerse en pie–. Esta noche hemos vivido un viaje muy emotivo al pasado y nos ha dejado exhaustos, a todos.

—Sin duda –le dio la razón la mujer.

—¿Y ya está? –pregunté mientras Angela ayudaba a su amiga a levantarse con mucho cuidado–. ¿Esa ha sido la última de tus historias ahora que ya hemos llegado a la vuestra?

—Uy, no, cariño –me contestó Estelle–. Mañana es Nochebuena, la noche más mágica del año. Cuando la luna toque nuestra ventana por la noche, os contaré la historia más importante de todas.

Veintiuno

Bloomsbury, Londres
Nochebuena de 2018

–¡Felicidades! –exclamó Ben sentado a la mesa cuando bajé al salón y me senté con él para desayunar a la mañana siguiente.

–¡Lo mismo digo! –le respondí con alegría.

Por primera vez desde hacía mucho tiempo, sentí que mi corazón no estaba lleno de pena y preocupación, sino rebosante de felicidad. No solo era mi cumpleaños y el de Ben, ¡sino que además era Nochebuena! Nunca había estado tan feliz e ilusionada en mi vida por ninguna de las dos cosas.

Sin duda algo había cambiado dentro de mí. Antes, a causa de mi pasado, estas dos celebraciones solo me generaban hastío y dolor, pero ese día incluso estaba nerviosa y con muchas ganas de ver lo que iba a pasar, como la gente a la que tanto había envidiado en el pasado. Y tenía muy claro que la única razón de ese cambio había sido el tiempo que había vivido aquí en Mistletoe Square con Estelle y Angela, y haber conocido a Ben.

La noche anterior, después de que Angela acompañara a Estelle a su habitación, Ben y yo nos quedamos en el salón hablando y diseccionando poco a poco la historia que habíamos vivido aquella noche. Solo paramos unos segundos cuando Angela asomó la cabeza de nuevo para darnos las buenas noches.

–Estelle ya está descansando –nos dijo–. Está muy cansada después de todo lo que hemos visto esta noche, y yo también, la verdad. Es bastante raro y remueve verse a una misma de joven otra vez.

–Ya me imagino… –le respondí–. Oye, ¿te puedo hacer una pregunta más sobre la historia de esta noche antes de que te vayas a dormir?

–A ver si lo adivino. ¿Quieres saber si busqué a mi hija en algún momento?

–Sí.

El brillo alegre de sus ojos azules desapareció de repente y volvieron a refugiarse en el árbol de Navidad buscando la figurita del niño Jesús en su cuna.

–Sí que intentamos buscarla, en los años setenta y a principios de los ochenta, pero no hubo suerte. Lamentablemente, en los cincuenta, el papeleo y el tema de registros no era tan claro como ahora. Incluso intentamos que Christian nos ayudara, pero no logró encontrar nada. Y la verdad es que, aunque hubiésemos conseguido encontrarla, ¿cómo habría podido saber si ella quería volver a verme? Ella pensaría que su madre la abandonó sin más.

–Pero no la abandonaste. Te la arrebataron.

–Pero a ella le habrán dicho que la abandoné. Es lo que se solía hacer para justificar la situación y las acciones que se tomaban.

–Podríamos intentarlo ahora –le propuse. Me dolía mucho ver a Angela así de triste–. Con internet ahora es mucho más fácil investigar este tipo de casos.

Sin embargo, Angela sacudió la cabeza.

–No, he cerrado esa historia, Elle. No la encontraremos. Es demasiado tarde. –Intenté convencerla una vez más, pero Angela me cortó y añadió–: Estoy muy cansada. Me voy a la cama. Nos vemos mañana por la mañana bien temprano. Será un día muy especial.

–¿Qué pasa? –me preguntó entonces Ben cuando me vio parada en la puerta del salón. Se me acercó y me envolvió entre sus brazos–. Te ha cambiado la cara en cuanto has entrado.

–Me acabo de dar cuenta de que nunca he estado tan feliz el día de Nochebuena –le dije mirándolo a los ojos–. Ni siquiera cuando era pequeña. Es un poco triste, ¿no?

–Sí –admitió Ben–. La verdad es que sí, pero quizá es solo lo que recuerdas.

–¿Cómo? ¿Qué quieres decir?

–Quiero decir que seguramente, de pequeña, sí que hubo un momento en el que te levantases con ilusión por tu cumpleaños y la Navidad, pero después los malos recuerdos de las otras fiestas quizá borraron la felicidad que pudiste sentir.

Me quedé pensando unos momentos.

–Quizá sí tienes razón.

–¡Pues claro que sí! –me aseguró, y me guiñó el ojo–. Venga, ¡ahora anímate y dame un beso para felicitarme el cumpleaños como merezco!

–¡Faltaría más!

–Te he comprado una tontería para tu cumpleaños –me dijo Ben después de pasarnos un buen rato besándonos, lo cual me supo a gloria–. En realidad son dos tonterías, pero la otra es para Navidad. –Entonces desvió la mirada hacia el árbol y vi que debajo había dos regalos. Uno estaba envuelto con un papel bonito pero sin símbolos navideños–. Y no lo he juntado todo en un solo regalo. Esa es una de las ventajas de que los dos hayamos nacido en estas fiestas, ¡que gracias a mi experiencia personal nunca cometeré ese error!

–Madre mía –le dije, realmente emocionada por este gesto que, aunque aparentemente pequeño, significaba tantísimo para mí–. Gracias.

Me quise morir de la vergüenza, pero no pude evitar que las lágrimas empezaran a rodarme por las mejillas.

–Oye, no llores –me dijo Ben y me acercó otra vez contra su pecho–. Esa no era la reacción que esperaba… Aún no los has abierto, ¡piensa que quizá te parecen una basura!

–¡Da igual lo que sean! –le dije–. Ya son los dos mejores regalos que he tenido nunca.

Y ahora fui yo quien lo abracé con más fuerza.

–¡Oye, oye! –exclamó Angela, que entraba en el comedor con una tetera y un pañito recubriéndola–. Ya está bien, que solo son las ocho de la mañana, hombre...

La miré y le sonreí. Hoy llevaba un conjunto que no podía ser más navideño: un jersey rojo chillón con lentejuelas que brillaban con las luces del árbol, unas mallas negras y plateadas y una diadema de purpurina con dos muelles, uno que acababa con una estrella y el otro con un ángel. Como siempre, por encima llevaba su delantal blanco, pero el de ese día, para acabar de rematar el *look*, tenía un muñeco de nieve.

–Buenos días, Angela –le dije mientras Ben y yo nos separábamos el uno del otro un poco a regañadientes y nos sentábamos a la mesa–. ¿Cómo te encuentras hoy?

–Estupendísima, gracias. ¿Y vosotros? Por lo que he visto al entrar, creo que estáis bastante contentos, ¿no?

–Pues sí, estamos muy felices –le dije y miré a Ben–. Hoy, además de ser Nochebuena, también es nuestro cumpleaños.

–Anda –contestó Angela, que no pareció sorprenderse en absoluto–. Espero que paséis un gran día, claro que sí. ¿Tenéis algo planeado?

–Pues la verdad es que no lo sé –le dije con sinceridad y volví a mirar a Ben–. No hemos preparado nada, ¿no?

–Bueno, habla por ti... –me contestó él en tono misterioso–. Yo tengo un par de ideas de cómo celebrar el día.

–Está claro que hoy querías ganar y dejarme mal, ¿verdad? –le dije haciéndome la ofendida–. Primero los regalos, ¿y ahora resulta que también has preparado un plan?

–Cuento con que en tus planes ya incluías volver aquí esta noche a cenar, ¿no es así? –le preguntó Angela–. Estelle tiene muchas ganas de contaros los últimos acontecimientos que ocurrieron en la larga y rica historia de esta casa.

–Por supuesto –le confirmó Ben–. No nos lo perderíamos por nada del mundo.

—Perfecto, ya sabéis lo importante que es la Navidad para Estelle.

—Sí. Y por favor pídenos ayuda si necesitas algo, ¿vale? —le rogué a Angela mientras recogía la bandeja vacía para llevársela a la cocina.

—¿Ayuda con qué? —quiso saber la mujer, que parecía confundida por mi ofrecimiento.

—Con los preparativos de Navidad. Supongo que habrá mil cosas que hacer para mañana.

Angela parecía tan desconcertada que por un momento pensé que quizá me había equivocado por completo con lo que esperaba que fuese la celebración. Quizá no iba a preparar una cena enorme y deliciosa con miles de aperitivos y guarniciones, ni habría regalos delante de la chimenea ni cantaríamos villancicos por la noche como me había imaginado.

—¡Ah! —exclamó Angela sonriendo ampliamente—. Te lo has creído, ¿eh? Pues claro que tengo mil cosas que hacer, pero lo tengo todo bajo control. Vosotros a lo vuestro que yo me encargo.

—Pero no puedes hacerlo todo tú sola —protesté—. Al menos déjanos que te ayudemos con algo, mujer.

—Teneros a los dos aquí ya es más que suficiente. A Estelle le gusta tanto la Navidad que solo con poder compartir estos días con otras personas ya tenemos más que de sobra.

—¿Seguro?

—Segurísimo. Ya he sacado la cubertería de plata para mañana, así que vais a desayunar con clase. —Entonces levantó el paño blanco que había en el aparador y vimos que debajo había varias bandejas, un salero y un pimentero, y diferentes platos, todos de plata—. Y lo he pulido todo con estas manitas que me ha dado Dios —nos dijo con orgullo—. Hacía mucho tiempo que no los veía y los había echado de menos —añadió y acarició con cariño la campana que cubría una de las bandejas—. Y como no sé cuándo los volveré a ver o si llegará ese día, hoy me ha parecido el momento perfecto para sacarlo todo y que brille como nunca aunque sea por última vez.

Angela se giró de repente y nos dio la espalda, pero no lo hizo lo suficientemente rápido, ya que nos dimos cuenta de que estaba llorando.

–¿Qué te pasa, Angela? –le pregunté, incorporándome un poco y preparándome para salir disparada hacia ella.

–¡Nada! –me contestó con un tono bastante agudo y se escabulló hacia la puerta a toda prisa sin mirarnos a la cara–. Disfrutad del desayuno. Voy a salir un rato. Ya nos veremos esta noche. ¡Que vaya bien el día!

Dicho esto, desapareció por la puerta. Yo me senté de nuevo y le pregunté a Ben sin poder apartar los ojos de la salida:

–¿Qué le habrá pasado?

–No tengo ni idea –admitió él, que parecía igual de sorprendido que yo ante lo que acabábamos de presenciar–. Pero te puedo decir algo que sí tengo claro.

–¿El qué? –le pregunté y ahora sí que me giré para mirarle bien a la cara.

–¡Pues que sea lo que sea que haya debajo de esas campanas huele que alimenta!

–¡Ben, hombre!

–¿Qué pasa? Está claro que Angela se ha esforzado muchísimo para prepararnos todo esto. Sería un verdadero desperdicio dejarlo en el plato un minuto más…

–Sí, tienes razón… Pero no sé si tendría que ir a ver cómo está.

–Nos ha dicho que iba a salir.

–Ya lo sé, pero es que se ha puesto muy triste de golpe –repuse, y volví a mirar las campanas de plata–. Parecen muy antiguas, ¿verdad? –dije y me levanté para acercarme al aparador–. No tengo mucha idea sobre grabados en plata, pero estos parecen superantiguos. –Sin querer toqué una de las campanas–. ¡Au! ¡Cómo quema! –aullé y di un salto hacia atrás, asustada.

–¿Te has quemado? –me preguntó Ben, que se levantó como un resorte de la silla y me cogió la mano.

–No es nada. ¿Cómo las ha podido tocar Angela sin haberse quemado?

Ben se dispuso a tocar con mucho cuidado la plata.

–¡Ay, mi madre! ¡Están que pelan! Esa mujer debe de tener las manos de cemento por lo menos. Espera –me dijo entonces y cogió una de las servilletas que nos había traído Angela y la usó para levantar la campana–. Madre mía…, la pinta que tiene es tan deliciosa como el olor que desprende –anunció al ver las jugosas salchichas y el beicon crujiente que encontramos en el plato–. Creo que lo mejor es que nos lo comamos todo, Elle. Angela se va a ofender si lo dejamos aquí.

–Sí, supongo que tienes razón –accedí aunque no estaba convencida del todo y saqué el plato de porcelana que había allí.

Aun así, me quedé preocupada por Angela. ¿Por qué se habría emocionado tanto hablando de la cubertería y por qué no se había quemado al tocar la plata como nosotros? Mientras yo me hacía estas preguntas, me di cuenta de que Ben ya estaba levantando la otra campana para ver qué había debajo.

–¿Qué es? –le pregunté, ya que no quería arruinarle el desayuno en su cumpleaños–. ¿Qué hay en esta?

Después de que Ben y yo devoráramos el delicioso y copioso manjar que nos había preparado Angela, nos quedamos allí sentados intentando recuperarnos del festín que nos habíamos metido entre pecho y espalda y acabando de beber nuestros vasos de zumo de naranja.

–Ha sido uno de los mejores desayunos de mi vida –afirmó Ben y alzó el vaso–. ¡Felicidades a la cocinera!

–Yo me he quedado llenísima –le dije tocándome la barriga–. No creo que pueda comer nada más hasta Navidad.

–¡Pues yo sí! –me aseguró con una gran sonrisa–. Y ahora que hemos acabado, ¿quieres que te dé tu regalo de cumpleaños?

–¿Lo abro ya?

–¿Y por qué no? Es tu cumpleaños, ¿no?

–Ojalá yo también tuviese algo para ti... –le contesté y la verdad era que me sentía mal por no haberle comprado nada.

–No te preocupes –me tranquilizó, moviendo la mano para quitarle importancia–. Han pasado mil cosas aquí estos días.

Entonces Ben se levantó y se acercó al árbol de Navidad y, por un momento, pareció que dudaba entre los dos regalos.

–Tenía el corazón un poco dividido sin saber muy bien cuál darte para tu cumpleaños y cuál para Navidad –me explicó mientras cogía el más voluminoso y el que tenía un papel de regalo normal–. Pero bueno... Espero haber acertado.

Ahora volvió a acercarse a mí y me entregó un paquete rectangular.

–Feliz cumpleaños –me felicitó de nuevo–. Espero que sea el primero de muchos que pasemos juntos.

–Sí, yo también –le dije, y era verdad.

Quizá había llegado a Mistletoe Square odiando las Navidades, los cumpleaños y, sobre todo, a los hombres, pero, poco a poco y sin saber muy bien cómo, me había ido enamorando de todo otra vez.

Bajé la mirada para concentrarme en el regalo que me había envuelto con tanto mimo Ben y lo palpé con las manos para examinarlo.

–Qué papel tan bonito. Se parece mucho al papel de las paredes de William Morris que vimos en este salón en 1918.

Ben asintió satisfecho.

–Tenía la esperanza de que te dieras cuenta del detalle.

Con mucho cuidado fui retirando el papel para abrir el regalo.

–Es demasiado bonito para romperlo –le expliqué.

–El papel tendría que haber sido el regalo –me dijo él, que de pronto parecía haberse puesto un poco nervioso–. Ahora ya no sé si lo que hay dentro te va a gustar tanto... Pero cuando lo compré me pareció buena idea.

Me lo quedé mirando unos instantes, intentando adivinar a qué se estaría refiriendo y, cuando volví a bajar la mirada, ya pude ver lo que había debajo.

—Es una caja —dije entonces y saqué una caja de color granate decorada con detalles de estilo victoriano—. Es muy bonita.

—Es solo la caja que envuelve el regalo, mujer. Ábrela.

Cuando levanté la tapa se me escapó un grito ahogado al ver lo que había dentro: una cara que ya conocía me estaba sonriendo desde el interior.

—Ya sabía yo que era una tontería —empezó a arrepentirse Ben al ver que no decía nada y salió disparado hacia el árbol para coger el otro regalo—. Bueno, mira, abre el otro, que seguro que te gusta más.

—No, Ben. Espera —le dije con un hilo de voz—. Es imposible.

Ben se paró en mitad del salón y se giró para mirarme.

—¿Qué es imposible?

—Que nada me pueda gustar más —respondí, y saqué mi regalo de la caja.

Alargué los brazos delante de mí para verlo bien y luego lo estrujé contra mi pecho.

Ben me había comprado uno de los osos de peluche que estuve mirando en los grandes almacenes donde nos encontramos; el que le dije que desde niña siempre había querido pero nunca me lo regalaron.

—¿Entonces te gusta? —me preguntó Ben, que seguía inseguro con su decisión.

—¿Que si me gusta? ¡Me encanta! Ben, no sabes lo mucho que significa para mí. De verdad que no te haces a la idea.

—Cuando dijiste que siempre lo habías querido, supe que… Bueno, no lo supe, pero esperaba que fuese el regalo correcto.

—No es solo por el oso —intenté explicarle—. Es lo que significa. Es lo que significa todo esto. El árbol de Navidad, los regalos envueltos con tanto cariño y con papeles diferentes para diferenciar las dos celebraciones… Es lo que siempre había querido y nunca tuve.

Me puse en pie y me acerqué a él con mi osito de peluche en brazos.

—Gracias —le susurré mientras lo rodeaba con los brazos y lo besaba con una pasión que nunca antes había sentido por nadie—. Este ya se está convirtiendo en el mejor cumpleaños que he tenido.

—Si esto es lo que me llevo después del oso de peluche —dijo Ben aún aturdido por el beso—, me muero de ganas de ver qué pasa cuando te dé tu regalo de Navidad.

Un poco más tarde, cuando ya nos habíamos recuperado un poco después de semejante desayuno, empezamos a recoger los platos. Sabíamos que Angela se molestaría con nosotros por limpiar la mesa, pero no íbamos a dejarlo ahí todo para darle más trabajo cuando volviera. Así pues, cargamos el lavavajillas, fregamos a mano y con sumo cuidado las bandejas y las campanas de plata y limpiamos la cocina hasta dejarla impoluta.

Mientras pasaba un paño húmedo para dejar todo bien limpio, aproveché para estudiar con más detalle la cocina.

—No veo mucha cosa por aquí para los preparativos de Navidad, ¿no?

—¿A qué te refieres? —me preguntó Ben.

—Pues que no ha sacado el pavo para que se descongele ni hay cuencos con pudin de Navidad ni bandejas con pastelitos de especias… En mi cabeza Angela estaría dándolo todo en la cocina preparando las cosas para mañana. Como le gusta tanto cocinar…

—A lo mejor ha ido precisamente a eso, ¿no? —sugirió Ben mientras doblaba el paño que había usado y lo colgaba para que se secara—. Habrá ido a comprar las cosas.

—La gente no suele comprar la comida de Navidad el día de Nochebuena, sobre todo si la comida va a ser para más de uno o de dos. Me acuerdo de que una vez fuimos a pasar unos días con mi abuela justo antes de Navidad y no paraba quieta: cuando no cocinaba algo en el horno, se ponía a cortar y a preparar otra cosa y la metía en la nevera para que el gran día no faltase de nada.

–¿Y esas fueron unas buenas Navidades? –me preguntó, apoyándose en el fregadero.

–¿Cómo? –le pregunté y me quedé pensando un poco más.

–Las Navidades que pasaste con tu abuela.

–Sí, creo que sí. Mi abuela, al igual que Estelle, tenía un árbol de Navidad enorme en el salón y me hizo mucha ilusión, porque con mis padres nunca lo poníamos. Nos preparó una cena deliciosa, con un pavo enorme y un montón de guarniciones…

Sonreí mientras se lo explicaba saboreando este recuerdo que debía de haber quedado enterrado en algún rincón de mi memoria.

–¿Y qué más? –me animó a seguir Ben–. ¿De qué más te acuerdas?

–Me acuerdo de que después cantamos villancicos y mi padre tocó la guitarra… Madre mía… Se me habían olvidado por completo esas Navidades.

–Entonces sí que podemos decir que al menos pasaste una buena Navidad, ¿no? –me dijo Ben con una sonrisa.

–Pues parece que sí… –admití mientras intentaba seguir recordando más detalles–. De hecho, creo que fuimos un par de veces cuando era muy pequeña. Mi abuela vivía en Escocia y creo que íbamos en tren…

–Al final va a resultar que sí tenía razón –añadió Ben, que se acercó y volvió a rodearme con sus brazos–. Quizá sí que disfrutaste de las Navidades más de lo que creías.

–Puede ser –le contesté mientras valoraba aquella posibilidad–. No puedo negar que algo ha cambiado dentro de mí. Quizá por eso ahora están emergiendo buenos recuerdos de estas fechas.

Ben asintió con la cabeza.

–De todas maneras, creo que esta Navidad va a ser de las mejores.

–¿Y eso por qué?

–Porque la voy a pasar contigo, con Estelle y Angela. Sois la familia que necesitaba.

Ben y yo pasamos un día increíble juntos entre todo el movimiento y ajetreo que se creaba el día de Nochebuena en Londres.

Paseamos por los parques cogidos de la mano, nos tomamos un chocolate caliente superdulce y delicioso con nata y nubes por encima, olvidando por un día nuestra preferencia innata de tomar lo que fuera sin aderezos. Hoy los dos nos habíamos propuesto sumergirnos por completo en la celebración de la Navidad. Después, exploramos unos cuantos mercados navideños y, en general, nos empapamos del ambiente de felicidad y alegría que, para variar, envolvía la capital. Por lo visto, todo el mundo estaba de buen humor y con energía mientras hacía las últimas compras para esos días, menos unos pocos que parecían bastante estresados y acalorados –la mayoría de ellos, hombres– e iban de un lado a otro intentando encontrar el regalo perfecto para sus seres queridos antes de que cerrasen las tiendas.

–¿Quieres que nos sentemos un rato? –me preguntó Ben mientras paseábamos ya de vuelta hacia Mistletoe Square, y me señaló uno de los bancos que había en el parque–. No quiero que la tarde a solas se acabe todavía.

–Yo tampoco, así que me parece una idea estupenda.

Así pues nos sentamos en el banco unos minutos y nos quedamos bastante tiempo sin hablar, saboreando estos últimos momentos nuestros en calma.

–¿Hace demasiado frío, Elle, o estás bien?

–No, si me acurruco aquí contigo estoy bien.

Ben se acercó un poco más a mí y me rodeó con los brazos.

–¿Así mejor?

–Siempre.

–Oye, antes estaba pensando… –empezó a decirme, pero notaba que tenía cierto reparo en seguir–. Espero que no te lo tomes a mal, porque tengo muy claro que no es mi problema.

–Esta introducción no me está gustando demasiado…

–No, mujer, no es nada malo. Solo te quería preguntar si habías hablado con tus padres estos días.

De repente, me erguí en el banco y me separé de Ben.

–¿Para qué?

–Porque es Navidad, ¿no? –me respondió, sorprendido ante mi fría reacción.

Me relajé y apoyé la espalda en el respaldo del banco mirando hacia el frente.

–Pues sí, que sepas que les he mandado un correo.

–¿Les has mandado un correo electrónico? ¿Para felicitarles las fiestas?

–¡Sí! –le respondí. Ya me sentía un poco mal, así que no necesitaba que nadie me lo recordara–. ¿Y tú has hablado con tus padres? –le pregunté para cambiar las tornas.

–Pues mira tú por dónde, sí, los he llamado hoy.

–¿Ah, sí? –me pillé diciendo, ya que no me lo esperaba–. ¿Cuándo?

–Esta mañana, mientras te arreglabas para salir. En realidad solo los he llamado para decirles que no iba a ir para Navidad, pero al final la conversación ha durado mucho más de lo que pensaba.

–Ah –le dije. En realidad me alegré mucho de que Ben hubiese hablado con ellos, pero una parte egoísta de mí esperaba que ahora no me fuese a decir que finalmente iba a marcharse a pasar estas Navidades con ellos–. ¿Y eso por qué?

–Pues no lo sé. Seguramente por todo lo que ha estado pasando en la casa –respondió y se giró para poder ver Casa Christmas al final de la plaza–. Me ha hecho pensar mucho en mi pasado, sobre todo cuando Angela nos contó lo de su hija anoche. Inevitablemente me vino mi madre a la cabeza y las posibles razones por las que quizá me abandonó.

–En realidad no sabes si te abandonó. Podría haberle pasado como a Angela, que no abandonó a su pequeña, sino que la obligaron a darla en adopción.

–A mí sí que me abandonaron –me aseguró Ben sin mirarme a los ojos, ya que seguía con la mirada perdida en el horizonte–. Me lo confirmaron para que lo supiera.

274

Al escuchar su respuesta, le cogí la mano al instante.

—Me dejaron en un orfanato en Nochebuena, poco después de haber nacido. No dejaron ningún nombre, solo a mí. Por suerte, me acogieron allí y me cuidaron hasta que aparecieron mis padres adoptivos. ¿Y sabes qué?

—¿Qué? —le pregunté y me di cuenta de que a Ben se le empezaban a humedecer los ojos.

—Ni siquiera fui su primera opción. El bebé al que iban a adoptar al final volvió con su madre porque al parecer la mujer cambió de opinión. Yo no tuve la misma suerte.

Ben entonces se giró hacia mí y ahora sí pude ver la aflicción que sentía. Tenía la cara contraída intentando contener toda la emoción y el dolor que llevaba dentro.

—Así que no solo soy adoptado porque mi madre me abandonara, sino que, además, ¡ni siquiera fui la primera opción de mis padres adoptivos! Parece que nadie me quería...

—Yo sí que te quiero, Ben —le aseguré mientras veía como las lágrimas que había intentado retener durante todo este tiempo empezaban a rodarle por las mejillas—. Yo sí que te quiero.

Ben me miró fijamente y, entre toda esa emoción, creí adivinar una mezcla de amor y gratitud en sus ojos. Entonces, antes de poder añadir nada más, se inclinó hacia mí, apoyó la cabeza en mi hombro y empezó a sollozar mientras yo le acariciaba con ternura el pelo.

Después de unos minutos, se incorporó de nuevo, se tapó la cara con las dos manos y me dijo:

—Lo siento, Elle. No quería echarte todo esto encima. No es justo para ti —se disculpó y empezó a frotarse los ojos con rabia, intentando eliminar como podía cualquier prueba de su vulnerabilidad—. ¿Qué clase de hombre soy? Sollozando en tu hombro como un bebé.

Ben movió la cabeza de un lado a otro, como si así pudiera quitarse de encima todo lo que sentía y lo que llevaba dentro.

—Ben, te aseguro que eres más hombre que todas mis exparejas juntas. Un hombre tiene que ser muy valiente para mostrar sus sentimientos y para permitirse hablar de ellos con libertad. No es como antes, no estamos en una de las historias de Estelle donde los hombres tenían que ser fuertes, mantener la boca cerrada y no mostrar ningún tipo de emoción.

—Pues menos mal, ¿eh? —bromeó Ben para quitarle un poco de hierro al asunto—. Porque no hubiese encajado nada bien.

—Te lo digo muy en serio. No pienses nunca que eres débil por mostrar lo que sientes. Eres un hombre valiente, fuerte, amable y… te amo —acabé diciendo, esperando que ahora fuese el momento correcto para decírselo.

A Ben se le abrieron los ojos como platos, parecía sorprendido y maravillado al mismo tiempo.

—Por si no te habías dado cuenta todavía, yo también te amo, Elle. Solo hace seis días que nos conocemos y no sé por qué no me parece nada raro decírtelo.

—Ya lo sé. Pero tengo que admitir que lo que siento por ti me asusta, y mucho.

—¿Por qué?

—Pues porque ya me han hecho daño antes y me moría de miedo de que me volvieran a romper el corazón. Después de mi ruptura, me prometí que iba a preocuparme solo de mí y que me iba a dar prioridad, pero luego os conocí a Estelle, a Angela y a ti, y todo se fue al traste. No sabía que se podía querer tanto a una persona ni pensar tanto en ella.

—Elle, yo nunca te rompería el corazón porque, si lo hiciera, también me rompería el mío.

—Ben… —fue lo único que pude decir, ya que me había dejado sin palabras—. ¿Qué hemos hecho para merecer habernos encontrado estas Navidades?

—Pues claramente ha tenido que ser algo muy especial —me contestó él, que se volvió a acercar a mí.

El viento helado de aquella tarde de diciembre era lo último que nos preocupaba mientras nos abrazábamos y nos besábamos en el banco.

—Llama a tus padres, Elle —me dijo de repente y rompió el silencio mientras estábamos allí sentados—. Llámalos ahora que todavía puedes.

—Quizá un poco más tarde —le contesté. No quería pensar en eso ahora—. Ahora mismo estoy la mar de feliz aquí contigo.

—Haría lo que fuera por poder hablar con mi madre biológica —siguió diciendo él, que no quería dejar el tema todavía—. Para saber más sobre el motivo por el que se separó de mí. No me malinterpretes, mis padres adoptivos me han cuidado y me han querido muchísimo; he tenido una infancia muy feliz y no me ha faltado de nada. Los quiero y ellos me quieren a mí. Hoy nos lo hemos dicho otra vez y hacía... Bueno, ni siquiera me acuerdo de cuánto tiempo hacía. No tengo ningún problema con ellos, cuando los he necesitado siempre han estado allí y les estaré agradecido toda mi vida. Pero sí que tengo una espinita clavada con la mujer que abandonó a su hijo. Si pudiera saber por qué lo hizo, quizá entonces podría pasar página.

—Los llamaré esta noche —le aseguré—. Te lo prometo. Lo haré por ti.

—No, Elle —repuso Ben—. Lo tienes que hacer por ti y por tus padres. Si hemos aprendido algo de las historias de Estelle es que la familia lo es todo, ya sea la que te ha criado o la que has ido construyendo y con la que has elegido vivir, y tenemos que valorarla mientras la tenemos. Sobre todo en Navidad.

—Bueno, y entonces... —dijo Estelle en la mesa después de que todos hubiésemos disfrutado de la deliciosa cena que Angela nos había preparado. Esta vez había sido solomillo Wellington con judías verdes y puré de patata—. ¿Qué te ha parecido la experiencia de vivir en esta casa, Elle? ¿Ha cumplido tus expectativas?

A decir verdad, la pregunta de mi anfitriona me pilló bastante desprevenida.

–Pues sinceramente tampoco te sé decir muy bien qué expectativas tenía cuando llegué –le contesté–. Sin duda no esperaba ese nivel de detalle que hemos visto en tus historias.

Estelle sonrió complacida.

–La verdad es que estoy muy orgullosa de mis habilidades narrativas. Me alegro de que las hayas disfrutado tanto.

–¿Hay alguna más? –preguntó entonces Ben–. No sé si estaba previsto que yo me uniera a esta aventura, pero me alegro muchísimo de haberlo hecho.

Al decir esto me miró a los ojos y con una sonrisa me dio un pequeño apretón en la mano. Estelle se nos quedó mirando, concretamente nos miró las manos, que las teníamos entrelazadas y encima de la mesa.

–Claro que estaba previsto, Ben –afirmó–. Nunca lo pusimos en duda.

A Ben aquella respuesta le desconcertó tanto como a mí.

–¿Qué quieres decir? –quiso saber.

–Nada, nada –lo cortó Estelle, moviendo la mano para que pasáramos a otro tema.

–Pero es que me parece bastante raro, la verdad –insistió Ben.

–Creo que lo que Estelle quería decir es que desde el momento en el que viniste a arreglar las luces del árbol nos dimos cuenta de que había una chispa especial entre tú y Elle –intervino rápidamente Angela–. Que surgiera el amor entre vosotros era algo irremediable.

–¡Pues parece que visteis algo que a nosotros se nos escapaba! –repuse yo riendo–. Lo último que quería cuando llegué a esta casa era encontrar pareja, os lo puedo asegurar.

–Y yo –añadió Ben–. Pero estoy muy contento de haberlo hecho.

Y de nuevo nos miramos el uno al otro, con los ojos llenos de emoción.

–Perfecto, así la primera parte del plan ya está en marcha –dijo Estelle con orgullo–. Y ahora vamos a por la segunda.

Ben y yo intercambiamos otra mirada, pero esta vez no de amor, sino de confusión total. Cuando estaba a punto de volverle a pedir que nos aclarase qué quería decir con eso, la mujer volvió a hablar.

–¿Ya tienes todo lo que necesitas, Elle? Para escribir sobre mi familia y esta casa, quiero decir.

–Creo que sí. Pero ¿ya hemos acabado? ¿No hay más historias? Esperaba que avanzásemos un poco más, nos hemos quedado en 1962. Ya entiendo que desde entonces tú y Angela habéis vivido aquí, pero supongo que habrán pasado más cosas en Navidad durante ese tiempo.

–Sí, claro que sí, de hecho, durante esa época quizá tuvimos unas de las Navidades más importantes de nuestra historia.

–¿Esa es la que nos vas a contar esta noche? –le pregunté ilusionada.

Estelle asintió y apartó la mirada en busca del reloj.

–Y fijaos, ya casi es la hora.

Fui a decirle que era imposible porque cuando empezamos a cenar no eran más de las siete, pero cuando comprobé la hora en el reloj de la repisa de la chimenea vi que efectivamente estaban a punto de dar las ocho.

–Vamos –nos pidió Estelle entonces y se levantó para poner rumbo a su destino, su sillón preferido junto al fuego. Me chocó la soltura con la que parecía moverse, ya que siempre había necesitado la ayuda de Angela para ir de un sitio a otro–. Tenemos que estar listos. Esta noche nos espera una historia larga.

–¿Quieres que te eche una mano con los platos, Angela? –le pregunté, sabiendo que le gustaba recoger la mesa antes de sentarnos para escuchar una de las historias de Estelle.

–No, no. No te preocupes –me dijo–. Cuando volvamos, ya estará todo recogido.

Al parecer, ahora era Angela la que decía cosas raras. ¿Qué les pasaba a estas dos aquella noche?

—Estáis un poco raras esta noche —dejé caer mientras Ben y yo ayudamos a Angela a colocar los sillones en su sitio para sentarnos junto a Estelle al lado de la chimenea—. Y que yo diga eso, después de todo lo que hemos visto, es un poco preocupante.

—Anda, anda —me intentó acallar Estelle—. Todo va a salir estupendamente. Ya lo verás —dijo, y entonces clavó la mirada en el árbol de Navidad, que como cada noche tenía todas las luces encendidas junto a la ventana—. Esta noche nos remontamos a 1984.

—¡El año en el que nacimos! —celebró Ben—. ¡Qué bien!

—Así es —asintió Estelle—. Y eso es precisamente lo que vamos a presenciar. El nacimiento de Elle.

—¿Qué? —exclamé de pronto—. ¿Qué quieres decir? ¿Mi nacimiento? ¿Y qué tiene que ver mi nacimiento con esta casa?

—Paciencia —nos pidió Estelle, que me miraba por encima de las gafas—. Lo entenderás todo a su debido tiempo, Elle.

Antes de que pudiera añadir nada más, el reloj marcó las ocho de la noche y, como cada noche, la luna bañó con su luz nuestra ventana e iluminó una figurita nueva del árbol de Navidad. Esta vez, el rayo de luz cayó sobre dos querubines regordetes con alas que se cogían de las manos. No tuve tiempo de protestar ni de hacer más preguntas, ya que la habitación empezó a dar vueltas y nos transportamos a 1984.

Veintidós

Mistletoe Square, Londres
Nochebuena de 1984

Do They Know It's Christmas?

Mientras el salón iba cambiando poco a poco, algunos muebles iban desapareciendo, pero esta vez el cambio no fue tan sustancial. El mobiliario que perdimos fue rápidamente sustituido por un sofá y dos sillones con un estampado floral azul muy bonito. Bajo nuestros pies, apareció una alfombra color crema, y las paredes, que ahora estaban pintadas de rosa al agua, también tenían un borde con detalles florales.

—¡Ay, ahora me acuerdo! —dijo Angela dando vueltas sobre sí misma para absorber todos los detalles de la estancia—. Lo diseñé yo, ¿verdad, Estelle?

Estelle asintió con cara de disgusto.

—Sí, y esa fue la última vez que te dejé tomar la iniciativa con la decoración de la casa. Era demasiado... bonito para mi gusto, ya lo sabes.

—Era lo que se llevaba en aquella época. ¡Mira, nuestro antiguo televisor! —exclamó Angela y salió corriendo hacia la enorme televisión que había allí, y debajo, en un estante negro metálico, vi un reproductor de vídeo que tampoco era pequeño precisamente—. ¿Te acuerdas de las cintas, Estelle? Solía bajar al videoclub para alquilar alguna película... ¡Te encantaban!

—Es verdad que me gustaba ver películas antiguas... Pero nada de esas películas modernas que te gustaba coger a ti. ¿Cómo decías? ¿La pandilla de buenorros?

—No, la pandilla de mocosos, mujer —la corrigió Angela, que repasaba las cintas que tenían apiladas al lado de la tele—. La verdad es que tengo que admitir que me obsesioné un poco con Rob Lowe, ¡y eso que yo ya tenía casi cincuenta!

—El árbol está muy bonito —comentó Ben, lo que hizo que las tres nos girásemos para mirarlo y, como siempre, lo encontramos en el mismo sitio, junto a la ventana.

Estaba lleno de guirnaldas de mil colores con bolitas y más adornos coloridos, con detallitos brillantes y todas las figuritas que ya reconocíamos de las historias pasadas, además de otras más modernas y brillantes de color rojo, verde y dorado.

—¿Verdad que sí? —dijo Angela con un tono melancólico—. Y parece que fue ayer cuando estaba colgando todo eso en el árbol…

En ese momento empecé a toser forzadamente mientras los demás parecían muy concentrados en examinar el salón de arriba abajo.

—¿No os habéis olvidado de algo? ¿Qué pasa conmigo? ¿Qué tengo yo que ver con las Navidades de 1984 en esta casa?

—Pero a ver, Elle…, ¿qué te he dicho yo antes? —me reprendió la mujer—. Un poco de paciencia, jovencita. Pronto lo entenderás todo.

De repente escuchamos cómo la puerta de la entrada se abría y se cerraba, y se oyeron unos pasos rápidos que se acercaban por el pasillo.

—Estelle, ¿estás en casa? —preguntó una voz conocida y, acto seguido, una Angela más joven que la nuestra asomó la cabeza por la puerta del salón—. ¡Estelle! —gritó de nuevo por el pasillo—. ¡Perfecto! —celebró y, en cuanto entró en el salón, fue directa hacia la televisión.

Aquella Angela parecía mucho mayor que la que habíamos visto en 1962. Llevaba la melena pelirroja muy alocada y rizada, y se le empezaban a adivinar unas pocas arrugas alrededor de los ojos, pero la ropa que llevaba –un par de mallas deportivas, unos calentadores y una sudadera que llevaba escrito ESTUDIO DE BAILE COCOLOCO– seguía siendo tan llamativa y divertida como la de la Angela de los sesenta y la que conocíamos nosotros en la actualidad.

La mujer se sacó la cinta del bolso y la metió en el reproductor de vídeo. Seguidamente, cogió una silla, apoyó los pies en una de las mesitas auxiliares y una música que nos resultó bastante familiar inundó la estancia mientras aparecieron los créditos de la película *Flashdance.*

–*What a feeling!* –cantaron al unísono las dos Angelas.

Descubrimos que ninguna de las dos afinaba, pero al menos ambas lo hacían igual, con una compenetración estupenda.

De golpe, la más joven se levantó y empezó a bailar con toda su pasión por el salón. Ben, Estelle y yo no pudimos evitar sonreír al verla así, dándolo todo.

–No os riais –nos reprendió Angela–. ¡Estaba convencida de que lo hacía genial!

–¿Angela, eres tú? –preguntó desde el pasillo otra voz que reconocimos al instante, y seguidamente oímos el portazo de la puerta principal–. Sí, aquí estás.

Ahora teníamos ante nosotros otra versión de Estelle, más joven que la que conocíamos bien, pero mucho mayor que la que habíamos visto en la última historia. Esta vez la ropa que llevaba no era muy diferente a la que nuestra anfitriona se solía poner cuando la conocimos: un elegante y sencillo vestido y un cárdigan abotonado. Sin embargo, en los pies, en lugar de sus habituales zapatos planos, llevaba unos botines de ante negro con pequeños pliegues en los tobillos. Su larga melena ya era totalmente plateada, le caía por los hombros y, para decorarla, llevaba un lazo en forma de mariposa. Además, lucía unas gafas enormes y redondas con una montura dorada que parecían ocuparle prácticamente toda la cara.

—¿Pero qué haces, mujer? —le preguntó entonces a Angela con los ojos como platos.

Angela dejó a medias su última pirueta y bajó poco a poco la pierna hasta que su pie volvió a tocar el suelo.

—Aerobic —dijo para intentar salir de aquel apuro—. Para mantenerme en forma, ya sabes.

—Te bastaría con salir a caminar a paso ligero —le recomendó Estelle, y la miró de arriba abajo—. No se necesita ni un modelito ni música. —Entonces se giró para mirar la televisión—. ¿*Flashdance*?

—Sí. ¿Cómo lo sabes? —le preguntó Angela, totalmente perpleja.

—Angela, ya deberías saber que me interesan muchas cosas, aunque no lo diga. Venga, ahora apaga la tele, quiero comentarte algo.

Angela, obediente, paró la película, pero no desconectó la tele, sino que le bajó el volumen para dejarla de fondo.

—¿Qué pasa? —le preguntó y volvió a sentarse en el sillón.

—¿Está todo listo para mañana? —quiso saber Estelle—. Los preparativos para Navidad, quiero decir.

—Por supuesto —le aseguró su amiga—. Si hay algo que se me da bien en esta vida, como ya sabrás, Estelle, es cocinar. Este año la cena de Navidad será todo lo que querías y más.

—No lo dudo —asintió Estelle—. ¿Tenemos sitio para dos invitados más?

Angela se quedó pensando un momento y dijo:

—Creo que sí. Te refieres además de las mamás y sus criaturas, ¿no?

—Sus hijos, Angela. Ya sabes que no me gusta usar la palabra «criatura». Ya sé que estás cocinando para mucha gente en Casa Holly, pero también me gustaría invitar a Tanzy y Luke. Nos han ayudado tanto estas últimas semanas y no tienen adonde ir… La madre de Tanzy vive en Escocia y está demasiado lejos para viajar en su estado.

—Claro, no hay ningún problema —accedió Angela—. ¡Lo tendré todo listo!

–Perfecto –celebró Estelle y volvió a mirar la televisión, que quedaba detrás de su compañera–. ¿Han llegado al puesto número uno?

–Sí –le confirmó Angela, siguiendo la mirada de Estelle–. Qué alegría, ¿eh? Conseguirán muchísimo dinero para las organizaciones benéficas.

En ese momento todos miramos la pantalla y vimos que estaban poniendo la canción de Band Aid *Do they know it's Christmas?*.

–Tanzy me ha dicho que quiere ir a África cuando tenga al bebé –le dijo Estelle y miró a Angela con complicidad.

–Tiene muy buen corazón –comentó Angela–, pero no creo que la vida de voluntariado y la de madre encajen demasiado…

–Ya lo sé. Intenté comentárselo, pero está más que decidida a hacerlo. Te explicó la promesa que hizo, ¿no?

Angela asintió.

–Llevaban tanto tiempo intentándolo, Estelle, que tampoco puedes culparlos por sentir que ahora tienen que cumplir con su parte.

Estelle la miró con cara de pocos amigos.

–No me estarás diciendo que te crees que han hecho un pacto con Dios, ¿no? «Ayúdame a quedarme embarazada y te prometo que dedicaré mi vida a ayudar a los demás».

–Pues claro que no, pero, cuando la gente está desesperada y no sabe qué otra cosa hacer, a veces se refugia en la fe, ¿no?

–Y ahora se ve obligada a pasarse la vida ayudando a otras personas solo porque por fin ha logrado quedarse embarazada.

–Tampoco es un mal plan –admitió Angela, volviendo a mirar la televisión en el momento en que en la pantalla aparecía un bebé llorando de hambre mientras su madre intentaba consolarlo.

–No –dijo Estelle con voz queda–. Tienes toda la razón.

Dicho esto, las dos se quedaron mirando la pantalla en silencio unos segundos más.

–Pobre Tanzy –comentó Angela cuando acabó la canción–. Es

que tiene tantas ganas de ser madre… Me lo contó todo un día: cuánto tiempo llevaban intentándolo y cuántas veces los han perdido. Para ella, el bebé que lleva en la barriga ahora mismo es un milagro, sobre todo teniendo en cuenta que saldrá de cuentas en estas fechas. ¿Qué mal podría hacer dedicando su tiempo a la caridad si con ello consigue lo que más ha querido en la vida?

—Angela, esto no suele pasar, pero tengo que admitir que en esta ocasión tienes toda la razón —le dijo Estelle y alargó los brazos hacia ella con una sonrisa. Su amiga, bastante sorprendida por ese gesto y esas palabras, se levantó, se acercó a ella y las dos se abrazaron—. Has tenido una buena maestra —añadió entonces Estelle.

Angela arqueó las cejas, un tanto ofendida, pero abrazó a su amiga incluso con más fuerza.

—Bueno, venga… —empezó a decir la propietaria de la casa con un tono mucho más familiar mientras se separaba de Angela—. Tenemos mil cosas que hacer si queremos preparar una Navidad digna de recordar para nuestras mamás y sus bebés.

—¡Pues sí! —exclamó cantarina Angela.

—¿Tienes todos los ingredientes? —le preguntó Estelle—. ¿Necesitas que salga a por algo más?

—No digas tonterías, mujer. Sabiendo que tengo que cocinar para la *troupe* que nos espera mañana, ¿cómo iba a dejar las compras para Nochebuena? ¡A estas alturas, en las tiendas ya no queda nada!

—Vale, vale. Perfecto entonces —añadió Estelle—. Si lo tienes todo a punto, no digo nada más. A mí me quedan un par de regalos que envolver para las madres y sus hijos. ¡Vamos a ello!

Las dos mujeres se encaminaron hacia el pasillo y nos dejaron a solas en el comedor.

Estelle, Angela y Ben se giraron para mirarme, pero mi cerebro estaba tan sobrepasado por lo que acababa de presenciar que ni siquiera me sentía capaz de hablar.

—Elle, ¿tus padres se llaman Tanzy y Luke por casualidad? —me preguntó Ben en voz baja.

Asentí con la cabeza.

–¿Sabías que conocían esta casa? –me preguntó con una voz calmada y pausada, como si supiera que estaba en *shock*.

–No –respondí, aún intentando procesar toda la información que acababa de recibir–. Ni siquiera sabía que hubieran estado aquí.

–Elle, ¿estás bien? –me preguntó entonces Estelle, con voz amable–. Estás un poco pálida. ¿Quieres sentarte un momento?

Negué con la cabeza.

–No puedo, ¿no? –murmullé, sin poder dejar de darle vueltas a lo ocurrido–. Los sillones no están aquí de verdad, solo en nuestra imaginación.

–Elle, sé que crees que no les importabas mucho a tus padres –me dijo Estelle con toda la delicadeza que pudo mientras se acercaba a mí–. Pero sí les importabas, y mucho. Eras lo que más querían en este mundo. Tanto era así que tu madre hizo esa promesa.

–Y por lo que parece la cumplió –añadió Angela–. Sabía que lo haría. Me acuerdo muy bien de los dos. Era una pareja entrañable.

–Si Tanzy cumplió la promesa de la que hablan Angela y Estelle –dijo Ben–, ¿crees que eso explica por qué de pequeña sentías que siempre priorizaban a los demás antes que a ti?

–No lo sé –le dije mirándolo a los ojos–. Puede ser.

–Sé que quizá a veces te pudo haber parecido que los demás les importaban más que tú –intentó explicarme Estelle de nuevo, todavía hablándome con una voz calmada y llena de cariño–. Sobre todo cuando se implicaban tanto con los trabajos de organizaciones benéficas, pero tanto Angela como yo sabemos que no era así. Tenerte lo era todo para ellos, y estaban dispuestos a hacer lo que hiciera falta para poder estar juntos.

–Me siento fatal –confesé, y la verdad es que tenía muchas ganas de sentarme, aunque sabía que no podía–. Mis padres dedicaron sus vidas a ayudar a los demás y siempre los he culpado por lo que eso había implicado para mí, cuando en realidad debería haberme sentido orgullosa de ellos. Yo pensaba que no les importaba nada o que no eran de celebrar los cumpleaños ni las fiestas, cuando en realidad lo único que hacían era ofrecerles una buena Navidad a las personas que no tenían nada.

–Tu postura es totalmente comprensible –me tranquilizó Ben, que también se me acercó y me pasó el brazo por encima del hombro–. Cuando eres un niño no piensas en esas cosas. Solo puedes ver y sentir de acuerdo con la información que tienes en el momento. A esa edad no podemos ver más allá.

–Estoy segura de que también te dieron mucho amor y guardaron tiempo para ti en Navidad –me aseguró Estelle–. Quizá algunos de los recuerdos más bonitos han ido perdiéndose con los años porque te has centrado en las cosas que te hicieron daño. A veces es mucho más fácil recordar algo doloroso que algo bonito, porque el dolor es una emoción mucho más fuerte.

–Sí –intervino Ben, dándole la razón a la mujer–. ¿Te acuerdas cuando esta mañana me has hablado de las Navidades que pasasteis en casa de tu abuela? Esos eran recuerdos felices.

–Supongo que tenéis razón –dije y miré a mi alrededor para verlos a todos–. Quizá tendría que hablar con mis padres un poco más e intentar recordar las Navidades que pasamos juntos.

–Creo que es una buenísima idea –me aseguró Estelle mientras me acariciaba cariñosamente el hombro.

Este sencillo gesto hizo que de repente una sensación de calidez y tranquilidad me recorriera el cuerpo. La miré, un tanto confusa, pero ella simplemente me sonrió con calma.

–¿Y ya está? ¿Ya hemos vuelto? –preguntó Ben, girándose para observar la sala–. ¿Eso es todo lo que vamos a ver de 1984?

–No, tenemos mucho más que enseñaros –le contestó Estelle–. A los dos.

–¿A los dos? –preguntó Ben, que de repente se alarmó un poco–. ¿Qué quieres decir?

–Venid conmigo –nos pidió entonces Estelle, que empezó a

avanzar hacia la puerta–. Ahora ya han pasado unas cuantas horas.

Ben y yo nos miramos el uno al otro sin entender muy bien qué estaba pasando, pero Estelle y Angela ya estaban de camino al pasillo. Cuando por fin reunimos fuerzas para ir tras ellas, Ben me cogió de la mano con fuerza.

–Quizá me equivoco, pero he dado por hecho –nos dijo Estelle dándose la vuelta para vernos bien– que habéis entendido que, cuando antes hemos hablado de «nuestras mamás», nos referíamos a las mujeres de nuestra organización benéfica.

Ben y yo asentimos a la vez.

–Perfecto. Tu madre y tu padre, Elle, vinieron a ayudarnos después de que ella se quedara embarazada de ti. Fue su primera misión en la lista que se fueron marcando para cumplir su promesa de ayudar a los demás.

–Nos alegramos mucho de poder contar con ellos –intervino Angela–. Para aquel entonces, la gente ya empezaba a hablar de nuestro trabajo y estaban llegando muchísimas mujeres en busca de ayuda.

Estelle la miró y asintió antes de añadir:

–A algunos de los vecinos y a las empresas de alrededor no les hacía mucha gracia que en la plaza de una zona de postín como la suya se hospedaran lo que a sus ojos eran «mujeres de mala vida».

Las palabras de nuestra anfitriona me estremecieron.

–No es una descripción muy amable, sin duda –continuó Estelle–, pero lamentablemente era lo que muchos pensaban, a pesar de que ya estábamos a mediados de los ochenta. La gente juzgaba demasiado deprisa, ya que en realidad ninguna de esas mujeres era una facilona o una fresca, o ninguna de las palabras que la gente usaba para hablar de ellas. Esas mujeres habían tenido que pasar por una situación muy dura a causa de su embarazo, ya que a las jóvenes sus padres las solían echar de casa y las más adultas, por lo general, venían de relaciones de maltrato. Acogíamos a todo tipo de mujeres en nuestra casa, cada una con su historia y su pasado. Lo único que tenían en común era que nos necesitaban y por eso las ayudábamos sin hacerles preguntas ni juzgarlas.

—Eso es lo que hacíamos, sí —nos reafirmó Angela, asintiendo mientras recordaba aquella época—. Construimos una familia aquí, sobre todo en Navidad. Me encantaba.

—Y a mí —le aseguró Estelle—. Ni Angela ni yo formamos nunca una familia, así que estas madres y sus hijos se convertían en nuestra familia temporal. Algunas se quedaban más tiempo que otras, dependiendo de cada situación, y muchas de ellas mantenían el contacto con nosotras después de marcharse.

—Qué bonito —les dije conmovida por todo lo que nos estaban contando las dos mujeres—. Antes hablabais de la gran labor de mis padres ayudando a los demás, pero es justo lo que hacíais vosotras aquí, ayudando a estas familias a permanecer unidas, dándoles el espacio y el apoyo que necesitaban esas madres para poder cuidar de sus bebés.

—Como yo no pude —dijo Angela moviendo la cabeza.

—Ay, Angela… No quería decir eso.

—No, ya lo sé. En realidad, todo fue gracias a Estelle, ella es quien se ha pasado la vida ayudando a los demás. Primero a su madre, después a toda la gente que trató y curó en la guerra, después a Christian y finalmente a mí. No sorprendió a nadie cuando convirtió su casa en un refugio para mujeres.

—No podría haberlo hecho sin ti, Angela, como bien sabes —le dijo su amiga y las dos volvieron a mirarse con mucho cariño—. Y tampoco he hecho nada que no hubiese hecho mi madre, la verdad —continuó Estelle—. O muchos de mis antepasados que vivieron en esta misma casa. En la familia Christmas tenemos la maravillosa tradición de ayudar a los demás.

—Es verdad, ¿eh? —intervine, recordando todas las historias que nos había ido contando—. Tienes que estar muy orgullosa de tu familia, Estelle.

–Sí que lo estoy. Y por eso mismo te pedí que me ayudaras a escribir sus historias, para no perderlas nunca.

–Por supuesto. Y será todo un honor, te lo aseguro.

Estelle asintió.

–Bueno, pero dejemos de hablar de Angela y de mí. Tenemos que centrarnos en vosotros dos. Dentro de poco verás a tu madre y a tu padre, Elle. Te lo digo porque a veces a la gente le choca bastante. En el resto de historias, no conocíais a nadie, exceptuándonos a Angela y a mí, y ahora vas a ver ante tus ojos a las personas que te trajeron a este mundo.

Procesé como pude lo que Estelle acababa de decirme y guardé en algún rincón de mi cerebro la frase «a veces a la gente le choca bastante»… ¿Eso significaba que ya le había contado sus historias a otras personas? Aunque mi mente echaba humo con mil preguntas más, la verdad era que en estos momentos mi atención estaba totalmente volcada en la idea de que iba a ver a mis padres de jóvenes.

–Estoy preparada –dije cogiendo fuerzas, y noté que Ben volvía a apretarme la mano cariñosamente.

–Pues vamos allá –anunció entonces Estelle, y nos señaló con la mirada hacia las escaleras enmoquetadas.

Justo el mismo sitio por el que la Angela de 1984 bajó corriendo en ese momento. Cogió el mango del teléfono verde que había en el pasillo y la vimos marcar el número de urgencias, cosa que le llevó un buen rato, ya que cada vez que marcaba un número tenía que esperar a que la rueda volviera a su sitio para introducir el siguiente.

–Hola. Sí, con el servicio de ambulancias, por favor –dijo atropelladamente.

Esperó unos instantes a que la pasaran con otra persona y mientras tanto no dejaba de mirar nerviosa hacia la planta superior.

–Sí, miren, necesitamos una ambulancia –volvió a decir–. Casa Christmas, en Mistletoe Square, Bloomsbury. Acaba de nacer una criatura y parece que tiene problemas para respirar. Ah…, uy…, ¡Caramba! ¿De verdad? ¿Cree que funcionará? De acuerdo…, lo intentaré –dijo, colgó el teléfono, cogió una libreta que había al lado y empezó a rebuscar entre sus páginas–. ¿Dónde te has metido? ¿Dónde? –mascullaba con impaciencia mientras pasaba las páginas–. ¡Aquí está! –exclamó y, seguidamente, empezó a repetir aquel tedioso proceso para marcar otro teléfono.

–Parece mentira que consiguiéramos comunicarnos así, ¿eh? –comentó Angela mientras veía a su pobre versión más joven esforzándose por ir lo más rápido que podía–. Es un poco diferente a lo que hacemos ahora cuando tenemos que llamar a alguien y tocar unos botones en el móvil…

–Pero ¿por qué estás pidiendo una ambulancia? –le pregunté y también miré nerviosa hacia las escaleras–. ¿Qué está pasando?

–¿Sabías que cuando naciste tuviste problemas para respirar? –me preguntó Estelle.

–Eh… sí, más o menos. Sé que estuve en el hospital cuando era un bebé, no lejos de aquí, en el Great Ormond Street. Un momento, ¿me estás diciendo que el bebé del que estás hablando soy yo? ¿Que nací aquí, en esta casa?

Estelle asintió.

–Tu madre no salía de cuentas hasta enero, pero viniste antes de tiempo.

–Estelle y yo habíamos atendido un par de partos en casa –explicó Angela–, pero, en el caso de las mamás a las que ayudábamos, estábamos con ellas antes y después de haber dado a luz. Sin embargo, Tanzy rompió aguas y empezó a dilatar muy rápido. No quiso ir al hospital, así que decidimos tener un parto natural aquí.

Volví a mirar hacia el piso superior. ¿Cómo podía estar pasando todo esto? Era verdaderamente una locura.

–¡Por fin! –exclamó la Angela de los ochenta–. Sí, necesito un taxi en Mistletoe Square, Bloomsbury, lo antes posible, por favor, ¡es muy urgente! No, no podemos esperar veinte minutos. ¿No ha oído lo que le acabo de decir? ¡Es una emergencia! Bueno, pues tráigame uno lo antes posible. Me llamo Angela y estamos en el número cinco, Casa Christmas —exigió y colgó sin más.

—Angela, ¿cómo va la cosa? —le preguntó la Estelle del pasado desde arriba—. ¿Cuándo llegará la ambulancia? He conseguido que el bebé respire, pero tiene muchas dificultades, pobrecita mía...

Angela la miró con desesperación y luego al teléfono.

—¡Va a venir un taxi! —le chilló—. Prepáralos. ¡Tardo cinco minutos!

Sin ni siquiera coger un abrigo, Angela abrió la puerta y salió a la calle.

Nuestras Estelle y Angela nos animaron a seguirla, así que volvimos a encontrarnos en los escalones de la entrada de la Casa Christmas.

Como comprobamos en las otras ocasiones, Mistletoe Square no había cambiado tanto, quizá ahora estaba un poco más descuidada. Aun así, el parque seguía teniendo los mismos árboles y las mismas farolas, que como siempre bordeaban los límites de la plaza y bañaban la calle, ya fuera en el siglo XIX o en el XXI.

Sin embargo, no tuve tiempo de fijarme en más detalles para seguir buscando las diferencias, ya que vimos que Angela abría la puerta de Casa Holly y empezaba a chillar por el pasillo.

—¡Fred! —lo llamó—. ¡Fred! ¿Estás aquí? ¡Ven, date prisa!

Unos segundos después, un muchacho de unos catorce años salió a la puerta. Llevaba una camiseta del Arsenal, unos vaqueros azules y los pies descalzos.

—¿Qué pasa, Ang? A las mujeres casi les da un ataque cuando te han escuchado dar esos gritos por la puerta. Estábamos viendo *Cagney and Lacey* en la tele. Creo que no es el capítulo de Navidad, pero supongo que no me puedo quejar teniendo en cuenta que antes estábamos viendo *Coronation Street*...

—Fred, concéntrate, por favor. Necesito que me consigas un taxi para ya, es una emergencia. Tanzy acaba de dar a luz, ¡y necesitamos llevar al bebé al hospital lo antes posible!

Fred se la quedó mirando un momento y luego, en cuanto procesó lo que Angela le acababa de decir, se puso manos a la obra.

—¡Vale! —exclamó, y se agachó un momento para calzarse unas deportivas sin pararse ni siquiera a ponerse calcetines—. Iré tan rápido como pueda.

Salió disparado de allí, bajó los escalones de la entrada de Casa Holly y cruzó la plaza como una bala en busca de la calle principal.

—¿Qué pasa, Ang? —le preguntó una mujer que apareció entonces con un bebé en brazos—. ¿Dónde ha ido mi Fred con tanta prisa?

—Perdona, Eve, le he pedido a ver si podía salir corriendo y conseguirme un taxi. Tanzy acaba de dar a luz y el bebé no está del todo bien. La ambulancia ha dicho que iba a tardar y cuando he intentado pedir un taxi me han dicho que, al ser Nochebuena, están a tope.

—Ay, señor... —repuso Eve, e instintivamente abrazó un poco más fuerte a su bebé contra su pecho—. Ya me había dicho que se notaba un poco rara antes, pero pensé que era por todo el esfuerzo, como no para de trabajar, la pobre... Ya sabes cómo es. Espero que no le pase nada a la criatura. ¿Qué es, niño o niña?

—Una niña —le contestó Angela con una sonrisa—. Y muy bonita, la verdad. Pero se ve que no puede respirar bien y Estelle quiere que la llevemos al hospital lo antes posible.

Eve asintió.

—Seguro que Fred te consigue un taxi, ya verás. Es muy listo mi niño. ¡Mira, ahí lo tienes!

Angela se giró y vio que uno de los clásicos taxis negros londinenses doblaba la esquina y entraba en la plaza, y Fred corría un poco más atrás siguiéndolo por la acera.

Angela bajó los escalones de la entrada.

—¡Gracias a Dios! —exclamó cuando el taxista bajó la ventanilla.

—¿No será usted Angela, verdad? —le preguntó el taxista.

—Sí, sí, soy yo.

—Perfecto. A ese chaval que está ahí —me dijo mirando a Fred por el retrovisor–, casi lo atropello. ¡Se ha puesto delante del coche para conseguir que me parara!

–Tenemos que ir al Great Ormond Street, tenemos una emergencia –le explicó Angela rápidamente–. Dame un minuto y te traigo a los pasajeros.

Angela pasó corriendo junto a nosotros, entró en la casa y segundos después salió con Estelle, que llevaba a un bebé en brazos envuelto en una manta, y una pareja joven con un estilo bastante bohemio.

Me los quedé mirando unos instantes. Eran mis padres, no había duda. Estaban igual y a la vez tan distintos… Noté que de repente el corazón se me aceleraba dentro del pecho, pero al mismo tiempo percibí que me desconectaba un poco y dejaba de sentir. Por un momento que me pareció una eternidad creí que me iba a desmayar, pero, cuando vi a mi padre ayudar a mi madre a bajar las escaleras, las piernas se me movieron solas para seguirlos.

–¿Son tus padres? –escuché que me preguntaba Ben mientras yo bajaba a toda prisa los escalones de la entrada.

Pero fui incapaz de contestarle, solo podía observar la escena que estaba teniendo lugar delante de mí. Mi madre parecía tan joven… Aunque desde que tenía uso de razón siempre la había recordado con su pelo natural y corto, ahora lo llevaba teñido de color caoba y le caía por la espalda. Llevaba un cárdigan negro y largo encima de una camiseta blanca larga y holgada, y unos pantalones anchos color caqui. En las muñecas llevaba pulseras de mil colores y, a pesar de que era diciembre, iba con chanclas.

Estaba muy joven, pero también pálida, y parecía realmente cansada.

Mi padre la ayudaba a bajar con cuidado los escalones. Él también tenía más pelo del que nunca le había visto, moreno y espeso, en vez de canoso y débil. Mi padre llevaba unos vaqueros negros, un jersey gordo de lana y unas botas grandes de cordones. ¿Y eso que le brillaba en la oreja… era un pendiente? ¡Qué fuerte!

Sin darme cuenta alargué el brazo para tocarlo cuando pasó a mi lado, pero mi mano lo atravesó como si fuese solo aire.

Pareció darle un escalofrío y después se subió al taxi y se sentó al lado de mi madre.

—Por favor, ven con nosotros —le pidió mi madre a Estelle mientras le devolvía al bebé, que todavía me costaba asimilar que era yo, ahora que ya estaba sentada en el taxi—. Las dos, de hecho. No me fío del hospital. Sé que si estáis con nosotros todo irá bien.

Estelle miró a Angela y asintió.

—Ya voy yo con ellos ahora. Coge mi bolsa y un par de cosas para Tanzy, cierra la casa y vente para allí. Seguramente hacen que pase allí la noche.

—Vale —le contestó Angela—. Te veo allí en un rato —se despidió y cerró la puerta del coche para que el taxista pudiese salir a toda velocidad—. Bueno —añadió entonces girándose para mirar a Fred, que había estado allí todo este tiempo—, no me parece bien cómo has conseguido el taxi, Fred, pero lo importante es que lo has conseguido. Bien hecho.

El muchacho sonrió satisfecho.

—¿Irá todo bien? —le preguntó entonces, cambiando el semblante, que ahora claramente transmitía su preocupación—. El bebé estaba un poco azul…

—Espero que sí —le contestó Angela, con la mirada clavada en el horizonte por donde se había ido el taxi, que ya había desaparecido de Mistletoe Square—. Pero ya has oído lo que ha dicho Estelle, tengo que recoger unas cosas e irme derechita al hospital con ellos. —La mujer se giró para mirar las dos casas—. Así que te dejo al mando para que te encargues de todo esta noche, ¿de acuerdo?

Fred la miró sorprendido por las palabras que acababa de decirle.

—Es Nochebuena, Fred, alguien tendrá que llenar los calcetines de caramelos y poner los regalos debajo del árbol, ¿no? No quiero arriesgarme por si no llego a tiempo.

Fred hizo un saludo militar como acatando la orden que le daban.

—¡Yo me encargaré! Papá Fred lo preparará todo.

Angela no pareció quedarse muy tranquila, pero aceptó la situación y dijo:

—Perfecto. Lo he dejado todo en la planta de arriba, en la habitación del fondo. Cada regalo lleva el nombre, así que está todo clarito. No tiene pérdida.

—Vale. En la habitación del fondo y miraré los nombres.

—¡Muy bien! Te veré más tarde esta noche o seguramente ya mañana por la mañana. Eso sí, volveré para cocinar algo para la cena de Navidad.

Fred asintió y Angela subió los escalones de dos en dos y se perdió en la casa, y el niño hizo lo mismo pero en la casa de al lado. Cuando las dos puertas se cerraron detrás de ellos, nosotros nos quedamos en la calle.

—¿Estás bien, Elle? —me preguntó Estelle mientras subía los escalones para reunirme con el resto.

Asentí despacio con la cabeza y les dije:

—Pero sigo sin poder creerme que ese bebé fuera yo. Siento haber intentado tocar a mi padre, no me he dado ni cuenta.

—Es normal, considerando lo que estabas viendo —me tranquilizó Estelle—. Elle, sé que es muy extraño verse a una misma así, pero te aseguro que eras tú. Naciste en esta casa la Nochebuena de 1984 y, como has visto, tuvieron que ingresarte en el Great Ormond Street, donde cuidaron de ti hasta que empezaste a respirar correctamente de nuevo.

—Sí, vale. Todo eso lo entiendo, pero ¿por qué me he tenido que enterar ahora? ¿Por qué no me lo dijiste cuando me presenté en tu puerta para trabajar para ti si sabías quién era? ¿Me reconociste o todo esto ha sido una pura casualidad?

—A eso todavía no puedo responderte —me respondió Estelle, sacándome de mis casillas—. No hasta que acabemos con toda la historia de 1984.

—¿Y ahora qué viene, entonces? ¿Mis padres volvieron aquí y vivieron conmigo?

—Sí, durante un tiempo, pero luego decidieron marcharse y quedarse con tu abuela en Escocia, para que los ayudara contigo. Creo que Luke consiguió un trabajo por allí en otra organización benéfica, así que se quedaron una temporada. Esperaron a que tú crecieras un poco para empezar a moverse más y ayudar a las distintas organizaciones con las que trabajaban.

—Mantuvimos el contacto durante un tiempo —intervino Angela—, pero ya sabes cómo son las cosas… La gente va dejando de hablar con el paso de los años, pero siempre nos enviaban una postal para Navidad, ¿verdad que sí, Estelle?

La mujer asintió.

—Nunca nos olvidaron.

—¿Cómo iban a hacerlo? —dijo Angela, sonriendo—. El nombre de su hija lo eligieron en tu honor.

Me quedé perpleja ante la afirmación de Angela y entonces miré a Estelle.

—¿En tu honor? —le pregunté, sin poder creérmelo—. Pero yo pensaba que mi nombre era Noelle.

—Y lo es. Me emocioné mucho al ver que Tanzy y Luke querían llamarte Estelle, pero yo insistí para que te pusieran otro. Así que finalmente decidieron ponerte Noelle, que como sabes es tu nombre oficial, pero igualmente te llamaron Elle.

—Pues me hubiese gustado mucho más llamarme Estelle, la verdad —le respondí.

—Tú siempre serás Elle para nosotras —me dijo ella con una sonrisa—. Ha sido un absoluto placer conocerte después de todos estos años, Elle, de verdad. Te has convertido en una jovencita increíble.

—Bueno… Ya no tan jovencita —le rebatí, un tanto incómoda al escuchar las palabras de Estelle.

—Comparada con Angela y conmigo, sigues siendo un polluelo. Tus padres deben de estar muy orgullosos de ti.

De repente me sentí muy culpable. Hacía tiempo que los ignoraba bastante; me había pasado demasiados años culpándolos por cosas que claramente no habían pasado tal y como yo las recordaba. Tanto mi madre como mi padre habían sido y eran buenas personas, en el pasado y en el presente, y no se merecían que los juzgara por no haberme podido dar las Navidades con las que yo soñaba.

—Sí que lo están —le contesté finalmente con voz queda—. Muy orgullosos, como yo de ellos. Y en cuanto volvamos, los llamaré y se lo diré para que lo sepan.

—Muy bien —concluyó Estelle, contenta con mi resolución—. Me alegro mucho.

—Les puedo mandar saludos de vuestra parte, si queréis. De hecho, ¿por qué no habláis con ellos también cuando los llame? Seguro que les encantará saber de vosotras. Se quedarán de piedra cuando se enteren de que estoy aquí, en esta casa, con vosotras.

Estelle y Angela se miraron y me pareció entrever que lo hacían con una mezcla de tristeza y melancolía.

—Quizá —me dijo al final—. Ya veremos cómo va la cosa.

Qué respuesta tan extraña. ¡Por enésima vez! Sobre todo después de haber visto lo que habíamos visto…

—¿Entonces ya volvemos al 2018? —preguntó esta vez Ben, quitándomelo de la lengua—. Ha sido increíble descubrir que Elle nació en esta casa y que las dos conocisteis a sus padres gracias a esta historia, pero aún es Nochebuena y me gustaría que pudiésemos disfrutarla, ya que es la primera que pasamos juntos. —Y me apretó la mano con mucha fuerza, cosa que me extrañó un poco—. Quiero ver el árbol y sentarnos todos junto al fuego. En casa nos está esperando una postal navideña para que nos relajemos y disfrutemos de la noche. Creo que ya es hora de que volvamos.

¿Por qué le había entrado tanta prisa a Ben de repente?

—Os quedan muchas otras Nochebuenas por celebrar juntos, no te preocupes —sentenció Estelle—, eso lo tengo claro. Pero la historia de 1984 no acaba aquí. Quizá os hayáis fijado en que no he puesto nada debajo del árbol en casa, en 2018, y eso es porque os tengo preparado un último regalo para los dos. Pero no nos adelantemos, primero vamos a ver la primera Nochebuena de Ben.

Ah, ¿era por eso? Porque ahora le tocaba a él y estaba muerto de miedo. Ahora fui yo la que le dio un leve apretón en la mano para reconfortarlo como él me había estado haciendo a mí toda la noche.

—No me vayas a decir ahora que yo también nací en esta casa —le pidió Ben, con una sonrisa forzada que daba más bien miedo—. ¡Porque no me lo creo!

Pobre Ben, ahora directamente se había puesto a temblar, y no era de frío precisamente. Estaba muy pero que muy asustado.

—No, Ben —le contestó Estelle con mucha calma—, no naciste aquí. Pero estamos a punto de coconeros a ti… y a tu madre.

Veintitrés

—¿Qué? —saltó Ben, que se había quedado pálido, como yo cuando había visto a mis padres—. No, quiero salir de aquí y parar con todo esto ahora mismo —dijo haciendo aspavientos primero en dirección a la casa y luego hacia la plaza—. Esta casa, la plaza… Los viajes en el tiempo, tu habilidad narrativa o como quieras llamarle a la magia esta rara. No quiero seguir con esto.

—Ben —le dije entonces, y le cogí la mano de nuevo—. No pasa nada, de verdad. Yo también me he asustado cuando me ha dicho que íbamos a ver a mis padres, pero te prometo que es muy bonito poder ver cómo eran. No da miedo ni es incómodo, te lo prometo.

Ben se me quedó mirando fijamente con los ojos bien abiertos y llenos de miedo.

—Elle, ¿no te das cuenta? Esto es alguna especie de estafa muy compleja y elaborada, nos han estado engañando todo este tiempo. Es una ilusión muy extraña y hemos caído de lleno. Al principio era divertido cuando simplemente se trataba de ver historias curiosas del pasado. No entendía cómo lo hacían, pero me fascinaba la calidad de los efectos y lo real que parecía todo. Seguramente hubiese salido corriendo de aquí después de la primera historia si no te hubiese conocido a ti, pero, como quería conocerte mejor y pasar más rato contigo, la única manera de conseguirlo era dejarme llevar por todo esto y mantener la mente abierta a toda esta… fantasía, ilusión… Ni siquiera sé cómo llamarlo, porque nada de esto es real, ¿verdad? No puede ser.

—Si te digo la verdad, yo sí creo que es real —le contesté—. No sé cómo ni por qué está pasando, pero sé que lo es. Acuérdate de cómo esta tarde me decías lo mucho que te gustaría ver a tu madre y saber por qué te dejó para poder cerrar ese capítulo de tu vida. Esta es tu oportunidad, Ben. Esto es lo que querías.

—Pero no así —se quejó él, agarrándome las manos mientras me miraba con mucha intensidad a los ojos—. No así, Elle.

Me giré para mirar a Estelle y Angela, que esperaban de pie tranquilas en los escalones detrás de nosotros.

No parecía que la reacción de Ben las estuviera alterando o preocupando lo más mínimo.

—¡No las mires! —me chilló y me cogió la cara entre las manos para que no apartara los ojos de él—. ¡Ellas son las que mueven los hilos en toda esta pantomima!

Justo cuando Estelle iba a contestarle, la puerta principal se abrió y la joven Angela apareció, ahora con un abrigo y una bufanda encima. También llevaba un par de bolsas de mano y una bolsa de viaje vacía. Cerró la puerta y se encaminó a toda prisa a Casa Holly, seguramente para recoger las cosas de Tanzy para cuando la ingresaran en el hospital.

La pausa que hicimos para observar aquella pequeña escena pareció que le vino bien a Ben y lo calmó un poco. Su respiración, que antes era superficial y acelerada, ahora empezaba a ralentizarse y ya no me apretaba con tanta fuerza las manos.

—Ben —se aventuró a decirle Estelle con mucho cuidado, como si no quisiera asustarlo—. Me alegro de que lo cuestiones todo y que lo pongas en duda. Estaba esperando a que alguno de los dos lo hiciese. Lo que Angela y yo os hemos pedido que viváis todas estas noches ha sido muy peculiar y entiendo perfectamente que sea difícil de creer. Es bueno que te estés cuestionando esta experiencia, eres humano y es lo que toca, está en nuestra naturaleza. Pero lo que sí te pido es que no ignores todo lo que has vivido porque no encaje con el entendimiento que tienes del mundo y lo que crees que es normal. Pocas cosas en la vida lo son. A nuestro alrededor constantemente están sucediendo eventos que parecen no tener explicación y hacemos ver que no existen o que no son verdad para quedarnos más tranquilos.

Estelle hizo una pausa para dejar que Ben procesara todo lo que le estaba diciendo. Él no dijo nada, pero de nuevo me pareció que se relajaba un poco.

—Vas a estar bien —le susurré—. Te lo prometo.

Ben asintió, noté cómo aflojaba las manos y finalmente me soltó una para colocarse a mi lado en vez de estar frente a mí.

Satisfecha ahora que había conseguido recuperar la atención de Ben, Estelle continuó con la historia.

—Todo lo que ha pasado desde el momento en el que encontrasteis los anuncios en el periódico os ha traído hasta aquí, a este preciso instante. Todas las historias que os hemos ido contando tenían un significado para nosotras o para vosotros. Ha habido un motivo para cada una de las experiencias que habéis vivido y muy pronto sabréis por qué. Pero antes tenéis que permitirme que os cuente esta última historia para que todas las piezas encajen.

Ben miró fijamente a Estelle unos instantes, después dejó escapar un suspiro y bajó la cabeza y clavó la mirada en sus pies.

—¿Puedo confiar en ti, Estelle? ¿Vamos a ver a mi madre? —le preguntó, volviendo a levantar la mirada hacia ella.

—Sí, puedes confiar en mí, Ben.

—Pero es que nunca la he visto —dijo él con voz nerviosa—. ¿Cómo sabré que es ella?

—Confía en mí, Ben —le repitió Estelle—. No puedo engañarte. Ni Angela ni yo podemos engañaros a ninguno de los dos. Es imposible.

Al final, el pobre hombre asintió.

—De acuerdo. No debería —repuso, y las miró a ambas—, hay mil argumentos racionales que me dicen que no debería confiar en ninguna de las dos, pero por alguna extraña razón sí que confío.

La joven Angela de repente salió de nuevo de Casa Holly y bajó los escalones con todas las bolsas a cuestas.

—Puñeteros taxis… —maldijo escudriñando la plaza en busca de uno—. Nunca aparecen cuando de verdad los necesitas. Supongo que tendré que ir hasta la calle principal e intentar que alguno se pare.

Justo cuando acabó de decir esto, un taxi negro giró por la calle. Angela dejó las bolsas en el suelo y se dispuso a levantar la mano para llamarlo cuando de repente este se detuvo a su lado.

—¿Angela? —le preguntó el taxista por la ventanilla.

—¿Sí? —repuso ella, sorprendida—. ¿Cómo lo ha sabido?

—¿No nos había llamado para pedir un taxi? Lo siento, no hemos parado hasta ahora. Es lo que tiene la Nochebuena, ¿eh? Hasta a Papá Noel le costaría conseguir un taxi hoy…

Angela levantó la vista hacia el cielo y susurró:

—Gracias.

Seguidamente, se subió al coche con las bolsas y se pusieron en marcha, cruzaron la plaza y luego tomaron la calle principal.

—¿Y ahora qué? —preguntó Ben, pero Estelle ya nos estaba señalando en la otra dirección.

Seguimos sus indicaciones y encontramos a una mujer joven y delgada que caminaba a paso lento por la acera. Llevaba una ropa un poco descuidada que le quedaba bastante grande: unos vaqueros anchos azules que no se le caían gracias al cinturón que llevaba atado a la cintura, un cárdigan largo verde botella, una camiseta blanca y negra con las palabras ELIGE VIVIR en el pecho, y unas botas de cordones. Llevaba una boina granate y en sus brazos lo que parecía una cesta de plástico con un montón de ropa.

—Venid —nos pidió en ese momento Estelle, y nos hizo gestos para que bajásemos los escalones de la entrada—. No queremos molestarla.

Mientras la mujer se iba acercando a nosotros, no dejaba de mirar un trozo de papel que había encima de la cesta y solo desviaba la mirada para ojear las casas que iba dejando atrás. Cuando por fin llegó delante de la nuestra, se detuvo en seco.

—Parece que aquí es donde nos separamos —le dijo a la cesta, y fue en ese momento cuando me di cuenta de que entre toda esa ropa había una criaturita bien envuelta.

—¿Ese es Ben? —pregunté en voz baja.

Estelle asintió. Ben no dejaba de mirar a la mujer.

—Está muy débil, ¿no? —murmuró—. ¿Por qué está así? —le preguntó con urgencia a Estelle, mientras la mujer subía los escalones hacia la puerta de Casa Christmas.

Ben tenía razón, estaba muy pálida y tenía un aspecto muy precario.

—Ten paciencia, Ben —le pidió una vez más Estelle, que parecía concentrar toda su atención en la mujer—. Pronto lo entenderás todo. Como bien ha apuntado Elle, el bebé que está en la cesta eres tú, y la joven que tenemos aquí delante es tu madre. Se llama Sarah.

Ben clavó la mirada en Sarah y subió con ella los escalones hasta la puerta principal.

—¿Por qué? —le preguntó con la cara muy cerca de la suya—. ¿Por qué me estás abandonando? ¿Por qué no quieres que esté contigo?

Pero Sarah no le contestó, sino que se agachó para atender a su hijo. Se aseguró de que estuviera bien tapado para que no cogiera frío y le dio un beso en la frente.

—Espero que algún entiendas por qué lo estoy haciendo —le dijo en un susurro—. Seguramente me odies y no te culpo, pero te prometo que es por tu bien. Estas personas cuidarán de ti. Adiós, mi amor.

—¡No! —le gritó Ben cuando vio que se volvía a levantar—. No es por mi bien. Te equivocas. Ahora mismo te necesito a ti, no a nadie más. ¡Quiero a mi madre!

Sarah fue a llamar al timbre, pero entonces se paró de golpe, como si hubiera oído algo.

—¿Me has oído? —le preguntó Ben, con los ojos como platos—. ¿Me escucha? —nos preguntó entonces a nosotras, que esperábamos y observábamos la escena desde el final de los escalones, a pie de calle–. ¡Sarah! –volvió a gritarle–. ¿Me escuchas? ¡Soy tu hijo, no me dejes aquí!

Sarah pareció quedarse un poco confundida y dudar durante unos instantes, pero lo que estaba claro era que algo había molestado a su bebé, que empezó a llorar desconsoladamente.

Nuestro Ben bajó la mirada para verse con tan solo unas horas de vida.

–Creo que tú sí puedes escucharme, ¿verdad que sí, pequeñín? –le dijo mientras Sarah intentaba calmarlo–. Lo estoy haciendo por ti, ¿vale?

El bebé empezó a llorar incluso con más fuerza, así que Sarah se vio obligada a cogerlo.

–Ya, ya… –le susurraba mientras lo mecía en sus brazos y lo apretaba contra su pecho–. Cálmate. Mamá está aquí contigo.

–¡Hola! –Cuando nos giramos vimos a Fred, que estaba en la entrada de Casa Holly con la puerta abierta–. ¿Puedo ayudarte?

Sarah se giró inmediatamente. Fred, que esta vez sí llevaba calcetines, cerró la puerta y bajó los escalones en nuestra dirección.

–¿Qué haces? –le preguntó el muchacho mientras avanzaba por la acera–. Ahora mismo no hay nadie en casa.

Sarah claramente estaba muy asustada y nerviosa delante de la puerta de Casa Christmas al ver que Fred se acercaba, pero no tenía ningún sitio donde esconderse.

–¿Llevas un bebé? –le preguntó cuando llegó al inicio de los escalones de la entrada.

–Sí –admitió Sarah, que a estas alturas entendió que no le quedaba otro remedio que girarse y dar la cara.

El pequeño Ben parecía haberse calmado un poco, pero seguía gimoteando bajito. Fred levantó la vista para mirar a Sarah y al bebé, y luego la bajó hacia la cesta.

–¿Necesitas ayuda? –le dijo–. Si es así, es mejor que vengas a la casa de al lado. Como te he dicho antes, ahora mismo no hay nadie en esta.

—¿Tardarán mucho? —le preguntó entonces Sarah, que seguía moviendo al bebé en sus brazos para calmarlo.

—Pues no lo sé, la verdad. Han tenido que irse al hospital. Podrían tardar bastante. Me han dejado a mí al mando, así que si quieres pasar dentro y esperarlas estás invitada.

Sarah sacudió la cabeza.

—Eres muy pequeño para encargarte de todo esto, ¿no?

Fred se encogió de hombros.

—Es solo esta noche. Tengo que llenar los calcetines con caramelos y poner los regalos debajo del árbol, para todas las madres y sus hijos, ¿sabes? Aunque Ange me dijo que volvería mañana para cocinarnos algo para la cena de Navidad. ¡Qué ganas!

—¿Eso hacen aquí? —le preguntó, sorprendida—. ¿Celebran la Navidad? No pensaba que tuvieran suficiente dinero para comprar regalos y cosas así.

—Sí, son una organización benéfica que está muy bien. A mi madre y a mí nos han ayudado mucho. Mi padre bebía demasiado y cuando se pasaba le pegaba a mi madre, y ella tenía miedo por mi hermana, que aún no había nacido. Así que Estelle y Angela nos acogieron y llevamos un tiempo viviendo aquí. No nos quedaremos para siempre, claro, solo hasta que mi madre nos encuentre algo.

—Qué suerte tenéis. Suena muy bien.

—Ya te lo he dicho —le repitió Fred mirándola bien—. Son muy buenas. Por lo que he visto, no le cierran las puerta a nadie. Si tienen una habitación, te ayudarán, y mira tú por dónde, sé que ahora tenemos una libre —le dejó caer y miró hacia Casa Holly—. ¿Por qué no entras conmigo y las esperas? Tu bebé estará cogiendo frío y tú también. Esta noche hace mucho frío. —Entonces el chico se abrazó el cuerpo, movió las manos para calentarse y dio un par de saltos para que los pies no cogieran tanto frío de estar en contacto con el suelo—. Creo que va a nevar.

Sarah negó con la cabeza.

—No puedo, me tengo que ir.

El pequeño Ben parecía haberse calmado por fin, y entonces la mujer se agachó para volver a dejarlo bien tapadito en la cesta.

–Oye, pero no querrás dejar aquí al bebé, ¿no? –le dijo entonces Fred y ahora su voz sí sonaba preocupada, aunque seguramente se olía lo que estaba pasando desde el principio.

–No me queda otra opción –le dijo Sarah, que volvió a levantarse con su bebé todavía en brazos–. No puedo cuidar de él.

–Pues quédate –le pidió Fred con cara de preocupación–. Te lo digo en serio, te tratarán muy bien y te ayudarán hasta que te recuperes.

Sarah miró a su bebé una vez más y comprobó que Ben estaba dormidito.

–Ese es el problema –le contestó entre susurros para no despertarlo–. Que no voy a recuperarme.

–Pues claro que sí –la animó Fred, que poco a poco se fue acercando a Sarah–. Todo el mundo lo consigue gracias a personas como Estelle y Angela.

Fred tenía razón. En ese preciso momento, tal y como había predicho el muchacho, empezó a nevar y vimos como diminutos y preciosos copos de nieve comenzaron a caer del cielo.

Los dos levantaron la vista un momento y después Sarah volvió a negar con la cabeza.

–Yo no. Es demasiado tarde para mí.

–¿Por qué? –quiso saber Fred, que ya había subido los escalones para ponerse a su lado–. ¿Por qué no puedes?

–Toma, cógelo –le pidió y le pasó a Ben, para que no pudiese negarse.

Sarah se subió la manga del cárdigan y dejó al descubierto un brazo huesudo y demacrado lleno de heridas, moratones y pinchazos. El impacto que supuso ver el estado en el que tenía el brazo fue incluso más duro por el contraste que creaban los copos, tan perfectos y delicados, al caer sobre su piel.

–¿Sabes lo que es un yonqui? –le preguntó al muchacho.

Fred asintió con la cabeza y recolocó a Ben entre sus brazos para protegerlo de la nieve, que cada vez caía con más intensidad.

—Genial, pues ahora ya conoces a una —le dijo, pragmática—. Bueno, ahora ya no. Ahora es más peligroso que antes, sobre todo cuando compartes las agujas.

Los ojos de Fred estaban llenos de terror al mirar a aquella mujer.

—No te preocupes, chaval, no te lo voy a pegar. Al menos si eres más listo que yo. Hazme caso, aléjate del alcohol, de las drogas y del juego o serán tu perdición. Sobre todo las drogas.

—¿Tienes sida? —le preguntó Fred, boquiabierto, mientras mecía a Ben con naturalidad; se notaba que tenía experiencia con aquello gracias a su hermanita pequeña.

—Aún no, pero sí tengo el VIH. No te preocupes, el bebé no lo tiene —le aseguró mirando a Ben, que seguía totalmente dormido en los brazos del muchacho—. Le hicieron la prueba en cuanto nació, pero a mí me queda poco tiempo. Por eso necesito encontrarle un buen sitio para vivir antes de que las cosas se tuerzan del todo, por decirlo de alguna manera… No quería meter a los servicios sociales de por medio, así que salí del hospital en cuanto pude sin que se enterasen. Una amiga mía había oído hablar de este sitio. «Ve a Casa Christmas», me dijo. «Ellas cuidarán de él». Así que por eso estoy aquí, en Casa Christmas en plena Nochebuena. Desgraciadamente, a diferencia de la historia de María, para mí sí que quedan habitaciones, pero no hay ni rastro del posadero. —La mujer intentó forzar una sonrisa, pero no lo consiguió—. ¿Te asegurarás de dárselo a las personas que dirigen todo esto, verdad? —le preguntó entonces—. ¿Has dicho antes que una de ellas se llama Angela?

—Sí, Angela y Estelle, pero no puedes irte y dejarlo aquí conmigo sin más. Me han dejado al mando para que prepare los regalos, no para que cuide de un bebé hasta que vuelvan. Por favor, quédate. ¿Cómo te llamas?

—No, nada de nombres —repuso Sarah, negando con la cabeza—. Pero sabiendo que se llama Angela… tiene que ser una señal.

—¿Una señal de qué? —le preguntó a Fred, que cada vez parecía más nervioso.

—Nada, nada. ¿Cómo te llamas tú?

—Fred.

—Pues entonces, Fred, prométeme que cuidarás de mi bebé hasta que esas tales Angela y Estelle vuelvan a casa. No, no, ¡nada de peros! —le cortó Sarah cuando vio que el muchacho volvía a abrir la boca para protestar—. Voy a dejarlo aquí digas lo que digas, tú decides si es en tus brazos o en la cesta que he traído. Quiero asegurarme de que va a estar en un sitio en el que puedan cuidar de él. Al menos eso sí que puedo dárselo.

—Si no me quieres decir tu nombre, ¿me puedes al menos decir el suyo? —dijo entonces el chico, agachando la cabeza para mirar al pequeño Ben.

—No tiene todavía. No quería apegarme demasiado a él. Aunque no es que eso me haya ayudado mucho, la verdad… —dijo retirando la manta de la carita al bebé para poder verlo bien—. Quizá crees que soy una tía horrible y cruel por hacer esto, Fred, pero quiero que sepas que me rompe el corazón dejarlo aquí.

Los dos miraron en silencio al bebé unos instantes.

—¿Por qué no eliges tú el nombre? —le preguntó entonces Sarah y se apartó un poco—. Eso me alegraría.

—No… —se negó Fred sacudiendo la cabeza—. A mí no se me dan bien esas cosas, ¿por dónde iba a empezar?

—Mira, en mi familia tenemos una tradición muy tonta que llevamos años siguiendo, que el nombre de los niños tiene que empezar con alguna de las letras que forman la palabra «Christmas», que justamente fue uno de los motivos por los que supe que traerlo aquí, a Casa Christmas, era lo correcto. Era una señal.

—¿Qué quieres decir con que el nombre tiene que empezar con una letra de la palabra «Christmas»? ¿Vale cualquiera?

—No, se ve que siempre se ha seguido el orden. Empezaron con la «C», luego la «H», luego la «R» y así. Yo soy la última de la familia con la segunda «S». Así que ahora que se ha acabado no sé qué se supone que tengo que hacer.

–¿Y si empezamos de nuevo? –le propuso Fred–. ¿Empezamos con la «C»?

Sarah se encogió de hombros.

–Podríamos. El único motivo por el que sé todo esto es porque cuando mi madre me abandonó dejó una nota que decía que si alguna vez tenía hijos intentase seguir la tradición familiar.

–¿A ti también te abandonaron, como a él? –le preguntó entonces Fred, mirando de nuevo al bebé.

–No empecemos otra vez con los juicios y los chantajes, Fred –le pidió Sarah–. Mi madre me dio en adopción para que tuviera una vida mejor, al menos es lo que ponía en la carta, y ahora yo estoy haciendo lo mismo por él.

–¿Le has escrito una carta? –le dijo Fred–. Para que la lea cuando sea mayor.

Me daba la sensación de que el chico estaba intentando retrasar a la mujer todo lo que podía con la esperanza de que alguien viniese y lo ayudase con la situación tan complicada en la que se encontraba. Cada vez que Sarah apartaba la mirada, Fred miraba desesperado hacia Casa Holly y luego a la calle en busca de Estelle o Angela.

Sarah negó con la cabeza.

–No, pero quiero que le des esto –le pidió, y entonces se agachó para coger algo que había guardado en la cesta–. Además de la carta que me escribió mi madre, me dejó esto –le explicó, y Sarah le enseñó lo que parecía un medallón de plata. Era difícil ver con claridad lo que era porque la mujer nos daba la espalda–. No sabes cuánto me alegro de que nadie de las personas con las que vivía lo haya encontrado, porque si no lo hubiesen vendido para comprar drogas. Me avergüenza admitirlo, pero incluso yo me lo llegué a plantear un par de veces, cuando pensaba que no podía más, pero esto es lo único que tengo de mi familia –le dijo y entonces guardó el medallón en la mantita que envolvía a

Ben–. Por favor, prométeme que harás todo lo posible para que no lo pierda, así al menos tendrá algo con lo que recordarme cuando yo ya no esté.

En ese momento Sarah empezó a bajar los escalones de la casa.

–¡Espera! –le gritó y bajó con ella hasta la acera–. Todavía no le hemos puesto nombre.

–No soy tonta, sé lo que estás intentando hacer –le dijo Sarah, que echó un vistazo a Mistletoe Square–. Estás intentando retenerme aquí todo lo que puedes para ver si viene alguien. Ya te lo he dicho, ponle el nombre que quieras.

–¿Algo relacionado con la Navidad? –siguió insistiéndole.

–Si es lo que quieres… Ha nacido hoy a primera hora.

–Hoy es Nochebuena, así que… ¿Te gusta Joseph?

Sarah se limitó a encogerse de hombros.

–Ya lo tengo –dijo Fred con una sonrisa porque acababa de iluminársele la bombilla–. Ya sé que es cambiar un poco la tradición, pero creo que respeta bastante bien las normas. Escúchame. Hoy es Nochebuena, es decir, Christmas Eve, así ganamos más letras para ponerle a él su nombre. Pero un nombre que empiece con la «E» y que tenga que ver con la Navidad… Eso ya es bastante más complicado.

Sarah estudió la carita de su hijo una última vez y se alejó en la dirección contraria, dejando tras ella unas delicadas huellas en la nieve recién caída.

Sentí que mi corazón estaba a punto de romperse en mil pedazos al verla marchar, así que no me quería ni imaginar cómo debía de estar Ben.

–¡Ebenezer! –gritó de pronto Fred, en un último intento de detenerla–. Empieza por «E» y está relacionado con la Navidad.

Sarah se giró y sonrió al muchacho:

–Admiro tu compromiso y tu tenacidad, Fred, pero ¿cómo le vas a poner a un pobre niño Ebenezer? Nadie querría pasar las Navidades con un Scrooge, ¿no?

Fred negó con la cabeza, pesaroso al ver que su gran idea no había tenido el éxito esperado.

–¿Qué te parece si le pones Ebenezer, pero le llamas Ben? –le propuso entonces Sarah–. Así cumplimos las normas.

El muchacho asintió satisfecho.

–Pues se llamará Ben. ¿Estás segura de que no puedo decir o hacer nada para que te quedes?

La mujer volvió a negar con la cabeza.

–No, siento mucho dejarte con este peso encima, Fred, de verdad, pero sé que dejarlo aquí es la decisión correcta. Hay algo especial en esta casa –le dijo echando la vista atrás hacia Casa Christmas–. No sé lo que es, pero espero que Ben lo descubra algún día.

Mientras veíamos a Sarah alejarse por la acera nevada y a Fred subir los escalones para volver a la casa de al lado con Ben en los brazos, algo en mi interior sabía que, cuando volviésemos al presente, ya nada sería lo mismo.

Veinticuatro

Bloomsbury, Londres
Nochebuena de 2018

–¿Estás bien? –pregunté, girándome hacia Ben.
Él asintió, pero parecía que la historia lo había removido y afectado muchísimo.

–¿Cómo te sientes, ahora que has visto a tu madre? –le pregunté entonces con todo el tacto que pude.

Ben se encogió de hombros sin más y me dijo:

–No sé qué decirte…

–Es mucha información para procesar –intervino Estelle con voz calmada–. Tienes que volver a casa.

–Creo que es muy buena idea –respondí al ver que Ben no decía nada–. Angela y yo podemos preparar algo calentito para todos y nos podemos sentar junto al fuego y hablar con calma de todo lo que ha pasado.

Pero de pronto empecé a mirar a mi alrededor y me di cuenta de que hacía tiempo que no la veía.

–¿Dónde está Angela?

Estelle miró hacia el parque y la vimos allí, sentada en uno de los bancos con la cabeza gacha.

«¿Por qué ella sí puede sentarse en el banco?». Pero entonces observé con más atención la plaza y me di cuenta, por otros pequeños detalles como los coches que había por allí aparcados y lo bien cuidados que estaban el césped y los árboles, de que ya habíamos vuelto al 2018.

—Esta historia no ha sido dura solo para Ben —dijo Estelle—. A Angela también le ha costado muchísimo ver todo esto.

«¿Por qué le iba a costar a Angela...?», empecé a pensar, pero Ben ya tenía la respuesta.

—Sarah era la hija de Angela, ¿no? —le preguntó con una voz muy calmada—. La niña a la que le obligaron a dar en adopción.

Estelle asintió.

—Y eso significa que Angela no es solo la madre de Sarah, sino que también es mi abuela.

Me quedé sin palabras, totalmente desconcertada con el descubrimiento, y miré a Estelle.

—¡No puede ser! ¡Pero eso es increíble!

Ben la buscó en la distancia y la mujer, al sentir su mirada, se levantó y echó a andar muy lentamente hacia el borde del parque, y se detuvo en la acera opuesta enfrente de la casa.

—Lo siento —dijo entonces—. Te lo quería decir, Ben, en cuanto llegaste, de verdad, pero no podía. Primero tenías que ver toda la historia.

—Cuando vino aquí, ¿sabía mi madre...? Quiero decir, ¿sabía Sarah que tú eras su madre? —le preguntó Ben.

—No lo creo. Si yo hubiese estado aquí cuando te trajo aquella noche, quizá las cosas habrían sido diferentes. Pero estaba en el hospital...

—Por mi culpa —intervine yo con un hilo de voz—. No pudiste ver a tu hija y ella dejó a Ben aquí por mi culpa.

—No, Elle —dijeron Ben y Angela al unísono—. No fue culpa tuya. No eras más que un bebé.

—Ya lo sé, pero si no me hubiesen tenido que llevar al hospital...

—Nadie puede saber lo que podría haber pasado si no... —me cortó Estelle—. Las cosas salieron así y a partir de ahí hacemos lo que podemos. Así es la vida, me temo.

—Si hay algún responsable de todo esto es mi familia —intervino entonces Angela—. No tú, Elle. Si no me hubiesen obligado a dar a Sarah en adopción cuando la tuve, habría tenido una hogar estable y una madre…

—Pero si eso no hubiese pasado, entonces Sarah quizá no habría tenido a Ben, ¿no? —repuse yo, intentando tirar más por la visión de Estelle—. A veces la vida se desarrolla de una manera y debemos aceptar las diferentes situaciones tal y como vienen, aunque en el momento no nos parezcan lo mejor ni nos gusten.

—Muy bien dicho, Elle —me felicitó Estelle—. Es una reflexión muy profunda, sin duda.

—Quizá sí… —admitió Angela, que aún parecía totalmente rota después de haber presenciado todo aquello—. La adicción parece correr por las venas en nuestra familia. Yo fui alcohólica y mi padre era ludópata, así que no me sorprende mucho que Sarah acabase desarrollando una adicción a las drogas.

—La cosa no pinta muy bien entonces para mí, ¿no? —dijo Ben entonces, que, aunque intentó bromear sobre el asunto, se notaba que estaba preocupado—. Está claro que estoy predispuesto a acabar con algún tipo de adicción, así que huye antes de que sea demasiado tarde, Elle.

—No me voy a ir a ningún sitio —le aseguré y le cogí la mano.

—¿Alguna de las dos sabe si Sarah sobrevivió? —les preguntó Ben con un atisbo de esperanza en la voz—. Sé que le dijo a Fred que tenía VIH, pero…

—Creemos que no —respondió Estelle con pesar, que se acercó a Angela para consolarla, a la que ahora parecía que el corazón se le acababa de romper definitivamente—. En aquella época, la gente con VIH no solía sobrevivir. Ahora hay medicación para tratar el virus, pero en los ochenta, como ya sabréis, las cosas eran muy diferentes.

Ben asintió pesaroso.

—Ojalá hubiese sabido todo esto antes… —le dijo entonces Angela, que de pronto miraba fijamente a Ben—. Quizá la podría haber ayudado, al menos a facilitarle las cosas en esos momentos y

ayudarla para que no sufriera. Me muero al imaginármela sufriendo tirada en cualquier sitio. Pero eso solo te lo dicen después…

–Quizá consiguió ayuda –le dije para intentar animarla–. Puede
que la ingresaran en un hospital y que estuviera acompañada en sus
últimos momentos. Son muy buenos con los cuidados paliativos.

–Solo nos queda esperar que así fuera –concluyó Estelle pragmática, que seguía rodeando a Angela con el brazo para darle apoyo.

–¿Qué querías decir con lo de que solo te lo dicen después? –le
preguntó Ben a Angela.

–Nada –contestó Angela–. Es que ver todo esto me ha dejado
muy conmocionada. Angelito, el pobre Fred, se esforzó muchísimo
para intentar retenerla. Era un chico estupendo. Al final acabó
trabajando aquí con nosotras un tiempo, ¿verdad, Estelle?

Estelle asintió.

–Oye, ¿por eso mi nombre completo es Ebenezer Frederick?
–preguntó al darse cuenta–. ¿Es por él?

–Así es. No solo le debes a Fred tu primer nombre, si no que
él te lo dio de principio a fin. Y ahora es el director ejecutivo en
una gran organización benéfica para niños.

–Así que lo que vivió Fred aquí ese día influyó en su carrera en el
futuro –afirmé–. Como muchas de las otras personas que hemos
ido conociendo en tus historias, Estelle. Esta casa deja una clara
huella en el camino que acaba tomando la gente que pasa por
ella. Además, parece ser que siempre saben sacar algo positivo
de su tristeza y dolor.

–Me alegro muchísimo de que lo veas así, Elle –me dijo Estelle,
que me miraba con orgullo–. Es una lección muy importante para
todos –añadió y se giró para contemplar la casa que quedaba detrás
de Ben y de mí–. Con mucho pesar, os tengo que decir que aquí
acaban mis historias y mi trabajo. –Entonces miró a Angela, que
asintió coincidiendo con ella en su afirmación–. Ha sido realmente
mágico pasar unas últimas Navidades aquí en Mistletoe Square,
pero ahora ha llegado el momento de volver.

—La verdad es que creo que todos estamos deseando volver después de lo que hemos vivido esta noche —añadí yo con alegría mientras empezaba a subir los escalones de la entrada principal de Casa Christmas con Ben a mi lado—. Creo que lo único que nos queda hacer esta Nochebuena es prepararnos una buena taza de chocolate caliente y tomárnosla sentaditos junto al fuego.

—Me parece una buenísima idea —repuso Ben, dándome un pequeño apretón de manos—. Tenemos muchas cosas que comentar y de las que hablar. —Ben se giró un momento, al ver que Estelle y Angela no venían y se dio cuenta de que seguían en la otra acera, enfrente de la casa—. ¿Qué os pasa? ¿No venís?

—Claro que sí —le contestó Estelle, pero ninguna de las dos se movió ni un centímetro—. Estamos aquí con vosotros… Y siempre lo estaremos.

Entonces abrí la puerta de Casa Christmas y por fin entramos.

—Menuda nochecita, ¿eh? —dije mientras sentía cómo el calor y los detalles que ya conocía tan bien de la casa de 2018 nos acogían una vez más—. Voy a preparar la tetera, ¿vale, Angela? Así nos podremos tomar el té bien a gusto delante de la chimenea. —Sin embargo, cuando me giré, en el pasillo solo vi a Ben y la puerta medio abierta detrás de él—. ¿Dónde está Angela? ¿Y Estelle? ¿Aún no han llegado?

—Pensaba que ya venían —dijo Ben, y se giró también—. Quizá a Estelle le esté costando más subir los escalones ahora que hemos vuelto al 2018.

Ben abrió la puerta de par en par, pero allí no encontramos ni rastro de ninguna de las dos.

—Vaya, qué raro, ¿no? —dijo entonces, y volvió a salir a la entrada y escaneó la plaza—. No las veo.

—¿Qué quieres decir? —le pregunté, pero sin esperar respuesta salí con él—. ¿Pero cómo no van a estar?

Por extraño que pudiera parecer, Ben tenía razón. Era como si, de repente, se hubiera tragado la tierra tanto a Estelle como a Angela.

–¿Y dónde habrán ido? –dijo Ben, que seguía escaneando la calle de arriba abajo buscándolas.

–Pues no lo sé –le contesté, intentando encontrarlas por algún rincón de la plaza–. No pueden desaparecer así de repente, ¿no? Iba a seguir lanzándole preguntas a Ben, pero de repente empezó a nevar. Unos copos de nieve grandes y hermosos caían del cielo sin parar y comenzaron a cubrirlo todo a nuestro alrededor.

–¿Y se tenía que poner a nevar justo ahora? –exclamó Ben, que no daba crédito a lo que estaba pasando, mientras seguía intentando buscar a Estelle y Angela entre el fino manto blanco que nos rodeaba–. ¡Tenemos que encontrarlas!

De pronto, un hombre que venía caminando a paso ligero dobló la esquina y entró en Mistletoe Square; llevaba un largo abrigo azul marino de lana, una bufanda granate, unos zapatos elegantes de vestir y un sombrero de fieltro. Iba con un maletín y parecía un tanto nervioso a medida que se iba acercando a la casa.

–¡Ay, qué bien! –dijo y nos saludó cuando ya estaba cerca de nosotros–. Estáis aquí.

Los dos nos lo quedamos mirando y luego intercambiamos una mirada extrañada al ver que el hombre se paraba al pie de los escalones.

–Buenas noches –nos saludó mientras se retiraba el sombrero educadamente–. ¿Hablo con la señorita Elle Mackenzie y el señor Ben Harris? –Cuando estaba a punto de confirmarle que así era, el hombre añadió–: ¿O prefieren que les llame Noelle y Ebenezer?

–¿Quién es usted? –le dijo Ben mientras yo me preguntaba cómo sabía nuestros verdaderos nombres.

–Lo siento, debería haberme presentado primero. Me llamo Henry Foster. Si no me equivoco, creo que conocen a mi tío Christian, ¿no es así? Era el abogado de la difunta Estelle Christmas y más tarde de la difunta Angela Jones.

Veinticinco

Casa Christmas, Bloomsbury, Londres
Nochebuena de 2018

Mientras Ben servía dos copas más de *whisky* de la botella de cristal tallado, una para él y otra para Henry, yo me senté en uno de los sillones delante del fuego y daba lentos sorbos a la que me había llenado antes.

Cuando Ben se sentó a mi lado, copa en mano, me di cuenta de que temblaba un poco. Henry, ajeno a nuestro desconcierto, se sentó enfrente, en el sillón que siempre ocupaba Estelle. Al entrar en casa le pedimos que por favor no nos tratara con tanta formalidad y empezó a hablarnos muy amablemente.

–Me encanta encender un fuego de verdad en invierno –comentó Henry, acercando las manos a las llamas para entrar en calor–. ¿A vosotros no?

Me limité a asentir, no tenía con fuerzas de nada más.

–Y el árbol… –siguió diciendo, señalándolo– lo habéis decorado de maravilla, está precioso.

–Gracias –dijo Ben como pudo y dio un buen trago a su copa.

–Siento mucho que la noticia os haya pillado de improviso –nos dijo Henry, que se disculpó de nuevo después de haberlo hecho ya mil veces desde que lo invitamos a pasar–. Ya pensé que quizá pasaba algo así esta noche.

–¿Puedes volver a repetírnoslo? –le pregunté–. Lo que nos dijiste antes…, nos hemos quedado de piedra y no he podido procesarlo.

–Claro –me respondió, y dejó la copa de cristal sobre un posavasos que había en la mesa que tenía a su lado–. Como os he dicho antes, me llamo Henry Foster y trabajo, bueno, en realidad soy socio del bufete de abogados Foster & Jackson, el negocio que fundó mi tío Christian Foster a principio de los años setenta. Hace unos meses, antes de que lamentablemente falleciera mi tío, me enseñó este sobre. –Henry sacó un sobre envejecido por el tiempo–. Al parecer, hemos tenido el documento original desde hace diez años, pero nos dieron instrucciones claras de que no podíamos entregarlo hasta el 1 de diciembre de 2018.

–Sí, todo eso lo he entendido –le dije con los ojos fijos en el sobre que seguía sujetando en sus manos–, pero nos has dicho que tu tío conocía a las difuntas Estelle y Angela.

–Sí, creo que vivió con ellas en esta casa cuando era estudiante en los años sesenta. Seguro que estas cuatro paredes habrán visto de todo, ¿eh? –comentó con una amplia sonrisa, pero rápidamente la borró y nos mostró un semblante más serio al ver que ni Ben ni yo respondíamos con el mismo entusiasmo.

–Pero has dicho «difuntas» –le repetí–. Eso significaría que… –empecé, pero no pude ni acabar la frase.

–Eso significaría que las dos han fallecido –finalizó Ben por mí.

–Sí, así es –nos confirmó Henry–. Estelle falleció hace diez años y Angela hace cinco, espero que no os importe que las llame por su nombre. Mi padre se encargó de los asuntos legales de ambas. Él fue quien se ocupó de redactar lo que encontraremos dentro de este sobre, al igual que los documentos que veremos más tarde en los otros tres sobres que hay en su interior.

En ese momento miré fijamente a Ben, con los ojos a punto de salírseme de las órbitas. «Esto no puede estar pasando. ¿Cómo van a estar muertas Estelle y Angela? Hemos pasado estos últimos seis días con ellas aquí en esta casa».

–¿Y qué es exactamente lo que hay en este sobre? –preguntó Ben.

–Ahora viene lo interesante –dijo Henry, sin acabar de entender por qué todo esto nos estaba afectando tantísimo–. Las instrucciones que nos dieron a los abogados explicitaban claramente que no podíamos abrirlo hasta el 1 de diciembre de este año. Os aseguro que había mucha expectación, todo el mundo en la oficina estaba como loco cuando llegó el día de abrirlo… Pero, bueno… –se cortó a sí mismo, cuando de nuevo vio que no estábamos para seguirle las gracias–. Así pues, rompimos el sello que lo protegía y en su interior encontramos la primera parte de las instrucciones que nos daban y un juego de llaves…

–¿De dónde? –quise saber entonces, deseando que Henry no le diese tanto bombo a la historia y fuese al grano.

Sin duda se lo estaba pasando en grande, disfrutando de cada detalle que nos iba relatando.

–De esta casa –nos reveló el abogado, como si ya lo tuviésemos que haber entendido–. Y como más tarde descubrí, también las llaves de la casa de al lado, Casa Holly. Nos pedían que viniésemos aquí y abriésemos las dos casas; Casa Holly había permanecido cerrada los mismos años que el sobre, y esta en la que nos encontramos ahora mismo, desde que Angela murió, es decir, hace ya más de cinco años. Así pues, mis compañeros del bufete siguieron la primera parte de las instrucciones que nos habían dejado. Casa Christmas tenía que estar cerrada hasta el 1 de diciembre de 2018, y luego teníamos que organizar lo que hiciera falta para que limpiasen y preparasen ambas casas para recibir a los nuevos inquilinos, que llegarían… –Henry hizo una pausa y leyó algo en una de las hojas del documento del sobre, donde había notas escritas a máquina– el 15 de diciembre para la casa de al lado y el 18 del mismo mes para esta.

Me giré para mirar a Ben y dije:

–Yo llegué aquí el 18, ¿y tú?

–Sí –asintió–, yo llegué unos días antes, el 15.

–¿Y lo encontrasteis todo a vuestro gusto? –nos preguntó Henry–. La mayoría de los muebles estaban guardados en las plantas superiores, junto a muchas otras cajas con antigüedades, fotografías y cuadros. Pero nos dieron instrucciones muy detalladas para que supiésemos exactamente cómo debía colocarse cada cosa en cada una de las habitaciones de la casa. Incluso dónde teníamos que dejar una caja llena de adornos navideños, pero que no podíamos traer el árbol. Si no me falla la memoria, tuvimos que comprar uno para que lo entregasen el día 18 a una hora concreta.

—Justo cuando llegué yo... —intervine de nuevo, sin poder apartar la mirada de Ben—. Esto cada vez se está poniendo más raro.

—Es verdad, no nos suelen pedir estas cosas —coincidió conmigo Henry—. Ah, perdón, estabais hablando entre vosotros.

—¿Y qué más? —le pregunté—. ¿Qué más decía la carta?

—Solo eso —respondió—. Después de eso teníamos que irnos y no molestaros hasta el día de Nochebuena a las nueve y media, que es precisamente el momento en el que he llegado a la puerta.

—Henry, lo siento si te parece que estamos un poco traspuestos al escuchar todo esto —le dije porque la verdad era que me sentía un poco mal por él. El pobre hombre no entendía por qué lo que nos explicaba nos estaba chocando tantísimo; él solo estaba haciendo su trabajo, siguiendo las instrucciones de un documento legal, por muy peculiar que fuese—. Pero es que nos está costando asimilar algunas cosas que nos estás explicando. Nos estás diciendo que todo lo que está escrito en las cartas que nos has traído se escribió, se selló y se guardó en ese sobre hace diez años, ¿lo he entendido bien?

—Sí, perfectamente, justo después del fallecimiento de Estelle. El documento original que se redactó muchos años antes que este era un testamento donde se estipulaba que todos los bienes y propiedades de Estelle pasarían a Angela cuando muriera. Sin embargo, después de la triste muerte de Estelle, mi tío Christian y Angela redactaron juntos otro documento. Un documento que debía entrar en vigor con la muerte de Angela y en el que se estipulaban otras instrucciones y peticiones que debían seguirse en los momentos y fechas acordados.

Miré perpleja a Ben. Cada cosa que nos decía Henry tenía menos sentido que la anterior.

—Siento muchísimo si no me estoy explicando bien —se excusó el pobre abogado—. Solo estoy aquí para cumplir con las últimas voluntades de las fallecidas tal y como nos pidieron.

—No pasa nada, Henry —le dije—. No eres tú, pero es que estamos intentando procesar toda esta información.

—Sí, lo entiendo. ¿Queréis que continúe o preferís tomaros unos minutos?

Volví a comprobar cómo estaba Ben y asintió levemente la cabeza.

—Sigue, por favor. ¿Sabes si la cosa se va complicando más?

—La verdad es que no —admitió y el hombre parecía hasta un poco preocupado—. No se me ha informado de qué hay dentro de los otros tres sobres, solo que debo abrir uno y entregaros los otros dos.

—Pues vamos allá —concluyó Ben, que por la cara que tenía debía de estar tan desconcertado y removido como yo.

—De acuerdo —dijo Henry y volvió a girar el sobre marrón para sacar los otros tres sobres blancos.

Uno de ellos tenía algo escrito a máquina y los otros dos contenían instrucciones en la parte delantera escritas a mano.

—Veamos —volvió a decir, y le echó un vistazo rápido—. Ajá, tal y como pensaba…

Ben y yo nos quedamos allí esperando en silencio.

—Aquí dice que aunque ahora mismo nosotros tengamos las escrituras de Casa Christmas y de Casa Holly en las oficinas, a partir de esta noche, vosotros, Ben y Elle, seréis los legítimos propietarios de ambas casas, y que podréis hacer con ellas lo que os parezca. Os tendré que pedir que firméis unos documentos por cuestiones legales, pero eso podemos hacerlo en nuestras oficinas después de las fiestas. —Dicho esto, levantó la vista de los documentos y añadió—: Felicidades, os habéis convertido en los nuevos propietarios de dos casas adosadas de arquitectura georgiana muy cotizadas en Bloomsbury, Londres. ¡Eso sí que es un buen regalo de Navidad!

Miré a Ben y luego a Henry.

—¿Pero eso cómo va a ser? ¿Por qué? ¿Cómo?

—Angela os las dejó en su testamento. En realidad, creo que tanto Estelle como Angela querían que os las quedarais. Y ahora tengo que entregaros a cada uno una carta. —Henry me dio uno de los sobres blancos a mí y otro a Ben—. Os piden que las leáis una vez que yo ya me haya marchado, lo que es totalmente comprensible, por supuesto.

Henry se las quedó mirando con ojos deseosos unos instantes y tuve claro que se moría por saber qué había dentro.

—No te preocupes, Henry, cuando vayamos a verte a la oficina pasadas las fiestas te diremos qué decían —le dije amablemente.

—No tenéis ninguna obligación —respondió el hombre enseguida—, pero estoy seguro de que sea lo que sea os ayudará a entender mejor la situación. En la hoja que me han dejado a mí ponía que cualquier pregunta que pudieseis tener se respondería debidamente en las cartas. Yo quedaré a vuestra entera disposición para cualquier duda jurídica que os pueda surgir. ¿Tenéis alguna ahora mismo? —nos preguntó sin perder la esperanza de poder alargar un poco más su visita.

Miré a Ben para ver si quería hacer alguna pregunta, pero comprobé que toda su atención ya estaba volcada en el sobre que tenía en las manos.

—Gracias, Henry, pero creo que por ahora no tenemos ninguna. Estoy segura de que, cuando ya hayamos procesado y asimilado todo esto, tendremos tantas que acabarás deseando perdernos de vista para que te dejemos en paz.

—Lo dudo —repuso él, que le dio un último sorbo a su copa de *whisky*—. Sé que tanto Estelle como Angela eran personas muy especiales para mi tío; me lo dijo cuando me enseñó por primera vez el sobre sellado. Sus amigos siempre serán clientes muy importantes para Foster & Jackson. Bueno, ahora sí que debo marcharme y volver con mi familia, que, aunque ahora mismo no lo parezca, sigue siendo Nochebuena.

—Pues claro que sí —le dije mientras me ponía en pie—. Siento mucho que hayas tenido que salir en medio de la celebración.

—No pasa nada. Como os he dicho, todos en la oficina teníamos muchas ganas de ver cómo se desarrollaba todo este asunto, y me alegra mucho saber que nuestros misteriosos clientes sois vosotros. Ha sido un placer conoceros.

Entonces Ben se levantó también.

–Lo mismo digo, Henry. Siento mucho haber estado tan despistado. Como ya te ha comentado Elle, las noticias nos han trastocado bastante.

–Lo entiendo perfectamente –repuso el abogado, y alargó la mano para dársela primero a Ben y luego a mí–. Espero veros otra vez ya el año que viene.

Ben y yo acompañamos a Henry a la puerta y esperamos a que se pusiera el abrigo y su sombrero de fieltro.

–Feliz Navidad –nos dijo, levantándose el sombrero una vez más para despedirse de nosotros.

–Feliz Navidad para ti también y para tu familia, por supuesto –le dije yo–. Espero que paséis un día maravilloso mañana.

–Seguro que sí, muchas gracias. La Navidad es la época del año en que parece que se respira la magia, ¿verdad?

–No lo sabes tú bien, Henry –repuse yo–. Sobre todo esta, que ha estado llena de sorpresas.

Vimos a Henry bajar los escalones de la entrada y echar a a andar por la plaza hasta que se perdió en la distancia.

–Vale –dije girándome para mirar a Ben.

–Vale –respondió él–. ¿Y ahora qué?

–No tengo ni idea. Me siento como si estuviera en una especie de sueño extraño, la verdad…

–Y yo. Supongo que lo mejor que podemos hacer es abrir las cartas, ¿no? Henry ha dicho que nos ayudará a responder las preguntas que tengamos.

–Si las cartas me responden las mil preguntas que me hierven en la cabeza, entonces sí que presenciaremos un milagro de Navidad… –le dije–. Y me parece a mí que, con todo lo que hemos visto y vivido estos días, ya hemos cumplido el cupo, ¿eh?

Veintiséis

Ben nos preparó otra copa de *whisky* y nos sentamos junto al fuego con nuestras respectivas cartas en el regazo.

–No sé tú, pero yo tengo cerca de mil preguntas que necesito que me respondan ahora mismo –me dijo y le dio un buen trago a su copa–. Y dudo que estas cartas me las vayan a responder todas.

–Yo también, para qué mentirte, pero vamos a abrirlas y a ver qué nos cuentan. Nunca se sabe, ¿no?

–Venga, vamos a hacerle frente a esta parte del misterio y luego ya intentaremos unir las piezas entre los dos.

–Aquí pone que primero abra la mía –dije mirando el sobre–. Y que te la tengo que leer en voz alta a ti y solo a ti.

–En la mía pone algo parecido –dijo Ben–. Pero me pide que la lea después de la tuya.

–Pues vamos allá.

Dejé la copa en la mesa y abrí el sobre con mucho cuidado. Dentro había un papel grueso con una carta para mí escrita a mano en tinta negra.

–Es de Estelle –le dije mirando el final de la segunda página–. «Mi querida Elle: Antes que nada, quiero pedirte perdón por no estar escribiendo esto a mano. Angela es quien la está escribiendo por mí mientras yo le voy dictando todo».

–Pues como siempre –comentó Ben, con una sonrisa en los labios.

–«Angela acaba de refunfuñar con un: "Pues como siempre"» –leí a continuación, y no pude evitar levantar una ceja–. Parece que al final sí que te pareces un poco a tu abuela, ¿eh? –le dije sonriendo, y seguí leyendo–: «Pero te aseguro que, aunque no la esté escribiendo yo, cada palabra sale directa de mi corazón. Ahora mismo me imagino que tú y Ben estaréis un tanto confundidos».

–Miré a Ben y añadí–: «Confundidos» se queda muy corto.

»"Y no os culpo en absoluto, pero lo que quiero que tengáis claro es que tanto Angela como yo nunca quisimos mentiros ni hacernos daño de ningún modo. Cuando organizamos nuestro plan, lo único que buscábamos era lo mejor para vosotros y para Casa Christmas y Casa Holly".

–Venga, ahora empieza lo bueno.

–«Como ya sabréis a estas alturas –seguí leyendo–, cuando fallezca no tendré descendencia directa que pueda heredar mis propiedades y bienes, así que por eso se lo he dejado todo a mi querida amiga Angela. De todas maneras, las dos sabemos que debemos elegir a alguien para que herede legítimamente Casa Christmas cuando Angela muera. Y ahí es donde entras tú, Elle».

–Parece que te lo va a dejar todo a ti –dijo Ben.

–Lo dudo. ¿Por qué iba a hacer eso? No me conoce de nada, mientras que tú eres el nieto de Angela.

–Eso todavía tenemos que comprobarlo, pero bueno… Sigue leyendo la carta, anda.

–A ver…, ¿por dónde íbamos? Ah, sí. «Sabía de ti y de tu vida por tus padres, una pareja encantadora, pero cuando descubrí que eras escritora supe que eras la persona a la que tenía que contarle las historias de mi familia y de Casa Christmas, ya que además naciste aquí. Este proyecto es algo que me gustaría que siguieses llevando adelante si te parece bien después de todo lo que habéis descubierto hoy».

Asentí y le dije a Ben:

–Claro que lo voy a hacer. Después de lo que nos ha contado Estelle, cuando acabe de escribir las historias con todo lujo de detalles, no tengo ninguna duda de que va a salir un libro increíble.

–Genial –repuso Ben–, me alegro mucho, la verdad.

–«Elle –seguí leyendo la carta de Estelle–, nos has demostrado tener muchísimo valor. No solo al venir aquí a Casa Christmas y empezar una nueva vida, sino por escuchar mis historias y creer en ellas. Si te paras a pensarlo bien, muchos de los miembros de mi familia y de los de Angela también demostraron su valentía a la hora de afrontar los problemas de su época. Y en eso te has convertido para mí, Elle, en una parte más de la familia, y por eso creo que eres la persona perfecta para heredar la mitad de nuestros bienes y propiedades. Así pues, me gustaría mucho que te quedases con Casa Holly —al leer esto levanté las cejas mirando a Ben y seguí—: y también con mi colección de decoraciones navideñas, porque, después de conocerte, sé que las cuidarás y te alegrarán tanto como a mí durante todos estos años. Sé que tú y las Navidades no os habéis llevado demasiado bien durante mucho tiempo, Elle, pero espero que lo que has descubierto y aprendido en esta casa durante el corto tiempo que has pasado con nosotras te haya ayudado a ver y disfrutar todo lo que representan estas fechas: paz, amor, alegría y unión, y que lo hagas no solo en esta época, sino durante el resto de tu vida. Siempre contigo, Estelle».

Me quedé mirando la carta unos instantes y volví a releer la última parte. «Siempre contigo, Estelle». Sonaba tan definitivo. ¿No la iba a volver a ver nunca más? Aún no me podía creer que no volvería a sentarse enfrente de mí en su sillón favorito, mirándome por encima de las gafas mientras acariciaba a Alvie tumbado en su regazo.

Alvie, evidentemente, también desapareció junto a Estelle y Angela. ¿Habría existido de verdad? Aquel perrito parecía tan real… Tanto como Estelle y Angela. Volví a levantar la vista para mirar a Ben.

—¿Te ha ayudado la carta a entender esto mejor?

Ben negó con la cabeza.

—Pues la verdad es que no. Solo que ahora parece ser que has heredado la casa de al lado y unos adornos de Navidad.

—No son unos adornos cualquiera y lo sabes —le dije y me giré para mirar el árbol de Navidad–. Cuentan la historia de esta casa y de las personas que vivieron en ella.

«Como yo –pensé para mis adentros–. Y lo haré una y otra vez a cualquiera que quiera escucharme. Puede que Estelle y Angela ya no estén aquí, pero sus historias no desaparecerán con ellas. Yo me aseguraré de que eso no pase nunca».

–Supongo que sí –afirmó Ben–. Pero lo que sigo sin entender es el momento en el que escribió Estelle la carta. Henry dijo que murió hace más de diez años y el documento se redactó y se selló poco después. Entonces, ¿cómo pudo Estelle decirle todo lo que ponía en esa carta a Angela si la escribió antes de morir?

–La verdad es que no tengo ni idea… Todo me sigue pareciendo muy confuso.

–Pensaba que se suponía que las cartas nos iban a aclarar las cosas, pero en realidad lo único que están consiguiendo es generarnos aún más dudas…

–Ben, no soy capaz de encontrarle ningún sentido a nada de esto. Estoy tan perdida como tú, pero lo que sí sabemos es que ha pasado. No puede ser que los dos nos hayamos vuelto locos, ¿no? E incluso aunque así fuera, nuestro delirio no podría ser exactamente el mismo. Creo que es hora de que leas tu carta. Quizá esa sí nos ayuda…

–Vale, venga –dijo Ben, que dejó escapar un suspiro y empezó a romper el sello del sobre. Antes de empezar a leer, fue al final de la carta y comprobó de quién era–. Esta es de Angela –anunció–. Está escrita con la misma letra que la otra.

»"Querido Ben –empezó a leer–: Ha sido un verdadero placer conocerte durante estos días. Aunque tú no supieras quién era yo cuando llegaste a Mistletoe Square, yo sabía muy bien quién eras tú, y me rompió el corazón no poder decírtelo».

Ben alzó la vista para mirarme y torció el gesto, como poniendo la palabra de nuestra vieja amiga en entredicho, pero yo le apremié a que siguiera con un gesto de la mano.

—«Teniendo en cuenta la mala suerte que crees haber tenido cuando naciste, creo que te has convertido en un hombre maravilloso, cariñoso, brillante e inteligente, y te aseguro que hubiese estado muy orgullosa de tener un nieto como tú si la vida me hubiese dado la oportunidad. Sin embargo, como sabes, desgraciadamente moriré antes de que podamos conocernos». —En este punto Ben se detuvo y me miró confundido—. ¿Pero cómo pudo escribir esto hace tanto tiempo si…? Antes de que…

—Tú lee la carta y ya está, Ben —le dije—. Sinceramente, estoy muy cansada de intentar entender lo que está pasando.

—Vale, pues sigo —accedió Ben, pero me dedicó una mirada llena de preocupación—. Parece que esta noche nunca se acaba… Bueno, a ver, ¿por dónde iba? Ah, sí, ya lo he encontrado. ¿Preparada?

Asentí.

—«Aun así, me alegro muchísimo de que vaya a poder cumplir el último deseo que tenía, igual que Estelle, y por eso las dos hemos preparado este plan juntas» —dijo Ben y frunció el ceño—. ¿Su último deseo? ¿A quién le pidieron un último deseo y cuándo? ¿No creerás que están diciendo…? —empezó a preguntar y apuntó hacia arriba con la cabeza.

—¿Y yo qué voy a saber, cariño? —le dije.

Ben volvió a concentrarse en la carta y siguió leyendo:

—«En la carta de Estelle, ella le explica a Elle por qué quiere que se quede con Casa Holly y con su preciada colección de adornos de Navidad. Tiene muy claro que Elle cuidará de ambas cosas estupendamente, como yo sé que tú también lo harás cuando te explique lo que viene a continuación, Ben: por qué creo que eres tú quien debe heredar Casa Christmas». —Ahí, Ben levantó la cabeza como un resorte y exclamó sin poder creérselo—: ¿Yo? ¿Y por qué yo?

—¡Sigue leyendo, hombre! —le pedí—. No vamos a acabar nunca si no paras de lanzarme miraditas y hacer comentarios, hijo…

Ben accedió y siguió con la carta:

—«A estas alturas, Estelle y yo ya os habremos contado todas las historias de la casa y habréis descubierto muchísimas cosas de la familia de Estelle. Sin embargo, lo que no sabes, Ben, es que también hablaban de la tuya. Aunque pensabais que en esas historias solo estabais conociendo a la familia de Estelle, no sabíais que también estabais conociendo a la tuya». —Ben volvió a mirarme y me preguntó—: ¿Pero qué está diciendo ahora?

—Ben, sigue leyendo, por Dios.

—«Quizá os hayáis dado cuenta de que todas las personas que aparecían en las historias de Estelle tenían nombres relacionados con la Navidad, excepto algunas pocas. Cada una de ellas eran parientes tuyos».

—No… —murmuré y abrí los ojos de par en par.

—«Como recordarás, tu madre le explicó a Fred que en su familia había una larga tradición según la cual cada generación tenía que ponerle a su hijo un nombre que empezara con una de las letras de la palabra «*Christmas*». Y por eso ahora entiendes por qué te pusieron a ti Ebenezer, a tu madre Sarah y a mí Angela. Mi padre, tu bisabuelo, se llamaba Michael, a quien conociste en la historia de 1963» —dijo Ben, y me miró.

—Sí —le confirmé emocionada. Me acordaba de él—. Michael era el doctor, ¿no? En la historia dijo que su mujer estaba embarazada y que le faltaba poco para salir de cuentas. El bebé debía de ser Angela.

—Pero Angela dijo que su padre tenía problemas con el juego —comentó Ben, sin acabar de entender.

—Una cosa no quita la otra.

—Tienes razón. Bueno, sigo. «Tabitha, tu tatarabuela, apareció en la historia de Estelle de 1918. Si te acuerdas bien, fue la comadrona que ayudó a la madre de Estelle con su parto. No sé si también te acordarás de que te comenté que mi madre era matrona… Siguiendo el orden después venía su madre, Sally, y antes que ella estuvo Iris, su madre. Quizá te acuerdas de que Iris era la joven a la que la señora Bow iba a enseñar a leer en la historia de 1842.

Su padre fue Ronnie, y su padre Harry. Y para acabar, volvemos a la primera historia de Estelle en 1755, poco después de que construyeran la Casa Christmas». –Al leer esto Ben frunció el ceño de nuevo y añadió–: Pero yo no vi esa historia, solo te la contaron a ti, Elle. Ah, espera… Ya lo dice aquí, perdón.

Al menos esta vez no tuve que pedirle que siguiera…

–«Sé que tu no estuviste presente en aquella historia, Ben, pero estoy segura de que Elle te contará todos los detalles que te falten cuando acabes de leer esta carta. El bebé, del que Elle te hablará más tarde, recibió el nombre Cromwell, en honor a Oliver Cromwell, el hombre que intentó prohibir la Navidad. El nombre parecía encajar a la perfección con la criatura, ya que le habían cerrado las puertas de su hogar en esas fechas.

Al escuchar esto, se me escapó un grito ahogado. «¡Es el bebé al que tuvo que dar al hospital de expósitos! ¡Al final sí debieron de encontrarlo! Por Dios, Ben, dime qué dice Angela».

–«Celeste nunca podría haber permitido que uno de sus nietos se quedara para siempre en un hospital de expósitos, ni siquiera si eso era lo que quería su segundo marido. Así pues, hizo todo lo necesario con ayuda de Edith, su sirvienta, para que lo cuidara en secreto alguien de confianza, en este caso, Merri, la hermana de Edith. La mujer ya tenía una pequeña familia, pero Celeste se comprometió a ayudarla económicamente y así Merri le abrió sus puertas. No fue fácil, pero Celeste logró que nadie descubriera la existencia de la criatura y Jasper nunca lo supo. Sin embargo, lo verdaderamente increíble y lo más maravilloso de la historia fue que los descendientes de Cromwell siempre acababan volviendo a Casa Christmas de una manera o de otra a lo largo de los años. A veces trabajaban allí en el servicio, otras llegaban porque eran amistades o conocidos, pero siempre los trataron como si fueran parte de la familia, y siempre se sintieron en casa estando aquí, como me pasó a mí con Estelle, y como sé que tú harás con Elle. Y por todo esto, Ben, Estelle y yo queremos que seas tú quien herede Casa Christmas. El primero de tus antepasados que empezó la tradición, Cromwell, fue el primer descendiente de Joseph Christmas, tu ancestro de hace nueve generaciones atrás. Joseph construyó esta casa y Mistletoe Square, y tú, su pariente directo, eres quien debe tener y vivir en la casa en la que no pudo permanecer tu ancestro. Tanto Estelle como yo sabemos perfectamente que tú y Elle cuestionaréis no solo nuestra decisión, sino todo el contexto que os ha llevado a descubrirla, y lo entendemos perfectamente. Aun así, os pedimos que intentéis no darle demasiadas vueltas a cómo es posible que todo esto haya ocurrido ni que os preocupéis por lo que parece no tener ningún sentido. Hay cosas en esta vida que no podemos explicar y eso también está bien, no pasa nada. Pero esta casa la construyó un Christmas y, si tiene que haber un momento en el que creer en la magia, es en Navidad. Os mando un abrazo enorme y todo mi amor. Siempre con vosotros, Angela.

Mientras yo me secaba la lágrima que me caía por la mejilla, Ben se quedó con los ojos fijos en la carta que aún sostenía en las manos hasta que empezó a sacudir lentamente la cabeza.

—¿Pero qué leches acaba de pasar? Que alguien me lo explique... —dijo, y levantó los ojos para mirarme totalmente desconcertado.

—Pues por lo que parece no solo has heredado esta casa, sino una nueva familia. Lo que Angela te ha explicado es increíble. Todos los descendientes de ese pobre niño, todos encontraron la manera de volver a Casa Christmas, pero ninguno sabía la conexión que tenían con la casa ni con la familia.

—La verdad es que sí, parece sacado de un cuento... Pero, además, tiene que haber un montón de descendientes más de ese tal Cromwell. A lo largo de las décadas, ¿qué digo, décadas?, siglos, han tenido que nacer muchas más criaturas que tendrían el mismo derecho que yo a heredar esta casa.

—Puede ser, pero Angela y Estelle querían que fueses tú. Eso tiene que servir de algo, ¿no? Al parecer a mí me han dejado Casa Holly y los adornos del árbol, ¡y yo ni siquiera tengo la excusa de ser de la familia!

—Y casi mejor así, ¿eh? —repuso entonces él, sonriendo por primera vez desde hacía horas.

—¿Por qué dices…? Ah, ¿por nosotros? Pues sí, al menos nos quitamos ese problema de encima. No somos familia, ¡ni siquiera lejana! Pero ahora me doy cuenta de que Estelle y Angela sí que lo eran, aunque fuera familia lejana, a través de los hijos de Nora.

—Angela decía que te preguntara a ti sobre la primera historia. ¿Me puedes explicar todo lo que pasó?

—Claro que sí. Aunque en realidad casi te lo conté todo el otro día, pero te lo puedo repetir otra vez si crees que lo necesitas.

—Sí, por favor.

Así pues, le conté la primera historia de Navidad que Estelle compartió conmigo en Casa Christmas. Le hablé de Celeste, de Edith, de Beth y de Nora; le expliqué lo horrible y cruel que fue Jasper y lo mucho que había sufrido Celeste al tener que entregar a su nieto al hombre del hospital.

—Ah, y también estaba la medallita. Celeste le dio al hombre un emblema para que el bebé siempre lo llevara con él, para poder identificarlo en el futuro. Se ve que es lo que solía hacer la gente, antes de que empezaran a llevar un registro oficial.

—¿Qué medallita? No me suena que me hayas hablado de eso.

—¿Ah, no? Pues era un pequeño bordado de un corazón de terciopelo rojo con hojas de muérdago, hiedra y acebo. Ah, y también creo que habían tejido a punto SAN NICOLÁS. Celeste le dijo al hombre que era para que el bebé siempre supiera dónde había nacido. Fue un momento muy bonito.

Ben me miró con los ojos bien abiertos y me di cuenta de que se había quedado totalmente pálido.

—¿Qué pasa? —le pregunté—. Ben, no tienes buena cara.

Se levantó y fue hasta el árbol de Navidad en silencio. Entonces se arrodilló, cogió el regalo que dijo que me iba a dar en Navidad, volvió a mi lado y me lo entregó.

–¿Por qué me das esto ahora? –le dije–. Con la que nos ha caído encima y todo lo que estamos procesando ahora mismo, no creo que sea el mejor momento para ponerme a abrir regalos.

–Ábrelo –me pidió con un hilo de voz–. Por favor.

Me lo quedé mirando un momento, extrañada, pero finalmente le hice caso y con mucho cuidado deshice el lazo que había alrededor de la caja. Cuando abrí la tapa, vi que dentro, envuelta en papel blanco, había una cajita verde de terciopelo.

Alcé la vista para mirar a Ben de nuevo.

–Ábrela –me animó, señalando la cajita con la cabeza.

Con mucho cuidado, levanté la tapa. En su interior había un medallón antiguo de plata.

–Es precioso –le dije–. Me encanta, pero no entiendo…

–Abre el medallón –respondió entonces Ben, que seguía hablando en voz queda.

Una vez más hice lo que me pedía, saqué el medallón de la caja y lo abrí con un pequeño sonido metálico.

Al ver lo que había dentro se me cortó la respiración.

–Es el mismo, ¿verdad? –me preguntó.

–Sí –le contesté con un susurro, sin acabar de creerme lo que veían mis ojos. Dentro del medallón había un bordado de corazón rojo de terciopelo con hojitas de acebo, hiedra, muérdago y las letras SAN NICOLÁS–. ¿Pero cómo…?

–Mi madre me dejó el medallón –me explicó Ben, mirando la palma de mi mano, donde aún lo sujetaba yo–. ¿Te acuerdas de que se lo dio a Fred? Mis padres me lo dieron cuando me explicaron que me habían adoptado, y me dijeron que esto era lo único que tenían de ella. Pero no sabía qué significaba el bordado, hasta ahora, claro.

–Tu familia debió de poner el bordado dentro del medallón para protegerlo mejor y pasarlo de generación en generación. Madre mía, Ben, esto es increíble. Es muy especial, así que tienes que quedártelo –le dije y se lo devolví.

Pero él sacudió la cabeza.

–No, aun así, quiero que lo tengas tú, Elle. Eres lo más valioso que tengo ahora mismo y, quién sabe, quizá lo podemos seguir pasando en la familia que algún día formemos… Si te parece bien y es lo que quieres, por supuesto.

Volví a colocar el medallón con mucho cuidado en la caja y me levanté para ponerme a la misma altura que Ben.

–No se me ocurre nada que me haga más ilusión –le dije mientras lo rodeaba con mis brazos– que vivir aquí contigo, que pasemos muchas Navidades más juntos y que sigamos la tradición de esta casa de poner un árbol de Navidad que casi no quepa en el comedor junto a la ventana y que lo decoremos con todas las figuritas y adornos que nos ha dejado Estelle.

Cuando me acerqué a Ben para besarlo, me di cuenta de algo extraño.

–¡Mira! –exclamé mirando detrás de él hacia el árbol–. La luna está volviendo a iluminar la ventana.

Ben se giró y los dos observamos con atención el árbol de Navidad mientras la luz de la luna entraba por la ventana e iluminaba dos figuritas: el ángel, que estaba casi en la copa, y la estrella, que coronaba el árbol.

–¿Cómo puede ser? –me preguntó Ben, sin apartar la mirada de los dos adornos que brillaban con los rayos de la luna–. Estelle y Angela ya no están aquí.

–Puede que no –le dije y se me dibujó una sonrisa en los labios mientras miraba la estrella y el ángel–, pero, como ya hemos visto, en Navidad todo es posible…

Epílogo

Cinco años después…

—Disculpe, ¿podemos hacer una parada antes? —le pedí al taxista mientras volvíamos al colegio donde había dado una de mis charlas sobre mis libros—. ¿Me podría llevar al Waterloo Bridge? Gracias.

—Mmm… Sí, por supuesto —me contestó, pero me miró por el retrovisor y añadió—: ¿Se encuentra bien? No está de parto, ¿no?

—No —le respondí mientras me miraba la barriga, que no parecía parar de crecer—. Todavía no he salido de cuentas. No pasa nada. Es que quería ver una cosa.

—Quien paga manda —repuso el taxista y salió de la calle principal para entrar en una de las callejuelas paralelas.

Ya antes de que Alvie apareciera hoy en el colegio, recordaba muy bien que este mismo día hacía cinco años me había sentado en un banco en el río Támesis para reflexionar sobre mi vida. Lo que no sabía hasta ese momento era que tendría que volver.

Cuando me senté en el mismo banco junto al Waterloo Bridge y contemplé el Támesis, recordé todo lo que pasó aquel extraño pero mágico diciembre que acabó cambiando mi vida para siempre.

Ben y yo nunca logramos descubrir lo que ocurrió realmente aquellas Navidades. Nada tenía sentido, hubo demasiadas cosas que a día de hoy seguimos sin entender.

Lo único que estaba claro era que nos habíamos convertido en los nuevos propietarios de dos casas de estilo georgiano llenas de antigüedades y recuerdos en mitad de Bloomsbury. No teníamos que cargar con el peso de ninguna hipoteca ni facturas que pagar gracias a la gran suma de dinero que nos habían dejado Estelle y posteriormente Angela.

Todo acabó siendo tal y como nos dijo Henry. Eso sí, aquellas Navidades nos las pasamos creyendo que al final todo aquello resultaría ser una broma pesada a la que alguien le había dedicado demasiado tiempo y esfuerzo, sin lugar a dudas. Pero no fue así, Henry, fiel a su palabra, nos volvió a atender en enero para que firmásemos todos los documentos legales necesarios para que las dos casas y los otros bienes de Angela quedaran a nuestro nombre. Fue una historia increíble que nunca pudimos contar a nadie y debimos seguir comentándola solo entre nosotros.

Después de meditar allí unos momentos, me levanté para volver al punto donde le había dicho al taxista que me esperara, pero de pronto me di cuenta de que había alguien más allí sentado en otro banco. En sus ojos vi una desesperación que reconocí al instante.

Sin dudarlo ni un segundo, me encaminé hacia allí.

–¿Estás bien? –le pregunté a la chica, que estaba bastante pálida en estos momentos.

Tenía un aspecto frágil bajo la vieja y descuidada manta que se había echado sobre los hombros. De pronto, se giró para mirarme con los ojos rojos, hinchados y agotados.

–¿Y a ti qué te importa?

Ya estaba acostumbrada a ese tipo de respuestas.

–Pues mucho, porque reconozco esa mirada.

–¿Qué mirada?

–La que tienes ahora mismo. Yo he estado ahí.

La mujer me miró de arriba abajo y añadió:

–Lo dudo mucho, sinceramente. Quizá no tenga uno, pero sé que eso que llevas es un bolso de diseño.

—No estoy hablando de dinero –le dije, dándome cuenta de lo que podía estar pensando.

Seguramente yo hubiese reaccionado igual si alguien con la apariencia que tenía yo ahora mismo se me hubiese acercado mientras estaba sentada aquí. Por suerte, yo no llegué a la situación tan precaria en la que parecía encontrarse aquella mujer, pero no hubiese sido tan descabellado si las cosas hubiesen ido un poco diferentes. Ese día tuve muchísima suerte y siempre he sido muy consciente de ello.

—¿Ah, no? –me espetó la mujer–. Claro, para ti es muy fácil decirlo porque te sobra.

—¿Te puedo ayudar? –le pregunté–. ¿Tienes dónde dormir esta noche?

—Sí, claro que sí –me respondió y me dio la espalda, lo que me dejó ver que tenía una marca enrojecida en el cuello; parecía un morado enorme y horrible.

Bajé la vista y vi que la mujer tenía una bolsa de tela llena a sus pies.

—Me alegro, entonces, pero, si no fuese así, sé de un sitio al que podrías ir. Mira –le dije, metí la mano en el bolso y le di una tarjeta–. Aquí te acogerán encantados y sin hacer preguntas.

—¿Ah, sí? –me preguntó pero no me cogió la tarjeta–. Claro, como si tú supieras cómo van estas cosas.

—Pues la verdad es que sí, porque mi marido y yo dirigimos la organización. Bueno, somos los propietarios de la casa donde está y contamos con un equipo maravilloso que nos ayuda a que todo funcione como es debido –le expliqué y le dejé la tarjeta en el banco a su lado–. Al menos piénsatelo. Tendrás un sitio seguro al que ir y una cama caliente donde dormir.

Estas palabras hicieron que la mujer bajara la vista para echarle un ojo a la tarjeta.

—Ahí pone que está en Bloomsbury –dijo riéndose–. ¿Qué tipo de hostal podría haber en Bloomsbury?

–Uno muy especial –le contesté con tono calmado–, del que me siento muy orgullosa. Mira, yo ahora me tengo que ir, pero la invitación sigue en pie. A veces tenemos que tragarnos el orgullo y dejar que la vida nos lleve a un sitio diferente del que teníamos en mente. Créeme cuando te digo que lo sé.

La mujer volvió a mirarme con incredulidad.

–Imagínate que soy tu hada madrina si quieres, al fin y al cabo, las Navidades están a la vuelta de la esquina. ¿Por qué no pasarlas en un sitio donde puedas estar a salvo y a buen recaudo? Siempre celebramos una fiesta de Navidad muy bonita, cenamos juntos y repartimos regalos para todo el mundo.

–¿Cena y regalos? –me preguntó entonces recogiendo la tarjeta del banco.

–Sí.

–¿Casa Holly, en Mistletoe Square? ¿Qué es esto? ¿Una broma personalizada para estas fiestas?

–No, es un sitio con mucha magia, pero no es broma. Yo vivo en la casa de al lado, en Casa Christmas. Bueno, me tengo que ir ya, pero quizá nos vemos después, ¿no?

–Quizá –me dijo sin levantar la vista de la tarjeta–. Me lo pensaré.

Mientras volvía de camino al taxi, me giré una vez más y vi que alguien que reconocí al instante se acercaba a paso lento hacia la mujer. Llevaba un traje muy elegante de tres piezas y un bombín, en una mano, un paraguas negro y un periódico, y en la otra, un maletín rojo...

De pronto se paró al darse cuenta de que lo había visto, se retiró el bombín en un gesto cortés y me sonrió antes de volver a retomar su camino hacia el banco.

–Entonces me quedo tranquila. Estarás bien –dije en un susurro mirando a la mujer una vez más, antes de subirme al taxi–. Si tienes el valor para confiar y creer...

Una vez sentada, le pedí al taxista que me dejara en la entrada de

Mistletoe Square. Así pude cruzar el parque a mi ritmo y contemplar la casa desde la calle. Me detuve unos instantes como hacía siempre que pasaba por uno de aquellos bancos.

Nos llevó bastante tiempo y cierto papeleo conseguir los permisos, pero, al leer la inscripción de la placa de metal que había en el respaldo del banco, me alegré muchísimo de haber perseverado.

A SARAH.
AUNQUE NO SE QUEDÓ MUCHO TIEMPO, NUNCA LA OLVIDAREMOS.
SIEMPRE EN NUESTROS CORAZONES.

Después de permanecer allí unos segundos en silencio pensando en la madre de Ben, me fijé en los dos pequeños abetos que había junto al banco, uno a cada lado.

Plantamos los árboles a principios de 2019, cuando Henry nos entregó las cenizas de Estelle y de Angela y nos explicó que, entre sus últimas voluntades, nos pedían que las esparciésemos en el parque de Mistletoe Square.

Después de procesar el impacto que eso nos supuso, conseguimos los permisos para tirar las cenizas y plantar los dos árboles navideños en su honor, lo cual nos pareció muy apropiado y un gesto que estábamos seguros de que les hubiese gustado.

—Feliz Navidad, Estelle —le dije a uno de los árboles, y me agaché para dejar un ramo de flores al pie del tronco—. No te preocupes, no me había olvidado. No hacía falta que me enviaras a Alvie para que me lo recordara. Nunca olvidaré este día, ni a ninguna de las dos. Y no sabes cuánto me alegro de que estés contenta con lo que he hecho con todo lo que me contaste.

De nuevo, volví a quedarme allí de pie, en silencio, recordando todo lo que vivimos aquellas Navidades de 2018 y a las dos personas que se encargaron de orquestarlo todo y a las que tanto echábamos de menos Ben y yo. Y, como si fuera otro truco de los suyos, mientras rememoraba todo esto, se puso a nevar.

Sonreí y levanté la cabeza para mirar al cielo y sentí el contacto frío de los copos de nieve contra mi piel.

—Pues claro que está nevando. Siempre nieva en Mistletoe Square, ¿verdad?

Finalmente, dejé el banco y los árboles atrás y seguí cruzando la plaza en dirección a Casa Christmas. Sin embargo, volví a pararme un poco antes para poder ver bien el edificio al que tenía la suerte de llamar hogar.

—¡Ya está aquí! —escuché que decía una voz risueña, y de repente vi la cara de mi hija Stella desaparecer de la ventana del salón, ya que salió corriendo a recibirme en la puerta.

—Hola, amores míos —les dije yo para saludar a ella y a Ben en la entrada mientras subía los escalones de la entrada—. Siento haber llegado un poco tarde. ¿Lleváis mucho tiempo esperando?

—¡Sí! —exclamó ella con impaciencia—. Papá no me ha dejado acabar de decorar el árbol porque decía que tenías que estar tú, ¡y ahora además está nevando!

—Paciencia, Stella —le dijo Ben—. Te he prometido que podrás salir a jugar con la nieve en cuanto acabemos de decorar el árbol, y ya sabes que mamá es la que siempre pone el ángel y la estrella.

—Ben se inclinó hacia mí para besarme sin apartar a Stella, que estaba delante de él—. Y ya está aquí, así que ya no tenemos que esperar más.

—Creo que este año podemos dejar que las ponga Stella —le propuse mientras colgaba el abrigo en la percha del pasillo—. Quizá es mejor que no me suba a la escalera como estoy.

—Pues tienes toda la razón —me dijo Ben, y me tocó cariñosamente la barriga con la mano—. ¿Cómo está el pequeñín hoy?

—Pataleando y dando guerra como siempre —respondí mientras me abría paso hacia el comedor, donde Ben ya había encendido el fuego en la chimenea—. Sea niño o niña, ¡lo que tengo claro es que viene con fuerza!

—Pues como su hermana, ¿no? —repuso Ben mientras veía como

Stella cogía el ángel y la estrella de la silla donde estaban para colocarlos en el árbol.

–Tus padres han llamado antes y me han confirmado que vendrán a cenar con nosotros para Navidad.

–Perfecto, qué bien. Ahora ya no sería lo mismo sin ellos. Yo ahora me acabo de pasar a ver el banco de tu madre cuando venía por la plaza. ¿Has pulido tú la placa otra vez? Estaba reluciente.

–Pues sí, me has pillado. Y ya he pedido las flores para llevarlas en Nochebuena, como siempre.

–Genial. Ya me lo imaginaba. Yo he puesto un ramo en el árbol por el cumpleaños de Estelle. Ah, y antes de que se me olvide, quizá esta noche llega una nueva inquilina a la puerta de al lado.

–¿Ah, sí? –me preguntó Ben levantando la ceja–. ¿Has ido por ahí haciendo de angelito de la guarda otra vez?

–No, creo que con un ángel en la familia ya hay de sobra. Yo solo le he dejado nuestra tarjeta a una mujer porque me ha parecido que quizá necesitaba ayuda.

–¿Ayuda legal o solo un techo bajo el que dormir?

–Pues quizá un poco de las dos, pero no lo sé. Puede ser que necesite tus servicios. Ya nos enteraremos cuando aparezca por aquí. Bueno, vamos a ver, señorita –dije entonces mirando a Stella–. Vamos a rematar la jugada, ¿no?

Ben ayudó a Stella a subirse a la escalera para que pudiese llegar bien a la copa del árbol.

–¿Podemos poner el ángel en la punta este año, mami? Porfi… –me preguntó mirándolo–. Es que es mi figurita favorita. ¡Es tan bonita!

–No puede ser, lo siento, cariño –le contesté–. Ya sabes que en esta casa siempre ponemos la estrella y el ángel en la punta: es la tradición familiar. Porque las dos son igual de importantes y –añadí con un susurro– las echamos de menos con la misma intensidad.

–Sabes que tu nombre significa «estrella», ¿verdad? –le preguntó Ben mientras la ayudaba a colocar la estrella en la copa.

–Sí, me lo dijisteis el año pasado –le contestó ella arqueando las cejas exageradamente, lo que nos hizo reír tanto a su padre como a mí–. Los dos queríais que me llamase como vuestra amiga Estelle, que también significa «estrella», pero me pusisteis Stella porque así el nombre era un poco diferente y además, como empezaba por «S», podíais seguir la tradición familiar.

–Muy bien dicho –la felicité–. Solo puede haber una Estelle, ¿verdad, Ben?

Ben asintió mientras ayudaba a Stella a buscar el sitio perfecto para el ángel al lado de la estrella.

–Como solo puede haber una Angela –añadió él buscándome con la mirada–. Ahora tendremos que darle vueltas como Frederick y buscar la manera de seguir con la tradición para el siguiente –propuso mirándome la tripa.

Moví la cabeza, satisfecha, mientras los dos bajaban con cuidado la escalera.

–Sí –le confirmé acariciándome la barriga–. Ya se nos ocurrirá algo, porque esa es otra tradición que seguiremos respetando en esta casa.

–¿Y ahora ya podemos encender las luces? –quiso saber Stella con ilusión.

–Eso lo hago yo –le contestó Ben y me miró con preocupación rememorando las chispas que saltaron aquel día–. Por si las moscas.

Mientras yo sentaba a mi hija en mi regazo, Ben se arrodilló en el suelo para darle al botón y encenderlas.

–¿Estáis preparadas? –nos preguntó–. Tres, dos… ¡Uno!

El árbol que decoraba el comedor aquel año se bañó de luces y color, y los tres nos lo quedamos mirándolo en silencio, admirando su belleza. Y, como cada año, me di cuenta de que la estrella y el ángel eran las figuritas que brillaban con más fuerza.

Y sé que siempre será así…

¡Feliz Navidad!

Nombres navideños

Angela le dice a Ben en su carta que muchas personas de las historias de Estelle tenían nombres relacionados con la Navidad. ¿Cuántos nombres navideños habías encontrado tú? Te los enumeraré a continuación por si se te ha escapado alguno.

Personajes principales

NOELLE
(«Navidad» en francés)
EBENEZER
(por *Cuento de Navidad*)

ESTELLE («Estrella»)
ANGELA («Ángel»)
ALVIE
(«Amigo de los elfos»)

1755

JOSEPH CHRISTMAS
CELESTE («Celestial»)
JASPER
(«Portador de tesoros»)

NORA («Luz»)
EDITH («Bendita»)
BETH («Belén»)

1842

ROBIN SNOW
CAROLA («Cuento»)
TIMOTHY
(por *Cuento de Navidad*)
BELLE
(por *Cuento de Navidad*)

AVERY
(«Gobernante de los elfos»)
SEÑORA BOW

1918

CLARA
(del baile *El cascanueces*)
STEPHEN (por san Esteban)

IVY
FRASER
(tipo de abeto)

1936

HOLLY («Sagrado»)
RUDY (por Rudolph)
MARY (por la Virgen)
BING (por Bing Crosby)
MARIAH (por Mariah Carey)

WINTER («Invierno»)
TANNON («Abeto»)
TEDDY
(de Theodore, «Regalo
de Dios»)

1962

CHRISTIAN

1984

FRED
(por *Cuento de Navidad*)
EVE (por Christmas Eve)

TANZY
(por la tanzanita)
LUKE

Otros

AILSA («Victoria élfica»)
ALFREDO («Consejo élfico»)
MERRI («Feliz»)

Agradecimientos

Si estás leyendo este libro antes del 25 de diciembre, ¡te deseo unas felices fiestas y una feliz Navidad! O si ya ha pasado, pero aún estamos en esas fechas, ¡feliz Año Nuevo! Y si has decidido leerte esta historia navideña en pleno verano…, pues espero que estés disfrutando del buen tiempo, ¡claro que sí!

Sea cual sea el momento y el mes que hayas elegido para leer este libro, espero que lo hayas disfrutado. Es la primera vez que he escrito una historia navideña y, aunque siempre hay algo de magia en mis novelas, esta vez me lo he pasado en grande sacándole todo el partido a la magia tan especial que se respira en Navidad para impregnar cada página.

Escribir una novela suele ser una experiencia bastante solitaria. Solo tú, que has creado la historia, sabes lo que va a ocurrir con los personajes. Sin embargo, cuando llega el proceso de edición del libro, entran en acción muchas otras personas sin las que sería imposible que estas historias lleguen a los hogares. Así pues, me gustaría darles las gracias y transmitir todo mi agradecimiento: a todos los elfos maravillosos que me ayudan a crear mis libros en el taller de Papá Noel, también conocido como mis dos increíbles editoriales, Sphere y Little, Brown. Y me gustaría hacer una especial mención a la dirección de los elfos: Darcy Nicholson, Ruth Jones, Brionee Fenlon y Zoe Carroll.

A mi hada madrina, aunque otras personas la conocen como mi maravillosa agente, Hannah Ferguson.

A todos aquellos que siguen año tras año compartiendo conmigo la magia de la Navidad y la hacen un poco más especial cada año: mi marido, Jim, y mis dos hijos, Rosie y Tom.

A los regalos tan fantásticos que siguen sorprendiéndome y alegrándome cada día: mis preciosos perros Oscar, Sherlock y Ted.

Y a ti, tanto si este es el primero de mis libros que lees ¡como si te has leído los catorce que tengo! (Sí, ahora mismo que estoy escribiendo esto, en 2023, ¡llevo publicados catorce libros!). Gracias, queridos lectores, por dejaros llevar por la magia de la Navidad, y no solo en estas fechas especiales, sino durante todo el año.

Con mucho cariño,

Ali

Índice